Αίλυρος

Ирина Глебова

Уши от мёртвого Андрюши

Книга сказок и историй

Ailuros Publishing
New York
2011

Irina Glebova
Dead Andryusha's ears

Обложка и иллюстрации: *Ирина Глебова*
Дизайн и предпечатная подготовка обложки: *Ксения Венглинская и Владислава Оя*
Фотопортрет автора и сканирование иллюстраций: *Александр Паначёв*
Вёрстка и корректура: *Елена Сунцова*

Подписано в печать 25 октября 2011 года.

Издательство «Айлурос», Нью-Йорк. Издатель — Елена Сунцова.
Прочитать и купить наши книги можно здесь: www.elenasuntsova.com

ISBN 978-0-9838762-2-9

Валерий Шубинский

Люди и другие куклы

Семь лет назад в литературной студии, которую я в то время вёл, появилась молчаливая молодая девушка. Первым, что показала она мне, был рассказ про школьного учителя, простенький, гладенький, вполне грамотно сделанный... и «никакой». Что называется, «для журнала "Юность"». Когда я сдержанно похвалил его, девушка протянула мне ещё четыре рассказа.

Я прочитал их... и был, признаться, поражён. Передо мной был, в каком-то смысле, «готовый» писатель, и писатель незаурядный. Как оказалось, тот, первый рассказик был написан специально — для мимикрии, для самозащиты. Ирина Налиухина (в то время она носила эту фамилию, и под этой фамилией чуть позже начала печататься) не знала, как примут её настоящую.

Собственно, те четыре рассказа, написанные в 2004 году — как раз первые четыре рассказа этой книги. Из них меня особенно впечатлили два. Первый, «Эпоха старичка», — технической виртуозностью, озорной небрежностью, с которой автор фехтует сюжетными и речевыми стереотипами, остраняя их и доводя до пленительного идиотизма. Конечно, за этим ощущалась большая традиция ленинградского короткого рассказа, восходящая к Виктору Голявкину, к раннему Валерию Попову, а через них — к Хармсу. Но традиция не просто усвоенная, а по-своему преломлённая. Главное ведь — интонация, строй фразы и абзаца. А у Ирины всё это было собственным, незаёмным с самого начала, более того, я наблюдал, как захватывает эта её стилистика других молодых прозаиков, её сверстников, как они незаметно для себя начинают писать «под Иру».

Второй рассказ, который произвёл на меня особенно сильное впечатление — «Бард Андрюша». Поразил он меня необычной внутренней зрелостью, умной и спокойной трезвостью и в то же время нежностью взгляда на мир. А ведь писательнице было столько же лет, сколько её героине — двадцать один. И, конечно, это тоже глубоко петербургский/ленинградский рассказ, прежде всего по материалу. Сам герой — это сугубо здешний вдохновенный раздолбай примерно моего поколения, исчадье кафе «Сайгон» последних лет его существования. («Когда меня убьёт мой черный город…» Ну, конечно же.) И вот мы видим его — глазами человека другого поколения, другого эона. Глазами женщины другого поколения. Это важно.

Спор «женского» и «мужского» мира? Можно при желании увидеть в рассказах Ирины Глебовой и это. (С оглядкой теперь уже на Людмилу Петрушевскую и Нину Садур… Можно назвать ещё Венедикта Ерофеева и, может быть, Натаниэля Уэста или Бориса Виана — и, кажется, примерная литературная родословная будет почти полна). Мужчина у Глебовой всегда неловок, слаб, уязвим, ущербен, нелеп. Настоящий мужчина — самоупоённо-беспомощный интеллигент, спившийся неудачник, трудный подросток, застенчивый маньяк, эгоистичный «творческий человек». Всегда — никчёмный и заставляющий разгребать последствия этой никчёмности женщину, которая просто в силу своей физиологичной, укоренённой в быте, в материнстве природы ничего подобного позволить себе не может. И в то же время этой женщиной обожаемый — как может быть обожаема странная и бесполезная, но драгоценная вещь.

«…Мама говорит, что Серёжа придурок, но, на самом деле, ещё кто придурок. Например, они все вечно орут, а Серёжа единственный не орёт, и даже почти ничего не говорит, молчит и пьёт. Серёжа не может не нравиться, у него очень красивые большие глаза, и, когда Серёжа наливается коньяком, его глаза наливаются печалью, и это выглядит очень трогательно и даже торжественно. В ближайшее время тётя его точно не бросит, а если всё-таки бросит через несколько лет, то он тогда уже вполне сможет жениться на мне.»

Ирина Глебова — художник-кукольник. И рассказы её, особенно ранние, полны персонажей-кукол, постоянно выворачиваемых наизнанку, меняющих обличья. Местами это очень смешно, рассказы Ирины могут вызывать у читателя гомерический хохот — но это никогда не юмористика, не «развлекуха». Это являются архетипы, символы хтонического мира, являются откуда попало: из травматических детских воспоминаний, из жуткого для потомственного горожанина деревенского мира, из баек, травимых у костра. Их воображаешь себе смешными, чтобы не бояться. Реальность превращается в бесконечный цирк — но цирк гиньольный:

«…У дяди Коли случился такой петух, кормить которого дядя Коля шёл в ватнике, лыжных штанах и с железным тазом на голове вместо каски. Петух оказался необыкновенно клювачим, к тому же подлый и сволочь. Он не хотел жить с курами как с женщинами, а вместо этого нашёптывал им провокационное, после чего куры моментально разбегались в лес, стоило дяде Коле открыть курятник, и дядя Коля потом вынужден был ловить их по лесу с помощью рыболовной сети. А сволочь петух уже ждал его, вспорхнув на колобашку для рубки дров, и тут-то бы дяде Коле и срубить петуху буйну голову, но в каждом петушьем глазу светилось: "Ещё кто кому", да и, к тому же, дядя Коля был гуманист, а ещё он всё-таки надеялся, что когда-нибудь куры занесутся. Ну вот, а по ночам к дяде Коле-гуманисту приходила частями влюблённая лошадь в виде костей.»

Мне кажется, однако, что, очень рано сформировавшись как писатель, Ирина Глебова столкнулась с одной сложностью. Её опыт и навык непосредственного взаимодействия с реальностью был на первых порах гораздо беднее её творческой фантазии и повествовательной техники. Поэтому ей зачастую приходилось обращаться к материалу либо уже освоенному литературой (легче в этом смысле писать про коммунальные квартиры, а про спальные районы — труднее), либо к непосредственно пережитому, но объективно бедному (скажем, к жизни студентов творческого вуза), нанизывая на тривиальный сюжет свои гротескные метафоры и макаберные попутные байки и в конце концов преображая его. Это получалось — но и ощущение некоторой избыточности, многословия порою возникало.

Однако постепенно ей удалось преодолеть этот «зазор». Рассказы последнего времени в этом смысле заметно отличаются от всего, созданного раньше. И дело не в том, что писательница «узнала жизнь». Например, действие нескольких рассказов происходит в заводском цеху. Вряд ли Ирина Глебова сама часто бывала на заводах, а услышать от других, изучить, почитать... Что ж, могла и раньше. Что приходит с годами — это умение до глубины проникнуться пластикой опыта, пусть чужого, его чувственностью и странностью:

«Вновь Илюша ненадолго обретал равновесие в обеденный перерыв, убедившись, что вкусное на протяжении всей трапезы остаётся именно вкусным и не оборачивается в одночасье чем-то принципиально иным, в этой блаженной уверенности ухал в сытый сон, и так же, не переставая спать, пнутый Саней Байковым, шёл на эстакаду распаковывать стержни. Но контуры действительности, между тем, уже опять начинали отвратительно размываться, за ними в очередной раз проступали во всей своей неприятной дрожащей монументальности контуры недействительности. Недавно съеденное вкусное принималось навязчиво ёрзать внутри Илюши, так нехорошо, как будто оно было совсем не вкусное, как будто оно на самом деле было невкусное! Илюша дёргался, сглатывал, в панике озирался — а стены цеха уже волновались, как море, и пеной морской плескались мотки лавсанового шнура, Илюша, перепугано выгребая ножом, чувствуя тошноту от качки, пытался ухватиться хоть за что-нибудь устойчивое, абсолютно истинное — в последней надежде выныривал из зелёных цеховых вод с вопросом:

— Паша, а идеальная стрижка должна в точности повторять форму головы?»

А причудливо закрученные сюжеты, метафоры и проч. — это никуда не девается. Более того, наполняется новым содержанием. В них, к примеру, входит опыт постсоветских десятилетий. Например, сравните два рассказа, соприкасающихся по материалу, но разделённых шестью годами — «Барда Андрюшу» и «Райские яблочки». Как нетривиально отразился этот ещё по-настоящему не освоенный подлинной литературой опыт во втором рассказе!

Способность видеть тонкие изгибы и оттенки отношений человека с человеком, с эпохой, с автомобилем цвета «металлик», с лавсановым шнуром, со съеденным обедом — вот что приходит с годами. А не только лично пережитое. Набоков не любил нимфеток, Достоевский не убивал старушек, а уж Толстой совершенно точно не изменял мужу-сановнику с флигель-адьютантом. И это им не помешало…

Интересно, что другая часть творчества Ирины Глебовой — сказки — претерпела совершенно иную метаморфозу. «Китайская сказка», «Страшная сказка» или «Сказки про одну женщину» по-гофмановски язвительны, обладают жёстким сюжетом и несут, если угодно, некий серьёзный мессидж. А «Глебушкины сказки», особенно сказки про мальчика Вуголкова, никакого мессиджа как будто не несут. Это просто растущие сами из себя истории, в которых детский и взрослый мир беспрерывно переходят друг в друга и меняются местами. Как сам Вуголков, то взрослеющий, то опять становящийся ребенком.

Мне кажется, что и любой настоящий писатель таков. Что именно сочетание взрослого знания-понимания и детской безоглядной игры с миром и словом создают подлинную литературу. Сочетание предельной серьёзности и предельной несерьёзности. Одновременно родительское и сыновнее-дочернее отношение ко всему окружающему. Одновременно зрячее и простодушное отношение к языку.

Очень немного современных русских прозаиков, у которых я вижу это.

Я вижу это, в частности, у Ирины Глебовой. Именно поэтому выход её первой книги — событие, с которым мы, как мне кажется, можем себя поздравить. Я себя как читателя, по крайней мере, поздравляю.

Эпоха старичка

Володя живёт в комнате у Инги, а двустволку свою держит почему-то на кухне.

Валентина Петровна возмущается вглубь коридора:

— Володя, ну ведь вы не держите на кухне своих ботинок, а чем же лучше ружьё?

Володя выбегает из ванной, в гневе и мыльной пене, и темпераментно шипит:

— Да я же её застрелю, заразу, иначе!

Заложив наманикюренным пальчиком нужную страницу в томике Пруста, в кухню вплывает прекрасная Анечка:

— Володя, позвольте, ведь вы взрослый человек, вы вполне можете застрелить её и в кухне.

— В кухне — нет, не могу, в кухне помешают! — поясняет пеннорукий Володя.

— Какой вы интересный! — нервничает Валентина Петровна. — Что ж вы мне прикажете, вообще с кухни не уходить?

— Действительно, Володя, поймите, Валентина Петровна — пожилой человек, ей тяжело постоянно следить, как бы вы не застрелили Ингу, — ласково уговаривает Володю Анечка.

— У меня повышенное давление, мне нужны отдых и покой! — радуется поддержке Валентина Петровна.

Володя пристыженно молчит, опустив голову.

Анечка уходит в свою комнату разговаривать по телефону.

В её жизни — эпоха старичка.

Они познакомились в Эрмитаже, и теперь посещают один за другим все музеи города.

Старичок энциклопедически образован. Он повествует о загадках истории и угощает Анечку карамельками. Анечка ест карамельки и внимательно слушает о загадках, размышляя, не застрелил ли в её отсутствие Володя Ингу.

Расставшись со старичком, Анечка спешит в Публичную библиотеку. Там она изучает труды французских просветителей, а вечером на ступенях библиотеки её ждет Николай. Он высок ростом и хорош собой. Он хватается за Анечкины плечи, как в троллейбусе, и хочет познакомить её со своей мамой.

Анечке, честно говоря, не хватало только мамы Николая. Николай обиженно перекладывает руки с Анечкиных плеч в свои карманы. Приятно беседуя, молодые люди доходят до Анечкиного дома.

Во дворе Анечка видит на асфальте большую лужу крови и начинает падать в обморок. Николай аккуратно прислоняет Анечку к стенке и вслух догадывается, что Володя, видимо, всё-таки застрелил Ингу.

— Нет-нет! — радуется Инга. — Совсем не меня, и ни капельки не застрелил. Присмотритесь — и вы увидите, что от рук Володи пострадал Стас. Вот этот благородный человек лежит с Анечкиным кухонным ножом в груди.

— Как вы могли, Володя! Да ещё и моим ножом! — переживает Анечка.

— А я ведь вечно вам говорила, Анечка — убирайте ножи в ящик! — сокрушается Валентина Петровна. — Всё произошло так неожиданно, мы сидели с Володей на кухне и говорили о ранней лирике Блока, Володя чистил ружьё, и вдруг он сорвался с места и побежал во двор, схватив со стола ваш хлебный нож, Анечка… До сих пор не понимаю…

— Здесь нет ничего непонятного, — всхлипывает огорчённая Инга. — Он увидел, как я во дворе целую Стаса невинным дружеским поцелуем, и, боясь промахнуться, решил прибегнуть к помощи ножа. Он, бедняжка, совсем плохо стреляет, да к тому же очень близорук.

— В темноте вообще ничего не вижу! — подтверждает увлекаемый милиционерами Володя. — А очков носить не могу, они ко мне чрезвычайно не идут!

— Чудак-человек, попробовал бы просто оправу другой конфигурации! — удивляется вечером на кухне Валентина Петровна.

— Я ему тыщу раз говорила, но у него просто комплекс какой-то! — сетует Инга.

— Мне кажется, ему пошла бы такая тоненькая, овальная, как у Николая, — рассуждает Анечка.

— Вы знаете, Николай сделал мне предложение, но я ему отказала. Я отправляюсь со старичком реставрировать фрески Георгиевского собора в городе Юрьеве-Польском. Старичок — противник законного брака, и до его смерти мы будем состоять в преступной связи. Похоронив старичка, я планирую уйти в монастырь.

— У вас благородное сердце, Анечка, и высокие идеалы в душе! — умиляется Валентина Петровна. — А как мы поступим с вашей освободившейся комнатой, будем сдавать?

— Я думаю, лучше пока ничего не предпринимать, — советует Инга. — У меня предчувствие, что Володя скоро сбежит из мест лишения свободы, застрелит меня из ружья, и тогда моя комната тоже освободится, и, таким образом, вся квартира поступит в распоряжение Валентины Петровны.

— Спасибо, девочки! — целует соседок расстроганная Валентина Петровна. — Не хотите ли домашней наливки?

— Бытовое пьянство — кратчайший путь к алкоголизму, — отказывается Анечка. — У меня впереди длинная жизнь, полная высоких идеалов, и ни к чему начинать её с потворства низменным инстинктам.

— Давайте я лучше спою вам а-капелла что-нибудь из оперы Бизе «Кармен», мне близка эта тема, — предлагает Инга.

— Сначала нужно дочистить ружьё, Володя так и не успел это сделать! — вспоминает Валентина Петровна. — А то ведь, неровен час, случится осечка, а второй раз убежать из мест лишения свободы ему вряд ли удастся!

— Но ведь мы можем ему помочь! — успокаивает её альтруистка-Анечка. — Мы передадим ему остро заточенный рашпиль в круассане!

— Знаете, Анечка, у вас, конечно, золотое сердечко, но ведь это же прямое нарушение закона, — не соглашается Инга. — Не легче ли просто делать всё вовремя?

Инга садится чистить ружьё, чтобы всё было готово к первому побегу Володи из мест лишения свободы, а Анечка идёт к себе разговаривать по телефону. В её жизни — эпоха старичка.

— Инга, — зовёт за стенкой Валентина Петровна. — Теперь, когда Володи нет, могу ли я попросить вас, как интеллигентного человека, перенести ружьё в вашу комнату? Володе будет даже удобнее застрелить вас там. А кухня всё-таки предназначена для приготовления пищи. Вы же не держите в кухне своих ботинок, а чем лучше ружьё?

Случай с инженером

Ни для кого не секрет, что в обычной нашей жизни происходит порой таинственные и загадочные случаи, объяснить которые человеческий разум бессилен. Например, исчезает в Бермудском треугольнике корабль, или нежданно-негаданно откуда-то прилетает НЛО с деловитыми гуманоидами на борту, и так же неожиданно улетает. Происшествия эти, как правило, резко вырываются из контекста обыденной, налаженной и размеренной жизни, и зачастую сильно влияют на дальнейшую судьбу непосредственных участников и очевидцев, приоткрывая перед заинтригованным человечеством дверь в Неведомое.

Один из таких удивительных курьёзов произошёл однажды в семье Виктора Андреевича N, бывшего инженера, а ныне предпринимателя. Случай был совершенно необъясним, и, действительно, противоречил всем доводам здравого смысла.

В семье бывшего инженера завелась мышь. При каких условиях может завестись мышь в городской квартире на шестнадцатом этаже? В первую очередь, если мыши уже завелись в других квартирах этого дома, а также в подвале и на чердаке. Или если проживающие в квартире люди — неряхи и выпивохи, которые домой возвращаются заполночь, горланя популярные песни, и, пошатываясь от аморального образа жизни, принимаются пригоршнями поедать из кастрюли позавчерашнюю гречневую кашу, просыпая половину на пол и мутными от безнравственности глазами глядя на развешанную по стенам паутину. У таких людей, разумеется, могут завестись и мыши, и тараканы, и внебрачные дети, и вообще что угодно. Но дело в том, что семья бывшего инженера была в высшей степени дружной и, что называется, правильной — двое прекрасных беспроблемных детишек и чрезвычайно хозяйственная красавица-жена; точно так же были достойны всяческих похвал и все остальные семьи, проживающие в этом доме, равно как и друзья инженеровой семьи, поэтому вариант с мышью, одурманенной атмосферой порока и случайно принесённой в кармане пальто из каких-нибудь трущоб тоже не годился, поскольку трущоб никто, естественно, не посещал. Лестницы в доме сияли чистотой, мусор вывозился вовремя, и вдруг на фоне всего этого искрящегося добропорядочностью уюта откуда-то взялась мышь, да ещё не просто взялась, а свалилась с потолка хозяйке прямо на голову, после чего хозяйка в свою очередь моментально свалилась на пол кухни в глубоком обмороке.

Пришедший вечером после предпринимательской деятельности бывший инженер застал дома следующую картину: инженерова супруга с зелёным лицом лежала на диване, сомнамбулически бормоча без всякого выражения: «Пошла чайник ставить, и вдруг сверху как посыпется, как посыпется на меня сверху, я глазам не поверила, мышь, как упадёт на меня, почему-то с потолка, откуда у нас мыши, прямо на голову, пошла чайник ставить, а сверху как посыпется...» Сын Юрик, отличник и гордость школы, носился по квартире с фонариком, издавая индейские кличи и тыкая во все углы палкой от швабры, дочь Вероника, студентка и красавица, истерически бросилась бывшему инженеру на грудь, орошая слезами Hugo-Bossовский пиджак и бессвязно выкрикивая какой-то вздор, что-то вроде: «Какой позор... Развели антисанитарию... Папочка, я боюсь... Конец культуры... В городской квартире... Содом и Гоморра...» и т.п.

Только далеко за полночь инженеру удалось как-то прекратить панику в квартире, напоить пустырником и уложить спать посиневших от рыданий жену и дочь, а отличника Юрика услать в дебри интернета.

Усевшись за кухонный стол, усталый инженер прислушивался к наступившей наконец в доме блаженной тишине, как вдруг в чашку с крепким, отлично заваренным чаем откуда-то сверху упала мышь. Перепуганный инженер шарахнулся в сторону, отталкивая чашку и с ужасом и отвращением следя взглядом за мышью, истерически лезущей из чашки куда-то вверх, с ужасом и отвращением следя взглядом за инженером. На шум прибежал из своей виртуальности Юрик, и остаток ночи отец с сыном провели, забравшись с ногами на диван, распивая для снятия стресса бутылку коньяка и разрабатывая план боевых действий. На следующий день гордость школы Юрик впервые в жизни получил за контрольную по тригонометрии двойку, его мама впервые в жизни не приготовила обеда, т.к. боялась зайти на кухню, студентка Вероника на нервной почве увела жениха у своей лучшей подруги, а по всему дому были расставлены инженером прекрасные новые мышеловки, в одну из которых моментально попался кот Барсик. Плачущего Барсика залили зелёнкой, и с тех пор в квартире началась буквально война и партизанщина.

Каждую ночь кто-нибудь из инженеровых домочадцев обязательно в глухой темноте прокрадывался на кухню попить водички, и каждую ночь на такого жаждущего обязательно сваливалась с карниза мышь, и, нервически глянув на него, убегала куда-то в неизвестном направлении, преследуемая самим жаждущим и явившимся на его визг остальными членами семьи. По ночам никто, конечно, не спал: вцепившись в края одеял, семья напряжённо прислушивалась к малейшему шороху, сухими блестящими глазами уставившись в потолок, по которому пробегали отсветы заоконных огней, а в одну ветреную ночь над Вероникиной головой в таком вот отсвете по потолку пробежала мышь. После этого у Вероники начался нервный тик и припадки истерического смеха, Юрик упал с табуретки и вывихнул ногу, пытаясь как-то приладить мышеловку на потолке, инженерова жена начала разбавлять пустырник коньяком, а сам инженер задумался об обмене квартиры.

Обмен, как известно, дело долгое и непростое, особенно если меняешь квартиру, в которой прожил двадцать пять лет и где тебя устраивает абсолютно всё, кроме откуда-то взявшейся мыши, на точно такую же, только без мыши.

Понадобилось постоянно вести телефонные переговоры и ездить смотреть варианты, в этот же промежуток времени пришлось вызвать ветеринара к Барсику, который объелся крысиным ядом, и психиатра к допившейся с перепугу до зелёных крокодильчиков инженеровой жене; Вероника привела в дом в качестве мужа студента Сашу, обладателя пистолета системы «Вальтер», а мышь пристрастилась ночами танцевать фокстрот на потолке в комнате Юрика. Юрик нервно шипел: «Явилась, Майя Плисецкая фигова!», прибегал студент Саша, завёрнутый в простыню, и принимался палить по мыши из пистолета, с потолка падала установленная Юриком мышеловка, в которую тут же попадал большим пальцем ноги отец семейства, встреченные наутро во дворе соседи отворачивались и поджимали губы, а подлая мышь продолжала разгуливать по потолку, как по Бродвею. На этом фоне подвернувшийся наконец вариант обмена пришёлся как нельзя кстати.

Машину для перевозки мебели удалось найти достаточно дёшево, новая квартира была тщательнейшим образом проверена на предмет отсутствия дыр и щелей, и уже совсем скоро вся семья смогла наконец забыться блаженным безмятежным сном почти до шести часов утра. В шесть часов, так как новая квартира была расположена на Кронверкском проспекте и окнами выходила прямёхонько на зоопарк, от крика пантеры проснулся молодожён Саша, и, не разобравшись со сна, по старой привычке принялся палить по потолку очередями, сбивая лепнину. Перепуганные домочадцы кинулись к нему с традиционными пустырником и коньяком, Саша немного пришёл в себя, успокоился, и, поскольку всё равно уже было пора вставать, пошёл в кухню готовить себе завтрак, там ему на голову свалилась с потолка мышь, и двухметровый плечистый Саша сначала рыдал, как младенец, потом допил залпом пустырник с коньяком, а потом подал на развод с Вероникой, проорав, что всё, его это задолбало.

Вероника вернулась с судебного заседания бледная, но неожиданно спокойная и какая-то очень собранная, переоделась в Юриковы модные камуфляжные штаны, положила по правую руку оставленный бывшим мужем в качестве компенсации пистолет и уселась на кухне поджидать разлучницу-мышь. Так она просидела около двух месяцев, ни с кем не разговаривая, отказываясь от обеда и только потягивая пустырник с коньяком из походной фляги, ночами стреляя по кривляющейся на потолке мыши, а днями — по стоящим на шкафу маминым бутылкам из-под коньяка и пустырника, для тренировки меткости.

Юрик за это время окончил школу с золотой медалью, сдал экзамены в университет, но учиться не стал, а махнул вместо этого якобы в Тибет, постигать фундаментальные основы бытия. Поэтому, когда наконец удалось отправить в так называемый санаторий закрытого типа опившихся пустырником жену и дочь, инженер остался в квартире один, не считая Барсика и мыши.

К этому времени бывший инженер, а ныне предприниматель, окончательно перестал что-либо предпринимать и тихо вышел на пенсию, посвятив образовавшийся досуг разведению в аквариуме карасей, которых он потом пытался жарить для Барсика. Капризный Барсик от карасей отказывался, он теперь вообще очень часто отказывался от еды, кроме разве что макарон с кетчупом из тарелки хозяина, но не раньше часа ночи. Поскольку у инженера уже давно были совершенно сбиты все биоритмы, он с удовольствием принял Барсиково расписание, и теперь кот с хозяином ночами поедали из одной тарелки макароны, заворожённо глядя на потолок, где вдохновенно, как Наташа Ростова на своём первом балу, вальсировала мышь.

Конечно, в жизни семьи происходили потом и другие события — вернулся якобы из Тибета Юрик, не постигший фундаментальных основ бытия, зато выучившийся курить марихуану, инженерова жена завела в санатории интрижку с врачом, а дочь — с пациентом, но обе в своих предметах вскоре разочаровались, и, как только полностью прошли курс алкогольной детоксикации, с радостью вернулись домой под инженерово крыло.

Общеизвестно, что родственная любовь в разлуке только крепнет, и члены инженеровой семьи были несказанно счастливы, вновь обретя друг друга. Поздним вечером они теперь усаживаются кружком вокруг кухонного стола, взявшись за руки и тихо сияя влюблёнными глазами — вышедший на пенсию инженер, по-прежнему налегающая на коньяк с пустырником инженерова жена, самоуглублённый обкуренный якобы буддист Юрик, задумчивая разведённая Вероника, лысеющий слабоумный Барсик — все они, с этой своей картинной неподвижностью и застывшими улыбками, напоминают старый фотоснимок. Статичность этой композиции нарушает только мышь, двигающаяся по потолку в ритме танго, не сбиваясь с такта и не путая фигур.

Мышь танцует танго на потолке каждую ночь уже в течение многих лет, и будет, вероятно, танцевать его и дальше, пока стоит этот мир.

Конечно, удивительно, почему именно танго, ведь этот танец очень стар и уже давным-давно вышел из моды — но, в конце концов, это не более странно, чем всё остальное. В жизни гораздо чаще, чем может показаться на первый взгляд, случаются таинственные и загадочные происшествия, перед которыми пасуют логика и рассудок. Неожиданно в Бермудском треугольнике исчезает корабль, или откуда-то прилетает НЛО, или вдруг, ни с того ни с сего, в городской квартире на шестнадцатом этаже заводится мышь. Откуда? Увы, человеческий разум отнюдь не всесилен, и мышь продолжает танцевать танго на потолке, не сбиваясь с такта и не путая фигур, ночью, в семье бывшего инженера.

Бард Андрюша

Без трёх минут двенадцать, как обычно, хватились шампанского, мама принесла бутылку и передала её барду Андрюше: «Будьте так добры, шампанское всё-таки должен открывать мужчина, обязательно, особенно в Новый год».

Я вообще заметила, что во время застолий шампанское всегда почему-то поручают открывать мужчинам, причём выбирают среди всех присутствующих какого-нибудь балагура, лучше всех рассказывающего анекдоты, торжественно, как ключ от завоёванной цитадели, вручают ему бутылку, балагур наваливается на неё всем телом и принимается озверело откручивать ей голову, дамы пригибаются и визжат, хозяйка неестественно высоким голосом просит пожалеть люстру, балагур предлагает не учить учёного, борьба с бутылкой держит внимание публики минут пять, в результате пробка летит престарелой хозяйской тетушке прямо в глаз, пена хлещет в салат Оливье и на платье первой красавицы, все гости голосят, как на пожаре, а балагур кричит громче всех, что шампанское было тёплое, а в нормальных домах его вообще-то охлаждают.

Должна вам сказать, что в нормальных домах его, конечно, охлаждают, но далеко не всегда, его просто умеют открывать. Мы с мамой, например, открываем шампанское в мгновение ока, ловко, как иллюзионист Игорь Кио. Мы вообще всё в доме обычно делаем сами, не прибегая к помощи мужчин, во-первых, потому что мы очень хозяйственные и расторопные, а, во-вторых, потому что мужчины в нашей семье никогда отчего-то долго не задерживаются, исключением стал лишь бард Андрюша. Мой папа, например, ушёл от нас восемнадцать лет назад, так как ему надоела мамина бесхарактерность. Про бесхарактерность мне объяснила бабушка, когда в прошлом сентябре приезжала из своей кельи под елью пресекать мамин роман с учителем физкультуры. У бабушки — сердце-вещун. Оно подсказало ей, что её дочь за 350 км крутит роман с физкультурником, и бабушка моментально приехала и навела порядок в незрелых умах, прямо-таки выставив физрука с его букетами и секундомером. После этого физрук от любовной тоски открыл в школе секцию баскетбола, куда сразу записались все окрестные трудные подростки, и, таким образом, бабушка спасла не только мою маму, но и многих других мам в нашем районе.

Бабушка у нас в семье — самая умная и дальновидная, но это не помешало ей вырастить дочь-идиотку, как она иногда ласково говорит. Я в таких случаях всегда защищаю маму — разве идиотке дали бы преподавать в школе русский язык и литературу и вести факультатив по психологии?

На самом деле, моя мама достаточно умна, просто она — вечная тургеневская девушка. У таких девушек лет в семнадцать разгорается в сердце святая искра восторга, и так и не может догореть до пенсии. На жизненном пути маме всегда попадались негодяи, и, если б не бабушкино своевременное вмешательство, всё это могло бы кончиться для мамы глубокой душевной травмой, какой-нибудь из негодяев обязательно её бы когда-нибудь бросил. А так никто из них бросить маму так и не успел, бабушка всегда выпроваживала их раньше. Негодяи, впрочем, попадались и самой бабушке, причём, гораздо более упорные, чем негодяи мамины. Первый бабушкин муж даже пытался петь ей под окном серенады, умоляя вернуться, отрезвили его только пятнадцать суток за хулиганство, а из-за четвёртого чуть было не получила пятнадцать суток сама бабушка, выкинув его чемодан в окно и почти попав по голове главному бухгалтеру ЖЭКа. После этого происшествия бабушка объявила, что хватит с неё светской жизни, пора разорвать этот порочный круг, продала свою квартиру и укатила в Псковскую область жить натуральным хозяйством. Что это за хозяйство, мы с мамой как-то раз наблюдали на летних каникулах — перед полуразвалившимся домом бегали одуревшие от голода куры, а на полусгнившем крыльце сидела вдохновенная бабушка и читала им Цветаеву. Подкармливали кур и бабушку жалостливые соседки, а бабушка в благодарность рассказывала им о живописи второго рококо. Выглядела бабушка абсолютно счастливой, портили ей настроение только периодические мамины романы, для пресечения которых ей приходилось мотаться к нам в Питер, а за это время куры успевали окончательно лишиться рассудка и совершенно одичать. Бабушка даже шутила, что ещё один Веркин роман — и куры превратятся в куропаток, взлетят на деревья и будут там токовать. Мама на работе дружит с географичкой Натальей Васильевной и возражает, что токуют не куропатки, а тетерева, бабушка хохочет, Верка, ещё бы тебе не знать, ты у меня сама тетеря тетерей, и уезжает обратно в деревню Ботвино, вся деревня — четыре хутора с ополоумевшими старухами и моя бабушка, доктор наук на пенсии, хождение в народ и портрет Цветаевой на покрытой вперемешку пятнами сырости и копоти стене.

Мы же с мамой предпочли городскую суету, хотя какая суета могла быть у нашей маленькой, но семьи из двух человек, мама тихо преподавала свою литературу и стеснялась лишний раз встретиться взглядом с физруком, я тихо училась на своём театроведческом, никаких собственных талантов у меня не было и пришлось идти изучать чужие, после института я отправлялась в библиотеку, а после библиотеки — домой, двумя трамваями, и вот во втором я как-то раз разговорилась с бардом Андрюшей, который в переполненном вагоне случайно ударил меня по зубам грифом гитары. То, что Андрюша всюду носил с собой гитару, было главное, что меня в нём смущало. Ещё меня несколько беспокоил тот факт, что он старше меня на шестнадцать лет и заплетает русые с проседью локоны в косу до талии, но по сравнению с песнями под гитару всё это были мелочи. Однажды, в самом начале нашего знакомства, когда я ещё не знала, куда с Андрюшей ходить можно, а куда нельзя, и что лучше с ним вообще никуда не ходить, он позвал меня в театр, а в антракте, примостившись в фойе на банкетке, тихонько пропел мне из раннего. Тогда это для меня явилось полным сюрпризом, да и для остальных посетителей театра тоже, позже я, правда, уже несколько попривыкла, прослушав из раннего на Иорданской лестнице Государственного Эрмитажа, в вагоне метро и в читальном зале Театральной библиотеки. В читальный зал посторонних не пускали, по идее, но когда я спросила у Андрюши, как он туда попал, Андрюша даже несколько оскорбился — «Мариночка, я, вообще-то, бард, и весь мир принадлежит мне» — и отправился провожать меня до парадной. Лифт у нас ходит очень медленно, и Андрюша успел исполнить мне ещё пару вещей из цикла «Корабли из фольги и цветной бумаги», 1990 год, я тогда только в школу пошла. Мама, оказывается, видела все эти провожания в окошко: «Кто это у тебя такой хвостатый в казаках?», спросила она меня со священной материнской тревогой, и на следующий день мне пришлось вести барда Андрюшу знакомиться с мамой. Вместо «здрасте» он с порога пропел ей про то, «когда меня убьёт мой чёрный город», и моя чувствительная русичка-мамочка сыпанула ему в чай пять ложек сахара и пригласила заходить почаще. Бард Андрюша понял это буквально, то есть настолько буквально, что вскоре мы с мамой уже стали оставлять ему ключ под ковриком и котлеты под ватной бабой. Наша квартира — коммунальная, хотя и малонаселённая, и поначалу постоянное бардовское пение в местах общего пользования вызывало некоторый нездоровый интерес, но постепенно все свыклись с ссутулившейся Андрюшиной фигурой между раковиной и холодильником Борисыча. Сам Борисыч сперва был сильно против Андрюшинных бардовских песнопений по ночам, пока не догадался, что Андрюша тоже не дурак выпить, и с тех пор они все вечера проводили вместе. Андрюша заводил свой тягучий цикл про русского Гамлета, а Борисыч рассказывал неприличные анекдоты. Борисыч вообще — существо исключительное, он оживает лишь при при виде жены Лизочки, которая содержит его на свою зарплату детсадовской няни, а в отсутствии Лизочки Борисыч курит и устанавливает в комнате розетки. Устав от розеток и курения, он выползает на кухню и принимается рассказывать неприличные анекдоты. Борисыч не работает вовсе, а Лизочка работает с восьми до девятнадцати, плюс две халтуры, поэтому у них уже вся комната состоит из одних сплошных розеток, густой от курения воздух начал сам собой прессоваться в кирпичи на подоконнике и загораживать вид из окна, а мы с мамой выучили наизусть такое количество неприличных анекдотов, что можем теоретически стать желанными гостями в любой сильно пьющей компании. Правда, ближайшая сильно пьющая компания пока обходится без нас, составляют её Борисыч и бард Андрюша, на нашей кухне. Борисыч рассказывает Андрюше неприличные анекдоты, а Андрюша терзает струны и оплакивает наколовшийся на Адмиралтейскую иглу цеппелин, и всё это они запивают белой водкой и закусывают нашими с мамой рогаликами. Варенье для начинки нам дарит мамина бывшая свекровь, а моя вторая бабушка тётя Роза, я с ней немножко дружу и из вежливости разговариваю, но варенье из гордости не беру, мама же с ней из гордости не разговаривает, но варенье из вежливости берёт, и вот это варенье горками накладывается на треугольнички тонко раскатанного дрожжевого теста, а тонко раскатывает тесто бард Андрюша. К праздникам мы печём что-то вроде торта «Наполеон», но с добавлением бананов и кофейного ликёра, наш с мамой эксклюзивный рецепт, и тут уже бард Андрюша нам не помощник, так как перед праздниками Андрюша всегда надолго запирается в ванной мыть голову. Голову Андрюша моет непременно двумя видами шампуней, а потом полощет кудри в тазике с отваром ромашки, он так привык, ромашку он собирает на даче, когда ездит навещать свою бабушку. То, что у Андрюши тоже, оказывается, есть бабушка, я узнала от его мамы, заодно узнав и о её существовании. Когда Андрюша окончательно перебрался к нам, в разгар июньской тополиной метели, и пристрастился спать в нашем коммунальном коридоре на антикварном сундуке 1912 года, модерн, резьба и инкрустация, вдруг позвонила эта самая мама, она так и представилась, добрый день, я Андрюшина мама, а вы, наверное, Мариночка? Будьте так любезны, дружочек, передайте Андрюше, чтобы он съездил навестить бабушку, она там совсем одна, а колонка за полтора км, а мне это уже тяжело, ревматизм и артрит, возрастное, Андрюша ведь у меня поздний ребёнок. Я только хлопала глазами и говорила: «Ага, ага», а сама пыталась сообразить, сколько же может быть лет Андрюшиной бабушке, и как они позволяют ей в таких годах жить одной на даче, колонка в полутора км, если Андрюша поздний ребёнок, а Андрюше уже скоро тридцать семь. Ни до чего определённого я, правда, так и не досчиталась, я ведь всё-таки театровед, а не математик, но, тем не менее, мы с мамой напекли Андрюше на дорогу пирожков и проводили его до электрички; на перроне Андрюша спел нам про натянутый между мирами нерв телефонного провода, мы помахали ему на прощание платочками с монограммами. Монограммы вышивала мама, у неё такое хобби — вышивать, это успокаивает её расшатанные преподаванием нервы, монотонное ныряние иглы и искусственного шёлка, под Андрюшино бардовское пение, а я рядышком набирала курсовую по Любимову и «Таганке».

Вообще, надо сказать, мы с мамой постепенно всё больше свыкались с нашим, как бы это сказать, двусмысленным семейным положением, тем более что бард Андрюша, который поначалу предлагал руку и сердце мне, теперь предложил тот же набор моей маме, положим, руки-то у него было две, но сердце? По этому поводу у нас с мамой даже случился момент истины, мама явилась ночью в мою комнату с распущенными волосами, как Офелия, и полезла ко мне обниматься, Маринка, ты не ревнуешь, шёпотом, так как бард Андрюша пел с Борисычем на кухне и вполне мог услышать. Но слушать тут было особенно нечего, я так прямо маме и сказала, поскольку Андрюша мне совершенно не нравился, то есть не нравился в качестве возможного мужа, и шестнадцать лет разницы в возрасте меня как-то настораживали, да и алкоголизм, и маленькая зарплата, что-то он там монтировал на телевидении, сутки через двое, могу себе представить. Маме же Андрюша нравился ещё меньше моего, но она всегда без памяти привязывалась ко всему убогонькому и нежизнеспособному, от котяток с перебитыми лапками до прозы Сергеева-Ценского, и бард Андрюша занял в этом ряду достойное место. К тому же моя тихая деликатная мама совершенно не переносила алкогольной грубости и агрессивности, когда набравшийся Борисыч принимался орать давно уже нам известные неприличные анекдоты на всю квартиру, у мамы начинались просто-таки физические страдания, мне даже приходилось давать ей анальгин. Андрюша же с каждым выпитым стаканом становился всё лучше и лучше, а с каждой выпитой бутылкой — всё прекраснее и прекраснее, глаза его делались ещё одухотвореннее, а голос — проникновеннее, даже кисти рук приобретали какую-то ещё более дворянски-утонченную форму. Мама была так очарована этими метаморфозами, что иногда в особо драматические моменты жизни даже специально покупала для Андрюши две или три поллитры, сама наполняла ему кружку с надписью «Маришка», бывшую мою, подаренную мной Андрюше на годовщину нашего знакомства, и, утопая в слезах умиления, наслаждалась зрелищем постепенной, бутылка за бутылкой, трансформации Андрюшиной привычной интеллигентности в аристократизм. Самый длительный мамин эксперимент закончился на третьей бутылке 0.5 — с предпоследним стаканом наш Андрюша стал просто вылитый Андрей Болконский, а с последним забылся сном, морща высокий лоб и еле слышно шепча что-то запёкшимися губами. Нам с мамой, пока мы переносили его с кухонного стола на сундук, удалось разобрать нечто вроде: «К барьеру, господа!»

И тогда я всерьёз задумалась, не стоит ли мне, в самом деле, бросить надоевшее за четыре года театроведение и закончить, как и мама, факультет психологии в Институте культуры. Чтобы поступить на тот же факультет в университет, мне не хватит ума и характера, ум и характер в нашей семье все достались бабушке, собственных особенных талантов у меня нет, поэтому мне остаётся либо изучать таланты других людей и с любовью писать о них монографии, либо изучать и любить тех людей, которые меня окружают. Пусть Высоцкий гениально играл Гамлета, а я никогда не смогу не только сыграть так же, но и достойно написать об этой игре. Зато я могу видеть Гамлета в тридцатисемилетнем барде Андрюше, в котором все остальные не видят не то что Гамлета, но и вообще что-либо, кроме идиота средних лет с седоватыми локонами и гитарой. Пусть кто-то считает мою мамочку неудачницей, а бабушку — старой маразматичкой. Никому не запрещаю испытывать и ко мне жалостливое презрение или презрительную жалость — да, у меня нет никаких особенных талантов, самое большее, на что я способна — написать квёлую театроведческую монографию, которую потом в Театральной библиотеке съедят мыши — пожалуйста, сколько угодно. Зато у меня есть прекрасная семья — бабушка в Псковской области, читающая курам Цветаеву, любимая мамочка и бард Андрюша. Многие ли обладатели талантов и выдающихся способностей могут похвастаться такой семьёй?

И многие ли гении, признанные, или пока ещё не очень, могут по-настоящему любить такую семью?

Разливайте шампанское, Андрюша. Пускай таланты маются муками творчества, пускай дикие и суровые гении бегут от нас куда подальше и оттуда ответят мне: там, на этих пресловутых берегах пустынных волн, есть ли у них мама с бабушкой и бард Андрюша? Ничего у них там нет, кроме вечно терзающих славное чело тайных игл и свинцово-бесприютного угрюмого океана, ледяными лапами норовящего схватить за гениальные пятки. Шуми, шуми, мы потом тебя прочитаем и даже напишем о тебе монографию. А сейчас, поскольку у нас нет никаких особых талантов и нет смысла держать чуткие ушки на макушке и ждать божественного глагола, единственное, что мы можем сделать — это выпить за здоровье друг друга, в этом новом, какая разница, каком, мы никогда не заинтересуем биографов, году, выпить шампанского. Разливайте, Андрюша. А потом — спойте нам, вы ведь всё-таки бард.

Разливайте.

Письма в редакцию

Бывают в жизни ситуации, разобраться в которых сам человек не в силах. В таких случаях человек решает просить совета у любимого журнала и пишет письмо в редакцию. Например,такое:

«Здравствуй, дорогая редакция!

Пишет тебе Алёна. На прошлой неделе я на всю жизнь полюбила молодого человека, но он не нравится моей маме, потому что он поэт, а ещё он абсолютно всё ворует. Скажите, что мне делать, я не могу без него жить, а он у нас с мамой уже полквартиры вынес, в том числе, набор серебряных ложек, и нам теперь нечем размешивать сахар в чае.

Заранее спасибо, Алёна».

Шутница-редакция отвечает в таком духе, что, дескать, ты, Алёна, не расстраивайся, это вечная проблема отцов и детей, а чай можно пить и без сахара, для стройности и экономии. Поначалу невкусно, но скоро привыкаешь.

Редакция таким образом поддерживает своих читателей и не даёт им пасть духом, потому как на собственном опыте знает, что за каждым коротеньким письмом может стоять сложная жизненная драма. Такая, например.

Воскресным утром тёти Галина дочка Алёна спустилась с пятого этажа к почтовым ящикам, чтобы взять корреспонденцию, там впервые увидела поэта Женю и полюбила его на всю жизнь. Что он поэт, было видно сразу, так как Женя весь зарос густыми рыжими усами и густой рыжей бородой, а то, что он Женя, выяснилось чуть позднее. В момент зарождения Алёниного чувства. Женя как раз воровал газеты из Алёниного ящика, поэтому она совсем близко увидела его прекрасные глаза, демонически сверкающие из бороды, и сразу поняла, что не может без него жить. Чтобы завязать непринуждённый светский разговор, влюблённая Алёна робко спросила: «Простите, почему вы воруете наши газеты, извините, не знаю вашего имени?» Женя улыбнулся, пожал плечами, помотал головой и из глубины бороды бархатисто отрекомендовался: «Женя», щёлкнув каблуками и целуя Алёне руку. Алёна, убедившаяся за это время в стойкости своих чувств, повела Женю знакомиться с мамой.

Алёнина мама тётя Галя была несколько удивлена, тем более что у Алёны уже был правильно избранный жизненный путь, который два раза в неделю кормил Алёну в ресторанах, без жилищно-материальных проблем и детей от расторгнутого первого брака. Но Алёна обьяснила маме, что теперь она Жене отдана и будет век ему верна, и тут у матери с дочерью случился затяжной семейный конфликт, так как тётя Галя почему-то сразу заподозрила в Жене проходимца, особенно когда после его ухода недосчитались икебаны в коридоре. Этот конфликт с течением времени становился всё глубже, к тому же, за три следующих Жениных визита пропали, соответственно: статуэтка из серванта, ЛФЗ, портрет балерины Галины Улановой, гладильная доска и Алёнина похвальная грамота за третий класс школы, вместе с рамкой и гвоздиком. И хотя Алёна кричала со слезами, что это просто роковое совпадение, мало ли кто мог украсть, подумаешь, «никто больше не приходил», сейчас в форточки лазят и в вентиляцию, я по радио слышала, и я не позволю возводить поклёпы на моего будущего спутника жизни, да, именно так, у тёти Гали всё-таки остались некоторые сомнения. Тётя Галя, разумеется, желала дочери только счастья, и пыталась перебороть себя и отбросить беспочвенные подозрения, но всё равно никак не могла отделаться от безотчётной неприязни к Жене, и даже блюдо с пирожными передавала ему без всякой сердечности. Однажды у них даже чуть не произошёл настоящий скандал, когда тётя Галя буквально поймала Женю за руку, Женя, что вы делаете, а Женя в тот момент крал из комнаты книжный шкаф с двадцатитомным собранием сочинений Льва Толстого. В общем, если бы не вмешалась Алёна, тётя Галя успела бы наговорить Жене грубостей, но, слава Богу, удалось как-то превратить всё в шутку. После этого случая тётя Галя немного успокоилась, и даже исчезновение доставшегося от дедушки концертного рояля перенесла стоически. Правда, к Жене она так и продолжала относиться почти без всякой душевной теплоты, и даже периодически пыталась намекать Алёне, мол, доченька, всё же у него какие-то странные наклонности, ты не находишь? Но Алёна сразу пресекала все эти разговорчики, мама, прекрати, я люблю его, садилась на пол, так как кресла тоже необъяснимым образом куда-то пропали, и звонила Жене по телефону, милый, я так соскучилась, пока был телефон. Когда телефон тоже исчез, Алёне пришлось купить мобильный, а, лишившись в свою очередь и мобильного, бегать звонить к соседям.

Вернувшись, в результате, однажды вечером с работы, тётя Галя не обнаружила в квартире вообще ничего, даже своей зубной щетки и кафельной плитки в ванной, лишь посреди комнаты под голой лампочкой стояла счастливая Алёна в единственном уцелевшем платье. Она причёсывалась растопыренной пятернёй, глядя на своё отражение в оконном стекле, и сообщила тёте Гале дату своего бракосочетания.

Тётя Галя расчувствовалась и всплакнула над быстротечностью жизни, вот уже и доченька совсем взрослая выросла, скоро, глядишь, и внуки появятся, и пошла к соседям одалживать деньги на праздничный ужин в ресторане.

На свадьбе молодой муж был очень оживлён, сверкал из бороды демоническими взорами и украл ковровую дорожку с лестницы Дворца бракосочетаний.

Дальше Алёна с Женей зажили очень счастливо, так что тётя Галя сильно раскаивалась в своей бывшей когда-то совершенно безосновательной неприязни к Жене, тем более что тот оказался мужем внимательным и необычайно хозяйственным, всё в дом, и чего только он в дом не приносил. И мебель, и картины, и комплект журнала «Звезда» за 1985 год, и автомобильные покрышки, а бронзовых Чижиков-Пыжиков приносил даже два раза.

Таким образом, Алёна и Женя целый год были эйфорически счастливы в браке, пока Женя трагически не погиб, утонув в Неве, когда пытался украсть мост Лейтенанта Шмита.

Безутешная вдова решила в память о Жене опубликовать в журнале его стихи, но ей сказали, что они все украдены у Лермонтова. Но тех, кто готов бороться за своё счастье, судьба всегда вознаграждает — пока оскорблённая Алёна рыдала в приёмной, её заметил главный редактор, влюбился, женился и сделал своей заместительницей, так что теперь Алёна уже сама даёт дурацкие ответы на дурацкие вопросы читателей, призывает не отчаиваться и приводит в пример свою собственную судьбу и трудное счастье своё, созданное буквально своими руками. И миллионы читательниц спят спокойно, зная: вот сильная женщина Алёна, которая боролась за свою любовь, и теперь счастлива в браке, и всё у неё получилось, а, значит, получится и у нас, помрёт Женя — выйдем замуж за Петю, какая разница, ведь главное — это настоящее сильное чувство, а чай можно пить и без сахара, для стройности и экономии.

Летний отдых на Ладоге

Ночами на дне Ладожского озера начинают ходить ходуном кости съеденных рыбами затонувших рыбаков, передавая своё колыханье густым неповоротливым волнам, поднявшиеся волны создают ветер, ветер беспорядочно толкает верхушки сосен.

Сосны жалобно царапаются хвоей в небо, попадают в него пальцем, с усталой обречённостью клонят головы друг другу на плечи.

В кронах сосен мечется заплутавший плач. Это плачет колония по поварихиному сыну Кольке.

Вторя колонии, плачет по Кольке и сама мать-повариха, а, наплакавшись, встает в шесть утра варить турбазовским отдыхающим комплексные обеды и прочие разносолы. За работой повариха продолжает ронять солёные слёзы в кипящие разносолы, все поварихины разносолы всегда пересолены, и отдыхающие поэтому часто уходят с обеда несолоно хлебавши.

Со старого полинявшего плаката в конце столовой дорогим гостям обещают хлеб да соль, изуродованный тараканий труп на месте восклицательного знака, но почти все выбирают почему-то только хлеб, по нескольку кусков в салфетку, якобы к обеду, а на самом деле вместо обеда, и расходятся по истлевающим картонным базовским домикам, на выходе говоря поварихе: «Большое спасибо!», вот и весь обед.

Таким образом, еды выходит слишком много, но это ничего, остатки от обеда обслуживающий персонал базы скармливает своим собачкам, пока нет походников. Когда же приплывают походники, еды сразу оказывается слишком мало, но это тоже ничего, им всегда можно положить на добавку остатки от собачьего обеда. Походникам всегда всё вкусно. Они не станут вдаваться во все эти пересолено-недосолено, они выше этого. Они — над, они — сверх, они — гипер. Гипербореи.

Пять недель они болтались по неврастенически-непредсказуемой Ладоге, воды которой то накрывали их с головой, то уходили из-под ног, гранитное дно озера со сладострастной хищностью вздымалось навстречу дну лодки, над самой водой неслись трёпаные облака, махрой краёв фамильярно шлёпающие по грязным бокам заполошно верещащих чаек. Лодка заваливалась то на один борт, то на другой, то на оба сразу. Это, видимо, и называется «погодка — закачаешься».

А над захлёбывающейся лодкой бежало небо, то самое ладожское небо, в правом верхнем углу которого светит солнышко, а в левом нижнем гремит гром и низвергаются потоки дождя, с рассветом впереди и закатом сзади, и всё это сменяется со скоростью крутящего в руках шизофреника калейдоскопа, день да ночь — сутки прочь, и по новой, в единицу времени, только успевай головой вертеть.

«Кручу-верчу — обмануть хочу!» — перекрывая скандальные вопли ветра и волн, выпевает-высвистывает откуда-то с горизонта, из точки схода, ладожская сводка погоды.

Прислушайтесь — и узнаете много интересного. Через пятнадцать минут солнце и штиль сменятся бурями и штормами, и двухметровые волны с рёвом и визгом бросятся на скалы, костлявыми пенными пальцами цепляясь за жалкие прибрежные ёлочки-сосеночки, брызгая на них слюной и иногда выплёвывая на камни какую-нибудь дрянь: склизкий осколок весла, в экземе ржавчины уключину, веточку, косточку, клубок тошнотворных водорослей. Отчего так злобно воет? Все домовые давным-давно опочили на каменном донце гигантского блюдечка, на пресное мокро-чешуйчатое содержимое которого всё дует и дует Кто-то, и никак не прекратит свой помпезный файв-о-клок. И кто бы это мог быть?

Неудивительно поэтому, что в Ладоге вечно все тонут, один за другим, тонут и тонут, прямо напасть какая-то, ведь от ладожской погоды можно ожидать всего. Торжественно проводив походников, пять недель турбаза существует, затаив дыхание, ожидая Всего. Конечно, Всего может и не случиться, и тогда вернувшиеся аккурат к обеду грязно-щетинистые, пахнущие псиной дружные походники эффектно вваливаются в столовую единым массивом, на первый-второй не рассчитываясь, прогрохатывают туристскими толстоподошвенными башмаками к своему личному, не занимать, столу, шумно плюхаются задубевшими в наскальных сидениях брезентовыми задами на хилые совковые ещё стулья и бодро гаркают: «Где моя большая ложка?»

Наоравшись, сплочённые походники с аппетитом суют в жизнерадостные зубастые пасти чахлого казённого алюминия ложки, а что уж там в этих ложках, это дело десятое.

После обеда топится баня, а поздним вечером для мытых-бритых-на-грудь-ещё-в-бане-принявших-героев-походников устраивается дискотека. Говорят, что это способствует закреплению приобретённого в походе чувства локтя.

У меня же это чувство локтя родилось не в походе, куда меня не взяли по малолетству, в двенадцать лет никаких ещё походов, а непосредственно на дискотеке, и закрепилось до такой степени, что я влюбилась в поварихина сына Кольку, самого походного и героического из всех вернувшихся героев-походников, чемпиона по ловле толстощёких щук .

Случилось это ещё позатем летом, и всё это время я продолжала любить Кольку тем же неослабевающим чувством локтя, преданно и нежно, хотя и без толку. Как ни странно, любить Кольку я продолжала даже зимой, когда мне и вовсе было не на что в этом плане надеяться, ведь в городе мы не общались. Вообще-то мы и летом на турбазе не особенно-то общались, два раза он сказал мне «здоро́во» и один раз «отзынь, дура», вот, в сущности, и всё за два года, но летом я по крайней мере могла надеяться на какое-то развитие событий.

Короче говоря, летом я ждала развития событий, а зимой ждала лета, чтобы ждать развития событий, и вот нынешним летом кое-чего дождалась.

Колька, кстати, дождался тоже, и буквально следующего: если раньше по нему плакала колония, то теперь наперебой зашлись в рыданиях тюрьма и армия. Соответственно, у Кольки чётко намечались две жизненных магистрали: либо скрыться от армии в тюрьме, либо от тюрьмы в армии, городская прокуратура настойчиво соблазняла Кольку первым путём, мать-повариха — вторым, а сам Колька, видимо, пытался найти какой-то третий, шатаясь вечерами в прибрежном выморочном мелколесье, втянув голову в плечи и перепуганно шевеля ушами от каждого шороха.

А за ним Красной Шапочкой таскалась я, с корзинкой на руке, якобы по грибы, на цыпочках, прячась за то берёзки, то рябинки и избегая открытых территорий.

В обед я мечтательно вертела в пальцах соляные кристаллы поварихиного борща, а перед моим мысленным взором проходили прекраснейшие картины: вот, одно за другим, подобно покрывалам Саломеи, с Кольки снимаются обвинения в хранении, распространении, ношении и использовании, а вместо этого в ногах его рождается плоскостопие, таким образом Колька теряет свою столь явную для тюрьмы и армии слезоточивость, он говорит мне с трепетом: «Типа, ты у меня одна, и вся фигня...» Нет, добавки не хочу, большое спасибо!

Колькины, правда, мечты оказались несколько иными. Я специально подружилась с ребятами, к которым Колька ходил покупать ширялово, ребята под большим секретом рассказали мне, что Колька собрался уплыть по Ладоге в Норвегию, угнав из нашей базовской бухты катамаран.

Споткнувшаяся об это известие моя жизнь наполнилась тягостными раздумьями; вертясь под плешивым казённым одеялом в отсыревшем картонном домике, я таращилась в облепленное толстыми облаками грязное небо и напряжённо размышляла, как же мне предотвратить Колькин побег на катамаране, поскольку это явно была стопроцентная утопия, невозможно выйти в Ладогу на катамаране и не утопнуть. Следовательно, было необходимо каким-то образом убедить Кольку угнать хотя бы байдарку, конечно, байдарки тоже не особенно надёжны, мала усадка, но зато они очень быстроходны и способны лавировать, а лавировать на Ладоге — первое дело, иначе до Норвегии не добраться.

Провертевшись таким образом до дыры в панцирной сетке кровати, я решилась искать руку помощи, и неожиданно для себя нашла её торчащей из плеча Дядьмиши, нашего завлодками. Дядьмиша — очень цельный человек, он весь как будто состоит из цельного куска коричневой морщинисто-брезентовоскладчатой загорелой субстанции — от носков сапог до венчающей этот монолит кепочки — и упакован в кокон самогонного перегара, и откуда-то из подкепочной Дядьмишиной части прямо в душу собеседника глядят ярчайшей голубизны глаза. На этот взгляд я и напоролась однажды вечером, слоняясь в недоумении по пирсу, как тот неудачливый курсантик три месяца назад на Колькину финку. Но если курсантику финка вошла в бок и вышла боком, то для меня прямое попадание под Дядьмишин взгляд оказалось крайне полезным. Дядьмиша положил мне на плечо тяжёлую мозолистую руку помощи; утирая слёзы краем рыболовной сети, я поведала ему о нависшей над любимым угрозой угрозыска, и в таких вот декорациях и зародилась наша операция «Алый парус», хоть я и пыталась спорить: «Дядьмишечка, какой парус, на байдарке-то», но Дядьмиша лишь сплюнул в набежавшую волну. Вообще, вдруг выяснилось, что Дядьмиша, несмотря на видимую цельность, полон какими-то забродившими романтизмами, а также пиратскими песнями, откуда бы, кажется, которые он хрипел так уверенно, что я время спустя даже заподозрила, а не участвовал ли Дядьмиша по молодости в самодеятельности. Как мы готовились спасать Кольку, мне, по совести говоря, тоже немного напоминало самодеятельность, но я тогда как раз подружилась с определённой группой Колькиных приятелей столь задушевно, что они мне даже подарили нечто высушенное и зеленоватое в мешочке, какие-то вершки и корешки, и я, поскольку в дружбе ведь обязательна взаимность, начала заправлять это дело в одолженную Дядьмишей трубку, и за работой мы с ним теперь по очереди затягивались, я уж потом поняла, что, возможно, этого делать и не стоило.

Но тогда мне казалось, что всё идёт по плану (и это действительно было так), Дядьмиша водружал на нос очки без стёкол, с примотанными изолентой дужками, и, расстелив на полу своей конторы оставшееся от двадцатилетней давности торжеств красное знамя, кроил из него алый парус, а я вооружалась подборкой «Техники — молодёжи» того же времени и чертила конструкцию установки паруса на байдарке.

Только когда наше плавсредство, которое романтический Дядьмиша упорно называл почему-то фрегатом «Потёмкин», было спущено на воду, мы наконец-то открыли Кольке счастливую весть, что он спасён, спасён, и Норвегия уже доверчиво протягивает ему все свои берега и снега, и подмигивает всеми своими оленями, и не сегодня-завтра над океаном алые взметнутся паруса, осталось лишь наметить окончательную дату выхода!

Вся наша компания, состоящая из Дядьмиши, Кольки и меня, единогласно постановила, что выходить нужно непременно ночью и в шторм. Колька, правда, промолчал, он всегда молчал, только что ширнувшись, я уже давно подметила эту присущую его психике любопытную особенность, я тоже ничего не сказала, будучи в обкурке, и, кстати, то, как одинаково мы с Колькой реагировали на внешние раздражители, окончательно доказывало родство наших душ; Дядьмиша, в общем-то, тоже не промолвил ни слова. То есть, немножко не очень понятно, откуда взялись слова «ночь» и «шторм», да ещё и единогласно, если все молчали, но факт остается фактом, слова эти откуда-то всё же появились, лично я прозреваю в этом нечто трансцендентное.

Далее мои воспоминания становятся не столь отчётливыми, я приписываю это сильному эмоциональному потрясению от присутствия рядом любимого; кажется, мы решили окрестить наш корабль, и Дядьмиша всё тащил бесконечно долго, будто фокусник яркие шёлковые шарфы из рукава, мутную невнятного содержимого бутылку из груды драных сетей, поясняя что-то про йо-хо-хо и бутылку рома, и всё падал на эти сети, а мы с Колькой тянули его за ноги подышать, и, соприкасаясь случайно при этом рукавами, краснели удушливой волной, Колька, во всяком случае, совсем слился по цвету с алым парусом.

Потом была ночь отплытия, непроглядная, с ливнем и бурей, как по заказу; алый парус, который я с любовью обшила оборками и фестонами, то перекручивался в жгут, то раскидывался у нас над головами куполом шапито, и тогда Колька превращался в канатоходца, Дядьмиша — в силача, а я — в цирковую афишу, такая яркая гамма переживаний должна была быть написана на моём лице, как мне кажется. Оскальзываясь на камнях, мы с Дядьмишей бестолково выпихивали байдарку ориентировочно в направлении Норвегии, Колька копошился по пояс в воде, стремясь в байдарку запрыгнуть, похожая в свете ярких молний и тусклого Дядьмишиного фонарика то на торпеду, то на подлодку байдарка уходила на дно, а затем нырнувшего за ней Кольку таранила навылет, и Колька всплывал уже с торчащей между глаз байдаркой, как мне со страху мерещилось. Пока Колька гонялся по штормовому мелководью за байдаркой, как хозяйка по двору за курицей для будущего супа, растопырив руки и пригнувшись, Дядьмиша всё подбадривал его с берега, дескать, ты ещё крепкий старик, Билли Бонс, а может, это он подбадривал сам себя, или меня; в этой наполненной темнотой, Колькиными матюгами, ливнем и болью от разбитых в кровь коленок ночи вообще всё было не слишком определённо. И когда Колька наконец оседлал байдарку, и запихнул свои кривые ноги в её продрогшее нутро, и ветер наполнил алый парус, который мы всё-таки, по-моему, не очень удачно разместили прямо перед Колькиным носом, когда байдарка, зарываясь в чёрные волны и вихляя задом, всё же двинулась куда-то, мы с Дядьмишей не были окончательно уверены, идёт ли она точно в Норвегию.

Мы ещё какое-то время простояли на скале, пытаясь за акробатикой волн, взлетающих в небо, и неба, падающего в волны, различить становящийся всё меньше и меньше алый парус, но он скоро совсем исчез, как будто его никогда и не было.

Наутро погода хоть и прояснилась, но зато жизнь турбазы покрылась какой-то мутью, вернулись походники, но на этот раз без дискотеки, один из них, оказывается, утонул той штормовой ночью.

Поэтому наши скалы украсились очередной траурной табличкой с фамилией, датами и неоригинальным пояснением «трагически погиб», на ладожских скалах этих табличек напихано — через каждые двадцать метров, а ещё стелы и обелиски, и традиционно каждым летом прибавляются всё новые, тонут и тонут, прямо напасть какая-то.

Среди этих табличек, стел и обелисков я и бродила остаток лета, тоскуя по Кольке, от которого не было никаких вестей.

Вопиющее Колькино молчание даже стало поводом для Дядьмишиных намеков на большую географическую удалённость нашей турбазы от Норвегии, а подразумевал он, как я догадалась, что Колька мог утонуть.

Но ведь Колька не мог утонуть, в том-то всё и дело! Если б он утонул, я бы обязательно что-нибудь почувствовала, резкую боль в сердце, или в разбитых коленях, они у меня с той ночи никак не заживали, и на всё реагировали, абсолютно на всё, ну, на любую ерунду, и неужели какое-то происшествие с Колькой осталось бы незамеченным? В довершение неприятностей куда-то делись наши с Колькой друзья, дарившие мне в качестве товарищеской поддержки траву, и мне пришлось искать новых друзей с травой, я совершенно не могла существовать без товарищеской поддержки, да тут ещё эти слухи и намеки...

Короче, я бродила по облицованным табличками берегам сама не своя, от драматичности бытия у меня даже начал мутиться рассудок, я уже не могла отличить птичек от рыбок и всё надеялась, что Колька подаст мне хоть какой-нибудь знак, подтверждение, что он благополучно добрался до Норвегии; и, опять-таки, дождалась...

Однажды, уже в последних числах августа, когда ночами наступали самые настоящие заморозки, спать в картонных базовских домиках было всё равно что в чистом поле, почти все отдыхающие уже разъехались, только я упорно каждое утро лезла и лезла на скалы, не могла же я уехать в город, не получив весточки от Кольки; однажды, под хлещущим наотмашь по лицу ледяным ветром, вдруг, как в сказке, волны вздыбились, накрыли один из торчащих у берега валунов, и, отступив, оставили на его верхушке обрывок чего-то линяло-красноватого.

Ринувшись к воде, опять, конечно, разбивая колени, а заодно и локти, и даже пару раз приложившись лбом, боясь, что какая-нибудь расторопная рыбка-птичка успеет раньше, я непослушными, онемевшими в ниже ноля воде крюками пальцев поддела с камня драную тряпицу когда-то алого цвета, ребята, надо верить в чудеса, с остатками оборок и фестонов…

Несомненно, это Колька таким образом кричал мне, перекрывая атмосферные шумы: «Я жив, всё хорошо, я доплыл до Норвегии!»

Мне даже кажется, что где-то на горизонте, за дальними островами, я, приглядевшись, смогу различить сугробы Норвегии и щиплющих из-под снега озимые маргаритки оленей. Неподвижно висящее облако с радужными северносияющими краями, вот оно, вдалеке, может, и есть Норвегия?

Правда, от меня до этого облака — Ладога. Целая Ладога воды, в которой вечно все тонут. Тонут и тонут, прямо напасть какая-то. Выходят из бухты и сразу же тонут лодки и корабли, на полпути на юг падают в обморок и тонут птички, тонут пожарные, тонет милиция, тонут рыбаки и рыбки, пассажиры с детьми и инвалиды, следующим летом соскользнёт со скалы и утонет завлодками Дядьмиша, стойко и жизнерадостно утонут походники, утонет приезжающий лишь на выходные директор базы и все отдыхающие, утонут вместе с будками базовские собачки и, вероятно, когда-нибудь утону и я.

Но сейчас мне на это наплевать. За наполненной до краёв водой, костями утопленников и сытыми рыбами Ладогой висит перистая Норвегия. И там, на сверкающем снежном берегу, в окружении большеглазых с серебряными копытцами оленей, стоит знатный оленевод Колька и всё машет мне рукой, отгоняя назойливые облака, несущиеся из ниоткуда в никуда под раскинутым над Вселенной куполом ладожского неба.

ЛАДОГА
2011

Бобылёв со своей верёвкой

Не так-то легко вдвоём грести слаженно, но Митя с Ванечкой справляются, Ванечка красивый и умеет петь под гитару, а Митя капитан. У Мити в лодке есть специальное капитанское место. Правда, на этом месте всегда устраивается Ванечка. Капитанское место расположено ближе к корме, а на корме сидят девочки. Ванечка в пути видит перед собой девочек, а Митя — вспотевшую спину гребущего Ванечки. И хотя Ванечка строен, как кипарис, девочки всё равно интересуют Митю больше. Митя тонко чувствует красоту природы и пытается этим произвести впечатление на девочек. Обращается он к девочкам почему-то «ребята».

— Вон летит чайка! — говорит Митя девочкам. — Смотрите, ребята, какая красивая!

Девочки ласково улыбаются Мите и молча пьют пиво. Беседу с Митей поддерживает Ванечка.

— Это не чайка, а ласточка! — поясняет он. — У тебя почему-то левое весло сильнее. Ты что это, специально?

— Это у тебя левое весло сильнее! — протестует Митя. — Нас из-за этого сносит, будто не видишь. Ты даже чайку от ласточки отличить не можешь. Вот она летит к нам, посмотрите, ребята!

— Вот она к нам прилетела, — подтверждает Ванечка. — Теперь ты видишь, что это ласточка?

— Действительно, ласточка, — поражается Митя. — Смотрите, ребята, какая красивая! Всегда ты, Ванечка, прав. Только вот гребёшь плохо, нас сносит. Рули вон за ласточкой.

— Нас сносит, потому что у тебя левое весло сильнее, — зевает Ванечка. А рулить за ласточкой я не буду. Это не ласточка.

— Не ласточка? — играет изумление Митя. — А кто же это, хотел бы я знать?! Тебя, мой друг, возможно, смущает, что она похожа на бабочку?

— Меня смущает, что у тебя левое весло сильнее и нас сносит. А то, что она больше похожа на бабочку — это нормально, мой друг. Если бы ты присмотрелся, ты бы понял, что это и есть бабочка. Капустница.

— Неужели бабочка?! — чуть не теряет вёсла Митя. — Ну да, мой друг, ты опять прав. Действительно, бабочка. Смотрите, ребята, какая красивая! — говорит Митя девочкам.

Девочки обворожительно улыбаются Мите и молча пьют пиво. Ванечке становится якобы жарко. Он снимает футболку, демонстрируя девочкам стройность кипариса. Митя раздражается и предлагает Ванечке рулить получше и подплыть к севшей на воду бабочке. Бабочка при ближайшем рассмотрении оказывается белым буйком, что очень почему-то радует Митю.

— Смотрите, ребята! — подмигивает он девочкам. — Буёк!

— Буёк-буёк! — стройной спиной чувствует Митины подмигивания Ванечка. — А к нему верёвочка привязана!

— И правда, верёвочка! — непонятно чему радуется Митя. — Смотрите, ребята, какая красивая!

Ванечка оборачивается и долго саркастически разглядывает Митю. Митя смущается и начинает нервно вытягивать верёвку из воды.

— Тяни-тяни! — подбадривает друга Ванечка. — Сейчас утопленника вытянешь!

Митя суетливо тянет верёвку, поглядывая на девочек. Девочки ободряюще улыбаются и молча пьют пиво.

— Тяжёлый! — доверительно сообщает Митя.

— Ещё бы не тяжёлый! — сочувствует Ванечка. — Покойники всегда тяжёлые, это тебе не окуньков удить. Давай, соберись!

Митя собирается и изо всех сил дёргает за верёвку. Верёвка где-то под водой обрывается, и Митя заваливается на дно лодки в красивые Ванечкины ноги.

— Прекрасно, мой друг! — усаживает Митю на место Ванечка. — Так мы и не познакомимся с нашим трупом, очень мило.

— Здесь на верёвке металлическая табличка! — оправдывается Митя. — С фамилией Бобылёв. Смотрите, ребята, какая красивая!

Девочки с интересом рассматривают табличку и молча пьют пиво.

— Значит, вот как звали несчастного горемыку, — задумчиво вертит в руках табличку Ванечка. — Передай мне, мой друг, ножик!

Ванечка отрезает верхний конец верёвки от буйка и аккуратно складывает её на носу лодки. «Греби в лагерь, мой друг!» — просит он Митю, и Митя гребёт. Несколько минут все молчат. Девочки пьют пиво, а Митя собирается с духом.

— Не надо было этого делать! — наконец робко говорит он в кипарисную Ванечкину спину.

Ванечка оборачивается и саркастически смотрит на Митю.

— Ясное дело, не надо было. Я так и не понял, зачем ты это сделал. Знаешь, что теперь будет?

У Мити от испуга становится сильнее левое весло, и лодку начинает сносить.

— Ну вот, опять нас сносит! — констатирует Ванечка. — Мы забрали у Бобылёва верёвку, и теперь он ночью придёт за ней.

— Ночью? — пугается Митя. — А почему ночью?

— А утопленники всегда по ночам появляются! — подставляет солнцу стройную спину Ванечка.

— А, может, там и не было никакого утопленника, — сомневается Митя.

— Не было-не было, — кивает Ванечка. — Там была чайка. Или ласточка. Красивая, но очень тяжёлая. По фамилии Бобылёв.

Несколько минут все молчат. Девочки допивают пиво, а Митя предлагает выбросить верёвку с табличкой.

— Нет, мой друг, — грустно мотает головой Ванечка. — За всё в жизни нужно платить. Мы забрали верёвку у покойника, и ночью он придёт за ней к нам в лагерь. Кстати, вот мы и приплыли. Я надеюсь, мой друг, ты сможешь причалить?

Митя причаливает, выпрыгивает на берег и втаскивает лодку. Девочки достают из мешка новое пиво. Ванечка аккуратно складывает верёвку Бобылёва на бревно рядом с кострищем и потягивается, пластично изгибая стройный торс.

— А что мы будем делать, когда Бобылёв придёт за своей верёвкой? — робко интересуется Митя.

Ванечка, мечтательно глядя на полыхающие в закатном солнце дальние острова, пожимает красивыми плечами.

— Водки ему нальём для начала. А потом будем сопротивляться. Он ведь душить нас станет своей верёвкой.

— Это точно? — пугается Митя.

— Ну, естественно, — грустно подтверждает Ванечка. — Покойники, они мстительные. Накинет верёвку на шею и станет душить. Надеюсь, мой друг, у тебя чистая шея?

Митя, стыдливо покраснев, идёт к озеру мыть шею, а Ванечка достаёт из продуктового мешка бутылку водки. Девочки молча чистят пойманную утром рыбу и пьют пиво. Приходит Митя с мытой шеей, разводит костёр и ставит воду для гречки. Ванечка открывает топором банку тушёнки и разливает по первой. Начинает темнеть, и ещё темнее кажется от костра.

— Будем есть, или сначала дождёмся Бобылёва? — любопытствует Митя. Ванечка пристраивает над костром коптиться рыбу и принимается раскладывать по тарелкам гречку с тушёнкой.

— Давайте есть, раз готово, — предлагает он, разливая по второй.

Незаметно наступает ночь. Водка заканчивается, и Ванечка берёт гитару. Митя подпевает ему про «возьмёмся за руки, друзья». Девочки молча пьют водку, запивая её пивом.

— Интересно, с какой стороны подойдёт Бобылёв? — размышляет Митя. Ванечка пожимает плечами и открывает следующую бутылку водки.

— Уймите этого типа! — спохватывается Митя. — У нас же лимит! Одна бутылка за вечер, а то до конца похода не хватит!

— Хватит тебе до конца похода! — успокаивает друга Ванечка. — Сейчас придёт Бобылёв за своей верёвкой, сразу тебе и наступит конец похода, не переживай!

Мите нечего возразить, и он молча пьёт. Девочки тоже пьют молча. Ванечка подкладывает в костёр сухих веток, делая костёр пионерским. Искры летят над верхушками чёрных сосен. В прибрежных камышах раздаётся какой-то треск, и Митя нервно выплевывает в костёр обглоданный рыбий хребет.

— Ну, поздравляю вас. Вот и Бобылёв. — говорит Митя, зорко вглядываясь в камыши.

Девочки залпом допивают водку, молча запивая её пивом.

— Ты очень наблюдателен, мой друг! — хвалит Митю Ванечка, разливая водку. — Только это не Бобылёв, а чайка.

— Чайка? — не верит Митя. — Действительно, чайка. Смотрите, ребята, какая красивая!

— Очень красивая! — подтверждает Ванечка. — Такая красивая, что прямо сама на себя не похожа.

— Она похожа на ласточку! — догадывается Митя.

— В тебе есть жилка юного натуралиста, мой друг! — радуется Ванечка, отщипывая кусок копчёной рыбы. — Вообще-то это и есть ласточка!

— Неужели ласточка? — щурится сквозь дым костра Митя. — И правда, ласточка. Вы посмотрите, ребята! Такая изящная, как бабочка!

— Ещё бы ей не быть изящной, — соглашается Ванечка. — Когда это и есть бабочка. Капустница. Вот она села на верёвку Бобылёва.

Митя залпом выпивает поданный Ванечкой стакан и печально констатирует:

— Ты опять прав, мой друг. Не знаю, как уж это тебе всегда удаётся. Действительно, капустница. А водка уже, кстати, по вкусу как вода.

— Вообще-то это и есть вода, — извиняется Ванечка. — Я тебе случайно дал стаканчик для запивки. Прости, друг.

— Уймите этого типа! — злится Митя. — Мало того, что он всегда прав, вы посмотрите, что он себе позволяет! Да он просто пьян!

— Да, я нетрезв! — соглашается Ванечка. — Зато я всегда прав. И к тому же я красивый.

— Как бабочка! — подтверждает Митя.

— Нет, как ласточка! — кокетничает нетрезвый Ванечка.

— Как чайка! — умиляется Митя. — Нет, правда, вылитая чайка! Посмотрите, ребята!

— Это и правда чайка! — кричит откуда-то из-за палатки Ванечка. — А я пошёл за следующей бутылкой!

— Уймите этого типа! — возмущается Митя. — Мы и так уже перевыполнили план. Что мы будем делать, если придёт Бобылёв за своей верёвкой?

— А ты бы лучше подумал об этом, когда забирал у него верёвку! — упрекает друга Ванечка, открывая бутылку. — Я говорил, не надо этого делать!

—Ты пьян! — негодует Митя. — Ты же сам отрезал верхний край верёвки от буйка! Вот этим ножом…

— Дай сюда нож, — просит Ванечка. — Я порежу хлебушек для закуски.

— Хватит пить! — выходит из себя Митя. — Ванечка, ты алкоголик! Уймите этого типа! Ты сейчас всё выпьешь, а что мы будем делать, когда придёт Бобылёв за своей верёвкой?

— У нас осталось ещё три бутылки, — успокаивает его Ванечка. — И потом, Бобылёв уже не придёт.

— Почему? — не понимает Митя, и от удивления нервно выплёвывает в костёр обглоданный рыбий хребет. — Кстати, божественно вкусная рыба!

— Ещё бы! — удовлетворённо подтверждает Ванечка. — А кто готовил? Передай мне хлебушек, пожалуйста!

— Ты пьян! — оскорбляется Митя. — Мы готовили вместе! Ты, конечно, всегда прав, но никогда ничего не помнишь. На, подавись своим хлебушком, алкоголик. Сколько можно пить?! Почему Бобылёв уже не придёт за своей верёвкой?

— Я готовил рыбу сам! — выплёвывает в костёр рыбьи кости Ванечка. — А если бы готовил ты, она была бы недосоленной. Я давно заметил, что ты жалеешь соль. И водку ты тоже жалеешь. А не придёт Бобылёв потому, что ему уже незачем приходить.

— Уймите этого типа! — вопит обиженный Митя. — На, вот тебе следующая бутылка, упейся! Сколько можно пить?! И рыба у тебя пересоленная, а хвалил я тебя из жалости. Всегда жалею алкоголиков. Почему Бобылёву незачем приходить — он придёт за своей верёвкой!

— Зачем ему приходить сюда за своей верёвкой, если её здесь нет, — открывает новую бутылку и начинает разливать необидчивый Ванечка. — И к тому же ты лжёшь, мой друг, у меня божественно вкусная рыба. А лжёшь ты из зависти, поскольку сам ты готовишь скверно. А скверно готовишь ты, потому что ты алкоголик.

— Я алкоголик?! — лишается дара речи Митя. — Да я трезв, как никогда! А вот ты, мой друг, попросту пьян! Верёвка Бобылёва лежит в полуметре от тебя на бревне!

— Совсем глаза залил! — сочувственно отмечает Ванечка, разливая по второй. — Посмотри внимательно, алкоголик, — никакой верёвки на бревне не лежит!

— Да вот же она! — кипятится Митя. — Лежит на бревне, как миленькая! И я не алкоголик. Вот это вот, на бревне — что это, если не верёвка Бобылёва?

— Ты алкоголик, потому что ты это отрицаешь. Алкоголики всегда это отрицают, — ласково уговаривает друга Ванечка, аккуратно наливая по третьему стакану. — А вот это вот на бревне — это вовсе не верёвка Бобылёва, а чайка. Присмотрись повнимательнее, мой бедный нетрезвый друг!

— Да? — удивляется Митя. — Действительно, чайка. Посмотрите, ребята, какая красивая! А куда же пропала верёвка?

— А ты больше пей, у тебя ещё не то пропадёт! — язвительно обещает Ванечка, передавая другу стакан. — Верёвку унёс Бобылёв. А это, кстати говоря, не чайка, а ласточка. Даже и похожа на ласточку.

— Не может быть! — поражается Митя. — Ну, надо же, как оно бывает. Поразительно. Действительно, ласточка. Смотрите, ребята, какая красивая! Только похожа почему-то скорее на бабочку. Но ты, мой друг, всё же пьян. Как это Бобылёв мог забрать свою верёвку так, чтобы мы не заметили?

— Что ты этого не заметил, в этом ничего удивительного. Ты вообще ничего не видишь, потому что ты пьян. Эта ласточка потому так похожа на бабочку, что это и есть бабочка. Капустница. Лично я видел, как Бобылёв приходил за своей верёвкой!

— А почему же ты мне ничего не сказал? — недоумевает Митя. — Кстати, как это ни горько, но ты опять оказался прав. Действительно, капустница. Посмотрите, ребята, какая красивая! И как выглядел Бобылёв?

— А как он мог выглядеть? Хорошенький, прямо ласточка! — издевается Ванечка, продолжая разливать. — Я щадил тебя, мой бедный друг. Безобразен был Бобылёв ужасный. Посинел и весь распух. Зрелище не для слабонервных алкоголиков. И зачем ты только обрезал тогда его верёвку!

— Это ты отрезал его верёвку! — переживает Митя. — Вот этим вот ножом! И я не алкоголик, потому что я не отрицаю! Алкоголики отрицают, а я нет!

— Конечно, нет. Ты же умный парень, мой бедный друг, жаль только, что алкоголик. К чему же отрицать очевидное? И передай мне нож, я хлебушек порежу для закуски.

— Сколько можно пить?! — поражается Митя. — И куда в тебя лезет? Вот интересно, алкоголик я, а пьёшь ты… А Бобылёв был с буйком?

— Ну, естественно, с буйком, — разливает остатки водки Ванечка. — С белым буйком, а в тело раки чёрные впились. Бери рыбку с хлебушком, божественно вкусно. Кстати, нужно новую бутылку открывать. Ты опять всё выпил, алкоголик!

— Я не алкоголик, я просто поддающийся влиянию! Это ещё в школе было видно! — оправдывается Митя. — Постарайся, мой друг, эту бутылку расходовать экономнее, это последняя. Послушай, а почему Бобылёв не задушил нас своей верёвкой?

— Расходовать экономнее! — передразнивает Ванечка, открывая и разливая. — До чего же ты прижимист, мой друг! Ну, да, впрочем, это тоже ещё в школе было видно. А Бобылёв не задушил нас лишь потому, что он нас не заметил.

— Не заметил? — давится водкой Митя. — Что же у него, катаракта или куриная слепота? Ты, мой друг, достаточно крупный парень!

— Это потому что я хорошо питаюсь, — со скромной гордостью соглашается Ванечка. — И тебе советую. На вот, бери рыбку с хлебушком, божественно вкусно! Бобылёв не заметил нас, потому что он принял нас за чаек!

— За чаек?! — давится следующим стаканом водки Митя.

— Ну, да, — подтверждает Ванечка. — Именно за чаек. Ты, мой друг, так болтлив, что устроил здесь настоящий птичий базар!

— Да я был молчалив, как никогда! — негодует Митя. — Это ты галдел без умолку. И к тому же сожрал всю рыбу. Так что ты и есть настоящая чайка!

— Неужели?! — пугается Ванечка и в панике ощупывает свои щёки. — Нет, мой друг, это не перья. Это, скорее, трехдневная щетина. К тому же сегодня ночью я был скорее немногословен. Как и ты, мой друг. А вот кто действительно в нашей компании галдел без умолку, так это наши девочки!

— Девочки? — удивляется Митя. — Ах да, девочки.... Ну да, действительно! Я, кстати, тоже заметил — что-то они сегодня чересчур разговорились.

— Просто трещотки! — подтверждает Ванечка. — Галдят и галдят! И, кстати, ты обратил внимание, сколько мы утром поймали рыбы, и сколько осталось, после того как девочки её почистили?

Митя напряжённо пытается припомнить, но Ванечка опережает его.

— Её стало меньше ровно вполовину! — эффектно объявляет он. — А знаешь, почему? Они сожрали половину рыбы, пока чистили её!

— Сырую? — поражается Митя.

— Конечно! — кивает Ванечка. — Они всегда жрут сырую рыбу.

— Серьёзно? — огорчается Митя. — Надо же, а с виду такие симпатичные девочки...

— Девочки!.. — язвительно хохочет Ванечка. — Девочки! Хороши девочки — галдят без умолку и жрут сырую рыбу. Нет, мой друг, боюсь, они далеко не девочки!

— Не девочки?.. — цепенеет от догадки Митя.

— Нет, мой друг! — залпом выпивает остатки водки Ванечка. — Это не девочки. Это попросту чайки. Вот они сидят на бревне. Присмотрись, и ты увидишь, что я опять прав.

Митя присматривается и робко замечает:

— Ты действительно опять прав, мой друг. На бревне и правда сидят чайки. Но не находишь ли ты, что они какие-то уж больно изящные?

Ванечка прикладывает ладонь козырьком к глазам и вглядывается повнимательнее.

— Чересчур изящные! — подтверждает он. — Просто как ласточки. Если не сказать больше.

— А ты скажи! — подбадривает его Митя. — В данном случае вполне можно сказать больше. Итак, почему эти ласточки такие изящные?

— Потому что они бабочки! — радуется наводящему вопросу Ванечка. —Давай поймаем их для коллекции!

Дружески обнявшись, Ванечка с Митей на цыпочках приближаются к сидящим на бревне бабочкам.

— Однако! — изумленно взглядывает на Митю Ванечка.

— Да уж!.. — соглашается Митя.

— Вот так номер… Сдаётся мне, мой друг, это не совсем бабочки.

— Да! — с грустью кивает Ванечка — Я бы даже сказал, совсем не бабочки. Приходится признать, мой друг, что на бревне лежит верёвка Бобылёва.

— Удивительно! — переживает ситуацию Митя. — Почему же он её не забрал?

Ванечка задумывается, заложив руки в карманы и любуясь встающим из озера солнцем.

— Все просто, мой друг, — наконец упрекает он. — Бобылёв не только не забрал свою верёвку, он даже и не приходил за ней!

— Не приходил? — не понимает Митя. — Но ты же сам его видел? «Посинел и весь распух…»

— Понимаешь ли, мой друг,— извиняется Ванечка. — Я, как и все творческие натуры, обладаю излишней впечатлительностью. К тому же, приходится признать, я был всё же несколько нетрезв. Бобылёв к нам не приходил.

— Неужели нет? — не хочет верить Митя. — Но почему, что же помешало Бобылёву придти за своей верёвкой?

— Не хотелось бы огорчать тебя, мой друг, — мнётся Ванечка. — Но придется. Бобылёв не мог придти за своей верёвкой, поскольку никакого Бобылёва не существует!

— Не существует! — бессильно опускается на бревно Митя. — А верёвка Бобылёва? Она-то ведь существует?

— Естественно, — успокаивает друга Ванечка. — Ты ведь держишь её в руках, значит, она есть. Всё, что есть — существует. Не существует только то, чего нет.

— Ничего себе! — пытается привыкнуть к этой мысли Митя. — И что же, никакого трупа к белому буйку привязано не было?

Ванечка снисходительно похлопывает Митю по плечу:

— Ну, конечно, нет! Кто же будет привязывать труп к белому буйку, сам подумай! Ты слишком эмоционален, мой друг! Нужно как-то обуздывать свои фантазии…

— А как же наши девочки, оказавшиеся чайками? Это тоже необузданная фантазия? — вспоминает Митя. Но тут как раз из палатки вылезают заспанные девочки.

Они улыбаются и молча тянутся к пиву. Митя разводит руками и в недоумении идёт чистить зубы.

— Запомни, мой друг! — напутствует его необыкновенно красивый под утренним солнцем Ванечка. — Существует только то, что есть!

От переизбытка чувств и физических сил Ванечка вспрыгивает на бревно и машет руками.

— А чего нет — того не существует!

Митя, с полным ртом зубной пасты, ласково смотрит на Ванечку.

Ванечка трепещет на бревне, размахивая руками, будто крыльями.

— Ты похож на бабочку! — кричит ему, выплюнув пасту, Митя. — Красивый, как бабочка!

— Как ласточка! — поправляет его Ванечка, подпрыгивая чересчур высоко и отрываясь от бревна.

— Как чайка! — сомкнув рупором ладони, кричит Митя в яркое утреннее небо.

На небе ни облачка. Солнце поднялось уже высоко. Высоко поднялся и Ванечка. Изящно помахивая крыльями, он летит к солнцу. Красивый, как чайка.

Голос совести

Жил-был на свете бледный мальчик. Жил, жил, а потом взял да и умер. Ничего в общем-то удивительного, все там будем, тем более что мальчик был наркоман, поэтому и бледный. Хуже то, что, пока он не умер, он успел влюбиться в девушку Анну, а влюбившись, начал за ней всюду таскаться и надеяться на взаимность. Ходил и ныл: «Анна, я тебя люблю. Анна, я надеюсь на взаимность». А Анне бледный мальчик совершенно не нравился, и она ему посоветовала на взаимность не рассчитывать. А бледному мальчику это было, как с гуся вода, он всё продолжал ныть, дескать, Анна, я в пролёт брошусь. Или: «Анна, я выпью яду». А Анна тогда как раз закончила институт и собиралась замуж, только не могла определиться, за кого: за зубного техника Сергея Сергеича или за живописца Гошу. Сергей Сергеич был за сорок ближе к пятидесяти, а Гоша молоденький почти мальчик и талант с большим туманным будущим. А тут, как на грех, что ни день, к Анне является бледный мальчик: я, мол, Анна, в случае чего и курок смогу у виска нажать...

В общем, бледный мальчик так Анне надоел, что ей вместе с ним и все остальные мальчики надоели. Поэтому она вышла замуж за Сергея Сергеича, который ей в отцы годился, а бледный мальчик после этого возьми да и умри. Возникает вопрос, есть ли связь между этими двумя событиями, если мальчик умер от передозировки. То есть у человека с интеллектом вопроса не возникает, кололся себе мальчик и докололся, как говорится, летал и долетался, обычная, в общем-то, история. У милиционеров, например, никаких вопросов не возникало. А вот у бабушек, которые сидят у подъезда, тоже не возникало вопросов, они сразу откуда-то знали, что бледный мальчик покончил с собой. Проходит Анна мимо этих бабушек, а бабушки и говорят: вот, дескать, идёт та, из-за которой в нашем подъезде мальчики помирают. Вон, юбка короче некуда. А муж у ней — зубной врач. Знаем мы таких врачей. Тоже, наверное, врач-убийца. Вот они и живут в одной квартире, кто кого изживет раньше...

Сергей Сергеич, конечно, тоже эти разговоры слышал, слава богу, не глухой, и, ясное дело, ему было неприятно. Кому же станет приятно, когда идёшь мимо подъезда, а у подъезда сидят бабушки и тебе говорят: «А у вас жена — убийца. И сами вы — врач-убийца. Мы к вам поэтому зубы лечить не пойдём».

Сергей Сергеич очень расстраивался и дома Анне выговаривал, мол, из-за твоих коротких юбок ко мне наши бабушки-соседки зубы лечить не пойдут. Естественно, соглашалась Анна, не пойдут, у них и зубов-то уже нет. Что там лечить. Но шутки шутками, а хорошего, конечно, мало, тем более что Сергей Сергеич вроде умный человек, а тоже всё норовил высказаться в духе: «Ты вот сегодня такой суп сварила, что ты меня, отравить хочешь? Может, правильно про тебя наши соседи говорят?»

Короче, не муж оказался, а сплошное расстройство. Хорошо ещё, что Анна с ним не так часто виделась. Зато она часто виделась с живописцем Гошей. Гоша ей не намекал, что может из-за неё умереть, он, наоборот, всегда говорил: «Пожалуйста, уходи, как-нибудь переживу. Уж как-нибудь не умру без тебя, уж постараюсь». Из-за этого Гоша Анне очень нравился. Гоше Анна тоже очень нравилась, главным образом, за то, что она в своё время не заставляла его на ней жениться. Гоша очень ценил свою свободу, и всех знакомых девушек подозревал в покушении на неё. Обычно, знакомясь с девушкой, он так и заявлял: «Имейте в виду, милая: свою постылую свободу я потерять не захочу».

Девушки сначала обижались, а потом знакомились с Гошей поближе и обижаться переставали. Девушки понимали, что тут не обижаться надо, а радоваться, поскольку Гоша был богемой. Богема — это значит зарабатывать мало и эпизодически, а ночами пить у себя дома портвейн. Гошин дом представлял собой комнату одиннадцать метров в коммуналке, причём один угол был сырой. В сыром углу Гоша держал пустые бутылки для натюрморта, а в сухих углах не держал ничего, потому что у него ничего и не было. Только мольберт у окна и расстеленное на полу одеяло. За мольбертом Гоша работал, а, завернувшись в одеяло, спал. Проснувшись, Гоша пил портвейн из горлышка, а потом работал. Когда к нему приходили в гости девушки, Гоша шёл к соседям одалживать стильные бокалы. Девушки в гостях у Гоши сидели на расстеленном на полу одеяле, пили портвейн из стильных соседских бокалов и тихо радовались, что им никогда не удастся выйти за Гошу замуж.

Анна же приходила к Гоше в гости со своим шампанским, которое она покупала на Сергей Сергеичев стабильный оклад зубного техника. Сергей Сергеич давал ей деньги якобы на колготки, причём всё время умудрялся прокомментировать, мол, каждый день рвать колготки — это надо постараться. Вот носила бы брюки, и никаких колготок было бы не надо, милое дело: носочки заштопала, кроссовочки сверху — и вперёд. А так кое-что надевает такие юбки, что мальчики в подъезде вымирают, а потом денег на колготки не напасёшься. Между прочим, стабильный оклад зубного техника тоже не резиновый. Ясное дело, с таким мужем, что остаётся — только покупать шампанское и пить его из стильных бокалов. Благо у Анны была возможность экономить на колготках. Ведь как обычно рвутся колготки: об углы мебели. А Анна большую часть времени проводила у Гоши, у которого толком ни углов, ни мебели. Там, даже если очень постараться, не обо что было колготки рвать. Так что Анна сидела на полу в целых колготках и пила сначала своё шампанское, а потом Гошин портвейн. Компании у неё не было, Гоша днём работал. Это у него было железное правило: «Когда работаю, я не пью». Зато потом, только отойдя от мольберта, Гоша напивался буквально в момент и сразу начинал за Анну переживать. «Любимая, как ты много пьёшь! — переживал за Анну пьяный Гоша. — Я, как твой друг, не могу этого видеть!»

Вечный был у Гоши рефрен: я твой друг, я твой друг. При этом он постоянно с Анной целовался и звал её «любимая». Когда же Анна пыталась выяснить — если он её так любит, почему же он считает себя просто другом, Гоша отвечал: «Потому что у нас с тобой никакого разврата». Анна деликатно интересовалась — а почему, собственно, у них никакого разврата. Гоша задумывался и объяснял, что процесс разврата отнимет у него энергию, и это помешает работе. Анна немного обижалась и намекала, что вот ведь процесс пьянства тоже отнимает какую-то энергию от работы, тем не менее, портвейн в доме почему-то не переводится. «Ну, ты сравнила, — присвистывал Гоша, — пьянство — это процесс космический-метафизический, он, напротив, к энергии приобщает, причём к энергии Высшей. Пьянство — высокий процесс», — хмурился Гоша. «Так ведь, — робко замечала Анна, — и разврат ведь тоже в каком-то смысле… ну, то есть если у людей любовь…» «Так ведь это если любовь, — соглашался Гоша, — если любовь — тогда конечно. Любовь — высокое чувство. При любви разврата нет. Но ведь у нас с тобой просто дружба…»

В общем, на эту тему с Гошей можно было разговаривать часами, и при этом ничего нового не услышать. Гоша был как испорченная пластинка. Однако Анне всё равно чрезвычайно нравилось бывать у Гоши. У Гоши она чувствовала душевный покой. А стоило Анне выйти от Гоши, её сразу же начинала мучить совесть. Совесть Анны проявляла себя довольно своеобразно, она почему-то приходила к ней в виде покойного бледного мальчика. Первый раз Анна даже испугалась, она тогда только вышла от Гоши на лестничную площадку, и тут ей прямо в ухо прошептал голос бледного мальчика: «Ага, от любовника вышла!» Анна этого голоса в своё время наслушалась, когда он ей часами ныл: я, мол, в пролёт брошусь. Теперь же Анна от испуга чуть сама не сыграла в пролёт, а голос продолжал: «Вот, я из-за твоей свадьбы умер, а ты теперь мужу изменяешь, нехорошо». Анна осторожно спускалась по лестнице и думала что-то вроде: пить меньше надо, тогда и мерещиться не будет.

После этого случая Анна действительно попробовала пить меньше, но толку от этого было ещё меньше: голос бледного мальчика не только не умолкал, но и начал вызывать Анну на разговор. Получался из этого полный идиотизм, поскольку бледный мальчик общался с Анной всюду, не избегая общественных мест. Глупее некуда, когда Анна пробивает, например, в кассу двухпроцентное молоко и половинку дарницкого круглого, а в это время голос: я из-за тебя, а ты то-сё... Опять заладил, думает Анна, что то-сё, у нас же просто дружба. «Ну, да, просто дружба, — нудит голос бледного мальчика, — какая же это дружба». «А что же это, — мысленно возражает Анна, — конечно, дружба, у нас же никакого разврата». «Ну да, — сомневается бледный зануда, — так-таки и никакого». «Абсолютно никакого, — бормочет себе бод нос Анна, идя к продавщице». «Не слышу, — шепчет ей в ухо бледный мальчик, — повтори погромче. Как так — никакого, наверняка какой-то разврат есть, я же знаю, с твоими-то юбками...»

— Да что вы все пристали с этими юбками! — рявкает Анна на весь магазин. — Нет никакого разврата, ясно!

Продавщица от неожиданности хлеб на пол уронила. Извинялись полчаса обе друг перед другом, а Анна от стыда потом в этом магазине показаться не могла, пришлось в другой магазин ходить за хлебом. Каждый день лишние полкилометра по ухабам. Можно подумать, набойки на туфли ей потом бледный мальчик ставить будет. В будке у арки сидят лица закавказской национальности, и берут за набойки 150 рублей, если не сказать, дерут. А потом каждый раз приходишь и отчитываешься, как девочка: набойки... колготки... хлеб... макароны... А Сергей Сергеич быстро пересчитывает в уме, а после этого ходит туда-сюда по квартире в полосатой рубашке, дурацкой-предурацкой, а сам лысый и с бородой, и бубнит, дескать, стабильный оклад зубного техника не резиновый... Глаза бы не глядели. «Серёжа, — спрашивает Анна, — Серёжа, я же подарила тебе на мужской праздник имени Советской Армии и Военно-Морского Флота чудненький свитерок, почему ты его не носишь?» Хотя, конечно, наивно полагать, что в чудненьком свитерке Сергей Сергеич сразу станет на свете всех милее. Сразу не станет, в таких делах чудненьким свитерком не обойдёшься. Но — свитерок надеть, бородёнку сбрить, плешь начистить, чтоб блестела, одеколончиком побрызгать, и совсем уже будет другая история, не муж будет, а картинка с выставки. Портрет с руками. Руки вот у него замечательные, такие чуткие и умелые мужественные руки зубного техника. Руки Сергея Сергеича Анна очень любила. Иногда ночью, ближе к утру, она брала руки спящего Сергея Сергеича в свои и, глядя в потолок, думала: «А всё-таки я счастлива. Бывает и хуже. Руки у него замечательные и стабильный оклад зубного техника. И маме он нравится. И вообще, у нас гармоничный брак».

— Побойся Бога, Анна. О какой гармонии может идти речь... — раздавался вдруг заунывный голос, а на потолке медленно начинало проступать лицо бледного мальчика. — Какая уж гармония, когда жена бегает заниматься развратом налево…

— На какое лево? — шипела Анна, нервно косясь на спящего зубного техника. — Каким развратом? Говорят же тебе, ничего не было…

— Было-не было… — загадочно поводил бровью бледный мальчик, высовывая из потолка правую руку по локоть и грозя Анне пальцем. — Было-не было — это фикция… А к своему Гошеньке ты присмотрись повнимательнее…

— Не порть потолок, дурак! — дёргалась Анна. — В том году только ремонт сделали!

— Ну, чё ты дёргаешься… — сонно переворачивался с боку на бок Сергей Сергеич. — Лунатизм у тебя, что ли…

— Спи, Серёженька! — пугалась Анна. — Спи, милый! Спи, золотко моё протезное!

Бледный мальчик взглядывал на Анну иронически и пропадал. Анна нервничала, не спала ночами и орала на Сергея Сергеича, когда тот по утрам смахивал с простыни крошки штукатурки: «А что ты хотел? Я говорила, надо было подвесные потолки делать. Ты, Серёжа, жмот. Живём теперь, как в хлеву, гостей позвать стыдно».

На самом деле, это у Анны просто пошаливали нервы, никаких гостей она звать не собиралась. Ей выше головы хватало гостей незваных, да и потом, она предпочитала сама ходить в гости.

— Хорошо у тебя! — говорила Анна в гостях, сидя на полу и прихлёбывая портвейн из стильного бокала.

— Ещё бы! — удовлетворённо глядя на сырой холст, кивает Гоша. — Я, как-никак, человек с высшим художественным образованием, кое-что в интерьерах понимаю! Ну, и, к тому же, у меня абсолютный вкус!

— Да, милый! — соглашается зарумянившаяся Анна. — Ты прекрасен! Гоша, скажи мне, как другу — будут ли у тебя когда-нибудь деньги?

— Деньги? — удивляется Гоша, щурясь на холст. — Ну, причём здесь деньги? Деньги — это фикция! И вообще, любимая! — опускается Гоша рядом с Анной на колени и преданно заглядывает ей в глаза. — Разве нам не хватает стабильного оклада зубного техника? Зачем нам деньги, когда существуют высшие ценности?

Анна смотрит на прекрасного Гошу, перемазанного прекрасной зелёной ФЦ масляной краской и пропахшего прекрасным Пинен № 4 разбавителем, и стыдится своих низменных интересов.

— Ты прав, милый! — гладит она на Гошу по немытым волосам. — Всё прекрасно! Ничего мне не нужно, ни денег, ни разврата, мне хватит портвейна и просто дружбы!

— Вот и ладушки! — прекрасное Гошино лицо озаряется трогательной мальчишеской улыбкой. — Знаешь, любимая, ты завтра ко мне не приходи. Мне нужно будет заканчивать работу. Ты же настоящий друг и понимаешь меня?

Настоящий друг Анна грустно допивает портвейн и кивает. Гоша провожает её до дверей и целует на прощание мимолётным дружеским поцелуем длиной в полчаса. Перемазанная помадой и зелёной масляной краской ФЦ Анна выпархивает на лестницу. Там её ждет, колеблясь дымом у форточки, бледный мальчик.

— Ну, как, — интересуется он. — Разрешите вас поздравить с развратом, красавица?

— На себя посмотри… — буркает Анна, спускаясь сквозь мальчика по лестнице.

Бледный мальчик витает над её макушкой и бубнит:

— Эх, ты, развратница. И вот же он не любит тебя нисколечко, знаем мы эти срочные работы. И мужа жалко… Человек пожилой, хороший специалист к тому же. Ты же его в могилу сведёшь своим поведением. Готовить не умеешь, шляешься, юбка еле зад прикрывает...

— Как ты мне надоел!!! — орёт, оборачиваясь, Анна. — Ну, что ты за мной ходишь? Другой умер и лежал бы себе тихонечко, а этот всё ходит. Покойник, называется. Никакого покоя от таких покойников, сплошное беспокойство!

— Ну, извините! — оскорбляется под потолком бледный мальчик. — Извините, что побеспокоил. Любимая, за что, за что же? — патетически вопрошает он и растворяется в темноте парадной.

Анна взглядывает на часы, ойкает и моментально забывает о бледном мальчике. Через час должен придти с работы Сергей Сергеич. Сергей Сергеич любит борщ, и дома Анна суматошно мечется от мяса к свёкле. По столу разбросана зелень, на плите нервно выкипает чайник, над пепельницей висит дым непотушенной сигареты. Вместе с дымом над пепельницей висит бледный мальчик. «Бог знает что! Куда она делась? — озирается в поисках картошки Анна. — И так ничего не найти, да ещё и этот висит. Ах, да, вот она. Ну, да пусть его, висит и висит, есть не просит, и ладно…»

Анна в темпе вальса кидается чистить картошку, а бледный мальчик колышется над потолком и философствует:

— Вот все говорят: наркотики — это смерть,— это фикция. Про меня вот тоже говорили, мол, мальчик умер от наркотиков. А как я мог умереть от наркотиков, когда надо мною, кроме твоего взгляда, не властно лезвие ни одного ножа?

— Но ведь умер же! — визжит порезавшая палец Анна. Она пробует борщ и отплёвывается. — Таким борщом отравиться можно! — устало констатирует она, присаживаясь на уголок заваленного петрушкой стола и беря из пепельницы дымящийся окурок. — Просто трупный яд какой-то, а не борщик!

— Не говори глупостей! — утешает её витающий в дымных облаках бледный мальчик. — Ты совсем не плохо готовишь. Вчера ты сварила вполне съедобный куриный бульон, а на той неделе тебе удался вкусный омлет. А салаты у тебя всегда ничего…

— Какие-то компромиссы с совестью… — думает расстроенная Анна и отмахивается от него, шмыгая носом и закуривая новую сигарету.

— И зелёные щи у тебя в тот раз получились… — с состраданием глядит на несчастную Анну бледный мальчик. — И борщик тоже наверняка вполне ничего… Ну-ка, дай я попробую!

Бледный мальчик подлетает к плите и зачерпывает рукой из кастрюли пригоршню борщика.

— Куда руками!!! — истерически спрыгивает со стола Анна, но тут раздаётся скрежетание ключа в замке.

— Ладно, красавица, я исчезаю! — подмигивает Анне бледный мальчик и действительно исчезает.

Входит Сергей Сергеич, переодевается в полосатую рубашку и начинает ругать борщик.

— Ну, и борщ ты сварила! — брезгливо ползает ложкой по борщу Сергей Сергеич. — Что ты меня, отравить хочешь?

— Может, сметанки положить? — виновато предлагает Анна.

— У тебя, небось, и сметанка такая же! — ворчит, нюхая сметанку, брюзга Сергей Сергеич. — Ну, конечно. Прокисла. Воняет уже каким-то трупным ядом…

— Да сегодняшняя сметана, я специально в магазин ходила! — оскорбляется Анна. — Это, может, от соседей пахнет… Давай, я окошко прикрою…

— Ладно, помолчи! — прикрикивает на неё Сергей Сергеич. — Юбки короче некуда носить умеешь, а готовить не умеешь…

Сергей Сергеич с гримасой омерзения доедает борщик и идёт в комнату смотреть телевизор. Анна моет посуду, разбавляя «Fairy» слезами. Бледный мальчик печально смотрит на неё, покачиваясь у форточки в струе сигаретного дыма.

— Почему он так со мной! — рыдает Анна. — Сметана была совершенно свежая!

— Да-да! — сочувственно кивает мальчик. — Я обратил внимание, сметана сегодняшняя.

— Наверное, это свёкла нехорошая…— всхлипывает Анна. — Но ведь трупного-то яда в ней не было…

— Ясное дело, не было! — громко смеётся бледный мальчик. — Какой же в свёкле трупный яд…

— Тише ты! — шикает Анна. — Он же сейчас услышит и сюда придёт!

— Да никуда он уже не придёт! — успокаивает её бледный мальчик. — Он уже четверть часа как умер.

— От чего?! — опускается на табуретку поражённая Анна.

— От твоего борщика, естественно! — хмыкает бледный мальчик.

— Мясо?! — ужасается Анна. — Я так и подозревала, я не умею говядину выбирать... Говорила мне мама — учись готовить...

— Как ты мне надоела со своим нытьём... — возводит очи горе бледный мальчик. — Тебе просто к психологу пора, как-то надо бороться с этой заниженной самооценкой. Ты вполне прилично готовишь. И при чем тут мясо, ты ещё скажи — петрушка. Это обыкновенный трупный яд.

— О Господи... — сползает с табуретки на пол Анна. — Откуда он там?

— Оттуда! — застенчиво шевелит пальчиками бледный мальчик.

— Какой кошмар... — становится бледнее бледного мальчика Анна. — Сколько раз говорила — не хватай еду руками! Есть же столовые приборы. Никакого воспитания! — орёт она.

— Кто бы говорил! — морщится бледный мальчик. — Орёшь, как на базаре. Прекрати вопить, соседей стыдно. Люди подумают, что здесь кого-то убивают...

— Бог знает что... — берётся за виски Анна. — У меня мигрень, пойду, возьму таблетку...

— Нечего тебе туда ходить! — с суровой мужественностью глядит ей в глаза бледный мальчик. — Тебе что, охота на покойника смотреть?

— А то я их никогда не видела! — устало машет рукой, разгоняя бледного мальчика, Анна.

— Ну, в общем, да... — соглашается мальчик. — Ты теперь, можно сказать, между двух покойников, можешь просто желание загадывать...

— Чтоб ты провалился! — желает Анна, и бледный мальчик мгновенно вытягивается с дымом в форточку. Вместо него появляется молодой врач скорой помощи, предлагающий Анне свои соболезнования.

— Примите мои соболезнования! Сердечный приступ. Он у вас, знаете ли, был уже не первой молодости. Сейчас это сплошь и рядом — сидел человек в кресле, смотрел себе в телевизор, а потом — раз, и всё. Как говорится, смотрел, смотрел и досмотрелся. Обычная, в общем-то, история. Вы, простите, девушка, завтра вечером что делаете?

Завтра вечером Анна бежит к Гоше за сочувствием. Гоша же вечером, как и обещал, заканчивает важную работу и при виде Анны несколько теряется.

— Какой кошмар… — растерянно сочувствует Анне Гоша. — Вечно с тобой какие-то истории. То один помрёт, то другой…

— В том-то и дело… — всхлипывает Анна. — Так некрасиво получилось, буквально один за другим. Люди смеяться станут, неудобно…

— Да брось ты! — утешает Анну Гоша. — Без стабильного оклада зубного техника — да, неудобно. А что там говорят люди, это ерунда. Общественное мнение — это вообще фикция. Про меня вот тоже много чего говорят…

— Действительно! — вспоминает Анна. — Мне говорили, чтобы я присмотрелась к тебе повнимательнее… Гоша, милый, почему у тебя помада на щеке?

— Это не помада! — застенчиво опускает голову Гоша. — Это краплак красный тёмный, краска масляная художественная…

— А что это за обнажённая девушка сидит на одеяле? — продолжает присматриваться к Гоше Анна.

— Это не девушка, это натурщица! — скромно поясняет Гоша, вынимая одеяло из-под натурщицы.

— А почему в таком случае ты занимался с ней развратом, когда я вошла? — недоумевает Анна.

— Это не разврат… — стыдливо драпирует свою наготу одеялом Гоша. — Разврата вообще нет, это фикция!

— Поразительно! — наливает себе портвейна и выпроваживает натурщицу весёлая вдова Анна. —А что же, по-твоему, не фикция?

— Живопись! — торжественно провозглашает занавешенный античными складками Гоша. — Святое и бессмертное искусство! Любимая, хочешь посмотреть мои новые картины?

Анне нравится смотреть на Гошины картины. Также ей нравится смотреть и на самого Гошу. Задрапированный одеялом Гоша красив, как римский военачальник эпохи расцвета. Анна — культурная девушка, ей не чужд интерес к искусствам. Этот интерес заставляет её после похорон Сергея Сергеича переселиться к Гоше. Лавочка у Гошиного подъезда сломана, поэтому на ней никто не сидит и не говорит проходящей Анне, что из-за её коротких юбок скоро полгорода вымрет. Гоша тоже не делает Анне замечаний по поводу её юбок, не спрашивает у неё финансовых отчетов и не заставляет быть дома не позже восьми. Правда, при этом Гоша и не делает комплиментов ногам Анны, позволяет Анне полностью содержать его на выручаемые за сданную квартиру покойного Сергея Сергеича деньги, а иногда по вечерам как-то слишком настойчиво предлагает ей пойти погулять. Происходит это в те вечера, когда к Гоше приходят натурщицы.

— Гоша! — робко интересуется Анна. — Ты же абстракционист, зачем тебе так часто писать с натуры?

— Разве ж это «часто»? — отмахивается щетинистый похмельный Гоша. — Какое ж это «часто»? Любимая, в масштабах космоса это просто фикция!

Анна с неохотой отправляется гулять. Она крайне не любит покидать пределы Гошиной мастерской. В отсутствие Гоши Анну сразу начинает мучить совесть. Совесть является ей в виде бледного мальчика. Когда Анна прогуливается под руку с Андреем Андреичем, отставным полковником за пятьдесят ближе к шестидесяти, на свободной руке у неё как будто постоянно висит бледный мальчик.

— Как тебе не стыдно. Анна! — нашёптывает ей в ухо этот зануда. — Ты ведь ещё даже башмаков не стоптала, в которых за гробом шла!

— Просто мне в тот раз хорошие набойки поставили! — вполголоса оправдывается Анна.

К счастью, Андрей Андреич слегка глуховат и не слышит, как Анна постоянно бормочет себе под нос. Можно сказать, что Анна неплохо устроилась: Андрей Андреич почти ничего не слышит, а Гоша почти ничего не говорит. Но есть свои минусы: Андрей Андреич вечно ходит к докторам, а Гоша вечно водит натурщиц. Поэтому Анна часто оказывается предоставлена самой себе. В таких случаях она идёт на могилу к Сергею Сергеичу и высаживает там хризантемы. Среди растрёпанных лепестков одной из хризантем ей мерещится лицо бледного мальчика.

— Ага, — кивает ей, покачиваясь на стебле, бледный мальчик. — Потянуло всё-таки? Эх ты, развратница… И ведь один за другим… Хоть на кладбище могла бы юбку подлиннее надеть…

Анна в панике убегает с кладбища в ближайшую рюмочную, оттуда она звонит Гоше и Андрею Андреичу. Но у Гоши — полный дом натурщиц, а туговатый на ухо Андрей Андреич звонка не слышит. Вместо этого в трубке раздаётся голос бледного мальчика. «Давай, трезвонь, — ноет он сквозь треск и короткие гудки. — Ты, конечно, можешь звонить, сколько влезет. Всё равно не дозвонишься».

— Извините, девушка! — нагибается к Анне кудрявый юноша из-за соседнего столика. — Вы, конечно, можете звонить, сколько угодно, всё равно не дозвонитесь. У вас телефон выключен. И сами вы как будто в отключке. Может, вас домой проводить?

Юноша провожает Анну к Гоше домой, а на середине лестницы, вцепившись в перила, вдруг принимается объясняться в любви.

— Анна! — патетически возглашает он, взмахивая кудрями. — Анна, я люблю вас! Анна, я надеюсь на взаимность!

— Очень мило с вашей стороны… — удивлённо улыбается Анна. — Я очень тронута. Вы только не нервничайте. А то вон как побледнели.

— Я ещё не так побледнею! — обещает очарованный юноша. — Я для вас что угодно сделаю! Хотите, в пролёт брошусь?

— Ой, нет, спасибо! — отказывается Анна и поспешно вбегает в квартиру, захлопывая дверь перед побледневшим носом.

Вечером приходит перемазанный масляной краской цвета помады Гоша и принимается рассказывать последние новости:

— Представляешь, любимая, рядом с нашей парадной какой-то придурок под машину попал. Пьяный, наверное…

— Наверное… — задумчиво соглашается Анна. — Милый, а как ты думаешь, можно ли покончить с собой из-за любви? Ты бы смог?

— Я? — изумляется Гоша. — Как ты можешь задавать такие вопросы, любимая? Плохо же ты меня знаешь. Да никогда в жизни. Что я, дурак, что ли? Слушай, мне тут нужно немножко пописать с натуры. Любимая, ты не могла бы, как настоящий друг, пойти прогуляться?

Анна поспешно идёт нарезать круги по кварталу, по пути выслушивая привычные нотации бледного мальчика. Причём ей начинает мерещиться, будто в другое ухо ей с укоризной нашёптывает что-то новый голос. «Этого ещё не хватало…» — обмирает Анна, поскольку голос этот подозрительно похож на голос отвергнутого кудрявого юноши. «Вот неврастеники фиговы! — злится Анна. — Вечно с ними происшествия, а я виновата. Один Гоша нормальный парень, здоровый и без истерик».

Анна бежит домой к здоровому Гоше, однако к её приходу Гоша уже далеко не так здоров. Вокруг него толпятся соседи и милиция, а сам он почему-то лежит под лестницей.

— Вот, полюбуйтесь! — демонстрирует Анне Гошу милиционер. — Вот она, так называемая богема. Напился портвейну и упал в пролёт. Как вам это нравится?

— Никак не нравится… — оседает на руки милиционеру Анна. — Экая глупость — напился и упал…

— Да не верь ты им! — шепчет ей на ухо голос бледного мальчика. — Вовсе он не поэтому упал!

— Конечно! — подтверждает голос кудрявого юноши. — Вы, Анна, просто не понимаете, до какой степени вы роковая женщина!

— Да, любимая! — неожиданно вступает в хор льющийся откуда-то сверху Гошин голос. — На самом деле я всегда любил только тебя. И поэтому решил покончить с собой из-за любви.

— Какой сюрприз… — изумляется Анна, слушая этот хор мальчиков. — Ну, надо же, кто бы мог подумать. И ты, Гоша? Ну, спасибо, конечно… Ну, а мне-то что теперь делать?!

— Да не переживайте вы так, девушка! — сочувствует Анне милиционер. — Эти пьяницы вечно туда-сюда падают, обычная, в общем-то, история. Он у вас, я так понимаю, был не подарок. Как говорится, мир праху и всё такое. Могу я чем-нибудь помочь такой красивой девушке?

Настоящий мужчина

В 35-й квартире самая большая комната у Елены Михалны, самая тёплая — у Стасика, а Настина комната скорее похожа на кладовку, но зато к Насте ходит в гости настоящий мужчина. Весь мир пребывает в уверенности, будто настоящих мужчин сейчас не осталось, и только в 35-й квартире знают, что один всё-таки ещё есть, зовут его Иннокентий Валерьевич, он работает учителем истории в школе и по вечерам приходит в гости к Насте. С ним, правда, тоже не всё благополучно, Иннокентий Валерьевич — Дон Кихот, а ещё у него вечно холодные ноги, следовательно, он обречён на вымирание. Настя поэтому старается окружить вымирающего Иннокентия Валерьевича максимальной заботой, следит, чтобы он не сидел на сквозняках, не стоял на ветру, ел горячее и не ходил поздно по криминальным районам. В этом смысле очень удачно, что Иннокентий Валерьевич живёт совсем недалеко от Насти, буквально на соседней улице, пять минут быстрым шагом, но ведь даже и за пять минут мало ли что может случиться. Однажды, например, случилось, что Настя с Иннокентием Валерьевичем целовались в подворотне, и их чуть было не засекла жена Иннокентия Валерьевича. К счастью, поскольку Иннокентий Валерьевич, как-никак, был настоящим мужчиной, у него оказалась превосходная реакция, он успел сориентироваться и отбежать во двор. Самым лучшим мужчинам всегда достаются жёны-стервы, и у Иннокентия Валерьевича жена была просто ужас, а жил он с ней только ради ребёнка. Естественно, ни о каком семейном счастье у них и речи не было, жена совершенно не понимала Иннокентия Валерьевича, не разделяла его стремлений и интересов, и вообще испортила ему жизнь. Она даже носки штопала ему нитками не в цвет, так что Насте вечно приходилось перештопывать. Настя натягивала носок на столовую ложку и занималась художественной штопкой, поверх штопки поглядывая на скорбно нахохлившегося на диване босого Иннокентия Валерьевича. «Кеша, — беспокоилась Настя. — По ногам не дует? Хочешь, я рефлектор возьму у Елены Михалны?» Иннокентий Валерьевич печально улыбался: «Ах, Настенька... Да разве дело в этом?» Что-то в нём было от Блока, особенно в профиль. «Дует!» — догадывалась Настя и шла к Елене Михалне за рефлектором.

— Дует? — спрашивала Елена Михална.

— Кошмар... — кивала Настя. — Середина октября, а в батареях хоть бы хны, и не чешутся...

— Пойти к ним, — мечтает Елена Михална, — и спросить, как это называется. Там этот Костя, он вообще чего-то думает?

— Он думает, — объясняет Настя. — Он думает, как бы ему похмелиться. Он туда приходит к часу, а к полвторому он уже никакущий. К нему нужно идти домой с утра и брать за хобот тёпленьким!

— Не пришлось бы весь стояк менять... — озабочено размышляет Елена Михална. — А то у Стасика ещё ничего, а у нас с вами так и сифонит.

— И не говорите! — соглашалась Настя. — Так боюсь, что Кешу продует! Он у меня простудливый... Хорошо хоть, он весь в своих мыслях и ничего вокруг не видит...

— А если он узнает, — интересуется Елена Михална, — как эта Костина контора работает, зима на носу, а они людям отопления не дают?

— Не дай Бог, — в ужасе отмахивается Настя. — Он же у меня Дон Кихот, он этого Костю не потерпит. Убьёт на месте. Убьёт, а потом сядет. Потеряем последнего настоящего мужчину. Нет уж, Елена Михална, я лучше завтра с утра сама к этому Косте схожу.

С утра Настя, движимая благородным желанием спасти настоящего мужчину от вымерзания, идёт брать за хобот жэковского сантехника Костю. Костя этим утром не думает, как бы ему похмелиться, поскольку он ещё не закончил пить со вчерашнего вечера.

— Тысяча рублей, — бодро говорит, держась за батарею, счастливо избежавший утреннего похмелья Костя. — Будем кусок трубы менять.

— На что? — пугается пропустившая начало разговора Елена Михална.

— На водку! — шутит Костя. — Да все будет путём, хозяйка, ща я это дело отпилю, а потом схожу за мужиками, и мы сюда за полчаса новую вхреначим!

Костя оперативно отпиливает от трубы это дело длиной сантиметров в пятьдесят и идёт за мужиками. Однако никакой новой трубы Костя с мужиками на отпиленное место за полчаса не вхреначивают, так как моментально уходят в запой. Вместо запойного Кости ЖЭК обещает прислать загульного Васю, а пока посреди коридора 35-й квартиры валяется выпиленный из трубы полуметровый кусок, о который постоянно спотыкается близорукий Стасик. Споткнувшись о трубу, Стасик теряет равновесие и начинает с грохотом обваливаться на пол, вызывая бурное негодование выбежавшей из своей комнаты Насти.

— Стасик, вы в своём уме?! —шипит Настя. — Что вы так грохочете, Иннокентий Валерьевич услышит?

— И фиг ли? — интересуется, ползая вокруг трубы в поисках очков, покрывающийся красивыми яркими гематомами Стасик.

— Как это фиг ли? — делает большие глаза Настя. — Это счастье, что Кеша до сих пор ничего не заметил, он же, если узнает, что этот

Костя нам тут творит, он же с этим Костей, я не знаю, что сделает. Он же этого Костю убьёт на месте. Он же у меня настоящий мужчина, не то что вы, Стасик. Ну, что вы ползаете по полу и шевелите усами, смотреть противно, вы что, таракан?

— Да что вы, Настенька, — невесело усмехается Елена Михална. — Какие тараканы! Нет у нас никаких тараканов, помёрзли давно все наши тараканы. Это мы с вами можем жить в декабре месяце без отопления, а таракан — животное деликатное, он такую жизнь переносить не в силах, у него от такой жизни делается тоска и анабиоз…

Настя сильно подозревала, что и у Иннокентия Валерьевича от такой жизни тоже скоро сделается тоска и анабиоз. Хоть Настя и скупила в ближайших комиссионках все обогревательные приоры, ей всё равно приходилось заворачивать Иннокентия Валерьевича в два одеяла и поить его лимонным соком с мёдом для профилактики.

— Ложечку за папу, — запихивала ложечки в скорбный рот Иннокентия Валерьевича Настя. — Ложечку за маму, ложечку за русскую историю…

— Не буду! — капризничал Иннокентий Валерьевич. — Русская история полна мрачнейшими моментами, не желаю пить за неё ни ложечки!

«Боже мой! — потрясённо думала Настя, жадно вглядываясь в трагический лик Иннокентия Валерьевича. — Как он болеет душой за свою страну! И как он знает свой предмет! И как, должно быть, счастливы дети, которых он обучает в школе истории! Это прекрасно, когда твой учитель — настоящий мужчина!»

Иннокентий Валерьевич мрачно чихал в одеяло, и Настя бежала к Стасику одалживать ещё один рефлектор.

— Нечего-нечего! — выговаривала она вцепившемуся в рефлектор Стасику. — У вас и так самая тёплая комната, вы что здесь, сауну собираетесь устроить? Вон на вас какое пальто, можете себе позволить, а у моего Кеши курточка на синтепоне, на учительскую зарплату не разгуляешься. Человек жертвует собой на благо Родины, а вы для него рефлектора жалеете. Постыдились бы.

Но, несмотря на реквизированный у Стасика рефлектор, Иннокентий Валерьевич всё-таки постоянно мерз и явно заболевал. «Хорошо ещё, — думала Настя, строча жалобы в ЖЭК, районную администрацию и лично мэру, — что Кеша уходит ночевать к жене. По утрам у нас здесь просто Антарктида, человеку тонкой душевной организации такого не выдержать, у него и так вечно ноги ледяные».

— Что хотят, то и делают! — жаловалась она Елене Михалне. — По всему стояку нет отопления, все им названивают, они говорят «пришлём», и тишина.

— Не говорите, Настенька! — кутается в платок Елена Михална. — Просто беспредел. Вы знаете, я вчера захожу к нам в подворотню, смотрю, у стены что-то валяется… Пригляделась — а это наш Костя. В запое. Спит себе спокойно. На улице минус десять и, того гляди, снег пойдёт, а он спит себе спокойно. Храпит даже.

— У нас с вами в квартире, — напоминает Настя, — тоже минус десять и, того и гляди, снег пойдёт, однако мы тоже спим спокойно. Стасик, вон, даже храпит. У меня вчера Кеша остался ночевать, его знобить начало и кашель, я ему полночи молочко с мёдом кипятила, только он задремал, и тут Стасик за стенкой как захрапит! Я к нему прихожу, говорю: да прекратите вы храпеть, свинья усатая! Иннокентий Валерьевич плохо себя чувствует, его беречь надо, а вы тут расхрапелись, как этот! Лучше бы денег на сантехника заработали, стояк поменять, а то это ведь невозможно: в квартире минус пять, суп в тарелку нальёшь, а через минуту в этой тарелке уже соревнования по конькобежному спорту устраивать можно. У меня у Иннокентия Валерьевича какой-то нехороший кашель появился, у него в детстве подозревали туберкулёз лёгкого, он мне рассказывал, им, когда всем в детстве кололи реакцию Манту, так у него вообще никакой реакции не было! Потом, говорит, прошло, появилась реакция, а сейчас я, прям, даже не знаю, что и думать… Главное, у него ещё вечно ноги такие холодные…

— А нос? — деловито интересуется Елена Михална.

— При чем тут нос? — обижается Настя. — Что он вам, бобик какой-нибудь?

— Бобик, не бобик, — проходит в кухню закутанный в четыре шарфа Стасик, — а на луну воет. Я сам вчера слышал.

— Вы бы, Стасик, лучше послушали, как вы храпите! — оскорбляется Настя. — Он не воет, он тоскует. Мы вчера с ним ножки попарили, ингаляцию сделали, носик закапали, пластырь я ему перцовый наклеила, и тут он затосковал. Я у него спрашиваю: «Кеша, что ты тоскуешь?» А он мне: «Не знаю, Настенька. Такая вот тоска у меня. Холодно здесь». Я ему: «Может, к жене тебя проводить?» А он мне: «Не хочу на улицу, там нехорошо. Разыгралась что-то вьюга. И у жены нехорошо. Нечем дышать. Я лучше здесь останусь. Знать, судьба моя такая. Умереть в стране, которая не может обеспечить своим гражданам элементарного парового отопления».

Настя рыдает, уткнувшись носом в кухонное полотенце, а Елена Михална со Стасиком на цыпочках идут подсматривать в замочную скважину за умирающим Иннокентием Валерьевичем.

— Всё-таки странно… — шепчет, насмотревшись, Стасик Елене Михалне. — Последний настоящий мужчина, а умирает весь по уши в соплях. Я же читал, я знаю: «Не на постели, при нотариусе и враче…»

— Да что вы говорите, Стасик, — прикладывает платок к глазам Елена Михална. — Какой уж тут врач! Где вы возьмёте этого врача? Наша участковая, она же только на инфаркты приезжает. У меня муж мой покойный от аппендицита умер, я им, помню, звоню тогда, в скорой помощи занято было, и говорю: «Приезжайте, у мужа аппендицит, кажется». А она мне: «А больше вам ничего не кажется? Инфаркта нету?» Я удивилась и говорю: «Кажется, нету». А она мне: «Вот когда покажется, что есть, тогда и звоните. Мы только на инфаркты выезжаем. До свидания». Муж тогда почти сразу и умер. Лет через пять. Жалко, Стасик, что вы его не застали.

— Жалко, — соглашается Стасик. — Что там Настя застряла на кухне, сейчас она своего Кешу тоже не застанет. У него, кажется, уже нос заострился.

— Да что вы говорите! — оттирает Стасика от замочной скважины Елена Михална,— что вы говорите всякие глупости, паникёр! Ничего у него не заострилось, это просто профиль такой на фоне окна. За окном всё белое, вьюга разыгралась, а он сидит в темноте, вот профиль и выделяется, вот вам и кажется, что нос заострился...

— А больше вам, Стасик, ничего не кажется?! — налетает на Стасика злая Настя. — Вам не кажется, что было бы неплохо одолжить мне рефлектор, который вы вчера купили? У вас и так самая тёплая комната, а человек, видите, весь заледенел. Здесь дует, как я не знаю, в моей комнате почему-то самый ветер…

— Сейчас везде ветер! — оправдывается Стасик. — На всём белом свете!

— Да, — подтверждает Елена Михална. — Северный, умеренный до сильного.

— Четыре-шесть метров в секунду! — уточняет Стасик. — Мы тут все вымерзнем!

— Вымерзнет он, как же! — развлекает вечером залепленного горчичниками Иннокентия Валерьевича разговором Настя. — Жди от него. Такие до ста лет живут. Ест за двоих, щёки красные, сейчас вон по утрам в кухне — восемь, а ему хоть бы что, конечно, что ему сделается, таких хоть вьюга, хоть потоп, ничего их не берёт. Это ты у меня, Кеша, человек интеллигентный, духовный — вот у тебя какие ноги холодные… Ну, ничего, сейчас я тебе третью пару носков дам, я как раз заштопала. Ляжешь под одеялко и будешь спать спокойно.

Иннокентий Валерьевич, действительно, спит спокойно, а вот Настю мучают кошмары. Ей снится, что она пьёт в подворотне с сантехником Костей. И Костя хватает её за ноги ледяными руками. «Что вы себе позволяете!» — кричит Настя и просыпается. Проснувшись, она обнаруживает вместо ледяных рук Кости ледяные ноги Иннокентия Валерьевича.

— Кеша, — неуверенно предлагает Настя. — Может, температурку смеряем?

Температурка оказывается 35 и 4, к утру она падает до 29, к обеду становится 20, к ужину — 15 и 6, а когда она делается минус 1, с Иннокентием Валерьевичем начинают происходить необратимые изменения. Утром следующего дня, когда Стасик в тулупе и валенках готовит на кухне завтрак, к нему подходит ошарашенная Настя и деликатно трогает его за рукав.

— Стасик, — просит она. — пойдите, пожалуйста, посмотрите... У меня там Иннокентий Валерьевич что-то не очень... Что-то кажется не того... Заледенел.

— Обалдеть! — восхищённо смотрит на лежащего под окном с видом на вьюгу ледяного Иннокентия Валерьевича Стасик, — никогда такого не видел! Хрена себе Снегурочка!

— Я так и знала! — рыдает Настя. — Я так и чувствовала, в нашем жёстком и холодном современном мире настоящий мужчина обречён на гибель. У него не вынесла душа поэта.

— Ну-ну, Настенька, — успокаивает Настю Елена Михална. — Возьмите себя в руки. Не рыдайте. К чему теперь рыданья. Вы знаете, нам звонили из домоуправления. Костя вышел из запоя, и сегодня обещал сделать нам отопление. К вечеру у нас будет тепло!

— Ах, Боже мой! — заламывает руки Настя. — Ведь Кеша совсем чуть-чуть не дождался этого прекрасного события...

— Да-да, — философски размышляет Елена Михална, — лучшие люди всегда уходят преждевременно.

— Лучшие люди всегда приходят вовремя! — радостно вваливается в прихожую сантехник Костя. — Ща всё сделаем в лучшем виде, не переживайте, хозяйка!

Костя ловко подхватывает с пола отпиленный кусок трубы и мастерски припаивает его обратно на законное место.

— Ну, вот! — носится он по квартире, подкручивая какие-то гайки у батарей. — Вот и славненько, щас всё будет! Это в 30-й квартире засорилось, я в три минуты продул. А то все кричат — стояк менять надо! Да этот стояк здесь с 1902 года стоит, как дом поставили! Стоял стояк сто лет, и ещё столько же простоит! Каждый раз менять не напасёшься!

Чтобы подойти к батарее в Настиной комнате, Костя перекладывает ледяного Иннокентия Валерьевича на комод, но перекладывает неудачно. Иннокентий Валерьевич падает с комода Косте на голову, разбиваясь об неё на миллион ледяных осколков.

— Твою мать! — трёт голову под кепкой Костя. — Кажись, производственная травма. Надо бы полечиться.

— Сначала тепло дайте! — выходит из себя Елена Михална. — А потом лечитесь! Вы с середины октября лечились! У нас тут из-за вас человек просто в ледышку превратился! Управы на вас нету!

Костя поспешно от греха подальше убегает давать тепло, а заплаканная Настя елозит коленками по полу, собирая осколки Иннокентия Валерьевича в тазик.

— Настя, — щурится близорукий Стасик. — Вы же взяли мой тазик! Я хотел рубашки замочить...

Коленопреклонённая Настя кидает на Стасика гневный взгляд:

— Вы, Стасик, уже вообще... Вы бы ещё шнурки погладить собрались! Ну-ка, срочно помогайте мне, сейчас включат отопление, и Иннокентий Валерьевич растает по всей комнате. Будете потом ходить, разносить его своими ногами по квартире.

Кое-как Настя со Стасиком сваливают остатки Иннокентия Валерьевича в тазик и несут тазик на кухню.

— Вы только подумайте! — восхищается Настя, фасуя Иннокентия Валерьевича по трёхлитровым банкам. — Как он бросился на этого Костю! Вот что значит — настоящий мужчина! Дон Кихот! Прыгнул, как барс!

— Снежный барс? — интересуется нетактичный Стасик.

— Можете намекать! — воинственно выпрямляется Настя. — Да, это судьба выдающегося человека в современном мире. Человек замыкается в себе, леденеет и разбивается. Вспомните судьбу поэта Блока...

— Сейчас ваш выдающийся человек растекаться начнёт! — радостно сообщает Елена Михална, чутко прикладывая руку к батарее. — Кажется, уже теплеет... Всё-таки молодец Костя, так ловко всё приделал...

— Просто фокусник, — соглашается Настя — Елена Михална, ко мне уже не лезет, можно, я часть банок в ваш холодильник поставлю?

— А вы их закатывали? — критически обозревает банку Елена Михална. — Раз закатывали, можно не ставить в холодильник, и так не испортится. Вы их вообще долго хранить собираетесь?

— Всю жизнь, — удивляется Настя. — Это же память.

— Женская сентиментальность, — посмеивается, заваривая чай, Стасик. — Будто я не знаю, чем это кончится. Вам в вашей микроскопической комнатке эти банки мешать начнут, вы их в коридор выставите, и все о них спотыкаться станут.

— Не все! — с отвращением смотрит на Стасика Настя. — А только вы. Если вы ничего не видите, нужно идти к врачу и выписывать новые очки. Или давайте в коридор лампочку поярче вкрутим...

— Да что вы, Настенька! — пугается Елена Михална. — У нас там такая проводка, что тут всё закоротит. Надо бы электрика нашего вызывать, Петю, может, придёт…

— Не раньше, чем через два года! — информирует Стасик. — Ему ещё два года сидеть осталось.

— Ну, вот видите, Настенька, — наливает себе чаю Елена Михална. — Конечно, в коридоре такая темень, обязательно кто-нибудь об ваши банки навернётся. Зачем вам вообще их все у себя хранить? Отдайте половину его жене, она, кажется, тоже имеет отношение.

— Я думала, — признаётся Настя. — Но, я боюсь, она неправильно поймёт. Она его вообще никогда не понимала.

— А ребёнок? — заступается Стасик. — Он-то чем виноват? Не хотите с женой иметь дело, отдайте пару банок прямо ребёнку. Дождётесь, как он будет из школы возвращаться, подойдёте к нему: так, мол, и так, малютка, это тебе на память об отце… Твой отец погиб как настоящий мужчина, мстя обидчику…

— Этот малютка, — отказывается Настя, — уже в седьмом классе. Он после школы идёт анашу курить с друзьями, я их боюсь. Может, послать банки посылкой?

— Да что вы, Настя, смеётесь? — удивляется Елена Михална. — Будто не знаете, как наша почта работает. Письмо в черте города неделю доходит, а вы говорите — посылка. Они её там вообще потеряют куда-нибудь. Лучше пару банок жене просто под дверь подбросить.

— Выкинет! — сомневается Стасик.

— Да вы что! — машет рукой Елена Михална. — Ничего не понимаете в женской психологии. Кто ж выкидывает трёхлитровые банки, они в хозяйстве самые полезные…

— Банки-то она точно оставит… — размышляет Настя. — А то, что внутри, запросто может и вылить…

— Так надо этикетку наклеить! — советует Стасик. — Как вот на варенье клеят, чтобы не перепутать. Что-нибудь строгое и простое, вроде — «Ваш муж и отец».

— Прекрасно! — соглашается Елена Михална. — Очень симпатично. А Костя наш, вы заметили, просто волшебник! Батареи прямо горяченные!

— Нужно банки с Иннокентием Валерьевичем от батарей отодвинуть, — беспокоится Настя. — Чтобы не взорвались…

— Да вы попейте сначала чайку, Настя, — хлопочет вокруг Насти Елена Михална. — Вы, детонька, и так этому Иннокентию Валерьевичу всю жизнь посвятили. Всё-таки рядом с настоящим мужчиной женщина как будто всегда находится немножко в тени, живёт только его интересами… Поживёте хоть теперь для себя, Настенька. Попейте чайку, конфетки, вон, берите…

— Спасибо! — берёт чашку Настя. — Действительно, я, если честно, немного устала за последнее время. Эта Кешина болезнь, она у меня все силы отнимала. И ещё холод этот, на улице вьюга постоянно...

— Да уж! — подтверждает Елена Михална. — Климат у нас, конечно, кошмарный. А время такое, я прямо не знаю, и люди такие жестокие. Кого угодно доведут до чего угодно. Вот, был последний настоящий мужчина — и, посмотрите, до какого состояния его довели!

Все с минуту смотрят на разлитого по банкам доведённого до состояния настоящего мужчину Иннокентия Валерьевича, потом Настя поспешно уходит рыдать в свою комнату. Нарыдавшись, Настя засыпает, а Елена Михална со Стасиком до ночи сидят на кухне, наслаждаясь наступившим в квартире долгожданным теплом. С утра Стасик встаёт раньше всех и первым обнаруживает, что банки с Иннокентием Валерьевичем, забытые накануне у батареи, взорвались.

Чертыхаясь, Стасик вытирает пол, выкидывает осколки банок и выясняет отношения с затопленными нижними соседями.

— А что же мы Настеньке-то скажем? — ужасается Елена Михална. — Куда Иннокентий Валерьевич делся?

— Скажем... — соображает Стасик. — Жена пришла, забрала. Позвонила с утра, я, говорит, пришла за своим мужем. Ну, мы ей и вынесли. В сумку сложили и отдали.

— Очень симпатично, — одобряет Елена Михална. — Да, на самом деле, и к лучшему. Настеньке полегче станет. С глаз долой — из сердца вон. И коридор, опять же, загромождаться не будет, и вообще с этими настоящими мужчинами одни проблемы. Он себе донкихотсвует в своё удовольствие, тоскует себе, разбивается, а людям потом в коридоре не пройти. У нас здесь ещё темнотища такая, что прямо вообще. Может, всё-таки попробуем вызвать электрика. Петя сидит, но, может, у них там есть другой? Пойдём в эту их контору прямо с утра, да и возьмём его за хобот тёпленьким.

Чёрное резное красивое пианино

В одном городе, это было в Воронеже, жила семья: папа, мама, бабушка и дочка-школьница. Девочка училась музыке, а бабушка умерла. А перед смертью бабушка наказала, чтобы её родные ни за что не покупали чёрное резное красивое пианино. Но они её не послушались, к тому же, тогда дефицит был, и купили именно его. И вот однажды, когда девочка села за пианино и стала играть, из пианино вылетели зелёные руки и задушили сначала девочку, а потом и остальную семью.

Такую вот историю рассказал друзьям Филипп, когда все сидели у него дома в полпервого ночи и готовились к экзамену по истории зарубежного театра XX века.

— Очень мило! — удивились друзья. — Мы никак не можем выучить про то, что весь XX век — балансировка между знанием и незнанием, а он нам тут подсовывает чёрное резное красивое пианино. Мы можем без стипендии остаться, а нам забивают головы зелёными руками в городе Воронеже. К чему нам этот детсадовский фольклор?

— Сами вы фольклор! — надувается Филипп. — Это вы и есть детсадовские, ничего про жизнь не знаете. А пора бы знать. Пианино, оно уже давно не в городе Воронеже. Оно сейчас здесь за стенкой стоит, у моей квартирной хозяйки. Она той семье удушенной какая-то родственница, получила в наследство. Она его тридцать лет назад перевезла из Воронежа.

— Вместе с зелёными руками перевезла? — интересуются пытливые друзья.

— Нет, без рук! — издевается Филипп. — Руки в Воронеже остались, срок отбывают за удушение. Чего вы глупости говорите, ясен пень, вместе с руками.

— То есть, чёрное резное красивое пианино и зелёные руки — это вещи неделимые? — уточняют дотошные друзья.

— Знаете что! — вскакивает Филипп. — Вот вы мне, похоже, не верите, но вот увидите, жизнь нас рассудит. Сейчас у нас час двадцать, да? Ровно в три часа ночи зелёные руки начнут играть. Они всегда по ночам играют.

— Хорошо играют, с душой? — любопытничают друзья.

— А вы как думаете? — заранее гордится Филипп. — Чтобы зелёные руки играли без души? Руки — они всегда с душой!

— Ну, надо же! — удивляются друзья. — А мы-то думали, что когда с душой — так только без рук. Ты знаешь, Филипп, нам ещё учить про конец гуманистической эпохи. Не хочешь учить — пойди покури, а других не отвлекай.

Филипп, видимо, действительно не хочет учить, поскольку идёт курить в форточку.

— Пустая сущностная сцена, — читают учебник Филипповы друзья, — эквивалентна масштабу мироздания. Сизиф — не герой своего времени, а художественная иллюзия.

— Вот-вот! — соглашается от форточки Филипп. — В самую точку. Только и есть у вас в головах, что сплошные художественные иллюзии. А про настоящую жизнь вообще ничего знать не хотите.

— Слушай, ну, чего ты пристал? — недоумевают друзья. — Чего мы не хотим знать про настоящую жизнь? Как зелёные руки играют на чёрном резном красивом пианино? Так они же раньше трёх, ты говорил, всё равно не начнут. В три и узнаем. А сам вон чаю, что ли, попей.

Мрачный Филипп пьёт чай, а друзья вслух читают учебник.

— Многоуровневая, полифоническая пьеса, — читают друзья. — Магистраль театра XX века.

— В голове у вас магистраль XX века! — решительно отодвигает чашку Филипп. — И никаких с неё схождений не бывает!

— Почему не бывает? — удивляются друзья, поглядывая в учебник. — Бывают. Экспрессионизм и неореализм. В основе — одна сильная эмоция.

— Это у меня! — кипятится Филипп. — Одна сильная эмоция. Жалею я вас. Вы же сами себя, дураки, отрезаете от реальности. Лишаете себя самого прекрасного. Да если бы вы знали, как они играют! У меня прямо слёзы на глаза наворачиваются. Прямо слушаю, и чуть не плачу.

— А зелёные руки, — предполагают друзья. — Наверное, и сами играют и чуть не плачут. У самих, небось, слёзы на глаза наворачиваются. Вопрос только — где у зелёных рук глаза.

— Где надо, там и глаза, — обижается Филипп. — Я ж говорю, ничего-то вы не знаете.

— Почему? — ищут пути к примирению друзья. — Мы вспомнили, где у зелёных рук глаза. Они у них по стенке бегают. И песенку ещё поют: «бегут-бегут по стенке зелёные глаза, они девочку задушат да-да-да»! Есть в репертуаре зелёных глаз такая песенка, Филипп?

Но Филипп почему-то снова идёт с сигаретой под форточку и от разъяснений воздерживается. Друзьям приходится искать истину самостоятельно.

— Видимо, уже не поют! — догадываются по Филипповой реакции друзья. — Это они, видимо, только в Воронеже пели, пока зелёные руки девочку душили.

— А зачем пели-то? — недоумевает кто-то непонятливый.

— А для бодрости, наверное! — отвечают ему. — Боялись, вот и пели, чтобы руки подбодрить. Как говорится — глаза боятся, а руки делают.

— Да не, мужики, — сомневается самый умный из друзей. — Я вот помню ещё по пионерлагерю — зелёные глаза, они поют эту песенку, только если ставишь зелёную пластинку. Её покупать нельзя, а если всё-таки купили — то ставить и вовсе нельзя. Поставишь — и сразу побегут по стенке зелёные глаза и задушат девочку.

— А мальчика? — интересуется непонятливый.

— И мальчика, — кивает самый умный. — Им без разницы. Мальчик, девочка — какая зелёным глазам разница. Или ты, может, хочешь, чтобы зелёные пластинки выпускались двух видов — отдельно для мальчиков, отдельно для девочек? С буквами «М» и «Ж»?

Все тычут в непонятливого пальцами и смеются. Непонятливый сконфуженно хватается за учебник.

— Время, — читает он. — Очень философская категория, самая изменяющаяся из материй. Концепция сменяется атмосферой, точка смысла — блуждающая.

— Вот так и в вашей жизни! — кричит из своего подфорточного добровольного изгнания Филипп. — Точка смысла всегда будет блуждающей, если вы не научитесь отличать главное от второстепенного!

— Мы умеем, — намекают друзья. — Для нас, Филипп, главное сейчас — это учёба. У нас завтра экзамен по профилирующему предмету. То есть, уже сегодня. Уже два часа ночи, а нам ещё нужно сделать шпоры про конструирование образов при помощи метафор. Если тебе нечем заняться, нарежь пока тонких бумажек, чтоб удобно было в рукав засунуть и потом вытаскивать.

— Сами режьте! — оскорбляется Филипп. — И сами, куда хотите, засовывайте и потом вытаскивайте. Вы что, не понимаете — учиться нужно не для оценок, а для знаний? А что вы узнаете таким образом?

— Таким образом, что тебе ни минуты не помолчать, — соглашаются друзья. — Мы, конечно, ничего не узнаем. Разве что пикантные подробности про чёрное резное красивое пианино. Филипп, давай, мы тебе денег дадим, и ты за вином в магазин сбегаешь? Можешь сбегать в тот, который подальше — там дешевле на десять рублей.

Филипп убегает с деньгами в магазин, а его друзья снова утыкаются в учебник.

— Слово перестаёт нести информационный смысл, — читают они. — Происходит саморазвитие процесса интеллектуализации драмы.

— Если бы вы знали, как вы правы! — радуется прибежавший с вином прыткий Филипп. — К интеллектуализации ведёт именно саморазвитие! Главное — это жизненный опыт! Без него никуда.

— Это без твоих комментариев сегодня никуда, — раздражённо открывают вино друзья. — То есть, просто ни туда и ни сюда. Мы так чувствуем, что никакой экзамен мы сегодня не сдадим. Отправит нас Николай Петрович на пересдачу. Мы ещё ничего про музыкальный театр не прочитали…

— Да ерунда это всё! — приободряется после вина Филипп. — Сейчас не прочитали — потом прочитаем. Сегодня не сдадим — завтра пересдадим. Уже половина третьего, скоро здесь такой музыкальный театр начнётся, вы офигеете!

— Вот когда офигеем, — одёргивают Филиппа друзья, — тогда и поговорим. А сейчас не мешай готовиться. Тосканини отказался давать оперу при Муссолини…

— Кто при ком отказался? — переспрашивает пишущий шпаргалки.

— Муссолини отказался… Тьфу, наоборот! А всё из-за тебя! — накидываются на Филиппа друзья. — Отвлекаешь тут всех своими зелёными руками. По рукам надо за такие дела. Главное, все хотят учиться, а один дурак не хочет, а всем мучиться из-за него. Ты, Филипп, это брось. Брось противопоставлять себя коллективу, что ты нам тут за тему толкаешь?

— Это тема нонконформизма! — гордо допивает оставшееся в бутылке вино Филипп. — Тема, приобретшая в контексте тридцатых-сороковых годов социально-политическое значение!

— Тема вечная, — сверяются друзья с учебником. — Глобальные проблемы под видом семейных. Всё тихо и камерно.

— Сейчас станет громче, — обещает Филипп, взглядывая на часы. — Без пятнадцати три. Скоро начнётся.

— Может, ещё за вином сбегать? — предлагает кто-то.

— Можно! — соглашается Филипп. — Зелёным рукам, им же налить надо будет, когда они своё отыграют.

— Похоже, Филипп, что ты в чём-то прав, — с уважением смотрят на Филиппа друзья. — Жизнь действительно удивительна и полна загадок. Есть руками — это мы слышали. Но чтобы пить руками… Хотя, с другой стороны, если жажда…

— Жажда, — кивает Филипп. — Жажда осуществления подлинного человека. Экзистенциализм. Давайте-ка, действительно, сгоняйте кто-нибудь в магазин. Я не могу, у меня мозоль, а уже без десяти три. Надо быстро.

— На языке у тебя мозоль, — констатируют друзья, пересчитывая финансы. — Пусть вот он идёт, он всё равно без стипендии, у него задолженность по истории. А мы тут пока ещё поучим. На чём мы остановились?

Исторический должник уходит в магазин, а остальные продолжают учить.

— На диффузии времени, — поясняет самый активный читатель учебника. — На том, что формы времени искажаются, и их столкновение служит открытию в человеке нового, неожиданного и поразительного.

— Да уж! — не сидится Филиппу. — Я вот сегодня в вас, друзья мои, открыл для себя много нового. Например — полное отсутствие всякой пытливости ума. Какое-то тотальное равнодушие.

— Все злодеяния, — подтверждает читатель учебника, — совершаются с молчаливого согласия равнодушных. При раскрытии этой проблемы должно быть два уровня: структура мироздания и конкретная психология.

— На самом деле, то, что эти зелёные руки так хорошо играют, — задумчиво закуривает Филипп, — это ведь можно объяснить вполне конкретной психологией. Вульгарнейшим Фрейдом это можно объяснить.

— Сублимация? — поднимают головы от учебника друзья.

— Ну да, — кивает Филипп. — Они сейчас так одиноки. Они ведь любили её, эту воронежскую девочку. Из-за этого и задушили. Такие случаи, кстати, описывались в зарубежной драматургии.

— А вообще, красивая история, — откладывают учебник сонные друзья. — Так давно это было, тридцать лет назад. Но ведь человеческие чувства, они же не меняются. Они же одинаковы во все времена. Знаешь, нам, пожалуй, всё-таки интересно, как это всё происходило?

— Да очень просто, — выкидывает хабарик в форточку Филипп. — Руки жили в чёрном резном красивом пианино. А девочка на пианино гаммы разучивала. Потом пьески играла. Ну, и доигралась… Так и случилась эта трагедия.

— Да… — опускают головы друзья. — Вот оно, настоящее. Рождение трагедии из духа музыки. Хотелось бы уже поскорее увидеть их в деле. В том смысле — чтобы они уже что-нибудь сыграли.

— Сейчас, — обещает Филипп. — Уже без пяти три, сейчас всё будет. Меня вот больше интересует, где наш посланец с вином.

— Да ладно, Филипп, — отмахиваются заинтересованные друзья. — Бог с ним, с вином. Ты лучше расскажи ещё про девочку.

— Про девочку? — поднимает брови Филипп. — А что это вы вдруг девочками начали интересоваться? Как-то это не вовремя. У нас же сегодня экзамен, Николай Петрович может двойку поставить. Вы же так рвались учебник читать.

— Ну, Филипп, — пристают друзья.— Хорош выкобениваться, не злись. Оглянись во гневе. Ну, нам же интересно.

— Мне тоже много чего интересно, — ломается Филипп. — Главным образом мне интересно, почему у нас вот уже двадцать минут без пяти три.

— Серьёзно? — изумляются друзья. — Это какой-то удивительный научный факт. Какая-то, вероятно, диффузия времени. А, может, просто часы встали.

— Встали и стоят, — соглашается Филипп. — Стоят на своём. На исключительной уязвимости человека перед обстоятельствами. В данном случае — перед временем. У нас вот теперь никогда не наступит три часа ночи.

— Ужас! — пугаются друзья. — То есть зелёные руки никогда не сыграют на чёрном резном красивом пианино?

— Никогда, — скорбно кивает Филипп. — И никогда не наступит время экзамена по истории зарубежного театра XX века. Зря всю ночь учили.

— Ну, ничего, — утешает друг друга Филиппова компания. — Всё равно же ничего не выучили. Будем считать, что так просто посидели. Хорошо ведь сидим, скажете, нет?

— Хорошо, — соглашается Филипп. — Сразу бы так. А вот и наш друг с вином. Сейчас будем сидеть ещё лучше.

— Всё лучше и лучше! — с энтузиазмом сдвигают стаканы друзья. — Расскажи про воронежскую девочку, Филипп.

— Ну, — начинает Филипп издалека. — Жила-была такая вот девочка в Воронеже. Жила она с папой, мамой и бабушкой. Девочка ходила в музыкальную школу на сольфеджио, а потом ей решили купить пианино. А тут как раз бабушка принялась умирать, и её последними словами были: «Ни за что не покупайте чёрное резное красивое пианино».

— А они всё же купили? — сокрушаются друзья.

— А что было делать? — защищает воронежскую семью Филипп. — Это ж тридцать лет назад было. Чего достали — тому и рады. Опять же, только что на гроб для бабушки потратились, денег в обрез. В общем, стала девочка на пианино играть. А она такая тихая была, некрасивая, отличница, никто с ней в школе не дружил. И в музыкальной школе её все дети терпеть не могли. А во дворе и вовсе ненавидели. Короче, ни подружек у неё не было, ни мальчиков — никого. Одно только чёрное резное красивое пианино. Гулять её никто не звал, поэтому она всё время только играла. Она и так-то была талантливая, а тут уже просто замечательно играть стала. А зелёные руки, которые в пианино жили, они же сами были виртуозы. Ну, они и влюбились в девочку. Так сказать, полюбили её, внимая Шопену. И стали они, значит, играть уже в четыре руки.

— А девочка? — выдыхают напряжённо внимающие друзья.

— Ну, а что девочка? — отпивает вина Филипп. — Таким вот девочкам, много ли им надо? Да они за первым, кто им доброе слово скажет, на край света побегут. Девочка так влюбилась, что хоть за уши оттаскивай. От пианино. Круглыми сутками играла, даже учиться стала хуже. Вобщем, лет пять у них была полная идиллия, у девочки и у зелёных рук. Всё время они вместе были, рука об руку…

— А потом? — ловят каждое слово Филиппа друзья.

— А потом девочка школу закончила, — объясняет Филипп. — Приехала к нам в Питер, поступила в консерваторию. Жила здесь в общежитии. Чёрное резное красивое пианино, конечно, пришлось дома в Воронеже оставить. Ну, а студенческая жизнь, она же сами знаете какая — пьянки всякие да гулянки. Короче, она там у себя в общаге и познакомилась с одним. По классу виолончели. Приезжает домой на каникулы, к ней, значит, зелёные руки кидаются с распростёртыми объятиями, а она им: мол, извините. Мол, не сойти живой мне с места, как мне быть, ведь я невеста.

— Ну? — нервно выпрямляются друзья.

— Ну, руки и психанули… — выдерживает мхатовскую паузу Филипп. — Задрожали зелёные руки, распустили… в общем, сами себя распустили. Мол, правильно говоришь, что не сойти тебе живой с места. Ну, и задушили девочку. А потом и папу с мамой.

— Как свидетелей? — догадываются побледневшие друзья.

— Не знаю, — пожимает плечами Филипп. — Может, просто были в состоянии аффекта, ничего не соображали. У них же тогда была сплошная драма крика. Немецкий экспрессионизм, мы же проходили. Одна сильная эмоция.

— А зелёные глаза с пластинки? — вспоминают друзья. — Которые пели песенку?

— Про песенку ничего не знаю, — оскорбился Филипп. — И про пластинки тоже. Мы такого не держим, у нас только живая музыка. Нам этого ширпотреба не надо. Этой масскультуры.

— Появлению масскультуры, — заглядывают в шпаргалки друзья, — способствовало появление СМИ. Активизация произошла на рубеже XIX-XX вв.

— А активизация зелёных рук, — уничтожающе смотрит на зубрилу Филипп, — происходит каждую ночь ровно в три часа. Каждую ночь ровно в три часа они на чёрном резном красивом пианино в память о любимой девочке играют «Мурку».

— Почему «Мурку»? — опрокидывают бутылку ошарашенные друзья.

— А девочку Машей звали, — поясняет Филипп. — Марусей Климовой. Потемнев рассудком, мы убили Мурку.

— Бедные зелёные руки!.. — роняют скупые мужские слёзы в стаканы с вином сентиментальные друзья. — Такие талантливые и такие несчастные. И что же, они с тех пор так и тоскуют? Так и живут только музыкой и воспоминаниями? Так у них в жизни больше ничего за тридцать лет и не было?

— Так и живут, — подтверждает Филипп. — Исключительно музыкой и воспоминаниями. Хотя, конечно, что-то, наверно, всё-таки было за тридцать-то лет. Даже, кажется, женаты были пару раз. Но ведь это несерьёзно.

— А своих этих жен, — намекают друзья, — они что? Тоже — того?

— Сами вы — того! — хватается за сигарету Филипп. — Вам, по-моему, нет никакой разницы — что Синяя Борода, что зелёные руки. А вы поймите, существует же трагедийность, конфликт мира и человека. Да вы загляните хоть в учебник — человек мечется внутри создавшихся, заданных, предначертанных обстоятельств, но ничего не может в них изменить. То есть, в данном случае зелёные руки мечутся.

— Где они мечутся? — тихо переспрашивает самый непонятливый из друзей.

— В чёрном резном красивом пианино они мечутся, — вполголоса объясняет самый умный. — Их, видимо, Филиппова квартирная хозяйка там случайно захлопнула. Иначе бы они давно уже отыграли свою «Мурку». Три часа-то давно уже прошло, вон, за окошком уже светает.

— И вправду! — распахивает окошко Филипп. — А почему же у нас на часах только без пяти три?

— Вероятно, потому что часы стоят, — предполагает самый умный. — Часы стоят, но жизнь-то не стоит на месте. Я так думаю, что нам уже пора идти на экзамен по истории зарубежного театра.

— Какая неожиданность... — теряются остальные друзья. — А вроде говорили, что экзамена не будет... Мы же ничего не знаем... Про все эти драмы и идеи... Нам страшно...

— Драма идей, — хватается за учебник Филипп, — осложнённая страхом. Сюжет и действие связаны по касательной...

— Да по какой по касательной! — впадают в панику друзья. — По самой прямой они связаны! По наипрямейшей! Какие у нас были действия — мы вино пили и про зелёные руки слушали, вместо того чтобы учить. Теперь вот по сюжету экзамен завалим... А всё ты, Филипп! Вечно ты всех отвлекаешь! Наврал нам тут с три короба! Нет никаких зелёных рук! Не играют они на чёрном резном красивом пианино!

— Я не наврал! — гордо выпрямляется Филипп. — Я вообще никогда не вру. Я не знаю, почему они сегодня не играли. Вы ржёте, а, может, они себя плохо чувствуют. Может, они уже вообще при смерти. Они же уже старенькие.

— А ты сходи, — советуют друзья, — сходи тихонько в ту комнату, где стоит чёрное резное красивое пианино, и посмотри. Может, зелёным рукам там дурно стало. Может, им срочная медицинская помощь требуется. Дыхание рот в рот. Будем всем коллективом у зелёных рук рот искать. Вместо экзамена по истории зарубежного театра. А то вдруг они там задыхаются в той комнате. Детектив закрытой комнаты у них там, подозреваемы и невиновны все. Все гиперпсихологично.

Филипп поспешно крадётся в комнату своей квартирной хозяйки и бегом возвращается.

— Друзья мои! — объявляет Филипп. — Зелёным рукам действительно нехорошо. Ослабели они, не могут сегодня играть. А познакомиться с вами согласились. Только, я боюсь, вы разбудите мою квартирную хозяйку, она мне откажет от квартиры, и придется искать новое жильё...

— Ничего, Филипп, — успокаивают Филиппа друзья. — Не забывай, что у тебя есть мы. Мы тебе всегда поможем. Поможем найти новое жильё, ничего страшного. Так что мы всё-таки, пожалуй, зайдём тихонечко в комнату твоей квартирной хозяйки, где стоит чёрное резное красивое пианино, и познакомимся с зелёными руками. Пожмём друг другу руки.

Друзья тихонечко просачиваются в комнату хозяйки и обступают чёрное резное красивое пианино, чтобы поздороваться с зелёными руками за руку. За этим занятием их застаёт хозяйка, и, не поняв спросонья всего величия момента, принимается орать дурным голосом и грозиться вызвать милицию. Кое-как друзьям удается утихомирить её, но знакомству с зелёными руками она, тем не менее, препятствует и от квартиры Филиппу отказывает.

Поэтому Филиппу приходится спешно собирать свои вещи, а друзья, поскольку они друзья настоящие, конечно, не могут не помочь ему, хотя и очень боятся опоздать на экзамен. То есть, чувство товарищества зовёт их помочь Филиппу, а чувство долга гонит на экзамен, и происходит конфликт между долгом и чувством, а где конфликт, там, как известно, и драматургия.

Хотя, разумеется, драматургия — она везде, если, конечно, по-настоящему любить театр и интересоваться им. А мы ведь, Николай Петрович, честное слово, ну, ведь буквально только и думаем, что о театре, только театром и живём.

Такую вот историю Филипповы друзья, студенты Театральной академии, рассказали своему преподавателю Николаю Петровичу, когда объяснили, почему они всей группой не явились на экзамен по истории зарубежного театра XX в.

— Завтра сдадите, — кивает Николай Петрович. — Больше тройки никому не поставлю. Особенно Филиппу. Где он сам, кстати?

— Да он это... — мнутся друзья. — В общем, заболел он. Перенервничал он из-за этих рук. Любит он их, Николай Петрович. Ах, как любит. А вот приходится расставаться. Видите, как жизнь поворачивается.

— Вижу, — соглашается Николай Петрович. — Как бы ему с академией расставаться не пришлось. Как протрезвеет, пусть ко мне в деканат зайдёт.

— Ой! — пугаются друзья. — Только вы его не выгоняйте! Он исправится, честное слово. Он начнет бриться каждый день и ходить на лекции. И выучит всё-всё про зарубежный театр XX в. Вы уж его простите. Что поделать, ну, не каждый же день встречаешься с зелёными руками...

— И слава Богу, молодые люди, — усмехается Николай Петрович, — что не каждый день. Скажите спасибо, что зелёные руки лишь акцентируют смысловые аспекты и диагонально прорезают линейное повествование вашей жизни. Давайте зачётки, так и быть, всем четвёрки.

— Ура! — кричат друзья. — А Филиппу?

— И Филиппу! — щедро расписывается в Филипповой зачётке Николай Петрович. — Он, вообще-то, способный. Ленивый только и безалаберный. А выучить, что театр XX в. — это игра понятного и непонятного в сознании человека, много ума не надо. А так-то парень он талантливый. И разносторонний... Я ведь, ребята, — мечтательно откладывает Николай Петрович зачётку, — и сам тоже разносторонний. В юности музыкой очень увлекался... Мы тогда в Воронеже жили... Хочется иногда тряхнуть стариной...

Николай Петрович подзывает Филипповых друзей к окну, где, загороженное шкафом, стоит чёрное пианино.

— Ой! — уважительно смотрят на пианино друзья. — Какое у вас пианино замечательное. Чёрное всё такое. И резное. Очень красивое. Где-то мы уже такое видели. А мы и не знали, что у нас в деканате стоит такое прекрасное пианино. Никогда не замечали.

— А вы, молодёжь, вообще мало что замечаете, — садится за пианино Николай Петрович. — И ещё меньше знаете. Ну, да ничего. Вы же ведь затем и пришли в академию, чтобы узнать побольше. Вместе мы преодолеем ваше незнание... — И старый педагог Николай Петрович с молодым задором подмигивает студентам и опускает на клавиши чёрного резного красивого пианино свои зелёные руки.

Такую вот историю рассказали Филиппу его друзья, когда тот спросил, каким образом Николай Петрович заочно поставил ему четвёрку за экзамен по истории зарубежного театра.

— Ура! — кричит Филипп. — Четвёрка на халяву. Круто. Это надо отметить, как считаете, друзья мои?

Друзья, конечно, считают, что не надо, а просто необходимо. Филипп с друзьями идёт отмечать, и в процессе отмечания рождается идея пойти к Филипповой бывшей квартирной хозяйке и упросить её снова пустить Филиппа на проживание.

— Нет! — говорит хозяйка Филиппу через цепочку на двери.

— Ну, Нина Сергеевна!.. — ноет Филипп, поддерживаемый друзьями. — Ну, вы поймите, такая ситуация была, в новой драме одна сторона вообще всегда выходит за сюжет…

— Щас ты у меня так выйдешь за сюжет! — грозится Нина Сергеевна и захлопывает дверь. — Двоечник несчастный!

— Да я хорошист! — обижается Филипп. — Я четвёрочник! У меня четвёрка по истории зарубежного театра! Друзья, по-моему, меня оскорбили, вам не кажется?

— Кажется! — подтверждают друзья. — Надо ей отомстить. Кинь ей в окно камень!

И Филипп кидает камень в окно своей бывшей квартирной хозяйки. Но ведь сделал он это в состоянии аффекта, и только потому, что его оскорбили, назвали двоечником, когда он хорошист. А если бы его не оскорбили, он бы ни за что этого не сделал. Потому что он человек культурный и интеллигентный, учится в таком вузе, и у него даже по труднейшей истории зарубежного театра XX в. четвёрка…

Такую вот историю рассказали в милиции зелёные руки из чёрного резного красивого пианино, когда их вызвали в качестве свидетелей по делу о разбитом камнем окне.

Аплодисменты

Глава I.
Маленький принц

В июне театрального художника Машу прикрепили к театральному режиссёру, а в декабре надо было сдавать спектакль, но Маша ещё ни разу режиссёра не видела, как и он её, а сейчас был сентябрь, и пятого числа во вторник Маша договорилась с режиссёром встретиться. Но режиссёр не пришёл, и они не встретились. В четверг, субботу, понедельник, среду, пятницу, субботу, вторник, субботу, воскресенье, вторник, понедельник, вторник, среду, четверг, воскресенье, вторник, четверг они тоже не встретились по той же причине. В середине октября они случайно встретились на Невском, и режиссёр сказал, что вечером позвонит. Но не позвонил, и Маша позвонила вечером сама, но не застала режиссёра дома. Утром, днём, вечером, вечером, днём, утром, днём, вечером, вечером, вечером, днём она тоже не застала его дома, а вечером в ноябре он позвонил сам и сказал, что они будут ставить «Маленького принца».

— Мы с тобой, Маша, поставим эту щемяще-прекрасную историю!

— Поставим! — с восторгом согласилась Маша. — Только ведь эту щемяще-прекрасную историю не ставили разве что обезьяны в сухумском питомнике. В чём лично для нас её щемяще-прекрасная нота?

— Я пока не знаю, — загадочно подышал в трубку режиссёр, — я пока в поиске. Когда у меня родится замысел, мы встретимся, и я его тебе поведаю. А ты пока рисуй эскизы к спектаклю.

— К какому? — удивилась Маша.

— К нашему, — доброжелательно объяснил режиссёр.

— Но мы же пока не знаем, ни про что он у нас, ни зачем мы его делаем, ни как он выглядит, — удивилась Маша.

— А ты нарисуешь, — доброжелательно пояснил режиссёр, — мы и узнаем. Пусть, как я подозреваю, не много, но хоть кое-что.

И Маша засела рисовать кое-что: эскиз со златокудрым Маленьким принцем, поливающим случайно выросшую на его планетке розу, эскиз с потерпевшим аварию в пустыне самолётом, эскиз — маленький ребёнок и взрослый лётчик, эскиз — Маленький принц ищет страну детства среди космоса...

Пятнадцатого декабря Маша с режиссёром встретились лично.

— Очень хорошие эскизы, — похвалил режиссёр, — особенно вот этот, зелёный. Мне нравится твой подход. Только всё это, к сожалению, не туда. Понимаешь, я понял, о чём эта история. Эта история — о трагическом непонимании между любящими.

— И всё? — спросила Маша.

— И всё, — ответил режиссёр.

— А тема детства? — удивилась Маша. — А тот ребёнок, тот Маленький принц, который живёт в каждом из нас?

— Понимаешь, — открестился режиссёр, — я не люблю детей. Я и жене своей поставил категорическое условие: никаких детей. Так что тему детства мы убираем.

— А зачем тогда брать «Маленького принца»? Поменяй тогда пьесу, — предложила Маша.

— Не могу, — пожаловался режиссёр. — Уже поздно менять, уже всё утверждено. Но ничего, у нас остаётся тема любви. Тема трагического непонимания Маленького принца и Розы. И ключевой здесь — образ Розы. Так что ты пока собирай материал по готической архитектуре.

— При чём здесь готическая архитектура? — немножко обалдела Маша.

— Ну, ты что? — огорчился режиссёр. — Необразованная, да? А ещё художник с законченным высшим художественным. Историю искусств, как всегда, не учим... Конечно, зачем она нам, мы сами гениальные. Розой, Машенька, называется круглое витражное окно в готических храмах.

— А при чём? — хрюкнула Маша.

— При том, — отбрил режиссёр. — Действие мы переносим в 1625 год. Роза — окно в храме. Маленький принц — пламенный католик, но душа влечёт его к чань-буддизму династии Мин. Его вера подвергается испытаниям и соблазнам. Но роза, на которую он ходит смотреть в храм, помогает ему выстоять.

— А откуда Маленький принц узнал про чань-буддизм? — удивилась Маша.

— А он участвовал в крестовом походе, дошёл до Палестины и двадцать лет провёл в библиотеках тамошних монастырей, где ему и попала под кожу бацилла очарования Востоком. Ясненько?

— Ясненько, — прояснилось у Маши. — А как ему удалось провести двадцать лет, если Маленький принц — маленький ребёнок?

— Слушай, я так не могу работать, — разозлился режиссёр. — Давай ты всё-таки будешь меня иногда слушать, ладно? Я же тебе сказал — никаких детей. Маленький принц — мужчина сорока пяти лет, широко образованный и широкоплечий.

— А лётчик? — спросила Маша. — Лётчик тоже широкоплечий? Или мы его упраздняем?

— Почему? — удивился режиссёр. — Лётчика мы оставляем. Мне нравится этот рельефный образ, зачем нам его упразднять?

— 1625 год, — намекнула Маша.

— Ну, и что? — не понял режиссёр.

— Не было ещё лётчиков, — намекнула Маша.

— Почему? — не понял режиссёр.

— А самолётов ещё не было, — намекнула Маша.

— Ах, да, — хлопнул себя по лбу режиссёр. — Это я что-то сплоховал. Молодец, Маша, соображаешь. Я чувствую, дело у нас пойдёт. А лётчика мы с тобой переделаем в капитана. Так даже ещё и лучше, между прочим. Эффектнее. Корабли же в 1625 году уже были, так? Ну вот, значит, не самолёт лётчика терпит аварию в пустыне, а корабль капитана терпит крушение в океане. С этого мы и начнём спектакль: сцена залита водой, корабль постепенно опускается на дно, а капитан стоит на капитанском мостике (капитан всегда до конца стоит на капитанском мостике) и смотрит вдаль, и постепенно мостик тоже скрывается под водой, и капитан скрывается под водой, и, наконец, над поверхностью воды и сцены торчит же одна только его голова, которая произносит монолог. А? Как у Беккета, понимаешь? Такой как бы театр абсурда, но в интерпретации Михаила Чехова. Понимаешь? А потом капитан окончательно тонет, и действие переносится в подводное царство, где к нему подплывает Маленький принц в виде медузы и рассказывает о своих исканиях.

— Почему в виде медузы? — робко спросила Маша.

— Понимаешь, — застенчиво улыбнулся режиссёр, — не хотелось бы совсем отходить от первоисточника. Во-первых, рисунки самого Экзюпери, и потом, я читал, как Экзюпери работал над своим бессмертным произведением. Он отталкивался от детского рисунка. Поэтому мы тоже введём это в спектакль. Когда в подводном мире к капитану подплывёт медуза, он достанет из кармана фломастер и нарисует у неё на брюхе лицо Маленького принца в стилистике Экзюпери. Ясно?

— Ясно, — ответила Маша и высморкалась.

— Тебя, может, опять смущает 1625 год и фломастер у капитана? Машенька, пойми, театр — это условность. Новая драма требует новых форм. И степень этой условности определяем мы сами. Все средства должны работать на максимальную выразительность этой щемяще-прекрасной истории. Так что ты пока подумай о решении сценического пространства, а я буду думать о высокой грусти этой истории.

Маша задумалась о решении, а режиссёр задумался о высокой грусти, причём так глубоко, что даже заплакал. Когда режиссёр думает, рождается мир. А если режиссёр думает и плачет, рождается что? Правильно, подводный мир. Слеза режиссёра упала на Машин зелёный эскиз и расплылась там красивой медузообразной кляксой. Режиссёр посмотрел на эту кляксу и увидел на ней лицо Маленького принца в стилистике детского рисунка Экзюпери. А Маша, поглядев на образованное кляксой подводное царство, вспомнила виденную ею этим летом картину.

Глава II.
Картина «Юрий Гагарин в подводном царстве»

Картину «Юрий Гагарин в подводном царстве» Маша увидела летом в санатории. А в санаторий Маша попала из-за того, что носила в ту пору длинную красную юбку. Спрашивается, и зачем ей было носить эту юбку, да ещё и красную, и притом длинную, какого рожна, для того, чтобы в санаторий попасть? Но Маша вообще любила одеться вычурно. Она всю жизнь была так себе по красоте, и ей, видимо, казалось, что это компенсирует, отсюда и юбка, подолом которой Маша мела тротуары, нервно расхаживая по утрам на остановке в ожидании трамвая. И все видели, что Маша художник. Во-первых, из-за юбки, во-вторых, потому что расхаживает как нервнобольная, и, в-третьих, из-за папки с эскизами. Но на той же остановке в то же время тоже ждал трамвая тоже художник, лысый и по имени Мишутка, и по нему, что он художник, ни фига не было видно, поскольку никаких эскизов он с собой не носил, а, наоборот, носил в рюкзаке вещи — молоток, зубило, клещи, а ещё он носил ружьё, на случай, вдруг кто обидит. Ведь художника, как известно, может обидеть каждый. Так вот чудесным образом на остановке ежеутренне сталкивались два художника, но им это было что в лоб, что по лбу, потому что Маша была художник-постановщик, а Мишутка, напротив, книжный график, поэтому они друг друга проигнорировали, и даже малейшего знакомства или романа между ними не произошло. Зато произошло то, что однажды Мишутка всё курил-курил, а потом докурил, бросил бычок на землю, сел в трамвай и уехал. А через пять минут притащилась Маша с эскизами и наладилась подметать асфальт длинной красной юбкой. И вот выкинутый Мишуткой бычок валялся-валялся, смотрит — а рядом длинная красная юбка перетаптывается, ну, а известное дело, как бычки реагируют на красные тряпки. Ну, он на эту юбку и бросился, и проделал в ней дыру. А Маша этого не заметила, села в трамвай и уехала. А потом идёт она по городу в продырявленной бычком красной юбке, а все остальные бычки на панели смотрят и думают: «Вот дырка». И тоже юбку продырявливают. Мол, раз это официальная красная тряпка, значит, нам тоже можно. И нужно. И в итоге у Маши уже вся юбка дырявая, как рот у некоторых детей. А если бы тот первый бычок, Мишуткин, не приложился, все остальные тоже бы не додумались. Все же знают, что бычки — дальтоники. Им что красная тряпка, что зелёная, они на самом деле не на цвет реагируют, а только на движение. Тогда возникает законный вопрос — а почему первый Мишуткин бычок распознал красность тряпки. Но это на самом деле ерунда, а не вопрос. Ведь Мишутка был художник, а неужели художнический бычок может не видеть цвета? Но окружающие люди, которые потом наблюдали Машу в дырявой красной юбке, они же ничего не знали про её первый опыт с художническим бычком, поэтому они спрашивали: «Девушка, а почему у вас такая юбка дырявая?» А когда Маша пыталась объяснить, что вот, мол, на меня постоянно бычки кидаются, потому что юбка из красной тряпки, люди смеялись ей в лицо. «Ха-ха! — смеялись люди. — Ой, девушка, ну, вы даёте. Бычки на неё кидаются. Юбка у неё красная. Вы будто не знаете, что бычки — дальтоники. Это, видимо, на вас кто-то другой кидается. Мы вам не верим». Маша страшно обижалась, что ей не верят, и плакала. А поскольку она была очень честная, она так и продолжала всем рассказывать правду, и все ей не верили и смеялись в лицо, даже бабушка и двоюродная сестра. Маша от этого совсем уж зеленела от обиды и даже была вынуждена обратиться к косметологу, а тот переслал её к невропатологу. Невропатолог настучал ей по коленкам и направил в пансионат санаторного типа «Восток-6», под Зеленогорском. Название «Восток-6» — это в честь космического корабля, а у трёх корпусов были названия-позывные: «Чайка», «Сокол» и, опять же, «Восток». — «Восток», «Восток», я «Чайка», как слышишь? — «Чайка», слышу плохо. И я, вообще-то, не «Восток», а «Сокол». Вы не туда попали. — Извините. — Да, Господи, ничего страшного. Чего только с нами, с кораблями, в космосе не бывает.

В самом санатории тоже чего только не бывало. Например, Машу поселили в один номер с женщиной, которая в первый же вечер спросила её: «Извините, вы замужем? А то у меня тут сын в соседнем корпусе». Маша сказала что она не замужем, но наблюдается у невропатолога, потому что ей бычки дырявят юбку, а никто не верит, но эту женщину, Валю, это не смутило, она только спросила, нет ли у Маши других ботинок. Маша сказала, что, вообще-то, другие ботинки у неё есть, но они такие же. Что у неё все ботинки в таком духе, потому что она любит одеться вычурно. Но женщину Валю и это не смутило, и она с целью подружиться предупредила Машу, чтобы та не выходила по вечерам в леса за корпуса, потому что там бродит застенчивый маньяк в шортах. Мол, его многие видят по вечерам. А одна отдыхающая так даже бежала от него через все леса и-таки убежала, но при этом заблудилась. Забившись с перепугу в какие-то хвощи, она ревела там от сознания бессилия, так что пришлось извлекать её с помощью поисковой команды.

Но Маша, во-первых, не боялась маньяков, а боялась бычков, бычки на неё кидались всегда, а маньяки не кидались никогда, и потом, ей было необходимо много гулять для проветривания нервов. Гулять по территории самого санатория было не очень интересно, но всё-таки интересно для человека тонко чувствующего и любящего искусство. Весь санаторный комплекс был художественно оформлен в едином стиле. Симпатичнее всего были романтические белые изваяния, которые Маша приняла поначалу за надгробия юных дев-пионерок, пока не обнаружила неподалёку стилистически тождественное надгробие Кота в сапогах и Буратины со своим золотым ключиком. В вестибюле корпуса «Сокол» висело масштабное полотно «Юрий Гагарин в подводном царстве». Или не в подводном, но где вы видели такие луноходы в половину Луны и чтобы всё-всё было синего цвета, даже Гагарин. Может, это имелся в виду Гагарин в царстве мёртвых, они там все были синие: и многодетная мать, дарившая Гагарину синюю кукурузу, и рабочий, и синий конструктор с синими чертежами. Вообще тема смерти была лейтмотивом оформления санатория. Может быть, думала Маша, это от аналогии с космическим кораблём? Может, перед дыханием космоса и вечности и нельзя иначе? Маша садилась на камень и смотрела на пляжный плакат, где с особенной любовью был выписан трансцендентально улыбающийся утопающий, над головой которого смыкались синие гребешкастые волны, а с берега олимпически взирала тра-ля-ля сосенка. Маше бы очень хотелось заглянуть в синие глаза главного художника, который эту тра-ля-ля сосенку родил и нарисовал. Даже толком не опохмелившись, думала Маша. Вообще в жизни санатория были в этом плане сложности, а именно: магазин был ничего, но работал только до восьми, а кафе «Последний шанс» работало только до десяти, и потом, там всё время была «Балтика Тройка», да «Балтика Тройка», и мороженое, и всё. Поэтому к полдесятому в «Последний шанс» выстраивалась очередь из отдыхающих, совершавших оптовые закупки «Балтики Тройки». А она у них была только баночная, и, естественно, все леса за корпусами были усеяны банками, на которых красиво бликовало закатное солнце. Ближе к закату Маша всегда присаживалась на уединённую корягу над рекой, пила «Балтику Тройку» и любовалась красотами. А поодаль мыкался кругами и любовался Машей застенчивый маньяк в шортах, тоже с банкой «Балтики» в руках. По всему выходило, что маньяк этот был чрезмерно застенчивый и боялся подойти к девушке, и от застенчивости пил пиво — для храбрости. «Бедненький, — думала Маша, васнецовской Алёнушкой сидя на коряге на фоне заката. — Наверное, влюбился. Подумаешь, что я так себе по красоте и нервнобольная, всё равно многие влюбляются. Вот и этот тоже. Вон круги нарезает. Как сокол. Сокол, сокол, я чайка. А подойти боится. Застенчивый».

Застенчивый маньяк в шортах каждый вечер нарезал круги, с каждым кругом приближаясь к Маше — центру. При этом он постоянно дул для храбрости своё пиво, и в результате, когда уже совсем во тьме он оказывался от Маши в непосредственной близости и полностью избавлен от застенчивости, он был уже убратый по самое некуда и неизменно падал под ноги Маше бездыханным телом. Она даже стала брать с собой из номера одеяло и заворачивать в него маньяка, чтобы тот не отморозил себе за ночь жизненно важные органы. Поэтому на следующий вечер маньяк был уже сам не свой от благодарности, стыда и застенчивости, и ходил вокруг Маши кругами, не поднимая глаз и периодически спотыкаясь и матерясь. Ну, и, конечно, назюзюкивался «Балтикой» ещё хлеще, так что даже падал замертво, не доходя Маши. Её несколько смущали эти замкнутые круги, и однажды она попыталась сделать первый шаг, т.е. буквально сделала шаг в направлении блуждающего маньяка, но тот в панике бежал от неё, хрустя валежником и истерически сжимая банку дрожащей рукой. «Боже, — думала Маша, возвращаясь в номер. — Как он влюблён! И как застенчив. Милый, робкий...» В номере Машу уже поджидала соседка женщина Валя, чтобы всё-таки склонить её к знакомству со своим неженатым сыном, проживающем в том же корпусе. «Ну, не знаю, — пожимала плечами Маша. — А почему его никогда не видно? А в обед он где, за другим столиком? Почему не с вами?» «Он у меня такой застенчивый, — отводила глаза женщина Валя. — Он стесняется, что он здесь с мамой. И вообще хочет быть отдельно. Даже ест отдельно, у себя в номере. А ещё он стесняется, что до сих пор не женат. Он из-за этого стесняется знакомиться с женщинами с целью дальнейшей женитьбы. Если бы он был женат, он бы не стеснялся».

«Ничего себе», — думала Маша, а вслух кокетничала: «Ну, я не знаю... А с чего вы вообще уверены, что я ему понравлюсь... Я и по красоте так себе, и ещё люблю одеться вычурно, а он же у вас застенчивый, и, к тому же, я нервнобольная». «Ну, он у меня в этом плане тоже не фонтан... — смущалась Валя. — Мы и капельки капали, и акупунктура... и диспансеризация иногда... но это только иногда, хоть и регулярно... Да вы не бойтесь, в конце концов, чем мы рискуем? Ничем. Может, он ещё и сам сбежит. Он же у меня застенчивый». «Да уж, — думала Маша. — Застенчивей некуда». Конечно, она уже давно поняла, что застенчивый сын Вали и застенчивый маньяк в шортах — это один и тот же человек. Поскольку не может же в одном санатории и в одно и тоже время оказаться два застенчивых человека. Чудес-то не бывает. Маша не хотела расстраивать Валю и наносить ей травму, открыв, что её сын — маньяк. Так же она не хотела вводить в стресс маньяка, втягивая его в прямое официальное знакомство, да ещё при маме. Но когда однажды, войдя в свой номер, она обнаружила в шкафу сидящего там и пьющего пиво застенчивого маньяка в шортах, Маша решила больше с этой семейкой не церемониться и позвала женщину Валю.

— Полюбуйтесь! — крикнула она Вале. — Ваш сыночек, кажется, победил застенчивость.

Однако Валя не только не захотела любоваться, но даже, напротив, ломанулась куда-то прочь, вопя, что это никакой не её сынок и с чего вы взяли, а это кошмар какой-то и маньяк в шкафу. Вслед за ней ломанулась и неожиданно дико чего-то перепугавшаяся Маша. А впереди них уже панически спасался бегством застенчивый маньяк, побоявшийся даже вылезти из шкафа и так и бежавший в шкафу, как в деревянном мешке, вниз по лестнице. Вешалки из этого шкафа так и остались потом валяться в вестибюле под картиной «Юрий Гагарин в подводном мире», их там многие видели и удивлялись. А застенчивого маньяка в шортах больше не видел никто, он так и исчез в неизвестном направлении, и в том же направлении исчез и шкаф из номера Маши и женщины Вали. За шкаф администрация пансионата потом вычла с них денег.

«Пропало лето», — думала Маша, сидя в электричке между женщиной Валей и её застенчивым сыном и возвращаясь домой, прочь от отдыха.

Глава III.
Маленький принц — 2

— О чём ты думаешь? — спросил Машу режиссёр.

— О Юрии Гагарине, — честно ответила Маша, после чего режиссёр почему-то обнял себя за голову и побрел куда-то прочь с совершенно прозрачными глазами. Маша подумала и тоже ушла, домой — рисовать эскизы. До января, когда режиссёр снова объявился, она успела нарисовать много: эскиз католического монастыря на закате, эскиз — голова капитана над поверхностью воды, чертёж костюма медузы для сорокапятилетнего Маленького принца, чертёж подводного мира в разрезе, а также эскиз молящихся в библиотеках Палестины чань-буддистов.

— Замечательно! — похвалил Машу режиссёр. — Очень интересные эскизы. Особенно вон тот, со шпилем Адмиралтейства.

(«Это мачта корабля», — подумала Маша, но не сказала.)

— Молодец, Маша, ты очень хорошо поработала. Только, к сожалению, не над тем. Дело в том, что у меня изменилась концепция. Ты, Маша, в нашу прошлую встречу подбросила мне гениальную мысль: героем нашего спектакля будет Юрий Гагарин.

— А Маленький принц? — села Маша.

— А это одно и тоже, — лукаво улыбнулся режиссёр. — Понимаешь, Маша, мы дадим метафизическую разгадку смерти Гагарина через фигуру Маленького Принца.

— А, — дошло до Маши.

— Бэ, — подмигнул ей режиссёр. — Всё поняла?

— Чего ж тут не понятного. Он его убил.

— Кто? — обалдел режиссёр.

— Маленький принц.

— Кого?

— Юрия Гагарина, — предположила Маша.

— Да ну, дура какая-то, — расстроился режиссёр. — Ничего подобного, совсем наоборот.

— Юрий Гагарин убил Маленького принца? — поразилась Маша.

— Да ну тебя, — окончательно расстроился режиссёр. — Вот ты вечно недослушаешь, а начинаешь. Как он его мог убить, если Маленький принц и есть Юрий Гагарин. В детстве. Как Ленин на звёздочке. Маленький Ленин на октябрятской звёздочке и Маленький принц на далёкой звёздочке, понимаешь? Детство Ленина — и детство Гагарина.

— Мы же выкинули тему детства?

— Пришлось вкинуть обратно, — доверчиво поделился режиссёр. — Сказали — лейтмотив. Ладно, фиг с ним. Ничего, Машка, выкрутимся. Вот смотри, аналогия: во времена Экзюпери профессия лётчика была романтической и героической, и все дети мечтали стать лётчиками. А во времена Гагарина все дети мечтали стать космонавтами, улавливаешь?

— А Ленин? — спросила Маша.

— Что — Ленин? — не понял режиссёр. — Ленин умер.

— А Гагарин? — спросила Маша.

— А Гагарин — в том-то и дело, что нет. Он умер якобы. Потому что когда он разбился, он на самом деле не разбился, он после смерти попал в пустыню, где к нему пришла его душа — Маленький принц. Нравится?

— Очень, — кивнула Маша. — А зачем она к нему пришла? Эта душа — Маленький принц?

— В назидание, — объяснил режиссёр. — Затем, что он бросил Розу, и от этого запил и разбился.

— Какую Розу?

— Свою любовницу.

— Разве у Гагарина была любовница Роза? — удивилась Маша.

— Знаешь что, — разозлился режиссёр. — Может, каждый из нас будет заниматься своим делом? Наличие любовницы — это условность. Все средства должны работать на максимальную выразительность этой щемяще-прекрасной истории. Мне эта Роза тоже за фигом не нужна. Но без неё мне неоткуда взять трагическое непонимание между любящими. В смысле, они разругались, и он напился и разбился, от этого все проблемы. Ясно?

— Ясно.

— Работай, — посоветовал режиссёр. — И всё время думай о трагическом непонимании между любящими.

Глава IV.
Трагическое непонимание между любящими

Маша собрала эскизы и пошла думать о трагическом непонимании, но вместо этого ей почему-то лезла в голову история о трагической судьбе Серёжи Бодлерчука, которую ей накануне рассказала за чаем подруга, дочь практикующего врача-венеролога.

Глава V.
Трагическая судьба Серёжи Бодлерчука

Это было однажды вечером. Однажды вечером был ураган. Он вдруг сгустился непонятно с чего, по радио сказали — «усиление ветра», а кой там чёрт усиление, если налетели ветры злые и захотели смести с земли всё её содержимое. Ветры выдирали с корнем цветущие кусты сирени и ломали вот такие вот тополя, и срывали листы железа с крыш и рекламные щиты с обочин дорог, обрывали линии электропередач и занавески с незакрытых окон. А бывшему бойфренду Машиной подруги, Серёже Бодлерчуку, ветром оторвало голову.

Он в тот день зашёл к другу за конспектами, чтобы их отксерить к экзамену, а потом они с другом пили пиво, раз, потом ещё раз, и ещё много-много раз, и в итоге у Серёжи не осталось денег на маршрутку и в самый ураган он оказался пешком на улице. Все трезвые люди при первых дуновениях попрятались в домах, а датый Серёжа торчал середи улицы один как три тополя на Плющихе, и толком даже не понял, что случилось, что голова-то тю-тю. Он только подумал: «Ой, ни фига себе ветер!» А потом: «Ой, ни фига себе, сколько всего сорвало ветром и теперь оно летит!» И уже почти у своего дома Серёжа подумал: «Ой, ни фига себе, как это облако похоже на мою голову!» Подумал и забыл.

А на следующий день с Серёжей случилось похмелье, мама кормила его завтраком, скорбно подперев подбородок руками, и причитала:

— Ой, сыночек... а я ведь тебя с детства учила: не напивайся! Не напивайся, сволочь ты этакая! Вот как ты сегодня будешь сдавать экзамен?

— Мам, да нормально... — бубнил Серёжа. — Мам, да отстань, мне ещё бриться.

И вот в ванной, пока брился, Серёжа, глядя в зеркало, заметил, что вроде что-то не то.

— Мам! — заорал Серёжа обиженным басом. — Мам, посмотри! Чё-то вроде что-то не то?..

Прибежала перепуганная мама, долго смотрела на Серёжу и решила, что, действительно, что-то как будто не то, а вот что — непонятно. Чего-то как будто бы не хватает, а вот чего — не ясно. Серёжа опаздывал на экзамен, и дальше они подумать не успели. А после экзамена вечером Серёжина новая девушка повела его знакомить со своей мамой, и вот там-то всё и открылось.

— Ой, доченька! — испугалась девушкина мама. — Ой, а что это он у тебя такой?! Чего это он, совсем, что ли, без головы? А? Доченька?

— И правда, — неприятно удивилась девушка. — А чё-то я не догоняю, вроде раньше была... Ты что, врал мне всё это время? В таком случае нам лучше расстаться!

Серёжа огорчился и пошёл домой, где его папа пил портвейн.

— Папа, — пожаловался Серёжа. — А меня девушка бросила...

— Девушка... — брезгливо махнул рукой папа. — Да их, как обезьян в джунглях... Портвейн будешь?

К концу бутылки Серёжа сделал папе интимное признание:

— Папа! — признался Серёжа. — А у меня головы нет... её ветром сдуло, представляешь?

— Ну-ка, — забеспокоился папа, разглядывая Серёжу против света и ощупывая его отсутствующий затылок. — Надо же, действительно нету... Первый раз такое вижу! Ты, сынок, главное — не запускай! А то я понимаю — симптомов никаких, ничего не беспокоит — но ведь головы-то при этом нет! А кто знает, как ещё эта безголовость скажется в будущем... Вот доживёшь до моих лет, а у тебя вдруг раз

— и вообще всё отвалится... Так что ты не запускай! Обратись за квалифицированной медицинской помощью по знакомству.

Несколько месяцев, как это обычно заведено, Серёжа надеялся и ждал, что пройдёт само, но не дождался и решил последовать папиному совету. Правда, будучи патологически здоровым человеком, знакомства с медицинской сферой он имел только косвенные, а именно — ещё в школе у Серёжи была девушка с фигурой 90-60-90 и хроническим гайморитом. Девушка постоянно капала в нос капли и утирала из-под носа сопли, и это даже чуть было не помешало её карьере актрисы живого вип-порно-шоу в интернете. А уже в институте Серёжа встречался с дочерью практикующего врача-венеролога. В то время такое знакомство было для Серёжи по одним причинам хорошо, а по другим, но тем же самым, плохо, и в результате Серёжа с этой девушкой, пропив, под наблюдением мамы-врача, курс антибиотиков, расстались. Но теперь Серёжа решил возобновить общение с целью выяснить, нет ли у врача-венеролога знакомых специалистов по его редкому недомоганию.

— Какое же оно редкое? — удивилась мама-венеролог. — У меня подруга в хирургии работает, так она говорит — многие приходят... Ты к ней сходи сейчас. Это издержки современного образа жизни. Это, в принципе, можно оперировать, если механическая травма, как у тебя. А у некоторых, у кого само отвалилось, выясняется, что это всё дисбактериоз. Сейчас же куча препаратов, «Линокс» очень хороший. Попринимаешь с полгодика, и нормально, новая голова отрастает. Сейчас медицина и не с таким справляется. Вон, у человека рука в циркулярную пилу попала, он приходит к нам в соседнее отделение и палец в руках несёт. И ничего, нормально, пришили. Спасли руку, а он очень переживал. У тебя-то, сам подумай, голова — она же тебе, в общем-то, ни за чем и не нужна. Ты же ей всё равно в жизни не пользуешься. А у Мишутки, у того мальчика, у него рука, а он художник. Ты только сравни, что для тебя голова и что для художника рука. День и ночь. Он нам в благодарность для всей больницы нарисовал забавные и познавательные плакаты.

Серёжа уже обратил в коридоре внимание на эти плакаты. С одного из них забавно и познавательно смотрела на Серёжу полутораметровая с невыразимо печальными глазами изумрудного цвета лобковая вошь.

— Очень талантливо и смело, — похвалил Серёжа. — Очень интересный художник.

— Художник-то да... — пригорюнилась мама-венеролог. — А так-то сволочь. Дочка с ним встречалась, а он страшный, как моя жизнь, я говорю: брось ты его, она говорит: ни за что, и что ты думаешь — не бросила, а вот он её бросил, она вся извелась тогда.

— А это было до меня или после? — поинтересовался Серёжа.

— Если честно, то во время, — уклончиво ответила мама-венеролог и вручила Серёже направление к хирургу.

Хирургические коридоры тоже во множестве украшали плакаты, как понял Серёжа по стилистике — того же автора, и у висящего прямо на нужной Серёже двери плакате ковырял уголок какой-то лысоватый юноша. На плакате сакраментальным образом соотнеслись два аллегорических изображения с подписями «Перелом шейки бедра» и «Мама мыла раму».

— Нравится? — подозрительно поинтересовался у Серёжи юноша, продолжая ковырять.

— Ужасно, — пробормотал Серёжа своим мыслям, готовясь войти к хирургу.

Но тут лысоватый юноша страшно обиделся на эту критику, ведь он как раз и был автор всех плакатов художник Мишутка, и с криком: «Конечно, художника может обидеть каждый!» — выхватил из-за пазухи ружьё и застрелил Серёжу. Поэтому хирург Серёже уже не понадобился, а понадобился только патологоанатом, но в больнице, по счастью, с этим быстро.

Глава VI.
Маленький принц — 3

— Ты думаешь? — спросил Машу по телефону режиссёр. — Ты думаешь о трагическом непонимании между любящими?

— Думаю, — соврала Маша.

— Молодец! — похвалил режиссёр. — И учти, что у нас несколько изменился жанр. Это, Маша, будет феерия! Балет. Балет на слова Пушкина. Называться будет — «Маленький принц Евгений Онегин». У-у-у...

— Что-что? — переспросила Маша режиссёра, но это, оказывается, был уже не режиссёр, а только гудки в трубке.

Глава VII.
И снова трагическое непонимание между любящими

Маша так старалась думать о трагическом непонимании между любящими, что у неё даже весь лоб собрался в складку и заболела печень, но, несмотря на это, мало что прояснилось. Кому-то, может быть, об этом думать было бы легче, поскольку у многих это непонимание представлено в собственной семье, но Маша этим похвастаться не могла. Семья у неё была такая: она сама, застенчивый муж и свекровь Валя, но никакого трагического непонимания между любящими у них не было и в помине, поскольку никто из них друг друга не любил. У них с избытком было только непонимание между нелюбящими, но для данного спектакля это явно не подходило. Тогда Маша решила пофантазировать и нафантазировала вот что.

В одном доме как-то раз вечером вырубили электричество, и они стали жить при свечах. А что это за жизнь при свечах? Ни утюга, ни телевизора, ни уроки поделать, ничего. При свечах можно только беседовать, но если, допустим, в 28-й квартире никто ни с кем не разговаривает, кроме как «Постирай свои носки!», то в темноте-то их особо не постираешь, потому что постираешь сослепу не свои, а чужие, и не грязные, а чистые, и что дальше? Поэтому жизнь в семье остановилась. Каждый разбрёлся со свечой по своей комнате, засел там и стал изобретать себе занятие. Папа на ощупь ел, мама переживала, что мясо разморозится, а Женя села со свечкой у окошка и стала смотреть на соседние окошки (у них был двор-колодец). В соседних окошках тоже сидели на ощупь люди со свечками и придумывали себе занятие. Кто-то лёг спать, кто-то сочинял стихи, кто-то вычёсывал колтуны на кошке, одна молодая пара предалась разврату (причём муж воображал вместо жены Анжелину Джоли), кто-то пил коньяк, не закусывая, а на третьем этаже у окошка сидел мальчик и смотрел прямо на Женю. Молодые люди полюбили друг друга. Но они были слишком юные и робкие, чтобы вот так вот, хлобысь — и признаться в своих чувствах, встретиться тут же во дворе и побежать в ближайший кабак, они подумали: «Нет, мы сейчас уснём и увидим чудесные сны, а потом будет завтрашний день и мы встретим друг друга завтра». Но завтра они, к сожалению друг друга не встретили, потому что электричества так и не дали, и одна старуха легла спать и забыла потушить свечку, и от этой свечки весь дом благополучно сгорел. Люди, правда, спаслись, хотя и частично, но Женя и этот мальчик, которого звали Саша и он учился в Мусоргке на скрипача, как раз-таки сгорели. Долго потом по пепелищам и перекрытиям бродили заплаканные родственники с эмчеэсом и пытались идентифицировать дорогие сердцу обугленные кости. И многим это удалось, в частности, благодаря счастливым случайностям, как-то: наличие переломов и другие особенности. Женю с Сашей тоже идентифицировали, и так получилось, что захоронили на одном кладбище и даже в соседних могилах. А всё это происходило осенью. А весной, как всегда бывает, вся удобренная покойниками земля пошла в рост и цветение, и из могилы Жени вырос куст лопухов, и из могилы Саши тоже вырос куст лопухов, и эти кусты стали тянуться друг к другу и переплелись лопушатами. Следящие за эстетичностью могил родственники их выпалывали, но они снова вырастали и переплетались. Тогда родственники сообразили оградку, но лопухи переросли и оградку и всё равно переплелись. Тогда родственники плюнули и оставили всё как есть. «Пусть, — подумали они. — Наше кладбище превращается в город-сад!» И, действительно, вскоре, за счёт кладбища, этот район был признан самым зелёным в городе, и районной администрации даже дали почетную грамоту, которую главный администратор повесил в кабинете на видном месте.

А у этого администратора была жена — красивая женщина гораздо его моложе, по имени Саша, и уже подрастал у них сын-двоечник, а двоечник он был от ужасной обстановки в семье. Дело в том, что этот глава администрации, он только администрировал свой район и воровал районные деньги, а женой и сыном совершенно не занимался и все наворованные деньги оставлял себе, а им ничего не давал, ни на компьютерные игрушки, ни на наращивание акриловых ногтей — ни на что. И вот однажды жена Саша тоже пришла к нему в кабинет просить денег, а он опять говорит — «Не дам!», а глаза добрые-добрые, а над глазами и вообще над головой висит почётная грамота за самый зелёный район. «Ах, так! — обиделась жена. — Значит, районом ты занимаешься, что тебе даже грамоты дают, а на нас тебе плевать!»

И она в слезах убежала из административного кабинета и стала нервно гулять по городу с целью развеяться. И на одной из набережных она вдруг увидела торчащий этюдник и молодого художника Женю, замёрзшего и дрожащего, старательно пишущего очень плохой этюд.

— Как красиво! — восхитилась зарёванная Саша.

— Вам правда нравится? — обрадовался Женя.

— Очень! — воскликнула жена Саша и посмотрела на художника Женю, а он посмотрел на неё. Молодые люди полюбили друг друга. Женя даже стал настаивать: «Уходи от него ко мне!», но Саша была не совсем уж идиотка и отвечала: «Нет уж, лучше ты приходи к нам в его отсутствие». А с творческими людьми так нельзя, потому что они темпераментные, и этот Женя тоже был темпераментный, он закричал: «Ах, так!», выкинул свой этюдник с недописанным плохим этюдом в Фонтанку и, рыдая, убежал к себе домой, где в тот же вечер насмерть отравился палёной водкой. А жена Саша с горя и назло всем вечером пошла на дискотеку и там тоже напилась, и по пути домой попала под машину. Конечно, муж похоронил её по блату на том самом зелёном кладбище, а у художника блата не было и его похоронили на совершенно другом, не престижном кладбище, поэтому из их могил ничему вырастать не имело смысла, и ничего и не выросло...

Тут Машины фантазии прервал телефонный звонок, это звонила та самая подруга — дочь врача и просила Машу пойти с ней для моральной поддержки на похороны безголового Серёжи Бодлерчука. Маша почистила чёрное пальто и пошла.

Глава VIII.
Похороны Серёжи Бодлерчука

Похороны были как похороны, а после похорон были поминки как поминки, а после поминок Маша пошла к подруге в гости, потому что подруга на поминках плакала и напилась, и вообще переживала. Правда, плакала Машина подруга совсем не о только что упокоенном Серёже, а о совершенно другом своём бывшем бойфренде, зато плакала чрезвычайно надрывно.

Глава IX.
Пьяный плач Машиной подруги

Однажды меня в трамвае спросили: «Девушка, вы выходите?», я говорю: «Выхожу!», и вышла, и на остановке познакомилась с Мишуткой. А трамвай дальше поехал. А этот трамвай был — двадцатый номер. Шёл трамвай — двадцатый номер, а в трамвае кто-то помер. А трамвай дальше поехал. Едет он, едет, потом проехал, все смотрят на рельсы, а там — пряжечки, косточки, звёздочки в ряд. Трамвай переехал отряд октябрят. И дальше поехал. Едет он, едет, заехал на мост, и тут, значит, он возьми, да и порвись, трамвай, а не мост. И вот полтрамвая поехало туда, а полтрамвая — обратно. Эти две половинки сделали каждая сама по себе круг по городу, а потом на том же мосту снова встретились, чтобы больше уже не расставаться.

А я стала дружить с пожившим мальчиком Мишуткой, который всегда носил за спиной рюкзак, а в рюкзаке вещи — молоток, зубило, клещи, на фига такие вещи? На всякий случай, объяснял Мишутка, вдруг кто обидит. Мишутка был художник, а художника может обидеть каждый. Однажды в далёкой юности Мишутку уже обидели, он отсидел, вышел и стал дружить со мной. Моя мама говорила, это от того, что больше с Мишуткой никто дружить не хочет, но это была неправда, Мишутка был весёлый и красивый, а что лысый и без зубов, так это его совсем не портило, даже наоборот. Мишутка водил меня в кино, в ЦПКиО на Елагином острове и в парк аттракционов, на карусель. Карусель, карусель, кто успел, тот и сел. Иногда Мишутка приглашал меня в гости. Он жил в удивительной коммунальной квартире, коридор которой тянулся и тянулся и втягивался в огромную, как физкультурный зал, кухню. В кухне стояли газовые плиты, газовые плиты, а ещё холодильники, холодильники и висел рукомойник. Мишутка шутил: «Только покойник не ходит по нужде в рукомойник». В кухне резвились и тёрлись о колени входящих крупные ручные тараканы. «Ну, да, — пожимали плечами соседи. — Ну, да, тараканы. Но зато клопов нет!» По утрам Мишутка провожал меня до трамвайной остановки.

— Куда идём мы с Пятачком? — лукаво заглядывал мне в глаза Мишутка. — На остановку за бычком!

На остановке Мишутка покупал в ларьке сигареты и с наслаждением делал свою первую утреннюю затяжку.

— Раз бычок, два бычок, — хохотал Мишутка, запрокидывая беззубое лицо в безоблачное небо. — Пошёл ты на фиг, Пятачок!

А потом мы с Мишуткой поссорились, как-то глупо получилось, из-за ерунды. Мишутка кричал: «Да ты пойми, это же такая ерунда!» А я плакала и спрашивала: «Если это такая уж ерунда, то почему эта ерунда звонит тебе в три часа ночи?» Я этого никак не могла понять, и Мишуткины коммунальные соседи тоже не могли этого понять, и из-за этих непоняток стали происходить скандалы со всех сторон, и я, конечно, была крайняя, что я не проживаю, а пользуюсь по утрам их санузлом, а им приходится поэтому пользоваться рукомойником, короче, с Мишуткой мы расстались. Моя мама была рада, а я не была рада, и даже подумала — может, повеситься? А потом подумала — да ну, и вешаться не стала.

Но, когда я проезжаю в утреннем трамвае какую-нибудь остановку, где стоит ларёк с сигаретами, я всегда думаю: «Мишка, Мишка, где твоя улыбка, в которой — космос?» У обычных людей в том месте, где улыбка, торчат зубы, а у беззубого Миши там был чёрный космос. «Мишутка, — думаю я, — Мишутка, может, когда-нибудь у меня снова спросят — девушка, вы выхóдите, я отвечу — выхожу, выйду, и на остановке у ларька мы с тобой снова встретимся, чтобы больше уже не расставаться».

Но получалось по-другому, получалось, что сигареты мне были не нужны, и я ехала в трамвае мимо всех остановок с ларьками, ехала к той остановке, где жила моя тётя Вероника. Тётя Вероника — учительница русского языка и литературы в младших классах, поэтому с тёмными сторонами жизни знакома не понаслышке. Она всегда рассказывает мне поучительные истории. На склоне лет тётя Вероника было удивительно встретила свою судьбу, чтобы больше же не расставаться, но тот ушёл от неё к учительнице географии. Спрашивается, с каких пор нам география важнее литературы? Правда, география была на пятнадцать лет моложе.

— Ты прикинь! — рассказывала мне с порога поучительную историю тётя. — Он ей строит квартиру! С тремя балконами! Всего в доме семнадцать этажей, а у них двенадцатый, двенадцатый уже построили, она пошла смотреть, приходит, я спрашиваю: «Посмотрела?», она говорит: «Посмотрела. Поразило изобилие дохлых птиц на балконах».

Тётя Вероника на солнечной утренней кухне подмигивает мне, глаза у неё очень ясные, и намекает:

— Кто ходит в гости по утрам!

— Тот поступает мудро! — намекаю я в ответ.

— И тут, и там нальют сто грамм, — намекаем мы хором. — На то оно и утро!

И в наших руках звенят, чокаясь, рюмки.

А под окном звенят, чокаясь, трамваи.

И, возможно, один из трамваев скоро чокнется окончательно.

Это будет тот самый трамвай без второго вагона — т.е. полтрамвая — который ошалело катится по городу, чокнутый от желания найти свою вторую половину.

И он чокается и звенит, и от звона ещё больше чокается, и едет по городу, такой печально-призывный, даже днём не гася огней. Он едет и вспоминает: «Свой второй вагон я потерял на мосту, а на каком мосту? Это называется — здравствуй, склероз». И вот ущербный склеротический первый вагон трамвая тычется во все мосты города, не разбирая дорог и маршрутов, без остановок, переезжая, не задумываясь, что ни попадя: мост, так мост, отряд октябрят, так отряд октябрят. Любовь и жажда воссоединения не размениваются на разглядывания препятствий. А этот вагон — у него двадцатый номер, и он совершенно не должен так ехать, по таким местам и без остановок, и люди в нём кричат:

— Остановите вагон!

Но кому они это кричат, безумцы! — ведь когда в игру вступает любовь, разум умирает. А разум трамвая — это его водитель. Шёл трамвай — двадцатый номер, ну а в нём водитель помер. И теперь обветшалый двадцатый номер носится без руля, без ветрил, как птица, носится по мостам, отчаянно звеня: «Где ты, мой второй вагон!» А где, действительно, этот второй вагон, в какие-такие Ржевка-Пороховые он скатился без водителя? Страшно даже подумать. Не надо думать обо всяких ужасах, надо думать о хорошем.

Хорошо бы вновь увидеть из окошка трамвая Мишутку, на остановке покупающим сигареты, и вот, допустим, я его вижу. «Девушка, — спрашивают меня. — Вы выхо́дите?» А я отвечаю: «Вы знаете, по идее-то конечно выхожу, но ведь этот трамвай — двадцатый номер, в котором водитель помер от горя, отчаявшись найти свой утраченный второй вагон, и теперь двери этого трамвая навсегда закрыты для входящих и исходящих, в него никто не входит и не выходит, и, хотя за дверями трамвая меня ждёт у ларька судьба — извините, но я не могу выйти!»
«Тогда подвиньтесь, — говорят мне, — чего копыта расставили в проходе, дайте выйти».

И все выходят, их почему-то не смущает ни умерший водитель, ни закрытые двери, ничего их не смущает. Во народ пошёл. Ничем не смутишь. Ну, и я тоже, в принципе, в таком случае выхожу, но Мишутки на остановке к тому времени уже нет, только висит в воздухе лёгкий дымок эха, нежнейшего эха того стука, каким стучат друг о друга вещи — молоток, зубило, клещи. И звенит вдалеке трамвай — двадцатый номер, первый вагон которого неожиданно столкнулся со вторым. И уже спешат к месту столкновения пожарные, спешит милиция, они поливают столкнувшиеся вагоны из шлангов, не понимая, что пытаться потушить из шлангов пожар любви — это наивно. А я покупаю в ларьке на остановке сигареты и думаю: «Ну, и что, что порвалась мир связующая нить, и теперь все только расстаются, чтобы больше уже не встретиться, и путь каждой любви устилают пряжечки, косточки, звёздочки в ряд. Всё равно перееханный отряд октябрят соскребёт себя с рельсов и вновь пойдёт вперёд и с песней, а за их спинами зазвенят в рюкзаках вещи — молоток, зубило, клещи, и на этот звон будет ехать за ними трамвай — двадцатый номер, и в первом вагоне там поедем в свадебное путешествие мы с Мишуткой, а во втором — учительница литературы тётя Вероника со своей судьбой, а учительница географии не поедет никуда, вот так-то! Литература куда интересней географии, литература может объяснить что угодно, а география только — где угодно. Где-где? В Караганде.

— Кто? Конь в пальто.

— Зачем? Чтоб ты спросил.

— Меня укачивает.

— Пожалуйста, не останавливайте вагон!

Тут Машина подруга закончила плакать пьяными слезами и заснула пьяным сном, а Маша, уложив её в кровать и накрыв одеялом, отправилась домой. Там ей сразу позвонил режиссёр.

Глава X.
Идея

— Ты где была? — спросил режиссёр подозрительно.

— На кладбище, — ответила усталая Маша. — У моей подруги один экс-бойфренд случайно застрелил другого экс-бойфренда и сбежал, причём, тот, который застрелил, он понятия не имел, что они оба оказывается, бойфренды...

— А это идея! — закричал вдруг режиссёр и отсоединился.

Глава XI.
Маленький принц возвращается

А Маша стала задумчиво готовить ужин для своего застенчивого мужа, который так её стеснялся, что она даже была вынуждена оставлять ему еду под дверью, как в гостинице. Зато свекровь Валя не стеснялась ничего, и, на ночь глядя, в комнату Маши и своего сына входила всегда без стука. Застав их: Машу — рисующей эскизы к балету «Маленький принц» на слова Пушкина, а своего сына — застенчиво читающего книгу в постели, в пиджаке и при галстуке, она радостно говорила:

— А, дети ещё не спят... Машенька, можно тебя на минутку?

И начинала рассказывать Маше, что видела сегодня в новостях, мол, в городе объявился застенчивый маньяк, бегающий по улицам в шортах и в деревянном шкафу.

— Валя, какие шорты? — устало вытирала кисти Маша. — Февраль месяц.

— Такие шорты! — кипятилась Валя. — Такие шорты, что мы с вами, Машенька, уже видели, какие это шорты. Это же наш маньяк из пансионата санаторного типа с лечением «Восток-6», застенчивый маньяк в шортах, вы что, не понимаете?

— Я понимаю, — отмахивалась Маша. — Что у меня с этим «Маленьким принцем» фигня какая-то. Я вот сегодня нарисую балет на слова Пушкина, а завтра выяснится, что это уже вовсе даже опера на музыку Лермонтова, и чего?

— Того! — переживала Валя. — Того, Машенька, что вы со своим «Маленьким принцем» уже сами того. Вы поймите, что этот маньяк, он что, зря здесь объявился, не выходя из шкафа? Он хочет нас с вами убрать, как свидетелей!

— Свидетелей чего? — удивлялась Маша.

— Свидетелей покушения! — тянулась к корвалолу Валя.

— Покушения на кого? — удивлялась Маша.

— Покушения на нас! — делала большие глаза Валя и обессиленно опускалась в кресла, а Маша шла отвечать на звонок режиссёра.

— Значит, так! — кричал режиссёр. — Мы с тобой всё это время шли по ложному пути. Уже февраль, а мы топчемся на месте. Мне сейчас сказали, что крайний срок сдачи спектакля — конец месяца. Поэтому я подумал: убьём сразу двух зайцев. Сделаем праздничный спектакль к Восьмому марта. Вместо лётчика выводим Валентину Терешкову, которая в невесомости вспоминает об оставленном на Земле маленьком сыне. Биографический. Назовём — «Маленький принц ищет маму»...

Глава XII. Месяц спустя

Месяц спустя Маша с режиссёром сидели одни на пустой сцене и рассматривали эскизы.

— Это что? — спросил режиссёр.

— Движущийся шкаф, — ответила Маша, глядя куда-то в колосники.

— А смысл? — спросил режиссёр.

— А никакого, — ответила Маша. — Шкаф бегает по сцене и хочет поймать Маленького принца и запереть его в своих недрах. А в шкафу — взрослая жизнь.

— Гениально! — закричал режиссёр и вдруг побледнел и схватился за сердце.

Глава XIII. Аплодисменты

На похоронах режиссёра было сказано много красивых и прочувствованных слов, но самая щемяще-прекрасная речь получилась у Маши. Она назвала режиссёра Маленьким принцем отечественного театра и сказала, что его безвременный уход — это следствие трагического непонимания между жизнью и искусством, поскольку люди искусства — это вечные дети...

На поминках Маша напилась и почему-то начала смеяться, так что её подруга, врачихина дочка, сопровождавшая её в качестве моральной поддержки, была вынуждена поскорее отвести её домой и уложить спать. К счастью, свекрови Вали и застенчивого мужа в доме не оказалось, и подруга спокойно укрыла Машу одеялом и спокойно распахнула шкаф, чтобы повесить туда чёрное Машино пальто. Но в шкафу она неожиданно увидела сидящего на нижней полке и пьющего пиво застенчивого маньяка в шортах. Маньяк перепугано рванул дверцы шкафа на себя, а подруга не менее перепуганно бросилась наутёк, захлопнув дверь.

На улице она вскочила в первый попавшийся трамвай и, вся красная, взмокшая и разлохмаченная, плюхнулась на сиденье, облегчённо отдуваясь.

— Какой это номер? — спросила она у впереди сидящего мужчины. Мужчина был лыс и на его голове торчали уши, а из стоящего рядом рюкзака торчали вещи — молоток, зубило, клещи. И ещё ствол ружья.

— Неужели?.. — обмерла Машина подруга, боясь поверить.

Мужчина повернул к ней свою лысую голову щетинистым лицом и улыбнулся беззубой улыбкой, в которой был космос.

— Это трамвай — двадцатый номер, — улыбнулся Мишутка возлюбленной, беря её за руку.

И двадцатка повезла их в свадебное путешествие по улицам и мостам нашего города, дребезжа на поворотах и салютуя высекаемыми из проводов снопами искр. Повезла по кругу мимо исторического центра с торчащими из Фонтанки этюдниками, мимо новостроек с изобилием дохлых птиц на балконах, мимо театра, где уже новый режиссёр говорил Маше: «Это гениально, мы с тобой стилизуем "Тристана и Изольду" под детский утренник, а на заднике будет проекция картин Сальвадора Дали», мимо самого зелёного района города, где на самом зелёном кладбище похоронены влюблённые с проросшими из них лопухами и влюблённые без проросших лопухов, похоронен Серёжа Бодлерчук и режиссёр, а, может быть, даже не один, а также застенчивый маньяк в шортах, которого нашедшая в шкафу и перепугавшаяся женщина Валя убила пивной бутылкой по голове, мимо ЦПКО на Елагином острове, мимо больниц, мимо школ, в которых идут уроки литературы и географии, мимо стрелочки «Приморское шоссе», указывающей направление на Зеленогорск и пансионат санаторного типа с лечением «Восток-6», где торчат надгробия юных дев-пионерок, а в вестибюле висит картина

Мишуткиного отца «Юрий Гагарин в подводном царстве», мимо коммуналок с тараканами и ларьков с сигаретами.

— Знаешь, жутко хочется курить, — доверительно сообщает возлюбленной Мишутка.

И в эту минуту мимо пролетает облаком голова Серёжи Бодлерчука, и водитель трамвая — Маленький принц — останавливает вагон. Загорается полный свет, и раздаются аплодисменты.

Домик в деревне

Это у многих так начинается, как у него, вот у него и началось так, как у многих. Началось полное безумие и неадекватка, и началось, естественно, с покупки дачи. Т.е. это уже само по себе, все наблюдали этих владельцев дач, это ещё даже хуже, чем владельцы собак. Поскольку если собачники заняты только и исключительно тем, что гадят вокруг себя посредством своих собак, то дачники посредством своих дач хотят ещё и что-то взрастить, вот в чём ужас. Даже самый, казалось бы, нормальный человек, который в городе абсолютно не выказывал определённых признаков — не выходил из дому без штанов, не кусал прохожих за ноги и не покупал возле метро маринованные грибы у старушек — даже такой человек, обретя дачу, стремительно и необратимо начинает превращаться в сеятеля и неудержимо взращивать. И, считай, уже всё, уже всё, глаза вот такие вот и руки: «Ну, как, вы сажаете?» «Да, мы сажаем» — и действительно сажают, такая история.

Такая история и получилась с дядей Колей, который жил через стенку, однажды дядя Коля пришёл через дверь и спросил: «Хотите мою двушку вместо своей однушки, с доплатой?» Папа страшно обрадовался и сказал: «Хотим, конечно!» А мама спросила: «А откуда доплата», и папа обрадовался ещё больше и сказал: «А дачу продадим», а мама перепугалась и закричала: «А где же сажать?», но папа на радостях уже бежал этажом ниже за самогонкой, и уже с лестницы донеслось: «Нигде!!!», но, может, это был и не папа.

Да, и мы продали свою дачу и купили квартиру, а дядя Коля продал квартиру и купил дачу, но не нашу, а другую. Потому что наша, если смотреть по карте, была вот здесь, а дядя Коля хотел вот там — не за сто км, а за четыреста, но зато не шесть соток, а тридцать четыре. И у него там был дом, гараж, сарай, баня, огород и ещё специальный огород для картошки, от горизонта до горизонта. Чтобы встать посередине, и от горизонта до горизонта — сажать, сажать, сажать…

Таким образом, дядю Колю мы потеряли и потеряли всякую с ним связь, потому что в его бывшей нашей квартире теперь жила его незнакомая нам дочь, и сама ничего не знала — вроде ничего, вроде живёт. Завёл кур. Сажает. А откуда бы ей, спрашивается, знать больше — никаких же телефонов или, там, телеграфов в дядь-Колиной деревне предусмотрено не было, а мобильных телефонов и вообще не было — это же было не сейчас, а тогда, тогда, когда их ещё не было.

Вот и дяди Коли, считай, не стало, но при этом он где-то всё-таки был, в огороде за четыреста км, и что-то с ним в этом где-то было. Вот что с ним было.

На самом деле, было с ним именно то, что обычно и бывает с новообращёнными сеятелями — т.е. было всё то, чего быть не должно. На второй день дядя Коля уронил в колодец бутылку водки, а на четвертый в дядю Колю влюбилась лошадь.

Лошадь — это отдельная история, а про бутылку водки — все знают, что такое в деревне бутылка водки, а кто не знает, пусть скажет спасибо, а кому спасибо говорить не за что, тот знает, что бутылка водки в деревне — это единственная валюта, годная абсолютно для всего и никогда не выходящая из употребления. Например, в деревне есть электричество, до тех пор пока не подует ветер и не уронит пару ёлок на провода. Тогда надо звать мужиков, чтобы они пришли и сняли ёлки и воссоединили оборванные провода, но чтобы мужики всё это проделали — бутылка водки. А своих мужиков в деревне нет, в деревне одни старухи и один истощённый пьянством старухин муж, у которого трактор и лошадь (та, которая влюбилась), и вот старухин муж дожидается рейсового автобуса и едет в более населённый пункт за мужиками. А ему самому это надо? Не надо, поэтому ещё бутылка водки. А ведь существует ещё масса нужд, ёлки же падают не только на провода, а куда угодно: на крышу (и надо чинить крышу), на голову (надо чинить голову), куда угодно, и на всё — бутылка водки, бутылка водки... А дядя Коля её раз — и в колодец. Ещё учитывая, что это не сейчас, когда бутылку водки может купить любой ребёнок — а это тогда, когда то ли её любой ребёнок тоже мог купить, но исключительно по карточкам, то ли ребёнок мог купить и без карточек, но вынужден был часами выстаивать очередь — времена были смутные, неважно точно, какие, какой именно год, смутные для водки. Да, а дядя Коля её в колодец. Поэтому так и вышло, что без чего-то он оставался, без удовлетворения какой-то из нужд, и так он и встретился с лошадью.

Дело в том, что уже пора было сажать, а для этого нужно было вскопать огород, но не руками же (это шесть соток легко вскопать руками, некоторые, по крайней мере, так считают), а дяди-Колины сотки от сих до сих полагалось вскапывать трактором либо лошадью, лучше, конечно, трактором, но существовал тариф. Огород ведь называется огородом, потому что огорожен, огорожен забором, а в заборе калитка, чтоб можно было пройти. Пройти можно, а трактором проехать нельзя. Это надо кусок забора убрать, проехать, вспахать (бутылка водки), выехать и вернуть забор на место (ещё бутылка водки). А если не переставлять забор, то остаётся только лошадь, которая в калитку проходит, но пашет хуже, но это всего одна бутылка водки. В общем, дядя Коля вынужден был прибегнуть к лошади, и, когда она отпахала своё, дал ей кусок сахара-рафинада. И погладил по морде. Всё-таки дядя Коля был городской сентиментальный человек, первый раз кинутый жизнью на целину. Лошадь же ничего этого не знала, это была уже очень престарелая лошадь, на которой всегда пахали все кому не лень, а тут она посмотрела на мир другими глазами — и влюбилась, как подросток. Но никому, конечно, об этом не сказала, а, как всегда, отпахав своё, вернулась домой и тихо встала в стойло, разве что, может быть, подумала перед сном, что, мол, «стоило жить и работать стоило», и далее по тексту. Но далее по тексту, как известно, ничего нет, и ночью она умерла. Её закопали, но она откопалась и уже истлевшая в виде костей стала по ночам приходить к дяде Коле, частями. А у дяди Коли и без того был забот полон рот, поскольку всё это время он усиленно сажал, но у него ничего не росло, одна гигантская несъедобная ботва, вроде метрового укропа без запаха. Поливал всё это дядя Коля вёдрами из колодца, а до этого поливал из шланга с помощью насоса, но насос у него почти сразу спёрли. А от дужек ведра на руках мозоли, кто знает, а от пропалыванья ревматизм, а от солнечного перегрева идиотизм, а от пьянства водка кончается и нечем заплатить за починку электричества мужикам, а от отсутствия взрастающих овощей нечего жрать, а ещё дядя Коля завёл кур. Хозяйке на заметку: никогда не стоит заводить кур, кура — дура. Не чувствуя твёрдой руки, куры обалдевают от вседозволенности, а петухи и вовсе звереют. У дяди Коли случился такой петух, кормить которого дядя Коля шёл в ватнике, лыжных штанах и с железным тазом на голове вместо каски. Петух оказался необыкновенно клювачим, к тому же подлый и сволочь. Он не хотел жить с курами как с женщинами, а вместо этого нашёптывал им провокационное, после чего куры моментально разбегались в лес, стоило дяде Коле открыть курятник, и дядя Коля потом вынужден был ловить их по лесу с помощью рыболовной сети. А сволочь петух уже ждал его, вспорхнув на колобашку для рубки дров, и тут-то бы дяде Коле и срубить петуху буйну голову, но в каждом петушьем глазу светилось: «Ещё кто кому», да и, к тому же, дядя Коля был гуманист, а ещё он всё-таки надеялся, что когда-нибудь куры занесутся. Ну, вот, а по ночам к дяде Коле-гуманисту приходила частями влюблённая лошадь в виде костей. Началось это где-то в середине июля, когда тихой безветренной ночью дядя Коля уже собрался спать, и тут в дверь постучали. А это ничего хорошего не предвещает, когда тихой безветренной ночью в деревне вдруг стучат в дверь. Дядя Коля взял кочергу и, отдёрнув занавесочку, выглянул в окошечко, но ничего не увидел, хотя стучать продолжали, тогда он отдёрнул занавесочку побольше и в лунном свете увидел, чтó стучит ему в дверь, увидел, что ему в дверь стучит лошадиная передняя нога в консистенции кости. Дядя Коля сразу же спрятался за занавесочку, чтобы нога его не увидела и не увидела, что он её видит. Нога ещё потопталась неуверенно под луной, но тут раздался крик петуха (сволочь кричала не на восходе, а когда взбрендит), и нога, вскинувшись на дыбы, поскакала в сторону леса. Дядя Коля не знал, что ему и думать, поэтому он думать не стал и, выпив от бессонницы ¼ флакона одеколона «Саша», лёг обратно спать.

Наутро всё было как всегда, за исключением того, что дядя Коля был раскоординирован и на утренней кормёжке подставился под удары петушиного клюва. Но ведь что такое в конце концов дача — это ежедневное умерщвление плоти во имя очищения души через свежие овощи, да и аптечка есть у всех.

В следующую ночь дядя Коля заблаговременно сел за занавесочкой с аптечкой (где у него был успокоительный корвалол) на коленях, и не прогадал, потому что ровно в полночь ему в дверь опять постучали, и опять это была кость лошадиной передней ноги. Тут уж дядя Коля знал, что ему думать, он подумал: «Вот ведь зачастила, вторую ночь подряд приходит», но, как вскоре выяснилось, он ошибался. Однако он выпил для успокоения ещё ¼ флакона одеколона «Саша», дождался спугнувшего ногу безвременного крика петуха и лёг спать.

Наутро петух окончательно почуял волю и чуть не проклевал дяде Коле дырку в ревматизме, а ночью шёл дождь, и в его чёрных лоснящихся струях прискакала и просилась в дом уже кость задней лошадиной ноги.

«Э!» — подумал дядя Коля, выпил третью часть одеколона «Саша» и лёг спать.

Он уже примерно догадывался, чего ему ждать дальше, и не ошибся.

Действительно, крыша, как он и предполагал, протекла, и надо было звать мужиков положить заплатку из рубероида, но дело в том, что у дяди Коли из всего валютного фонда оставалась только четверть флакона одеколона «Саша», и даже денег, и тех у него не осталось. Поэтому дядя Коля сам полез на крышу, естественно, под дождём, приговаривая «на ель ворона взгромоздясь», и это надо было видеть, и слава Богу, что этого никто не видел. Тем не менее, дядя Коля выжил, и даже с успехом для себя, поскольку с крыши у него упал осколок шифера и повредил сволочи-петуху бок. Физически это не особенно петуха покалечило, но психологически явно травмировало и заставило задуматься о своём месте в этом мире.

Ночью опять, разумеется, шёл дождь, как известно, в деревнях дождь либо идёт неделями, чтобы сгнило всё посаженное, либо неделями не идёт, чтобы всё посаженное иссохло и растрескалось, ну, а тогда как раз выдался гнилой период.

По колено увязая в нечернозёмной грязюке, на крылечко к дяде Коле приковыляла задняя лошадиная нога. «Всего четыре ноги!» —

уверился в своих подсчётах дядя Коля, в четвёртый раз прикладываясь к одеколону «Саша» и допивая его до граммочки.

А на следующий день произошло событие, изменившее дяди-Колино сознание, после которого скорее всего он и повредился немного в уме. Дождь прошёл и за день всё отчасти просохло, и пришедший на огород дядя Коля обнаружил на земле какие-то пузыри, каких он никогда раньше не видел, и так ими впечатлился, что позвал на консилиум нескольких старух и старухиного мужа.

— Ну, — сказали старухи. — Ну, кротовьи норы.

Только старухин муж был настроен не так оптимистично, он отозвал дядю Колю в сторонку, когда старухи ушли по своим хозяйствам, и спросил:

— Что? Вот это вот, да?

— Да… — сказал дядя Коля тихо.

— А что, что? — допытывался муж.

— Да вот… — шепнул дядя Коля. — На земле вот… пузыри…

— Пузыри на земле, — тоже шепнул ему в ответ старухин муж, — это пузыри земли. Ты их не трогай, а то начнётся.

С этими словами старухин муж, видимо, дожидавшийся выпивки, не дождавшись, ушёл, оставив дядю Колю в сетях соблазна. Не совладав с соблазном, дядя Коля уже перед сном во тьме выбежал из дому, подбежал к пузырям земли — и тронул их, и началось.

Потому что пока дядя Коля бегал, к нему в дом заскочил лошадиный череп на позвоночнике, да так там и остался.
А дядя Коля, конечно, хоть и сошёл с ума, но не совсем же, дело в том, что лошадиный череп благополучно пришёл не с пустыми руками, а с бутылкой самогона. А кто же ночью в деревне, оставшись без единого грамма выпить, выгонит пришедшего к нему с бутылкой самогона? Только совсем сумасшедший. А дядя Коля был ещё не совсем, и лошадиный череп остался. С тех пор у них это и пошло, днём лошадиный череп исчезал, но каждую ночь возвращался с самогонкой и закуской, огурчиками и ухой, а однажды умудрился даже потушить зайчика в сметане. Плюс к этому, у дяди Коли на огороде всё вдруг неожиданно начало взрастать и плодоносить с необыкновенной силой, а ещё уродилась клубника размером с яблоки и яблоки размером с капусту (а о капусте и говорить неловко). В довершение всего, сволочь-петух воспылал к курам, и они стали нести яйца контейнерами, как в городе продают, и с двумя желтками каждое.

Тогда дядя Коля сделал следующее: он закутал лошадиный череп с позвоночником в какие-то свои обноски и стал его называть своей женой. Была даже организована скромная свадебка (после захода солнца), куда дядя Коля позвал всех старух с мужем, угощал их самогонкой и растительным изобилием и, подводя их к щёлочке в

2011

двери, указывал на прислонённый к стене в соседней комнате задрапированный конский остов и шептал:

— Вот она, моя хозяйка... Стесняется...

Легенда была такая, что они с дядей Колей в городе были знакомы уже давно, а теперь она, почувствовав сердцем, как он бедствует, бросила всё и, как жена декабристов, приехала в глушь. Старухи по очереди прикладывались к щёлке, перебирали ртами, но особо не удивлялись — они давно уже не были в городе и плохо представляли, какие они обычно бывают, городские жены. Только старухин муж отвёл дядю Колю в сторонку и тихо спросил, ковыряя пальцем дыру в клеёнке:

— Трогал?

— Что? — спросил дядя Коля.

— Эти... Пузыри... — замялся муж. — На земле...

— Пузыри на земле, — строго объяснил дядя Коля, — это пузыри земли. А она — моя жена.

— Да я же ничего... — смутился старухин муж и отошёл, и больше не подходил. А через несколько дней он умер, и некому стало водить трактор, пришлось это делать самой старухе.

А дядя Коля после похорон сел в рейсовый автобус и поехал в райцентр на переговорный пункт, откуда он позвонил в город своей дочери и кричал, что он женился на местной и очень счастлив, и обязательно вскоре пришлёт с оказией варенья из антоновки, а вот приезжать к нему не надо, пока ещё рано, но скоро тот час настанет. Непонятно было, о каком часе он говорит, зато понятно, что с дядей Колей явно случилось какое-то помутнение рассудка, и его надо срочно спасать либо изолировать.

Тут следует сказать в защиту его дочери: то, что она поступила так, а не иначе, у неё наверняка были на это свои причины, в конце концов, она была хоть и родная дочь и так далее, но что-то такое вышло в своё время у дяди Коли с её матерью, так что жили они всегда раздельно, и мы, например, первый раз её увидели, когда ей было уже за тридцать. Когда дядя Коля оставил ей квартиру, причём так оставил, что было похоже, как будто откупился. Так что мы толком не знали, что там у них было, а в семье ведь может быть всякое, но у нас во всяком случае её никто никогда не осуждал, ни разу! Когда она продала квартиру и куда-то съехала, попросив нас, если что вдруг, не сообщать дяде Коле её нового адреса — и заодно не сообщив его нам тоже. Так что с тех пор мы её не видели, и, наверное, вовсе бы забыли про все эти дела, и помнили бы только, что мы живём в квартире, купленной у такого дяди Коли, который уехал в деревню, тем более что прошло уже больше пятнадцати лет и в нашей собственной семье чего только не было — например, развалился папин институт и папа чуть было не спился, а мама сначала его отвращала, а потом стала пить с ним за компанию, но однажды с ней на улице заговорила одна верующая женщина, и теперь мама пьёт гораздо реже и тоже ходит на все службы и соблюдает все посты. Брата не смогли отмазать от армии и он попал прямо в Чечню, причём ему неожиданно там так понравилось, что он даже остался и долго служил по контракту, но теперь вот уже три года живёт с нами и даже поступил на заочное, у меня тоже свои перемены, и никто бы, конечно, и не вспомнил о дяде Коле, если бы однажды он не появился у нас на пороге и не сказал, что это его квартира и он вернулся здесь жить, потому что у него скоропостижно умерла жена в деревне, сгорела вместе с домом.

Мы попытались ему объяснить, что мы же купили у него эту квартиру, дали ему денег и свою квартиру в обмен, а что его дочь её продала, так это уже их семейные дела, но дядя Коля был какой-то странный, ничего не воспринимал и стал жить у нас в ванной. Мы сначала пытались договориться, но потом поняли, что бесполезно и что он просто неадекватен, и стали вызывать милицию. Дядю Колю выводили и даже запирали за решёткой, но он снова возникал у нас в квартире, хотя его никто не впускал. Причём с нами он ни с кем не разговаривает, а разговаривает только с мамой, когда больше никого нет поблизости, и ей он и рассказал всё, что с ним было в деревне. Мама испугалась и побежала в церковь советоваться, и там ей посоветовали незаметно отразить дядю Колю в зеркале и посмотреть, какие у него зубы. Мама так и сделала, когда мы все с дядей Колей сидели за обедом, и увидела, что в зеркале у дяди Коли зубы лошадиные. Тогда мама принесла из церкви две больших банки святой воды и стала окроплять подряд всю квартиру, а у меня у мужа лежали на столе открытые диски, и мама на них тоже налила святой воды, и от воды в них что-то испортилось, и был скандал. У мужа с мамой и так сложные отношения, ему кажется, что мама не в себе на почве религии и пьянства, и даже дядю Колю он почему-то расценил как её личные происки, но это уже наши внутрисемейные заморочки. А самое неприятное с дядей Колей, что он никак на может избавиться от своей деревенской привычки сажать, и всё порывается продолжать сажать и здесь, в городе, и, например, мой муж занимается компьютерами, а дядя Коля передал через маму, что за такие занятия надо сажать. Недавно опять приезжала милиция сажать самого дядю Колю, но его увозят, а он опять возникает у нас в ванной и говорит, что это его квартира и он никуда не уедет. Всё-таки, видимо, в сельской местности что-то с памятью его стало. А у нас теперь, мало того что в ванную когда надо не зайти, так я недавно мыла голову, и вдруг в дверь постучали, я думала, мама или муж, открыла, но за дверью никого не оказалось, зато ввалилась сама по себе какая-то страшная обугленная челюсть. А у меня скоро должен родиться ребёнок, и я не могу допустить в ванной такую антисанитарию, хватит нам мамы, которая вечно моет помойное ведро в тазу для белья, хотя ей сто раз говорили.

Поэтому, если можно, хотелось бы через вашу передачу попробовать разыскать дочь дяди Коли и обратиться к ней, так как другими способами выдворить дядю Колю не удаётся.

Дорогая Нина, пожалуйста, заберите от нас своего отца, я, конечно, понимаю, что он вам, наверное, не нужен, но нам-то он тем более не нужен, а от меня, того и гляди, муж уйдёт из-за всего этого бардака, и родившийся ребёночек останется без отца — а вы же сами росли без отца и знаете, что это такое, что это ничего хорошего. Пожалуйста, Нина, откликнитесь, дядя Коля на самом деле очень хороший человек, это его просто деревня подкосила, это с кем угодно может случиться после дачи, дача — это вообще такое дело, а так он даже добрый, даже, если хотите, пусть он время от времени ходит к нам обедать, только заберите его из нашей ванной, пожалуйста, Нина, мы вас всей семьёй очень просим, пожалуйста.

Серёжа

(лирическая проза)

I. Воображение

Когда Серёжа выпьет, он смотрит вокруг себя тюленьими глазами и ничего не может придумать. Когда не выпьет, не может тоже. Серёже тяжело и неудобно жить, из-за того, что у него нет воображения. Этот недостаток воображения постоянно ему мешает, и там, где другой нагородил бы огород, Серёжа не городит ничего.

— Серёжа, где одеяло?

— Не знаю.

— Серёжа, ну, ты же понимаешь, что одеяло из дому само пропасть не может, ты его уносил?

— Нет.

— Серёжа, а, может, к нам кто-то приходил и унёс одеяло? К нам кто-нибудь приходил, пока я была в больнице?

— Нет.

— А, может, ты курил, прожёг в одеяле дырку и решил его выкинуть?

— Нет.

Иногда воображение у Серёжи как будто бы просыпается, но потом, увы, мгновенно засыпает обратно.

— Серёжа, а чья это валяется в постели чужая заколка, с оставшимися на ней длинными рыжими кудрями?

— Это заколка твоей сестры Наташи.

— Серёжа, но это не заколка моей сестры Наташи.

— Тогда не знаю.

Зато Серёжа не боится трудностей. Когда он уходил, он тайком вывез кухонный стол и табуретку. Это ведь, наверное, очень трудно и неприятно — перевозить в электричке кухонный стол и табуретку. Да ещё и тайком. Из Петергофа в Приозерск. Это совершенно разные железнодорожные ветки, все люди, которым нужно в Приозерск из Петергофа, едут либо на автобусе, либо в маршрутке. Но кто же вас пустит в маршрутку с кухонным столом. Да ещё и с табуреткой. Так что Серёжа не убоялся трудностей, а это уже кое-что. Правда, он и вывез ещё кое-что, а именно: набор шпателей, компьютер и женскую дублёнку, но при этом кое-что и оставил: счета за квартиру и за интернет, которым пользовался он один. Лучше бы он, правда, вывез счета, а дублёнку оставил, ну, да что требовать от человека без воображения.

— Серёжа, ты веришь в загробную жизнь?

— Не знаю.

— Ну, ты когда-нибудь думал, что с тобой будет дальше, когда ты умрёшь?

— Нет.

— Ну, а попробуй сейчас представить, вот, пока пьём, есть ли там что-нибудь или вообще нет ничего. Представил?

— Да.

— Ну, и что там?

— Не знаю.

Серёжа опять ничего не может придумать и выглядит как кусок идиота, но, возможно, скоро всё изменится, поскольку как раз пить-то ему сейчас и не стоило бы, он недавно подшился. Так что, вполне возможно, что прямо в эту минуту, пока он пьёт и представляет себе загробный мир и не может представить, он как раз уже медленно перемещается в настоящий, а не выдуманный загробный мир. Скоро он будет там, увидит всё своими тюленьими глазами, или не увидит, в любом случае, ничего воображать ему больше не потребуется. Так что жить ему теперь, когда он умрёт, станет, наверное, легко и приятно, и недостаток воображения ему уже больше не помешает.

II. Субстрат

У одной девушки была свадьба, а через год — годовщина этой свадьбы, и муж ей подарил цветущие красные розочки в горшке, очень красивые. А к ним в тот день в честь праздника пришло много-много гостей, и пришла даже одна женщина, которую никто не звал, чья-то бывшая девушка, непонятно чья, с короткими волосами и короткими ногами, по имени Евгения. А саму девушку звали Юля. И вот эта Евгения весь вечер смотрела на красные розы в горшочке, а в конце, когда все уже перепились, отвела Юлю в стороночку и стала ей шептать, что у неё такие были и что такие вот миниатюрные розочки не живут, а отцветут и умирают, если их не подрезать и не рассадить, стряхнув всю землю, потому что это не земля, а напичканный стимуляторами субстрат. А Юля к тому времени была уже усталая от пьянства и от того что Серёжа, кажется, тоже выпил, и что теперь будет, а ещё посуду мыть, и она только подумала про эту Евгению — «сама ты субстрат», и, чтобы отвязаться, дала ей свой телефон, так как та всё домогалась, мол, обязательно пересади, и расскажи, как прижились. Конечно, Юля ничего пересаживать не собиралась, у неё и горшков-то никаких не было, и земли тоже, к тому же её муж, Серёжа, как начал пить на годовщине, так и не заканчивал вот уже неделю, а суть в том, что он до этого сказал, что подшился, но если и подшился, то как-то странно, потому что он выпивал свою какую-нибудь банку джин-тоника, но не умирал от неё, хотя и не жил, а ходил весь зелёный и с чёрными кругами вокруг глаз, а потом вдруг падал на ровном месте, где угодно. Мог в кухне упасть, или в комнате, или в другой комнате, или в ванной. Единственное, где он не мог упасть — это в третьей комнате, потому что её у них не было, это была двухкомнатная хрущёвка (комнаты проходные с фанерной перегородкой). Юля, которая ходила за Серёжей, и даже перед Серёжей, и убирала с его пути все острые углы, чтобы он не упал об них головой, радовалась, что комнат не три и не восемнадцать, а в двух проследить — это ещё шуточки и цветочки. Но, тем не менее, на другие цветочки, на красные розочки в горшке, конечно, всё равно времени пересаживать их не оставалось, а эта Евгения почему-то каждый вечер звонила и талдычила, как заведённая, что надо пересадить, а это субстрат. Но Юле было, кроме всего прочего, жалко пересаживать, они очень красиво цвели таким как бы букетом, а, если пересадить, то ещё даже неизвестно, приживутся или нет, и, опять же, такие розы плохо переносят квартиру, и их лучше в сад, а никакого сада у Юли, как она понимала, ловя падучего Серёжу, вероятно, в ближайшее время не будет. У Серёжи, тем временем, отобрали права, и он стал ездить с работы на метро, и, соответственно, прямо в метро и начинать пить, и, когда он приходил, Юля ему желала, чтоб он однажды допился до смерти, но не умер, или, допустим умер, а потом воскрес, в реанимации, и осмыслил, кто он есть. А Серёжа на это отвечал, что Юля есть ведьма, и падал между холодильником и колонкой, и Юля волокла его в комнату, но на полкомнате приходилось бросить, потому что звонила безумная Евгения и кричала, что она забыла предупредить, надо розы обязательно раз в один-два дня, а то и чаще, опрыскивать тёплой водичкой, а то заведётся паутинный клещ. А у Серёжи, тем временем, завелось огнестрельное бесствольное оружие самообороны, сокращенно ОСА, и завелась манера по вечерам, перед тем, как упасть, стрелять из этой «осы» в фанерную перегородку между комнатами резиновыми пульками. Пулька, конечно, перегородку пробивала, но убить уже никого не могла, так, разве что слегка покалечить, не более того, поэтому такое оружие и называется травматическим. Убить можно, только если попадёшь прямо в глаз, или в висок, в общем, в определённые точки, т.е. если очень повезёт. Или, наоборот, не повезёт. Но Серёжа был очень пьяный, поэтому не очень меткий, так что Юля могла особенно не волноваться. Зато постоянно волновалась по телефону Евгения, что паутинный клещ, скорее всего, пришёл с розочками из магазина и его надо срочно останавливать чесноком. Юля, пока останавливала расползающийся по руке отёк от бандитской Серёжиной резиновой пули, терялась в догадках — как останавливать клеща чесноком? Развесить всюду чеснок, чтобы он испугался и убежал?

Или наесться чеснока и дышать на него, пока он не задохнётся? Или дождаться, пока чеснок прорастёт, и образовавшимися зелёными перьями бить клеща по морде? В итоге, по морде пришлось бить Серёжу, потому что он вместо фанерной перегородки намострячился расстреливать оконные стёкла, а в декабре месяце такая постоянная вентиляция не нужна. Хотя Евгения кричала, что вентиляция нужна обязательно, а иначе клещ в сухом воздухе квартиры почувствует себя, как дома, и окончательно погубит розочки. Есть, правда, выход — опрыскать их чистым спиртом, он не даёт ожогов, т.к. быстро испаряется, а для клещей это — верная смерть. Юля решила немного развеяться, пока Серёжа уехал к маме, пошла в аптеку и купила чистый спирт, попрыскала на розочки, потом подумала и решила ещё сходить купить землю и горшки, сейчас бывают очень интересные, чтобы всё-таки рассадить букет. Она выбрала такие керамические в терракотовой глазури, один с какими-то ацтекскими мотивами, а на двух других тоже орнамент и стилизованные животные — всё верблюды, верблюды... Целый караван. Идут куда-то вдаль, заворачивая за край горшка и земли, и земли в горшке. Только землю в горшки так никто и не насыпал, потому что Юля раскокала их у подъезда, уронив сумку, а сумку она уронила, потому что увидела, что в её квартире раскоканы все окна во двор. Юля сразу поняла, что это Серёжа вернулся от мамы, нашёл остатки чистого спирта, купленного для верной смерти паутинного клеща, и умер верной смертью вместо него, а окна выбил в агонии. Потому что нельзя, если ты всё-таки подшился, пить чистый спирт, обязательно что-нибудь разобьёшь перед смертью. Юля кинулась, конечно, в квартиру рыдать над трупом, который валялся в коридоре, но труп неожиданно воскрес и стал расстреливать её из «осы». Но он, как человек пьющий, забыл, видимо, зарядить в «осу» пули, и ничего не случилось, Юля только выругалась и пошла звонить Серёжиной маме, чтобы та приехала и положила его в стационар, потому что надоело уже это всё. Вот, а когда за Серёжей уже приехала карета и увезла, и потом пришёл стекольщик, и всё починил, и ушёл, уже потом позвонила Евгения и спешно напомнила, что, когда пересаживаешь, на первое время надо на каждую розочку сверху надевать целлофановый пакет, потому что для цветов такая пересадка — это стресс, и им нужно адаптироваться. Юля поблагодарила и какое-то время пыталась адаптироваться к жизни без Серёжи, но не смогла, и сколько-то недель спустя, как он вышел из больницы, они снова стали жить вместе. От Серёжи, по крайней мере, шёл хоть какой-то доход, и сам он, к тому же, не хотел никуда уходить и говорил, что если Юля откажется с ним жить, то он не знает, что сделает. Ну, а ещё Юля ведь его любила, и он её тоже очень любил, они когда только поженились, то были так счастливы, особенно до свадьбы, а такое не забывается. Так что стали снова жить вместе, Серёжа опять подшился и больше не пьёт, т.е. пьёт конечно, но уже не падает, ну, или, по крайней мере, гораздо меньше. А Юля пошла опять в магазин и опять купила горшки и землю, тем более что Евгения в прямом эфире консультировала её по телефону, какую землю покупать, что лучше даже не специальную для роз, а «почвогрунт цветочный биофорт». И Юля всё сделала точно как надо, и всё рассадила, и, конечно, по росточку в отдельном горшке всё это смотрелось куда хуже, чем как было букетом, достаточно сиротливо, да ещё и со срезанными цветами и в целлофане, но что поделаешь. Юля всё равно верила, что они будут шикарно и очень пышно цвести, каждый цветок больше двух недель, как ей обещала Евгения. Она даже на радостях в тот же вечер первый раз позвонила сама Евгении, чтобы позвать её полюбоваться, тем более что Серёжа был практически трезвый, но ей там чужой мужской голос ответил, что Евгения подойти не может, потому что её нет, Юля спросила, а когда она будет, и тут голос чуть ли не разрыдался и сказал, что никогда, и отсоединился. А потом, когда Юля перезванивала, уже вообще не подходили. Т.е., Юля ничего не поняла, что там с Евгенией, то ли она ушла от этого голоса, то ли ушла в смысле «умерла», и, видимо, в любом случае навсегда, какая-то загадка. И, главное, Юля ведь не знала, где Евгения живёт, или, допустим, жила, где работала, ну, и вообще. Почему, например, она так всё теребила Юлю, чтобы та обязательно рассадила розы, а сама исчезла в тот самый момент, когда Юля высадила последнюю розочку. И, главное, было непонятно, откуда она вообще тогда взялась на годовщине, потому что никто так и не выяснил, чья же это чья-то девушка, никто не сказал, мол, это моя, или — это его, или — Колькиной жены брата бывшая жена, в общем, непонятно. Просто почему-то всё жила, а потом, судя по тому, что больше она Юле так и не позвонила, умерла. Да, а Юля с Серёжей живут до сих пор. Потому что почему бы и нет, не всем же умирать, кто-то должен и жить, а иначе что бы получилось. А из четырёх розочек три сдохли, а одна тоже живёт. И это нормальная статистика, эти миниатюрные розы вообще не должны, по идее, жить, даже после пересадки, тем более, не в саду, а в квартире, а эта ничего себе, живёт. И даже цветёт при этом шикарно и очень пышно.

III. Водосвинка

Когда чайник закипает, он начинает трубить, как тот поезд, который переехал Анну Каренину. Мама поспешно, роняя тапки, бежит на кухню и орёт оттуда папе:

— А, конечно, вот опять никто, конечно, не слышит ничё, кроме меня, да? Как всегда, естественно. Что оно орёт, как поезд, едущий через Анну Каренину, да, и никто, конечно, не слышит...

Папа в ответ укладывает на подлокотник дивана длинные извилистые ноги в несвежих носках и принимается на разные голоса читать вслух из книги Брема «Жизнь животных»:

— Баклан большой! Баклановые, семейство! Бандикутовые, семейство! Даже неспециалист легко может отличить представителей семейства бандикут, или сумчатых барсуков! Значительно удлинённые задние ноги и своеобразное строение пальцев этих животных составляют признаки, которые должны броситься в глаза каждому... Каждому бандикуту свиноногому! Который живо напоминает слоноземлеройку! Бантенг! Баран гривистый! Барракуда большая! Бегунок египетский! Беззубки! Бейза! Белобровик! Белодушка, она же куница каменная! Белуха, бельдюга, береговушка!

Приходит мама с чаем и кричит на папины ноги:

— Куда опять на покрывало! Я, на фиг, за всеми стираю, без машинки, на той неделе покрывало только стирала, а он своими ногами!! В своих этих носках, в которых из коридора слышно, что в комнате кто-то в таких носках!

— А ты их постирай, — миролюбиво предлагает папа, чуть-чуть перемещая ноги поудобнее на середину подлокотника. — Постирай, они будут чистые и ничего тебе не запачкают...

— А где я тебе постираю? Ты мне купи машинку, я тебе буду стирать!

— Я тебе, хорошо, куплю, а куда её ставить? В нашу ванную, в которую она не влезет?

— На кухню!!

— Куда на кухню, там не подключить! Что, раковину переносить?

— Значит, раковину переносить! Я без машинки не могу, за всеми руками...

— Без машинки не можешь, а без воды ты сможешь? Когда будем раковину переносить, и здесь всё прорвёт, все трубы! Всё зальём, всех соседей! Ты этого хочешь? Веретеница ломкая, вискаша перуанская, водосвинка, или капибара, относится к семейству водосвинковых, Азара первый дал точное описание водосвинки: «Гуарани, — говорит он, — называют это животное "капюгуа"; это имя означает приблизительно "житель тростниковых лесов по берегам рек"; испанское название "капибара" представляет собой извращение этого названия. Дикари называют старых животных "очагу", а молодых — "локай". Водосвинка живёт в Парагвае до Рио-де-ла-Платы по берегам всех рек, луж и озёр, не удаляясь от них более чем на сто шагов...»

Мама удаляется на кухню в самом начале описания, бормоча: «Сам ты водосвинка».

— Водосвинка — смирное и спокойное животное! — докрикивает ей вслед папа. — Самка мечет раз в год пять-шесть детёнышей. Детёныши тотчас же следуют за матерью, но обнаруживают к ней мало привязанности. По наблюдениям Азары, самец водит с собой двух или трёх самок...

— На что ты намекаешь? — орёт с кухни мама.

— Да больно надо! — орёт ей на кухню папа — Намекать ещё им, тоже мне! Много чести! Вонючий яванский барсук, или короткохвост, принадлежит к роду вонючек семейства куньих...

Мама, кажется, рада смене темы, потому что стремительно прибегает с кухни и кричит так, будто папа где-то от Парагвая до Рио-де-ла-Платы:

— Вот-вот, именно что семейство вонючек! Я всегда...

Но тут приходят тётя с Серёжей, и тему опять приходится менять. Тётя рассказывает, как Серёжа выпьет и едет, и что скоро у него такими темпами отберут права, а ещё что у них ведь годовщина и, с одной стороны, хочется отметить, а с другой, страшно — вдруг Серёжа опять сорвётся.

— А что, — спрашивает мама, — он сейчас, что ли, не пьёт?

— Ну, как сказать, — смущается тётя. — Ну, как бы не то что бы, то есть так, но как бы не смертельно, то есть можно жить. Но, просто если праздник, то, ты же понимаешь...

Мама соглашается, что если праздник то это конечно да и само собой и уж конечно, и они с тётей идут за штопором и открывают вино. А папа с Серёжей тем временем не идут за штопором, т.к., во-первых, они уже сходили, а, во-вторых, он им не нужен. Потому что Серёжа за рулем и ему лучше не пить, ну, и, к тому же, они пьют коньяк, который открыть нет никаких проблем, не то что с вином.

— Ну, ты, Серёга, прямо глупыш северный! — хвалит за что-то Серёжу папа, пожимая ему коленку. — Прям-таки гималайский тар, или полукозёл, относящийся к семейству полорогих, — красивое, рослое животное, туловище которого имеет 1,8 м, а хвост — 9 см в длину...

Странно, что папа хвалит Серёжу, обычно он за глаза называет его в лучшем случае кволлом, куницей крапчатой сумчатой. Интересно было бы узнать, в чём Серёжа так отличился, но кругом уже стоит дым коромыслом, и ничего не понятно.

Осознав дым коромыслом, мама выгоняет папу с Серёжей курить на лестницу, а сама с тётей начинает вспоминать молодость. Они вспоминают, как когда-то, ещё до тётиной и Серёжиной свадьбы, в ночном клубе Серёжа по обыкновению напился и спал на диване, а это был очень маленький клуб с маленьким числом посадочных мест, на большинстве которых разметался Серёжа, и какой- то противный мужик всё талдычил: «Уберите вашего мальчика!», а тётя с мамой отгоняли его и оберегали Серёжин сон. И как им обеим тогда Серёжа нравился, и как потом разонравился.

Но, скорее всего, они врут, т.е. мама не врёт, но ей ведь вообще никто не нравится, даже папа, а тётя точно врёт. Мама говорит, что Серёжа придурок, но, на самом деле, ещё кто придурок. Например, они все вечно орут, а Серёжа единственный не орёт, и даже почти ничего не говорит, молчит и пьёт. Серёжа не может не нравиться, у него очень красивые большие глаза, и, когда Серёжа наливается коньяком, его глаза наливаются печалью, и это выглядит очень трогательно и даже торжественно. В ближайшее время тётя его точно не бросит, а если всё-таки бросит через несколько лет, то он тогда уже вполне сможет жениться на мне. Папа с мамой подарят нам на свадьбу своего Брема, и Серёжа будет сидеть, водрузив на чистое покрывало ноги в подозрительных носках, и, ожидая, пока я сделаю чай, читать вслух на разные голоса:

— Цапля-голиаф, цепкохвостые, циветта африканская, принадлежащая к семейству виверровых, ростом равняется приблизительно собаке, но больше похожа на кошку, циветта выдровая, или мампалон, цивета малая, или раса, чечётка обыкновенная, чешуекрылые, чибис, или обыкновенная пигалица, чомга. Принадлежит к семейству поганковых и распространена по всему миру…

Про спасибо

(лирическая проза — 2)

I. Солярий

Хороший мальчик, но слишком увлекается солярием. Уже, бывало, все вокруг ему говорили: да не увлекайся ты так солярием! А он — нет, выслушивал, но продолжал. Продолжал увлекаться, а что тут поделаешь? Не прятать же его от него, да и как его спрячешь, солярий же не иголка. Поэтому терпели, тем более что мальчик правда был очень хороший, собак любил и вообще детей. Старух тоже любил, старух так любил, что на одной даже женился. То есть не на совсем старухе, тридцать шесть лет, ей тридцать шесть, а ему двадцать четыре, значит, всё-таки старуха, не в абсолютном измерении, зато в относительном. Они, когда женились, все думали, когда же они разведутся, всем казалось, что очень скоро. Но они развелись не очень скоро, и даже не развелись вообще, кто его знает, почему. Может, она ему напоминала маму. Непонятно, правда, чем, видимо, возрастом. Ей тоже по возрасту было уже поздно рожать, как и его маме, но, тем не менее, она родила, не мама, а она, причём родила не кого-нибудь, а дочку, причём, не от него. Это была целая интрига, у неё до неё тоже был один, или не один, но был такой дядечка на двадцать лет её старше, глубоко женатый. И вот этот дядечка сколько-то лет тоже всё тянул кота за хвост, мол, подожди, когда у меня дети в институт пойдут, да подожди, когда внуки из армии вернутся, да жена болеет, подождём, когда выздоровеет, или, допустим, не выздоровеет, зато умрёт, короче говоря, она поняла, что так можно ждать вечно, и ушла от дядечки к нему. Типа, он молодой, а ты старый и не женишься, а мне уже детей рожать пора, хоть и поздно. И она вышла замуж за него, а у дядечки раз — и инфаркт. И тут у неё, по старой памяти, возник комплекс, и она в рабочий полдень пошла к дядечке навестить с бульончиком или там с апельсинами, или с капельницей, смотря что надо такому дядечке после инфаркта. А у дядечки как раз, кроме инфаркта, никого дома не было — жена в больнице, дети в институте, внуки в армии уже в высоких чинах, ну, и, короче говоря. Без всякой капельницы. В общем, она родила дочку, причём, дочка оказалась — вылитый тот дядечка, только моложе и без усов. Хорошо, что дядечка к тому времени уже умер, не так всё-таки бросалось в глаза. Но, конечно, кому надо, тот заметил, и кому не надо тоже, например, он, естественно, заметил сразу, ещё когда встречал их из роддома, так сразу и сказал: «О! Какая чудесная девица, только почему-то вылитый Василь Василич, к чему бы это?» Василь Василичем как раз звали того дядечку, а он его знал, и даже знал хорошо, так как он учился в том институте, где Василь Василич преподавал историю русской литературы, и даже сдавал ему экзамен на «отлично» со второй попытки. Со второй, потому что с первой он забыл, из-за чего поссорились Иван Иваныч с Иваном Никифоровичем, а Василь Василич такого не терпел. А она тоже преподавала в том же институте, но уже историю зарубежного театра, а до этого когда-то тоже училась у Василь Василича и тоже сдавала экзамены, но явно с первой попытки и не путалась в Ивановичах и Никифоровичах, а иначе бы Василич не стал крутить с ней роман. Это был очень хороший преподаватель, к нему на лекции ходили даже посторонние люди и сидели в задних рядах, и свой предмет, русскую литературу, он знал, как другие люди знают цену на разные сорта водки, хотя цены на водку он тоже знал не хуже. Василь Василича очень ценили в институте и устроили по нему панихиду прямо в вестибюле, было очень торжественно, ходил батюшка, Василь Василич лежал во гробе весь усыпанный белыми цветами, целый факультет выстроился в затылок целовать его в лоб по старшинству, а зеркала были красиво задрапированы тюлем с фестонами. Драпировки накануне делали сами студенты, и в том числе он. Тогда он, конечно, ещё ничего не знал, но о многом догадывался, так что, пока он разводил красотищу на зеркале, он думал: «Возможно, я развожу красотищу для бывшего отца моего будущего ребёнка», и поэтому старался вдвойне, а она во время похорон уже лежала на сохранении и говорить на эту тему отказывалась. Точнее, она говорила: «Не знаю, от кого», и, на самом деле, может быть, действительно не знала, поскольку тот — молодой, а этот — после инфаркта, но зато какая мощь интеллекта, так что она так толком и не была уверена до того момета, когда родилась дочка без усов. Тут уж все всё поняли, но, поскольку они оба трепетали перед Василь Василичем и бесконечно ценили его знания и педагогический талант, то, в принципе, его авторство всех скорее обрадовало, и к девочке они отнеслись с ещё большим вниманием и уважением. Они даже назвали её Василисой в честь известно кого, и больше, кстати, за это имя ратовал он, а не она, она, наоборот, сомневалась, не будет ли это очень глупо в сочетании с отчеством, но он сказал: «Да не, не должно», и она успокоилась. Так что, таким образом, всё шло достаточно гладко, и единственное, с чем у них могли бы возникнуть проблемы, это с отчеством, но, как раз, у них они возникнуть не могли, т.к., по удачному стечению обстоятельств, его тоже звали Вася. Это даже вызывало в своё время шутки и улыбки, например, Василь Василич, расписываясь в его зачётке, говорил: «Э, Васька, да разве ж я бы поставил тебе что-то выше тройки, если б ты был, например, Петька...» Но Васька не был Петька, так что с отчеством для девочки получилось очень складно, она с любой стороны выходила Васильевна. Таким образом, никаких ссор или, там, разногласий, у них в семье на эту тему не происходило, а ведь могло бы, будь, скажем, действительно Васька Петькой, он бы мог, например, сказать ей: «А чё это она Васильевна, мало того, что я вас кормлю от другого отца, так она при этом ещё и не Петровна». Допустим, он, естественно, никого пока не кормил, это, наоборот, она всех кормила и даже давала ему на солярий, поскольку вертелась, как могла, помимо института, но ведь сказать-то он мог. Он бы сказал, а она бы обиделась и ответила, и он бы тоже обиделся и ответил, и так бы слово за слово все бы получили по ушам, и ещё неизвестно, не осталась ли бы девочка безухой сиротой. А так всех этих страстей не было и в помине, а всё почему — только из-за того, что его родители когда-то назвали его подходящим именем, только и всего. Но, поскольку имя — это, как известно, Судьба, то и благодарить им, значит, надо было не родителей, а как раз судьбу с большой буквы. Но благодарили ли они её, это было неизвестно, может быть, и нет, может, они просто об этом не задумывались. И потом, у них постоянно орал маленький ребёнок, а это ещё бабушка надвое сказала — когда в доме постоянный ор, взбредёт ли вообще-то кого-либо благодарить. Может, только он, когда ходил в солярий, лёжа в тишине электрического саркофага, догадывался поблагодарить Судьбу. А, может, и он не догадывался. Вообще-то, когда у них начало столько уходить на памперсы, она стала ему выдавать на солярий уже куда меньше, и он вынужден был перестать так уж им увлекаться. Но, с точки зрения внешности, надо сказать, что это пошло ему только на пользу, потому что до этого он как-то уж слишком увлекался солярием. Даже те, кому он нравился, уже, бывало, намекали ему: «Да что ж ты с этим солярием, уже вообще. Как-то слишком увлекаешься». Но он тогда продолжал, а теперь как-то перестал. Перестал увлекаться и резко похорошел, но благодарил ли он за это судьбу — это неизвестно.

II. Один мужчина из Мариуполя

Один мужчина сначала умер, а потом как бы воскрес, но как-то наполовину, потому что он воскрес не в своём том теле, а в бюсте композитора Чайковского. Так что он стоял гипсовый на комоде и всё видел: поминки по себе видел, и как жена в следующий раз замуж вышла, видел, и как дети растут, видел. А как выросли, уже не видел, потому что они выросли и ушли из дому. Т.е., не ушли, а уехали поступать в вуз в большой город. А тот город, где воскрес человек, был маленький город, допустим, Мариуполь (бывший Жданов). Там в каждой культурной семье положены атрибуты, например, как раз гипсовый бюст Чайковского и собрание сочинений Мопассана на украинском языке. И это всё бережётся и обмахивается тряпкой, так что того воскресшего человека берегли. И ему, что берегли, было приятно, а что жена вышла замуж за его лучшего друга, ему было неприятно, и особенно ему было неприятно, когда этот новый муж случайно уронил бюст Чайковского и отбил ему кусочек от плечика. Тут ещё дело осложнялось тем, что воскресший мужчина никак не мог определиться: то, что он воскрес, это считается ещё его предыдущая жизнь, просто в другом вместилище, или это уже последующая жизнь, т.е. если в первом случае он — это все ещё он, хоть и в бюсте Чайковского, то во втором это уже совсем другая реинкарнация, и он — это не он, а бюст Чайковского как таковой. А, следовательно, какую обиду ему испытывать к последующему мужу своей жены: за личное оскорбление, косвенную, с оправданием «не ведал, что творил», или даже никакой. Вдобавок, он ещё, конечно, не знал слова «реинкарнация», хотя, это ещё полбеды, этого слова и вообще-то никто не знает, а те, кто знает, не знают, что оно обозначает, но главная беда, почему этот мужчина никак не мог разобраться в сложностях своего положения, — это то, что ему было никак не выпить. Ситуация и вправду была такая, что без поллитры не разберёшься, а с этим было туговато. Если б он ещё воскрес в собственной фотографии, ему бы ставили рюмку на девять дней, а в каких случаях ставят рюмку бюсту Чайковского — это тёмный вопрос. Правда, некоторые начитанные студенты любят, допустим, налить рюмку портрету Александра Блока, но это, скорее, редкость, тем более в г. Мариуполе (бывшем Жданове). Ещё была слабая надежда на детей, а, точнее, на внуков, которых пока не было, что они появятся, потому что когда мужчина ещё не воскресал и его дети были маленькие, он по выходным брал их за руки и вёл гулять, пока жена это не пресекла, а пресекла она это, когда увидела, во что играют дети после таких прогулок. А играли они в такое: рассаживали кукол кружком, выставляли кукольный чайный сервиз и давали куклам пригубить, приговаривая: «Пей пиво, пей пиво!» Но ко времени воскрешения никаких уже несмышлёных детишек, могущих пожалеть бюст Чайковского (несчастненький, ущербненький, без ручек без ножек, а голова большая, как у гидроцефала) и принять в игру — и при этом кто-то случайно забыл открытую водку на столе, к примеру — таких детишек в доме уже не было (или ещё не было, что одинаково по результатам). А все знают, что это такое — когда необходимо выпить, но нет такой возможности. Некоторые талантливые люди от этого даже делались бездарными — например, если их новая жена заставляла закодироваться или подшиться, они не пили, но и ничего уже не могли сочинить, или, там, сплясать — нарушалось равновесие личности. И, хотя воскресший человек и до того, как, ничего особо не мог сплясать, будучи выпив — но не будучи выпив и живя в гипсовом бюсте Чайковского, он вдвойне ничего не мог сплясать или сообразить. И всё время, стоя на комоде, он так напрягал свою бедную голову на подставке, так мучительно шевелил гипсовыми извилинами, тщась проникнуть в тайну, кто же он теперь — все ещё он, или уже не совсем он, или совсем не он, так он страдал, не имея возможности ни на секунду остановить бегущую по кругу мысль посредством водки — что однажды попросту взял да и сошёл с ума. Сойдя с ума, он решил, что он — это теперь точно не он, а он теперь композитор Петр Ильич Чайковский, причём не бюст, а настоящий, собственной персоной. Ему казалось странным, что к нему никто не выстраивается за автографами и даже как будто бы не замечают — но он говорил себе: «Ах! Они просто стесняются! Они просто никогда ещё не видели великого композитора так близко, на своём комоде, и просто ещё не освоились». Поэтому он продолжал сидеть на комоде тихо, с подобающей великому человеку скромностью, и давал домашним время попривыкнуть. А ещё он все время сочинял музыку, но не записывал, а просто постоянно напевал её себе под нос, чтобы не забыть. В общем-то, это был вполне безобидный вид сумасшествия, необременительный для окружающих, настолько необременительный, что его никто и не заметил. Так что жена воскресшего человека жила в счастливом неведеньи, и даже не догадывалась, какая, оказывается, драма и катастрофа разразилась в её семье. И ей даже не приходило в голову поблагодарить кого-нибудь там, сверху, или просто саму жизнь, ведь всё же могло быть по-другому, её муж ведь запросто мог воскреснуть, допустим, в розетке, и, сойдя с ума, каждого приближающегося к себе бить током и коротким замыканием, а под занавес и спалить весь дом. А так — эта жена жила и не знала, с каким сочувствием и деликатностью отнеслась к ней судьба, от каких бед и пожаров избавила. Но ведь об этом и вообще никто никогда не знает, а не только непроницательная жена воскресшего человека из Мариуполя, — никто и никогда.

Бородатый Боря и худенький Женя

Бородатый Боря и худенький Женя, они приехали к нам сюда закупать книги, приехали аж из самой Сибири, из далёкого города Барнаул. Они привезли с собой кучу коробок, кучу сплюснутых, из-под водки, картонных коробок, чтобы сложить туда книги, которые они закупят, закупят здесь, в ДК им. Крупской, по одной цене, и потом будут продавать в Барнауле, а ещё в Новосибирске и Академгородке, совсем по другой, это и называется — бизнес, бородатый Боря и худенький Женя. И они стали жить у нас дома, почему-то у нас дома, а не, к примеру, в гостинице, хотя, понятно, почему — в гостинице дорого. И, хотя у них там в Сибири известно что, у них там нефть бьёт фонтаном из-под каждого крыльца, остаётся только подставлять бидон и относить её в пункт приёма цветных металлов, а у нас-то такого и в помине нет, ни нефти, ни крыльца, ни бидона, у нас тут не то, что там у них, в Сибири, но, видимо, гостиница — это даже им было дорого, бородатому Боре и худенькому Жене. И мы смирились, и стали стелить им: Боре на раскладушке в коридоре, а Жене на уголке в кухне, тем более, что они всё равно не спали, никогда не спали, всю ночь сидели в кухне рядышком на уголке, откинув одеяло, и пили чай, все ночи напролёт, свой, потому что они стеснялись пить наш чай, боялись нас обпить, они и так доставляют нам столько неудобств, им и так так неловко, так неловко, «мы будем пить свой чай со своими конфетами, а вы, пожалуйста, берите, угощайтесь, обязательно берите, пожалуйста», — а от нашего чая отказывались наотрез, — уж такие они были, бородатый Боря и худенький Женя! Всю ночь напролёт пили чай и говорили, что сегодня они купили много книг и много книг купят завтра, а когда они наконец-то купят все книги, все книги, которые им нужно купить, они сядут на электричку и поедут в Гатчину, обязательно сядут на электричку и поедут в Гатчину, главное, чтобы в этот день была хорошая погода, в последний день их пребывания здесь, у нас, поедут в электричке в Гатчину до того как поехать в поезде в Барнаул, уехать отсюда в поезде в Барнаул. И однажды они наконец купили книги, целую кучу предназначенных для перепродажи книг, заполнивших многие и многие картонные коробки, лежавшие до этого сплюснутыми за шкафом, а теперь громоздящиеся заполненными под завязку и замотанными скотчем перед шкафом, громоздящиеся от вешалки до двери в большую комнату и далее вверх, почти до самого потолка, можно даже сказать — до самого потолка, вверх. Они очень любили книги, бородатый Боря и худенький Женя, это было видно сразу, у них даже голоса менялись, когда они говорили о книгах, тотчас менялись голоса, стоило им заговорить о книгах, во всяком случае, у Бори, Женя-то всё больше молчал. Женя только молчал, только пил ночами чай и заматывал вечерами коробки скотчем, многие-многие метры скотча, а днём Женя отсутствовал, днём Женя, видимо, закупал книги, они оба днём закупали книги, потому что с утра они уходили без книг, а вечером возвращались с книгами, которые Женя потом укладывал в коробки и заматывал скотчем, многими-многими метрами скотча, худенький Женя, друг бородатого Бори. И сразу было видно, как он любит эти книги, не только эти, любые книги, даже не очень-то и интересные, видно было по тому, как он их укладывал, по движению его худеньких рук. А рядом суетился бородатый Боря, всегда суетился бородатый Боря, и всё говорил: заклеивай внимательно швы, заклеивай очень внимательно все швы, заклеивай очень-очень внимательно каждый шовчик, а то стоит где-нибудь попасть под дождь, и всё, так что заклеивай очень внимательно, — он вообще был довольно-таки суетлив, бородатый Боря. Суетлив и говорлив, он постоянно говорил, говорил обо всём сразу, теребя петли на джинсовой жилетке, которую он носил поверх джинсовой рубашки, которую он носил навыпуск с джинсами — видимо, именно так носят все эти вещи в Барнауле, ну, и вообще в Сибири, в Новосибирске и Академгородке. Боря говорил обо всём сразу, может быть, он и думал обо всём сразу, а, может быть, он только делал вид, что он думает обо всём сразу, может быть, он вообще был не так прост, как кажется, потому что все они там в Сибири не так просты, как кажется, поди-ка, попробуй быть простым там, где нефть бьёт фонаном из-под каждого крыльца. Но книжки он действительно любил, это было ясно, так делать вид нельзя, нельзя так изобразить любовь, это не под силу никому, ни одному человеку на свете, будь он хоть четырежды из Сибири. У него, говорил он, дома в Барнауле библиотека семь тысяч книг, большая библиотека в семь тысяч книг, и я специально заказал стеллажи под эти семь тысяч книг, специально заказал их в Новосибирске, где их сделали по моим чертежам, сделали из самой крепкой породы нашего самого крепкого в Сибири дерева, сделали и привезли в Барнаул, чтобы я поставил их у себя в квартире и поставил на них свои семь тысяч книг, в хорошей квартире в сталинке, от пола до потолка, до высокого, такого высокого в сталинке потолка. Я живу там с родителями, говорил бородатый Боря, хотя мне, конечно, пора жениться, давно пора жениться, но где мне найти такую жену (Боря кивал на нашу маму), где мне найти вот такую жену, чтобы она была соратницей, чтобы она поняла и приняла мои семь тысяч книг под высокими потолками. Конечно, это было невозможно, мы все понимали, что это невозможно, а лучше всех понимал это бородатый Боря, но он продолжал что-то говорить, говорить про жену говорить про соратницу, говорить про высокие потолки и про семь тысяч книг, говорить про

Гатчину, в которую они непременно поедут, уже совсем скоро поедут, буквально на днях, главное, чтобы погода не подвела, говорить, говорить, говорить — пока не наступала ночь и он не уходил пить чай, бесконечный чай, бесконечный чёрный, как ночь, чай, на кухню к худенькому Жене, уже уставшему наматывать на коробки многие метры скотча, отлепляющему остатки скотча от своих худеньких пальцев. И так они сидели всю ночь, напролёт всю чёрную-чёрную ночь, бесконечно наливая свой бесконечный чай, многие-многие литры чая, чёрные литры чёрного чая, рядышком, на уголке, откинув одеяло. А утром они уходили, уходили закупать книги, чтобы потом сложить их в коробки и отвезти эти коробки в Барнаул, продавать их там, где у Бори уже было и так семь тысяч книг, но их-то он не хотел продавать, ни за что не хотел продавать, наоборот! Наоборот, говорил Боря, говорил Боря вечером, пока худенький Женя терпеливо заклеивал коробки скотчем, я не пью и не курю из-за этого, я так и рассуждаю: не куплю сигареты, зато куплю лишнюю книгу для своей библиотеки, большой библиотеки в семь тысяч книг. Мы не спрашивали у Бори, читал ли он все эти книги, все эти семь тысяч книг, скорее всего, нет, скорее всего, он их вообще не читал, никогда не прочитал ни одной книги, хотя, он что-то говорил про Стругацких, что в юности увлекался фантастикой и у него есть все их издания, и, хотя, как можно не прочитать Стругацких, тем более, если у тебя есть все издания, но нет, скорее всего, он и их не читал, никогда не прочитал ни одной книги Стругацких. Ведь если бы он прочитал Стругацких, ему бы пришлось читать и всё остальное, остальные семь тысяч книг из своей библиотеки, но когда бы он тогда жил, когда бы он познакомился с худеньким Женей, когда бы приехал к нам сюда покупать книги и когда бы поехал к себе в Барнаул их продавать, и когда бы они с Женей собирались в хорошую погоду поехать в Гатчину, купив все книги, поехать в Гатчину — никогда, этого бы просто не было, не смогло бы произойти, этому бы некогда было происходить, если бы Боря прочитал эти семь тысяч книг, начав со Стругацких. Так что, возможно, и лучше, что он не стал этого делать, ведь зато он успел сделать много всего другого, он даже работал у себя в Барнауле главным бухгалтером на предприятии, если, конечно, он не врал, но зачем бы ему понадобилось врать? Тем более, что обо всём остальном он говорил правду, всегда говорил одну только правду, говорил — возьмите второе репринтное издание Садриддина Айни, и вы увидите, что супер у него другого, бледно-жёлтого, оттенка по сравнению с супером первого, бледно-охристого оттенка. И мы брали оба издания Садриддина Айни, а их не так-то просто было найти в нашей, тоже достаточно обширной, библиотеке в пять тысяч книг, но мы находили их, чихая от пыли, и всё оказывалось так, как обещал Боря, и бледно-жёлтый оттенок и бледно-охристый. И, раз он не врал об этом, значит, он не врал и обо всём остальном, о чём он говорил, говорил обо всём сразу, не врал обо всём сразу, по вечерам, теребя петли джинсовой жилетки, под шорох отматываемого Женей скотча, многих-многих метров скотча, которыми Женя оклеивал коробки, многие-многие картонные коробки, доверху наполненные книгами, предназначенными на продажу в Барнаул. Уже совсем скоро, говорил Боря, уже совсем скоро они с Женей сядут в поезд, уже и билеты куплены, сядут в поезд и поедут в Барнаул, и под гуденье рельсов будут пить свой чай, многие-многие литры чёрного чая, поедут поездом сквозь чёрную ночь в Барнаул, а грузовая машина между тем помчит в себе картонные коробки, заботливо оклеенные скотчем, и на каждой коробке будет прилеплен скотчем листок с фамилией-именем отправителя и получателя, получателя в городе Барнаул. Но до этого, говорил Боря, до этого мы обязательно съездим в Гатчину, я давно обещал показать Жене Гатчину, только бы погода не подвела, только бы светило солнце и цвела черёмуха, и стоял Приоратский дворец, архитектор такой-то, всё-то он знал, бородатый Боря, всё-то и обо всём-то он знал. Единственное, чего он не знал, это как им отблагодарить нас за предоставленные заботу и кров, он так и сказал — заботу и кров, раз мы отказываемся у них брать денег, точнее, не мы, конечно, а папа, папа отказывается у них брать денег за проживание. Папа действительно отказывался брать с них денег, наотрез отказывался брать с них денег, в этой среде было не принято брать друг с друга деньги, в среде людей, всю жизнь занимающихся книгами, и живущих неважно где — здесь, а, может быть, в Барнауле, Новосибирске и Академгородке, брать деньги за что-либо, кроме книг. Они так и называли себя, эти люди — старые книжные жулики, или жуки, старые книжные жуки и спекулянты, и, за вычетом спекуляций, они всегда помогали друг другу благородно и бескорыстно. Поэтому бородатый Боря и худенький Женя и жили у нас абсолютно бесплатно, поэтому им было мучительно неловко — как же, ну как же им нас отблагодарить, мы что-нибудь придумаем, говорил бородатый Боря, и они придумали — перед отъездом принесли нам торт, огромный прекрасный многоэтажный торт, и бутылку хорошего вина, но сами не стали ничего этого ни есть и ни пить, ну, что вы, ведь они и так доставили нам столько неудобств, и им так неловко, так неловко — не съели ни вишенки с торта и даже по чуть-чуть не выпили вина. А потом они уехали, уехали в Барнаул, где нефть бьёт фонтаном из-под каждого крыльца, уехали продавать там книги, купленные здесь и разложенные Женей по коробкам, которые он заклеивал скотчем, многими-многими метрами скотча, не щадя своих худеньких рук. Мы провожали их в дверях всей семьёй, провожали глазами каждую коробку, а Боря сбегал на площадь и принес букет цветов, пять пурпурных роз на длинных стеблях, и мы так и стояли с этими розами в руках, махали розами на прощанье каждой коробке, пока Боря и Женя не погрузились окончательно в лифт и не уехали на нём вниз. Они уехали и увезли свои коробки и книги и скотч, увезли всё это в Барнаул, увезли длинные, наполненные Бориными разговорами обо всём сразу вечера и ночные чёрные чаепития, увезли всё это — и это ещё не всё, что они увезли далеко в Сибирь, ещё не всё, как впоследствии выяснилось. Уже позже, гораздо позже, когда Боря и Женя давно уже были в Сибири, и в Сибири были купленные ими книги в картонных коробках, заклеенных скотчем, и даже когда книги были уже выложены из этих коробок и скотч был разорван, разорван заботливо намотанный Женей скотч — только тогда выяснилось, что Боря-то с Женей попятили у нас одну книжку. Интересную, но совершенно копеечную. Копеечную, её и купить-то можно было на каждом углу, и у Бори в библиотеке она наверняка была, не могла не быть, да мы бы её и продали им по первой просьбе и даже по первой просьбе подарили, мы всегда могли найти такую же, как, впрочем, и они. Так что у них не было никакого резона это делать, никакого резона попятить эту копеечную книжку, пускай интересную, не важно даже какую, они же всё равно не читали никаких книг! Но зачем, зачем они это сделали? Это загадка, это удивительная, странная и неприятная загадка: люди жили у нас дома, пили чай из наших чашек, разговаривали с нами по вечерам обо всём сразу, приносили многоэтажный торт — а потом на прощанье попятили книгу, никому не нужную, не нужную даже им самим. Зачем, для чего эта книга могла понадобиться бородатому Боре, с его библиотекой в семь тысяч книг? Но, может быть, дело в другом, может быть, её попятил вовсе не бородатый Боря, а худенький Женя, молчаливый, молчаливо по вечерам отматывающий скотч, многие-многие метры скотча. Попятил от отчаяния, от невозможности другим способом выразить свои чувства, свои смятенные, смятенные чувства — ведь Боря с Женей так и не поехали в Гатчину в последний день перед отъездом, в последний день перед их отъездом лил дождь, и шумел страшный ветер, и было холодно, и никто не ездит в Гатчину в такую погоду. А билеты в Сибирь у них были уже куплены, и заказана машина, которая отмчит их коробки с книгами в Барнаул, и отменить отъезд было невозможно. И Женя понял, что они так и не попадут в Гатчину, не увидят под солнцем цветущей черёмухи и Приоратского дворца, если только в другой раз, в другой их приезд сюда, но когда это ещё будет, когда будет отпуск у бородатого Бори, в этот-то раз они приехали на майские праздники. И опять, опять придётся иметь дело с книгами, с коробками и со скотчем, а ведь Женя ненавидел, ненавидел книги, ненавидел коробки и скотч, как же мы сразу не поняли, это ведь было ясно по тому, как он их укладывал и заматывал, по движению его худеньких рук. А он всё это претерпевал, претерпевал многие-многие метры скотча, ради того чтобы поехать наконец-таки в Гатчину, в Гатчину вместе с бородатым Борей. А теперь всё это откладывалось до другого раза, до неведомо какого другого раза, и главное — возможно, бородатый Боря к тому моменту уже женится, он, как назло, всю дорогу говорил о том, что пора жениться и искать жену-соратницу, конечно, он это говорил для конспирации, но каково это было слушать каждый вечер худенькому Жене, в соседней комнате наматывающему многие-многие ненавистные метры скотча? Каково ему было это слушать и каково потом так и не поехать в Гатчину, и что ему оставалось делать, такому молчаливому и такому худенькому, как не попятить мимоходом эту дурацкую книжку жестом отчаянья, жестом тоски и отчаянья? И хотя книжку, в результате, мы всё-таки потом нашли, завалившуюся, оказывается, за стеллаж, но всё равно нам становится страшно, стоит нам только представить, какая же у него в тот предотъездный вечер должна была быть тоска — у худенького Жени, друга бородатого Бори.

Мир

(сценарий документального фильма)

Удивительный, удивительный, насквозь продуваемый сквозняками и усыпанный окурками и фантиками и всё-таки неудержимо влекущий к себе мир детской площадки. Влекущий всех: женщин, детей, мужчин, собак и старух, алкоголиков и наркоманов, бомжей и школьников, и даже тех странных людей, которые непременно здесь почему-то хотят ремонтировать свою машину. Мир, не знающий морали и снисхождений, не знающий и не принимающий никаких законов, кроме одного — закона детской площадки. Мир, прилепившийся одной стороной к помойке, другой стороной к автостоянке на газоне, и лишь редкозубым дырявым забором отделённый от ещё одного мира, в центре которого высится четырёхэтажный детский сад, где за чёрным окном бродит голый до пояса мальчик, бессильно вздымая в физкультурном упражнении голые худые руки, бродит под неслышную музыку, проливая невидимые миру слёзы.

* * *

Одна мамочка с коляской сидела на солнышке на лавочке рядом с дыркой в заборе детского сада. В 16:30 из детсадика выпустили детей, а воспитательница замешкалась, потому что она сегодня забыла сигареты и ей приходилось весь день одалживаться у другой воспитательницы. Тем временем дети по одному стали просачиваться за забор и окружать мамочку с коляской.

Мамочка смотрела на них и думала: «Ах, дети! И мой когда-нибудь вырастет такой же!»

Дети стали заглядывать в коляску с живым интересом, а одна девочка всё оттаскивала их и говорила: «Тише, он же спит! Он же маленький! Его нельзя будить!»

Тогда один мальчик захохотал и сказал громко:

— Он спит!! Он маленький!!

А другой мальчик сказал ещё громче:

— Он маленький!!! Он спит!!!

А ещё одна девочка заорала:

— Его нельзя будить!!!!

Мамочка с коляской попыталась уехать оттуда, но рослые дети окружили её плотным кольцом и заорали изо всех сил:

— ОН СПИТ!!! ОН МАЛЕНЬКИЙ!!!! ЕГО НЕЛЬЗЯ БУДИТЬ!!!!!!!!

Тут из садика вышла воспитательница с сигаретами и ведром с игрушками, но было уже поздно — дети расстреляли мамочку с коляской из лопаток.

* * *

Как-то два мальчика вышли погулять с собакой и стали с ней играть: один мальчик кидал палку за забор детского садика, а собака не могла перескочить через забор, бегала вдоль него и зверела. Потом она соображала, что в заборе есть дырка, пролезала в неё и бежала за палкой. Тогда другой мальчик тоже пролезал в дырку, вытаскивал палку изо рта у собаки и кидал её обратно через забор, и собака опять бегала вдоль забора и зверела. Потом она вспоминала, что в заборе есть дырка, пролезала в неё и бежала за палкой, но там её уже ждал первый мальчик, который выхватывал палку у собаки изо рта и кидал её через забор, и собака снова бегала вдоль забора и зверела. Потом она вспоминала про дырку в заборе, пролезала в неё, хватала палку, но второй мальчик выхватывал её у неё и кидал через забор, вдоль которого собака бегала и зверела. Потом она вспоминала, что в заборе есть дырка, пролезала в неё и хватала палку, но мальчик отнимал палку у собаки и кидал её через забор, а собака уже успевала забыть, что в заборе есть дырка, и бегала туда-сюда вдоль забора и зверела. Но потом она вспоминала про дырку, лезла в неё и находила палку, но мальчик выхватывал у неё палку и кидал через забор, и собака снова бегала вдоль этого забора и зверела. Когда мальчики сыграли в эту игру тридцать четыре раза подряд, собака озверела окончательно и съела мальчика, но, к сожалению, не какого-то из этих двоих, а совершенно постороннего третьего, который просто шёл мимо в музыкальную школу. Правда, может быть, потом она съела бы и тех мальчиков, но тут пришла из магазина их мама и посоветовала им искать себе другие игры.

* * *

Однажды нескольким мамочкам с колясками пришлось уйти с детской площадки, потому что там на всех лавочках и качельках сидели бомжи и воняли и обзывали мамочек последними неразборчивыми словами. Тогда мамочки пошли гулять во двор, но там одну из них сбила машина, и они пошли гулять в безопасности вокруг детского садика. Но из детского садика вышла нянечка и закричала:

— Мамаши, а ну-ка, на выход!

Мамаши у неё спрашивают:

— А почему на выход?

А она говорит:

— Потому что вы портите площадки.

Они у неё спрашивают:

— Это что, мы колёсами колясок портим площадки?

А нянечка говорит:

— Не колёсами, а дети ломают деревья и выбрасывают песок из песочниц. Вы не замечали? А я вот замечала.

Мамочки у неё спрашивают:

— Что, вот прямо наши дети и ломают деревья и выбрасывают песок из песочниц? Вот прямо не вылезая из лежачих колясок?

А нянечка говорит:

— Не только же дети есть, есть же ещё и взрослые. А взрослые залезают вон в теремок и пьют там.

А мамочки у неё спрашивают:

— Это мы, что ли, залезаем в теремок? Это кормящие матери пьют в теремке, таких вы имеете в виду взрослых?

А нянечка говорит:

— Так ведь не только взрослые, ещё же и дети есть.

Мамочки у неё спрашивают:

— Ну, и что дети?

— А дети, — говорит нянечка, — дети выбрасывают песок из песочниц и ломают деревья. Вы не видели? А я вот видела.

* * *

Как-то нянечка выглянула в окошко, смотрит — а на площадке собралось много посторонних детей, и галдят:

— Ну, что, что, давайте уже скорей!

— Что это у тебя, что ты жуёшь? Носок?

— Я не могу скорей, у меня нога застряла!

— Пойдёмте уже деревья ломать, уже пойдёмте деревья ломать!

— Ап-пууу...

— Ну, чего ты воешь, кто это воет? Чего ты воешь?

— Нога застряла-а-а!

— Идите сюда, у него нога застряла.

— Да он на живот, видимо, хотел перевернуться! Ты что, первый раз на живот переворачиваешься?

— Первы-ы-ый!

— Ну, вот, он одну ногу из-под себя вытащил, а как вторую вытащить — не соображает. Только это не ноги, а руки.

— Какая разница-а-а?

— Когда мы уже деревья-то будем ломать, деревья хочу ломать!

— Как — какая разница? Что ближе к голове, то руки. У тебя где голова?

— Не знаю-у-у!

— Как — не знаешь, памперс тебе куда надевают? Сюда? Ну, вот, раз здесь памперс, значит, здесь голова.

— Хочу деревья ломать!!! Хочу ломать деревья!!!

— Ап-пууу...

— Отползи в сторону! Ну, ты, ты. Тише, дай сюда ухо. Да я не отгрызу, я скажу на ухо. У тебя памперс запасной есть? А то у меня, кажется, проблема, а ну-ка, посмотри. Да?

— Хочу ломать деревья!!! Хочу ломать деревья!!!

— Да. У меня нету, можно вот у неё попросить. Ей целый мешок купили.

— Ты что, она девочка! Я не могу у девочки просить памперс, я стесняюсь.

— Пошли ломать деревья!!! Пошли ломать деревья!!!

— Ну, и что, что девочка. Я тоже девочка, у меня же ты просишь.

— Как — девочка? Как — ты девочка, ты же в голубом комбинезоне?!

— Ну и что, он тёплый зато. А что?

— А что, а что. Это я в голубом комбинезоне, потому что я мальчик. Знал бы — ни за что не попросил. Ваще ничего не понятно.

— Пошли ломать деревья! Пошли ломать деревья!

— А я смотрите как умею: ап-пууу...

— Ну, и чего? Заплевал всех и всё. А ещё девочка.

— Почему — девочка, видите, он вообще в зелёном.

— Ну, и что, что ты заладил, если он в зелёном, то он не может быть девочка?

— Он кто угодно может быть в зелёном. И в оранжевом тоже. Вон, у него коляска оранжевая.

— Ты мальчик или девочка?

— Ап-пууу...

— Опять всех заплевал.

— Видите, он сам не знает.

— Ну, а шапка у него какая?

— Какая-какая, белая.

— Пошли ломать деревья, пошли ломать деревья. Пошли ломать деревья.

— Ну, а матрас какой в коляске?

— Матрас фиолетовый.

— Если по матрасу смотреть, то девочка. А, может быть, и мальчик.

— А-пууу...

— А как ещё можно определить?

— Ап-пуу... Пф-фф...

— Да никак, как ещё определишь.

— Вытри, видишь, слюни текут. Вытри.

— А мама у него в какой куртке? Где его мама?

— Вон его мама, в теремок залезла и пьёт. Вместе с остальными мамами.

— В какой она куртке?

— В голубой.

— Ап-пуу...

— Ну, вот, значит, мама у него мальчик, значит, скорее всего и он тоже мальчик.

— Пошли ломать деревья, пошли ломать деревья!!

— Слушай, ты, в зелёном. У тебя есть памперс?

— Ап-пууу...

— Отвернись. Отвернись, говорю.

— А салфетки у тебя есть?

— Апу-уу...

— Помогите, ничего не вижу!!!

— Чьи опять слюни? Вон, от кого тянется?

— Так ты убери эту пелёнку с головы, чего ты её нахлобучил.

— Ну, не хотите деревья ломать — давайте хотя бы песок выбрасывать из песочниц. Давайте песок выбрасывать из песочниц!

— Правда, деревья вчера ломали. Надоело. Пойдёмте песок выбрасывать.

— Опять застряла!

— Что опять застряло?

— Давайте уже быстрее!

— Ап-пуу...

— Вот это? Вот это голова у тебя застряла, раз на ней памперса нет. Чего у тебя лужа-то под ней?

— Воздушные ванны. Чтобы кожа дышала.

— Дай-ка, я посмотрю. Слушай, это у тебя, значит, не голова. Возьми, вон, памперс. А то что это получается.

— Пошли выбрасывать песок из песочниц.

— Дайте ему памперс, у кого там был целый мешок, и пошли уже.

— Правда, пошли, а то есть захочется.

— Куда, куда пошли?

— Говорят же — выбрасывать песок из песочниц. Ты что, глухой?

— Я носок жевал, я не слышал.

— Ты ж его не ушами жевал. Чем ты его жевал?

— Не знаю…

— Всё, хватит уже, пошли.

— Правда, пойдём, а то захочется есть, и не пойдём.

— Все собрались?

— Все.

— Пошли.

Наконец-то они все собрались, и, поскольку ходить ещё никто не умел, то пойти они не смогли, и поползти они не смогли, потому что ползать ещё тоже никто не умел, но как-то, тем не менее, они подъехали на колясках и выкинули весь песок из песочниц. А потом заодно ещё и всё-таки сломали деревья. А самое большое дерево вырвали с корнем и как следует отдубасили им любопытную нянечку.

* * *

Но это всё, конечно, были только грёзы, грёзы. А на самом деле мамочки с колясками безропотно потянулись к выходу с безопасной территории садика, надеясь, что бомжам уже надоело сидеть на качельках и они, возможно, куда-нибудь ушли.

* * *

Одна тётенька любила гулять со своей собачкой на детской площадке, и там она встречалась с другой тётенькой, которая тоже любила гулять со своей собачкой на детской площадке. Тётеньки обсуждали своих мужей и кулинарные рецепты, а собачки гадили в песочнице. А в той же песочнице другие тётеньки гуляли со своими детьми, которые учились ходить и периодически падали. После того как эти дети несколько раз упали лицом в продукты собачьей жизнедеятельности, мамаши детей попросили тётенек с собачками выгуливать собачек в каком-нибудь другом месте, а не на детской площадке. Но тётеньки отказались, сказав:

— Вы же здесь гуляете со своими детьми, ну, и мы здесь гуляем со своими.

Мамаши хотели им возразить и вообще закатить скандалевич, но увидели своих детей, которые оказались такие чумазые и замурзанные поверх нарядных комбинезончиков, чёрт знает чем вымазанные, что мамаши побежали скорее домой мыть их и отмывать, забыв даже от тоски в песочнице лопатки, формочки, рукавички и прочие мелочи жизни.

* * *

Одна старушка выползла гулять на солнышко, присела на лавочку, древняя-древняя старушка восьмидесяти трёх лет. К ней подползла другая старушка, покрепче, семидесяти девяти лет, спрашивает:

— Ну, что, бабушка, погулять вышла?

Та ничего не услышала, говорит ей:

— А? Не слышу.

— Бабушка, говорю, погулять вышла?

— А, да, да, вышла. Вышла погулять. А вот сегодня по радио передавали, слышали? Ельцин умер.

Тут уже другая бабушка ничего не услышала, говорит:

— А? Что? Не слышу.

— Я говорю, Ельцин умер, по радио передавали, слышали?

— А, да, да. Слышала. Ну что, на похороны пойдём?

Это была шутка, но та бабушка не услышала, говорит:

— Что? Не слышу.

— На похороны-то, говорю, к Ельцину пойдём? Соберёмся все вместе, бабки, и пойдём на похороны.

— Да уж, ха-ха. Спросят: «А где бабки-то все?» А они на похороны к Ельцину поехали. А сколько ему лет было, не знаете?

Бабушка не услышала, говорит:

— А? Не слышу.

— Я говорю, лет Ельцину сколько было? Во сколько лет Ельцин умер?

— А, семьдесят ему было, семьдесят. В семьдесят лет умер.

— В семьдесят лет, надо же. Молодой.

— Да, совсем молодой.

А бабушка опять не услышала, говорит:

— Что? Не слышу.

— Я говорю, совсем молодой. Семьдесят-то лет.

— А, да, да. Молодой.

— А вы, бабушка, сама с какого года?

Бабушка не услышала, говорит:

— А? Что? Не слышу.

— Сама вы с какого года, я говорю? С какого года?

— А, с какого года. Я с двадцать третьего года.

Бабушки помолчали, потом первая бабушка почему-то спросила:

— Бабушка, замужем один раз была?

— Замужем? Один, один раз.

Тут уже та бабушка не услышала, говорит:

— Что? Не слышу.

— Один раз замужем была.

— А, один. А я два раза была. Первый муж после войны был, уехал к своей семье в деревню, и всё. А я не захотела. А второй уже потом был, умер. У тебя муж-то жив?

Бабушка опять не услышала, говорит:

— А? Не слышу.

— Муж-то, говорю, умер уже?

— А, муж. Да, давно уже умер. И муж умер, и сестра умерла. Только я всё живу и живу, всё меня Господь не приберёт. Забыл про меня Господь, что ли?

Это опять была шутка, но та бабушка её опять не услышала, потому что тут прибежали дети и расстреляли обеих бабушек из лопаток.

* * *

А в самом углу детской площадки скромно сидели двое молодых людей в кепках и жаловались друг другу, что, когда писаешь на трансформатор, от накиданных рядом кирпичей всё отскакивает и потом все штаны мокрые, во, гля, до сих пор мокрые. А ещё, как трудно сейчас найти нормальную девчонку, чтобы она тебя понимала и при этом не была больна СПИДом. И один сказал, что сейчас таких нет, а другой подтвердил, что сейчас таких действительно нет. Потом один встал, грустно сплюнул в песочницу и пошёл куда-то к трансформатору, а второй остался сидеть один, с плейером, бессильно развесив вокруг себя свои руки, ноги и голову, в одиночестве, изредка подёргивая ногой под неслышную музыку, поплёвывая вокруг себя и мутно глядя на забытую кем-то лопатку, в одиночестве, на этой лавочке на солнышке и сквозняке, в одиночестве.

Детектив со свиньёй-отравителем

I. Именины у Маргулиса

Ты помнишь, во вторник должны были быть именины у Маргулиса. Я тогда сразу тебя спросила, помнишь: «Ты пойдёшь на именины к Маргулису?» А ты тогда ещё жарил курицу, сидел на корточках перед духовкой, из которой несло горелым, и спросил: «А что такое именины?» А я ответила: «Именины — это день ангела. Тебе не кажется, что подгорает?» Тогда ты открыл духовку и стал чуть ли не голову туда засовывать, а потом спросил: «А кто такой Маргулис?» А я удивилась, ты же его десять раз видел, и говорю: «Ты же его десять раз видел, ну, помнишь — ну, Маргулис, ну, что, вспомнил?» А ты тогда посмотрел задумчиво поверх меня и духовки и сказал неопределённо: «Ну, да, припоминаю... И что, выходит, что у Маргулиса есть ангел и у него во вторник день?» Я говорю: «Ну, да, выходит, что так...» А почему она у тебя такая странная, это что на ней, тесто? А ты говоришь: «Да нет, это не тесто. Это перья. Так что там с ангелом Маргулиса?» Я говорю: «Как это — перья, какие перья?» А ты опять открыл духовку, потом закрыл, и говоришь: «Ну, как, обыкновенные куриные перья». Я говорю: «Ты чего, ты чего, её не ощипывал?» А ты сказал, почему-то шёпотом: «Да ты что, как же я могу... Я не смею...» А я же привыкла, что у тебя бывает, и решила не обращать внимания, и говорю: «Так чего, идём во вторник к Маргулису?» Ты говоришь: «На день ангела?» Я говорю: «На день ангела». Ты говоришь: «К Маргулису?» Я говорю: «К Маргулису». Ты говоришь: «Ну, посмотрим, до вторника же ещё куча времени, я подумаю, ладно?» И тут я слышу, в духовке как будто что-то стучит, я тебе говорю: «Слышишь, в духовке как будто что-то стучит, там с твоей курицей всё в порядке?» А ты говоришь: «Более чем», и открыл духовку, и тут из неё вывалилась вонючая обгорелая курица в перьях, как кукушка из часов, встопорщила перья, хрюкнула и шлёпнулась возле мусорного ведра. А я такого, естественно, никогда не видела, и я у тебя спрашиваю: «Это что было?» А ты пожал плечами и говоришь: «Вероятно, порыв ветра. Сквозняк. Напомни мне поближе к вторнику про своего Маргулиса». Я говорю: «Он такой же мой, как и твой». Ты говоришь: «Тем не менее. Напомнишь?» Я говорю: «Постараюсь. Тебе духовка больше не нужна?» Ты говоришь: «По всей вероятности, нет». Я говорю: «Тогда выключи её». Ты говоришь: «Я бы, вообще-то, и сам догадался». Я говорю: «Но ведь не догадался же». Ты говоришь: «Я как раз собирался выключить». А я говорю: «Ну, так не выключил же. Тем не менее». Ты говоришь: «Знаешь, что...» Я говорю: «Что?» Ты говоришь:

«Ты прекратишь или нет?» А я говорю: «А ты сам прекратишь или нет?» Тогда ты зачем-то взял сковородку и спросил: «Ты это серьёзно сейчас говоришь?» Я спрашиваю: «А что?» А ты говоришь: «А то!» и зачем-то ударил меня сковородкой по голове. Не насмерть, конечно, но ощутимо.

Так и не пошли в тот вторник на именины к Маргулису.

II. Порыв ветра

На рояле сгорая плакали свечи, кормили бутербродами и рыбным салатом. В числе гостей был карлик. Ему набухали полную тарелку салата, но забыли дать вилку, и он так и возвышался полвечера над горой рыбы (несильно возвышался), ничего, естественно, не ел и только отгонял мух и рассуждал о джазе, пока Галина Юрьевна не спохватилась и не дала ему вилку. «Представляешь, — рассказывала она на кухне, — такой необидчивый! Я смотрю, он не ест, смотрю — а ему вилку не дали, я кричу — ребята, что ж вы карлику-то вилку не дали!, вон, он у вас и не ест ничего! А он такой необидчивый, вилку взял и говорит — ничего-ничего, спасибо! Другой бы обиделся, а этот... Надо же, какой необидчивый карлик!»

Лёша предложил поиграть на рояле ногами. Маргулис предложил не забываться, Витя предложил посмотреть фотографии рыбы. В начале лета они, как всегда, всей компанией ходили в поход на Ладогу, ловили рыбу и фотографировали её мобильным телефоном.

— Это окунь! — демонстрировал фотографии на экране Витя. — Это, чтобы сравнить, окунь с плотвой. А это щука! Это мы поймали такую щуку. Вот такую! Это Лёша со щукой. А это Маша со щукой. Это я со щукой, а это Маргулис со щукой. Это Лёша с Маргулисом гребут. Это я фотографировал, это закат. Там очень красивые закаты. Это снова закат, а это рассвет. А это сиг! Это, представляешь, мы поймали вот такого сига! Это я с сигом, это Маргулис с сигом. А это Лёша с сигом. А это Маша с сигом, она его чистит. А это, для сравнения, сиг в окружении щук. Представляешь?! Ха-ха, шутка! Конечно, это не щуки. Это плотва. А, представляешь, правда, был бы такой сиг?! Ничего себе было бы, да?!

После рыбных фотографий решили допить водку. Когда допили водку, решили водочной бутылкой поиграть в бутылочку, как в пятом классе.

«Ну, вот, — подумала я, — сейчас придётся целоваться. Или с Лёшей, или с Машей, или с Витей, или с Маргулисом. Или с карликом...»

— Значит, так! — сказала я. — Либо выведите карлика, либо не играем в бутылочку.

— Ничего-ничего! — сказал карлик. — Я всё равно не собирался играть в бутылочку. Терпеть не могу играть в бутылочку.

Галина Юрьевна оказалась права — это был необидчивый карлик.

— Знаете, что! — решила я. — Я всё равно, наверное, уже пойду.

— Ещё есть гитара! — вспомнил Лёша. — Она, правда, без струн, но я что-нибудь придумаю.

— Как? — поразился Маргулис. — Уже пойдёшь? В смысле, совсем?

— Не удерживай её, Маргулис! — закричал Витя. — Если человек уходит — значит, ему нужно уйти. Не надо препятствовать.

— Да я и не препятствую, — удивился Маргулис. — Тебе правда надо идти?

— Ну, да, — сказала я. — Я просто с мужем поссорилась. Наверное, уже пора пойти мириться.

— Да, — сказал Витя. — Вот оно. Раз — и человек уже несвободен. Вот поэтому я и не хочу жениться.

— Но ты же собирался! — напомнила Маша.

— Но ведь не женился! — напомнил Витя.

— Я вообще-то тоже уже собирался пойти, — сказал мне карлик. — Так что, если ты уже идёшь, так я бы мог тебя проводить.

— Ой, нет! — испугалась я. — Не стоит утруждаться, тем более что мне, пожалуй, ещё рано уходить.

— А мириться? — спросил Маргулис.

— Да ну, — сказала я. — Чего я буду первая-то. Я гордая. Вот.

— Вот! — сказал Витя. — Вот поэтому я и не хочу жениться. Они никогда не приходят мириться первыми.

— Не все! — напомнила Маша.

— Может, ещё водки? — предложил Лёша.

— Дети, — отказалась я.

— Уже есть? — удивилась Галина Юрьевна.

— Когда-нибудь будут, — объяснила я.

— А вот с этим, я считаю, торопиться не следует, — забеспокоился Витя. — Поэтому я и не хочу заводить детей. Раз — и уже никакой водки.

— Но ведь завёл! — напомнила Маша.

— Но ведь не хотел! — напомнил Витя.

— Ну, ладно, а я всё-таки уже, пожалуй, пойду! — напомнил карлик.

Он поднялся из-за стола, и стало видно, что это достаточно крупный карлик. Крупный необидчивый карлик.

— Ну, вот! — сказал он. — До свидания, друзья. А тебя, Маргулис, позволь ещё раз поздравить с днём ангела.

Маргулис вышел закрыть дверь за карликом, и тут сквозняком распахнуло форточку. В форточку влетел ангел, очень похожий на Маргулиса, только нос поменьше. Ангел сделал пару кругов над столом, цопнул из миски пригоршню рыбного салата, пожевал, выплюнул, подхватил всю миску и вылетел с ней обратно в форточку. Форточка грохнула и захлопнулась.

— Что это было? — удивился из коридора проводивший карлика Маргулис.

— Сквозняк, — пожал плечами Витя. — Порыв ветра.

— Я, наверное, тоже пойду, — сказала я.

— Мириться? — спросил Маргулис.

— Ну, да, — сказала я. — Уже пора, наверное.

— Я тебя провожу хотя бы до улицы, — сказал Маргулис. Мы с ним гуськом спустились по лестнице, прошли через двор и вышли из арки.

— А с детьми всё-таки советую не спешить! — крикнул из окна Витя.

— Не слушай его, он свинья! — крикнула Маша.

— Я могу сыграть на губной гармошке «Йестудэй»! — крикнул Лёша.

— Ну, что, с днём ангела! — сказала я.

— Спасибо! — сказал Маргулис. — Пока!

И помахал рукой, облокотясь о стену под собственными окнами. Я тоже помахала ему и пошла по направлению к Маяковке, а из окна Маргулиса тем временем вылетел карлик и полетел в противоположную Маяковке сторону, теряя перья и прямо на лету поедая руками из миски рыбный салат.

III. Свинья-отравитель

Помнишь, ты тогда сидел за компьютером и осваивал «флеш», а я попросила тебя вынести мусорное ведро. Ведро ты, правда, не вынес, но зато целый вечер потом нудел с перерывами на перекус:

— Конечно, тебе, наверное, интереснее другие мужики, которые не осваивают «флеш»...

А я знала, что, раз это уже началось, то так сразу не закончится, и пошла от тебя подальше, сама вынесла мусорное ведро. А потом пошла точить кухонные ножи, потому что ножи уже ничего не резали и это было невозможно. И тут ты приходишь в кухню, становишься в дверях и говоришь: «Ну, а другого занятия ты, конечно, найти не могла?» «Какого?» — спрашиваю я. «Такого!» — отвечаешь ты. «Такого, чтобы не указывать мне всем своим поведением, что вот ты такая труженица, даже ножи сама точишь. А я, выходит, такая свинья, даже ножи наточить не могу. Дай сюда!» И выхватил у меня кремень и нож и начал его сам точить, с остервенением. А я подумала, что, раз теперь ты точишь ножи, то я могу уйти, и пошла, и тут ты как закричишь: «Куда пошла?» И как схватишь меня за руку, больно. А у тебя же нож в руках свежезаточенный, и я тогда поняла, что ты уже вообще ничего не соображаешь, и говорю: «Ты что, ты, дурак, у тебя же нож в руках!» И дёрнулась, чтоб уйти от тебя от греха подальше, а ты, видимо, не ожидал такого, ну, или я не знаю, в любом случае, это случайно получилось. Случайно у тебя рука дёрнулась, с ножом, и ты меня случайно ткнул ножом в позвоночник. Совершенно точно случайно, потому что специально так не попадёшь. Какая-то определённая точка, процентная вероятность попадания один из ста, мне доктор объяснял, между двумя позвонками, что один задет по касательной. Что я теперь лежу в больнице в парализованном отделении, и у меня не двигаются и спина, и руки тоже, правая. А двигаются только глаза и левая рука, я ей пишу всякие записки. Для милиции, всякие объяснительные, и для тебя, чтобы ты обязательно приходил, когда сможешь. Тебя просто ко мне не пускали, потому что все были уверены, что я тебя и видеть не захочу никогда больше, и мама, и остальные. Спрашивали: «Ну, ты же жить с ним больше, надеюсь, не собираешься?» А когда я написала, что собираюсь, они сказали, что я ненормальная, и что это шок. А это не шок, и я нормальная, у меня просто задеты нервные окончания. И это частично в большой степени психосоматическое. Просто всё немножко мешается, и видишь себя как бы со стороны, как при местном наркозе: например, всё время кажется, что у меня правая нога с кровати свисает, хотя она на самом деле лежит нормально. И ещё всякое кажется, какие-то курицы, ангелы. Рыба часто кажется, как она плывёт. И даже не только про нынешнее кажется, а кажется ещё и про то, что было раньше. Всякая ерунда, потому что лежишь же целыми днями, скучно. Вспоминаешь всё подряд, оно и спутывается. Один раз показалось, что пришёл Маргулис, учитывая, что он уже два года как утонул в походе на Ладоге, там часто бывают шторма. Но ты же ведь не нарочно. Это вероятность — один процент из ста, так воткнуть нож, доктор сказал, даже если целиться. А ты же ведь не целился. Ты просто случайно, у тебя рука дрогнула. Это как неожиданный порыв ветра. Такое бывает, это называется секундная судорога. Люди из-за таких судорог даже тонут, если в воде (как Маргулис). Так что Маргулису, вон, куда хуже, чем мне, а ты же не специально. И Галине Юрьевне тоже хуже, она вообще от рака умерла. И мама её старенькая тоже умерла от рака, и сестра, это у них семейное. Вот уж кому плохо. Или карлику, который такой страшный и такого маленького роста, гораздо ниже меня. Т.е. сейчас он, наверное, выше меня, но это оттого, что я лежу, а если я встану, то я буду выше. А доктор сказал, что велика вероятность, что я встану. Он сказал, что главное — настроиться и думать о хорошем. Вспоминать всякое хорошее. Я и вспоминаю хорошее, с утра до вечера, меня уже скоро начнёт тошнить этим хорошим. Я вспоминаю, как у нас всё когда-то было хорошо, а что потом стало плохо, так это ведь не нарочно. Они все приставали, мол, я потерпевшая, ты подозреваемый, который признался, ещё какие-то свидетели… Просто детектив. А ведь ты же не нарочно! Просто так получилось. Так получилось, что у нас последнее время всё время получалась какая-то ерунда, а я ведь тоже не нарочно. А ты мне тогда кричал, когда схватился ножи точить:

— Ты свинья! Ты мне всю жизнь отравила!

Ну и свинья, ну и отравила. А они теперь все уверены, что я тебя даже видеть не захочу. А я хочу, видеть. И дальше тоже. И буду! С тобой вместе. Дальше буду свинья, дальше буду травить! И ничего они не сделают. Ты придёшь, я тебе напишу об этом в записке. Что я не сержусь, что ты не нарочно, что я всегда буду твоя свинья-отравитель, всё равно. Мне тяжело длинное писать, я поэтому напишу короткое, чтоб никто не понял, а ты сразу понял. Просто напишу: «ХРЮ!»

Или так, для ясности: «ХРЮ-ХРЮ!!»

И всё станет понятно.

Хрю-хрю.

Когда ты придёшь.

Попробуйте печёночный тортик

Набережная, архитектура. Питер, весна, т.е. ветер, дождь (временами со снегом). Подъезжает лимузин на двадцать человек, чёрный и катафалкообразный, за ним подъезжает специальная машина фотографа. Вываливается фотограф (полоумный), из лимузина вываливаются по очереди гости (тем, кто сидел у двери, ещё ничего, а сидящие возле водителя вынуждены, чтобы вывалиться, предварительно ползти несколько метров по салону, согнувшись буквой гэ, лимузин во всей красе). В заключение вываливается невеста в платье с голой спиной и жених в свитере и куртке.

Мама невесты бегает за невестой по всей набережной и кричит:

— Одень дублёнку! Одень дублёнку сверху!

Невеста отказывается, ей тепло, ей пока тепло. Плюс она, видимо, уже слегка надувшись шампанским.

— А этот в куртке! Сними куртку сейчас же, мерзавец! — начинает тогда гоняться мама невесты вместе с мамой жениха уже за женихом. — Сними её и одень её на неё! Сам в куртке, а она голая.

Жених, неуверенно глазея по сторонам, тянет куртку вниз, снимая. Невеста энергично тянет куртку обратно вверх, надевая. Из-за этой возни жених застревает локтями в куртке и временно лишается возможности двигать руками. Но руки ему нужны, т.к. помощник фотографа (ещё и помощник есть, такой же) уже, в свою очередь, закончил путаться локтями в какой-то коробке и достаёт оттуда двух белых голубков. Сейчас что хотите можно за деньги, только плати. Голубки нахохливаются под снегом, ветром и дождём. Гости тоже бродят по набережной нахохлившись, но бодрясь и не показывая виду. Зонта ни у кого нет.

Дочку невесты от первого брака заперли в машине, оттуда идёт вой. Приходится высадить.

— Одень дублёнку! — бегает за ней мама невесты. — Одень сейчас же дублёнку!

Задумка такая: жених с невестой стоят у кромки воды, на фоне великой архитектуры, и целуются. У каждого в руке по белому голубку. Руки соединены, и голубки тоже целуются, гули. Гули-гули.

Жених, целуясь, смотрит не на невесту, а в камеру.

— Ах ты, мерзавец! — кричит мама жениха. — Ты глянь, куда он смотрит! Не на неё, а в камеру. А ну-ка, смотри на неё!

Опять целуются, опять не на неё.

— Уберите гулю! — ругается невеста. — Или давайте быстрее, у меня гуля улетает. Давайте уже быстрее!

Опять целуются. У фотографа что-то там не влезло. Он вообще какой-то дикий, на лестнице во Дворце всех два часа продержал: «мужчина, вы не влезаете», «женщина, вы вылезаете», «мальчика отодвиньте, а девочку поднимите». Дурак, даже другие свадьбы оборачивались.

Целуются.

— А если она нагадит? — беспокоится кто-то из гостей.

— Давайте быстрее! — кричит невеста. — У меня гуля улетает!

— Опять он в камеру смотрит, а не на неё, вот негодяй!

Дочку невесты, мокрую и замёрзшую, засовывают обратно в лимузин. Мама невесты вздыхает облегчённо, наполовину.

— Сними куртку! — кричит она. — Сними и надень её на неё! Она же голая! Оно же не греет ни фига!

Невеста действительно уже вся пятнистая от холода, как леопард, под голым платьем, пятно синее — пятно автозагорелое. Сходятся на газовом шарфике.

— Давайте быстрее! — кричит невеста. — У меня гуля улетает!

— Смотри на неё! На неё смотри, а не в камеру!

— А если она нагадит… — беспокоится жених.

Целуются.

Оказывается, есть ещё гули, четыре шт., кто хочет, может их взять и сфотографироваться вместе с женихом и невестой. Никто не хочет. А если они нагадят? Приходится брать гулей родителям невесты и жениха.

Целуются.

— Всё! — кричит жених. — Нагадила!

Стоп, снято!

Теперь отпускаем все своих гулей в небо. Всё, шикарный кадр.

Шикарный кадр, у жениха даже нет платка, нечем вытереться. Смысл куртки, если там даже платка в кармане нет. В лимузине вроде есть салфетки, рядом со стойкой для шампанского. Всё, поехали.

А гули вернутся? Они же улетели. Наверное, вернутся, наверное, они дрессированные. Или совсем улетели, но это же дорого, наверное. Каждый раз ловить и отпускать. Короче, неизвестно. Улетели.

Едем дальше. Три часа ехали от Дворца до ихней Пролетарской, три часа! На метро было бы ровно в три с половиной раза быстрее. Все в трансе, все пьют это шампанское. Туалета нет, умные сходили ещё во Дворце. Кто поумней — сходили два раза.

За окном ничего не видно, стекла то ли тонированные, то ли чего. То ли немытые. Нет, видно, вроде, Петроградка.

— Через Петроградку едем!

Сзади спрашивают, почему через Петроградку. Почему надо из центра на Пролетарскую ехать через Петроградку, притом, что через неё же ехали к Спасу на Крови. А теперь, получается, обратно. Вопрос передают по салону невесте с женихом, сидящим впереди. Но ответ назад не приходит — очень, очень длинный салон. Вообще ничего непонятно. Когда приедем, куда. Мама невесты сидит сзади, но она здесь не при чём. Это их теперь район, эта Пролетарская.

От безнадёжности все начинают знакомиться, родственники невесты с родственниками жениха. Что-то мы долго едем, хочется уже на воздух. Но на воздухе холодно и погода кошмар.

— У нас, — говорит одна тётя, — у нас тёплее, хоть и снега вот столько лежит. Очень быстро у нас снег выпадает.

У нас — это где? У нас в Сургуте, оказывается.

Жених из г. Сургут, они там своё продали и сюда переехали. Он, его мама и брат, у них здесь квартира. Теперь и наша невеста там же. Механик из автосервиса, младше её. Где-то познакомились. Мама невесты сильно против, она слишком в ту свадьбу вложилась. И мебель, и ремонт. И всё. Слишком там старалась, теперь, говорит, без меня. И никаких внуков, хватит мне этой Аспиды. А мама жениха вроде наоборот, вроде довольна. Ни что она его старше ничего не говорит, ни что ребёнок. Живут-то с ней. Машину ей сама купила, ещё до свадьбы, до всего. Это надо хорошо относиться, чтобы девушке сына купить машину. «Жигули», но всё равно. Видно, что довольна. А он автомеханик. Зато не пьёт, вообще. Но как-то странно: «Я, — говорит, — раньше очень много пил. Потом бросил. Ещё в школе». Она, свекровь-то, говорят, специально была вынуждена его сюда привезти. Чтобы оттуда увезти. Он там пил, говорят, гулял, пришлось срочно увозить от дружков его. Но вроде ничего, румянец во всю щеку. И у брата его тоже, и у мамы, и у всех прочих. Родственники со стороны Сургута легко распознаются по этому румянцу (а ещё по золотым зубам). Инвестиция, потому что золотой зуб — это та же инвестиция. Они там уважают инвестиции, в Сургуте. Может, они ей и машину купили с той же целью. Сделать инвестицию: а) в машину и б) в неё, чтоб прониклась и зауважала.

Остановите, не могу больше!

Дядя со стороны невесты больше не может.

— Да это последний светофор! — кричит невеста откуда-то спереди. — Последний светофор!

Уже полчаса последний светофор! Забор этот тянется и тянется, ну, сколько можно. Ещё шампанского? Спасибо, хватит уже. Уже некуда.

Всё, остановите! Я потом пешком дойду.

Дядя со стороны невесты выскакивает и резво идёт вдоль бесконечного забора, все остальные мужики тоже выскакивают и идут вслед за ним, на ходу доставая сигареты. В т.ч. и жених, хотя он вроде и не пил шампанского (пил втайне?).

— Оля, а ты куда?

— Куда! Туда же.

— Оля, вернись. Оленька, подожди, последний светофор. Ну, куда ты пойдёшь, один забор. Оленька, сейчас приедем уже.

А они потом догонят, они потом пешком догонят. А ты как пешком-то. Здесь близко уже.

Близко-то близко, но ещё полчаса едет. Всё, приехали! Всё, Оля, нам точно сюда?

Точно! И мне уже всё равно куда...

Здравствуйте, вы свадьба? Мы вас уже давно ждём. Очень долго ехали, пробки. Он же стоял во всех пробках, ему же не проехать. Пробки, да. Проходите наверх. А туалет есть? Всё наверху. Как-то странно стол поставили. Где туалет?

Вот, Оля уже оттуда.

— Ох...

Оля улыбается. Оля красивая, но толстая. У неё красивое пальто. Да? Не обратила внимания. Чёрное какое-то, да? Да, чёрное. Но со складочками вот здесь, модное. Оле столько же, сколько невесте, тридцатник, но у неё никого нет. Она живёт одна, у неё однокомнатная квартира, ей папа построил. Папа в своё время был какая-то шишка. Они с её мамой развелись давно, но он её поддерживал. А у неё никого нет, даже и не была замужем. Оля много зарабатывает, по заграницам ездит, мир посмотрела. Мама невесты ей её ставила в пример, вот, Оля не повесила на себя семью, теперь по заграницам ездит. А ты повесила, и не ездишь. Сейчас опять вешаешь, опять никуда не поедешь. Разве что в г. Сургут на лыжах кататься. Благо у них там быстро снег выпадает.

— Музыку у вас — диски с собой у кого-то, а остальное всё стоит. Где ж мужчины-то ваши?

— Самое главное — это печёночный торт. Обязательно попробуйте печёночный торт!

— Салаты она сама делала.

— У нас мужчины задерживаются, придут. Они вышли раньше, не выдержали. Очень долго ехали.

Не то слово — долго. Уже на самом деле не хочется никаких салатиков, уже просто хочется домой. Отдохнуть после такого праздника.

Надо позвонить жениху! Но если у него выключен, то без толку. Выключен. У всех выключен, все же выключали во время церемонии.
Церемония — это вообще были кошмарики, тётя эта с палочкой, как волшебная палочка у феи. Которой она указывала, куда расписываться. Эти модуляции провинциальной актрисы. Такая казёнщина. Как на это можно соглашаться по доброй воле, непонятно. А потом этот фотограф. Это ужас, это просто был ужас какой-то. Два часа на лестнице. Женщину

туда, мужчину сюда. И всё время шутил! Это, вообще, знаете мне кого напомнило — тамаду с её предыдущей свадьбы! Они тогда заказали тамаду, пришла такая тётя в розовом костюме и вот такой розовой шляпе, и началось... Вроде этого фотографа.

Это всё вспоминает подружка невесты, которая была и на предыдущей её свадьбе. Подружке не нравится ни та свадьба, ни эта. Подружка вообще считает, что надо венчаться в церкви, она сильно православная. Невеста, кстати, которая была на собственной подружкиной свадьбе, на венчании в церкви, тоже могла бы много чего навспоминать. Как подружке сделали тогда высокую прическу, но почему-то выпустили такие два локона по бокам, и завили плойкой. Выглядело, как пейсы, спрашивается, зачем невесте пейсы на венчании? А батюшка вообще забыл слова, чуть ли не по бумажке зачитывал все эти обряды. Чуть не спалил ей всю фату, когда подносил свечку. Все фотографировали, непрерывно, все эти их таинства у аналоя. Кто-то приволок ребёнка, лет четырёх, и этому ребёнку его родители всю дорогу громко шипели в ухо:

— Сколько раз тебе было говорено не ругаться матом в церкви!

Или как эта подружка, она сама потом рассказывала невесте, когда они тогда катались по городу, а гостей отправили самопёхом, захотела в туалет, и они заехали к другу её жениха, а она там не влезла в стандартный узкий сортир со своими стальными обручами, вшитыми в кринолины...

Говно была свадьба, мельком думает невеста, сочувственно глядя на подружку и снова пытаясь дозвониться до жениха. Тот опять недоступен.

А подружка думает, что это у невесты свадьба говно, и та свадьба тоже была говно. И вообще, они с этим тоже разведутся, потому что надо венчаться в церкви. Венчание — это на всю жизнь, а иначе так и будет вечное скакание с говна на говно. Со свадьбы на свадьбу. Вот они повенчались — и живут. Это шаг и решение, венчание, а не такая комедия. Где гули гадят в руки. У её мужа, подружкиного, до неё было две жены, а повенчался он только с ней. И что, где эти жёны? А они живут. Строят даже загородный дом в селе, где его брат-художник работает, восстанавливает церковь. Потому что всё должно быть с благословения Господа, а эти точно разведутся. Он и младше её, и внешне симпатичный. А она, прямо скажем, так себе. Вон, у неё уже все морщинки проступают, и вообще контраст, если вспомнить, какая она была на прошлой свадьбе...

— Может, без мужчин за стол сядем? Есть хочется — сил нет!

— А это что?

— А это он и есть, печёночный торт. Это, я так поняла, её фирменное блюдо, очень вкусный.

Может, стол переставить? Так поставили странно. Чтобы жених с невестой были как-нибудь по центру. Но невеста говорит, что нормально, что они с женихом сядут сюда. Здесь стоит миска с Оливье, это специально для жениха поставили Оливье, он его обожает. Все садятся, но тут как раз входит жених, а за ним все остальные. Оказывается, они шли пешком, потом подъехали на трамвае, потом опять шли пешком. Вот, называется, и последний светофор! Если б ехали тогда дальше, точно бы никто не доехал.

Каравай, каравай же надо откусывать! — кричит мама жениха.

Мама невесты демонстративно молчит, это всё без неё. Из её рук на предыдущей свадьбе откусывали каравай, теперь спасибо, без неё. Квартира была его, но она туда и ремонты, и мебель, и всю технику. А потом, когда они развелись и она оттуда съехала, она, мама, пришла свою мебель вывозить, а он ещё такой оскорбленный:

— Не подозревал, — говорит, — что вы такие мелочные, Светлана Васильна.

Муж-то этот предыдущий.

Да я, говорит, могла бы — обои бы со стен вывезла! Я для тебя, что ли, всё здесь делала, чтоб ты со своей новой этим пользовался. Я, вообще-то, для своей дочери это делала. А он чуть ли не кричать начал, мол, не имеете права! На неё, правда, особо не покричишь. В общем, некрасиво расходились. А с виду приличный был, поначалу-то. Не мужик, просто не мужик оказался, и всё. А така любовь была, така любовь! На руках носил. Этот, кстати, тоже носит, новый-то. На набережной, когда фотографировались, от Спаса на Крови на руках её нес. И не пьёт. Вот только куртка эта его меня убивала, свитер и куртка. Видно, это для него так принципиально, что он костюм не купил. Тогда б и сама не одевалась, и сама бы как-нибудь по-простому. А то что это — у тебя и платье, и лилии в причёске, и чёрт-те чего, а он в свитере и куртке. Нет, всё, я здесь не при чём. Хотя, может, и будут жить, но лучше не загадывать (думает мама невесты).

Не будут они жить! И ради платья, подозреваю, всё это, в основном, и затевалось (думает подружка).

Каравай откушен, теперь молодых осыпают розовыми лепестками (лепестки потом заметёте). Лепестки всю дорогу таскал с собой в прозрачном полиэтиленовом пакетике брат жениха, пакетик торчал у него из кармана, как в фильме «Сталкер». Теперь, наконец, избавился.

— Горько!

— Ой, как горько!

Невеста профессионально обнимает жениха за свитер.

— Вот красная рыбка, вот печёночный тортик. Салатики...

Печёночный тортик — это слой печёнки, потом слой ещё чего-то, и так далее, и все это круглое, в форме торта.

— Ну, теперь, когда приехали, — говорит деловая тётя со стороны Сургута, — теперь можно и не шампанского.

Не, говорят девочки, мы шампанское.

— Опять? — удивляется тётя. — А я по коньячку. Поухаживаешь за мной?

Это уже брату жениха, он уже рядом с ней, избавившись от своих лепестковых обязанностей. Коньячку, салатику. Курить уходят вместе, пододвигает ей стул. Она не родная тётя, вот оно что. Жена брата мамы жениха. Может, даже двоюродного.

— Горько! Ох, и горький коньяк...

Встают, невеста отработанным жестом обнимает жениха за свитер.

А почему, кстати, невеста, уже — жена. А он — муж.

— Он — уже муж, а ты мне кто? У меня сын ненамного тебя младше...

Брат жениха, видимо, уже не раз это слышал, но продолжает увиваться, шептаться, полыхать своим сургутским румянцем во всю щеку. Румянец, кудри русые облаком. Такой юноша голубоватого типа, недаром его тянет к взрослой тёте, причём собственной. Они такие, у них все ориентиры смещены. Либо мужик, либо собственная тётя. Лишь бы наперекосяк. Тётя, кстати, коньяк дует только так, как лошадь. Этот только успевает поворачиваться, подливать ей в перерывах между куреньями и шептаньями. Привыкли, видимо, там у себя в снегах греться на морозе.

— А салат с грибами вкусный?

— Это что-то необыкновенное...

— А мне вот ещё красной рыбки, можно?

Надо же, какой шустрый! Не только эту свою собственную тётю окучивает, ещё и здесь норовит. Нет уж, здесь тебе ничего не обломится, обойдёшься. Правильно, иди лучше кури с ней.

— А что? И мой кот тоже со мной. Вот такой кот у меня. У меня, между прочим, сын дома ненамного тебя младше.

— Горько!

Встали, целуются, обнимает. Он её — нет, а она его за свитер. Целуются каждый раз долго, на совесть.

— Вот, — воздвигается над столом очередная златозубая родственница, — хоть вы и говорили, что с детьми спешить не будете, но, судя, как вы целуетесь — дети-то скоро появятся!

— А у вас, — это уже тётя напротив, — у вас детишки есть? У меня двое, девять лет и четырнадцать. Дочка младшая. А у вас?

Так мы тебе и сказали, тётя, что у нас и почему. Но с неё, как с гуся вода.

— Ну да, сейчас многие не торопятся. А я вот своего рано родила, так что у нас разница в возрасте совсем небольшая. Мы с ним как друзья скорее. Я ему всегда говорю: «Ты — мой друг. Ты мужчина», — я ему говорю. Во всем с ним советуюсь. Разговариваем с ним. Вообще, так интересно разговаривать с ним стало последнее время, такой возраст у него сейчас интересный...

Ну, вот, повело на беседы. Очень интересно слушать про его интересный возраст. Ты это своему «коту» расскажи, а то вон он как от огорчения подналёг на салат с грибами. Хотя салат с грибами — это, действительно, что-то потрясающее. И печёночный тортик тоже ничего. Вино ничего, видимо, они из бочек покупали, раз оно сейчас в таких бутылках. Вообще всё так вкусно, сил нет! Все оголодали, все так долго ехали, все увлечённо едят и наполняются от этой еды чувством общности и довольства. Уже даже как-то ничего не раздражает, даже вопиющие вещи. Типа, когда опять воздвигается тётя из Сургута, уже следующая, и зачитывает «Кодекс молодой жены», дескать, мужа надо встречать игривым халатиком и котлетами. И всё это в стихах! Но и это не раздражает, даже забавно. А оно длинное у неё, но мы под это дело ещё рыбки. И вина. А эта опять по коньячку.

Приходит незнакомый чей-то муж с усами, оказывается мужем чтицы «Наставлений молодым».

— А чего тогда сама никогда ничего подобного не делаешь?

Все смеются, дружно, всем смешно.

— Горько! Горь-ко! — тоже дружно.

Встают, обнимает, целуются.

Опять хлопают, тоже дружно. Все сдружились, все друзья навек. Особенно эта тётя из Сургута сдружилась с подружкиным мужем. Уже про свой развод она ему рассказывает — что можно остаться после развода друзьями. И что со свекровью с бывшей тоже можно остаться друзьями, она, мол, никогда не против, чтобы свекровь приходила, сидела с внуками. Люди же, мол, по разным причинам перестают жить вместе, когда проходит любовь и влечение... Вот, уже про влечение, разумеется. Кто б сомневался! Правильно, иди вон кури лучше, вон уже твой «кот» копытом землю роет.

Передайте мне, пожалуйста, рыбку!

— Какая, — говорит муж,— Аня мудрая женщина.

Мудрая, ага. Мудрая и с длинными ногами. У него обе предыдущие жёны такие были, знакомый типаж.

Передайте мне, пожалуйста, хрен!

Вот именно, хрен тебе. Обойдёшься! По ней видно, что она с кем угодно закрутить может. А тем более этот, его вообще голыми руками бери. Тем более, голыми ногами. Уже сколько раз брали. Несмотря на все венчания, никакая это не гарантия.

Вот я смотрю на вашу семью, и прямо приятно смотреть! Смотрю и радуюсь.

Радуется она, конечно. Конечно, у него квартира здесь, и дом строит загородом. Мудрая женщина из г. Сургут. Нет уж, не рассчитывай.

— Горько!! Го-о-орько!

Да, как они целуются, так — только вроде денег на свадьбу подарить им скопили, а уже, по всему судя, надо начинать на приданое копить. И на самолёт, опять прилетать сюда придётся, видать, в скором времени.

Смешно, ах, как ему смешно! Пять баллов за шутку.

— В лимузине, когда ехали по мосту вниз, так здорово было! Такой момент, как вот когда самолёт взлетает, больше всего люблю этот момент во всём полете.

Видимо, часто летают. Бабла много, летать-то недешёвое удовольствие. На поезде-то дорого, а летать тем более.

— Слушай, мне так Аня понравилась! Такая приятная женщина.

Так, срочно отсюда, пока чего не вышло! Ей же, как нефиг, это ясно. Он же наивный, что называется — порядочный человек. Чуть что — и побежал жениться. Это всё иллюзии с этим венчанием, это ничего не значит. Ни-че-го. Срочно его отсюда, только как? Что у них там за вино, что не встать? И опять горько, боже мой, опять кому-то неймётся.

— Горько! Горько!

А невеста-то тоже уже хороша! Вон, за свитер-то ему хватается с целью не упасть. Её всегда чуть ли не оттаскивать приходилось, на прошлой свадьбе тоже за ней мама только и бегала: «Невеста, у тебя уже глаза в кучку!» Хорошая пара — тот в завязке со школы, и эта алкоголик. Просто прелесть.

Опять горько! Сколько ж можно-то уже, опять надо пить. А у этой, с её коньячком, ни в одном глазу. Сейчас ещё танцы начнутся, уже дочка невесты по прозвищу Аспида танцует с этой, как её, с Олей, у которой никого нет. Танцуй, Оля, с чужими детьми, раз у тебя никого нет! А у кого что есть, того мы не отдадим. Хорошо, что она скоро улетает. Главное, чтоб они до отлёта не встретились, и тогда, может, обойдётся. Зовут всех подряд на свадьбу, надоела уже со своими свадьбами. Даже маме своей надоела, мама вообще изначально была против. Даже приходить не хотела. И ничего, ни копейки не вложила, всё сами эти. Не то что в ту свадьбу, а только фрукты купила, и всё. Вся извелась, что он в свитере и куртке. И вообще, это явно, что они жить не будут. Так что ты танцуй, невеста, всё равно у тебя впереди ещё третья свадьба, и так далее. А мы своего не отдадим. И вообще, пора заканчивать с этой свадьбой, уже какой-то Содом. Несут горячее, но кому оно теперь нужно, все и так достаточно разгорячились. Кого-то рвёт в туалете, друга жениха. Тётя упала, поскользнувшись на розовых лепестках, жалко, что не тётя Аня. Зуб-то себе не выбили, свой инвестиционный золотой зуб? А она, оказывается, не из Сургута, она, оказывается из Пскова. Несмотря на зуб. При чем здесь Псков? У них там с мамой жениха, оказывается, свой бизнес, магазин. Ну да, она тётка активная. Но это всё уже не важно, уже не до этого. Уже брат жениха хочет ударить подружкиного мужа по морде, но, в итоге, не решается и плачет потом у него на плече, куря на улице. Точно, с голубизной, румянец-кудри-ресницы. А всё туда же. Ничего, она улетит, а его мы не отдадим! Мы его обвенчали, и с концами. Что Бог соединил, того человек да не разлучит! Хрен тебе. А эти вот разойдутся, это понятно. И она старше, и он из Сургута. Это видно без бинокля. К тому же оба алкоголики. Он завязал, но он сорвётся, они все срываются. А она вообще, она и так уже на ногах не держится...

Не держащуюся на ногах невесту загружают в машину, жених пригнал заранее, ещё до всего, туда же загружают и прочих самых стойких, кому в ту же сторону, нестойкие уже, оказывается, давно исчезли в неизвестном направлении. Туда же, куда и гули. Жених трезвый, потому что не пил, папа невесты тоже в завязке. Остальные в разной степени хороши. Подружка невесты тоже хороша, но, по крайней мере, осознаёт, что хороша, и способна пусть и не двигаться, но анализировать обстановку. По крайней мере, успевает заметить, когда жених высаживает её с мужем у метро, что невесте совсем кирдык. Невеста выпадает на воздух и заблёвывает крыло машины и детали своего свадебного облачения, всё это, разумеется, на глазах у трезвого, что важно, жениха.

— Ага! — находит в себе силы удовлетворённо подумать подружка, шатко всовываясь в метро. На этом, правда, её раздумья прерываются, она тоже основательно набравшись, но всё-таки не до такой степени, чтобы блевать посреди улицы, это уж извините. Это надо постараться, чтобы до такого дойти.

В общем, всё в итоге было понятно, когда время спустя невеста с женихом действительно стали разводиться, понятно, отчего это и что к чему. Что это сразу был кошмар, а не свадьба, о чём гости молчали только из вежливости, что голубок нагадил жениху в руку, а невеста и вовсе облевала всё вокруг. И что у него, интересно, была за брачная ночь, с храпящей в непроглядном пьяном сне с ног до головы заблевавшей себя невестой. Всё, всё у неё было в блевонти́не, сочувственно объясняла потом подружка невесты. То-то у них была ночь любви! Они из-за этого и развелись в конечном итоге, я думаю, раз у них изначально всё пошло вкось. Раз он сразу потерял к ней последние остатки любви и уважения. А кто бы не потерял, спрашивается. Раз она предстала перед ним в таком неприглядном истинном виде. И ей потом всю совместную жизнь перед ним было наверняка неловко за своё такое поведение, так и не избавилась от этой неловкости. Представляю себе, вот он её доволок до дома, взвалил на этаж, плюхнул на брачное ложе, и что? Толку от неё в таком состоянии никакого, снял с неё, наверное, платье и дублёнку, но без всяких намерений, а чтоб не воняло, бедненький...

Бедненький жених действительно снял тогда со спящей невесты дублёнку и платье, а заодно длинные блестящие серьги и газовый шарфик, заботливо укрыл её одеялом и пошёл на кухню налить себе чаю. Очень хотелось чаю, после всех этих салатиков и прочей свадьбы. Потом он вернулся в комнату и стал любоваться своей невестой, прихлёбывая чай. Невеста была очень смешная, мятая и в пятнах от растёкшейся косметики, и очень красивая. Время от времени она принималась посапывать и всхрапывать, и от этого жених преисполнялся каким-то почти непереносимым умилением. Потом ему тоже захотелось спать, и он улёгся рядом, уткнувшись лицом в её бывшие кудри, слегка пахнущие рвотными массами. «Напилась, девочка моя, — счастливо подумал жених, засыпая, — совсем плохо было маленькой моей, роднульке...»

А невеста, как это водится у алкоголиков, неожиданно подскочила в шесть утра, обнаружила, что сна у неё ни в одном глазу, обнаружила мирно спящего жениха и свои скомканные грязные одёжки у него в ногах, и в характерном для таких пробуждений плывущее-бодром состоянии отправилась в ванную. Оказалось, что абсолютно всё — и дублёнка, и платье, и газовый шарфик, и длинные блестящие серьги — всё было в блевонтѝне. Даже каким-то образом он попал на бутоны лилий, вплетённые в прическу. Невеста мимоходом удивилась этому, методично работая щёткой и счастливо думая о женихе. «Спит сейчас, — думала невеста, блаженно улыбаясь и обнаруживая в счищаемом фрагменты всего, что было на столе — и печёночного торта, и красной рыбки, и салата с грибами (того, который «что-то потрясающее»). — Устал, бедненький. Эк ведь меня угораздило. Как он меня до дому-то вчера доволок, мой хороший. Мой муж, мой самый любимый...»

А отмыв свой наряд и себя, невеста вернулась к жениху и стала смотреть, как он спит — и так любила его в этот момент, что даже как-то обессилела от этой любви и тоже заснула.

Чтобы утром проснуться и снова быть вместе, всегда-всегда, как и обещали друг другу.

Но подружка невесты, конечно, не знала таких подробностей, и всё напирала потом, когда они стали разводиться, на эту их несостоявшуюся ночь любви, будучи не в курсе, что ночь любви-то как раз на самом деле состоялась, и ещё как.

И что жених с невестой, как раз, вспоминая всё самое лучшее, что у них было за период совместного житья, неизменно вспоминали и эту свою брачную ночь. И что развелись они совсем от других причин, от того, что стало происходить уже потом, гораздо позже, а никак не от этого.

И уж никак не от того, что, мол, на свадьбе голубок нагадил жениху в руку, и это послужило предопределёнием.

Эти подружки вообще, как правило, ни черта не понимают в чужих отношениях, и только и умеют, что завидовать и собирать сплетни. Даже непонятно, зачем их, в принципе, надо звать на свадьбу, разве что из вежливости. По крайней мере, на свою третью свадьбу невеста пригласила её уже исключительно из вежливости, они уже совсем почти не общались к этому времени, слишком далеко разбросала жизнь, но всё-таки решила пригласить. И потом, показалось как-то глупо — на те две приглашала, а на эту нет, почему бы и нет в конце концов, на самом-то деле.

Электричка в Антропшино

Мы просто дружили с этим мальчиком, монтажником-ремонтником Сашей, просто дружили, и ничего больше. Это он сам ещё в самом начале поставил мне такое условие: «Давай будем просто дружить, и ничего больше». А, может быть, это я ему поставила такое условие, не помню. Да это и не важно, речь не об этом. Речь тут, в общем-то, даже и не о Саше-монтажнике, а о девушке, с которой он встречался, и которая любила закусывать пиво собачьим кормом. Вот так всегда бывает — начиная общаться с новым человеком, обретая, так сказать, его, ты вместе с ним обретаешь и всех его родственников, друзей и прочий круг общения, его прошлое и настоящее, троюродных каких-нибудь братьев, его первую детсадовскую любовь, кистепёрых и крапчатых рыбок, которых он юннатом патронировал в кабинете биологии, его работодателя и участкового врача, и заодно, в числе прочих, вполне можешь ненароком обрести и девушку, любящую закусывать пиво собачьим кормом. Про эту девушку, кстати, монтажник Саша тоже клялся, что у них ничего не было. Что они просто встречаются, ходят, допустим, в кафе, или в кино, на фильм «АдмиралЪ», или, там, друг к другу в гости, но не более того. Мне в это, конечно, верилось, но не совсем, поскольку у нас с монтажником Сашей было то же самое, точнее — не было того же самого, и ведь не могло же так статься, чтобы у него не было ничего ни с кем? Хотя это было, разумеется, не моё дело, и, даже если бы что-то было, — особо подчёркивал Саша, — если бы что-то было, он не считал бы это чем-то преступным. «Я не буду оправдываться, — говорил Саша, — не хочу оправдываться». «Правильно, — подмигивала я, — чего оправдываться, гордиться надо!» «Нечем, — разводил руками Саша, — нечем гордиться», и дарил мне розочку. И я верила ему и не верила — в конце концов, достаточно сложно определить, какой степени доверия достоин человек, которого ты никогда и в глаза не видел. А с Сашей, так получилось, мы никогда не виделись. Мы с ним познакомились случайно в интернете, и теперь дружили по аське, как в бестселлере «Одиночество в сети». И обо всех наших чувствах — робкой симпатии и искреннем дружеском расположении — мы были вынуждены информировать друг друга исключительно посредством смайликов. Собственно, это было и к лучшему, мы изначально так решили, что это будет к лучшему — не переводить эти робкие смайлики с виртуального плана во внешний, потому что мало ли что, тем более что во внешнем плане у меня был практически муж, а у Саши была эта девушка с собачьим кормом, и, хотя у них, как он говорил, ничего и не было, — но ведь что-то всё-таки было, что-то заставляло её практически ежевечерне приходить к нему, сидеть в его комнате, глядя красивыми задумчивыми глазами в темнеющие осенние сумерки, и что-то там соображать в своей голове, потягивая пиво и неспешно захрустывая его собачьим кормом. Т.е., они просто сидели и разговаривали, общались, только это, и ничего другого. Саша периодически извинялся, говорил ей: «Пардон, отлучусь!», украдкой прятал ноутбук под майку, запирался в коммунальном сортире и дружил со мной по аське. Однажды она засекла его с ноутом, и, как доверчиво поделился со мной Саша, стала «возражать против моего интернет-общения», но «была жёстко поставлена на место». Вообще у меня создалось впечатление, что Саша не любил эту девушку, и даже не очень был заинтересован в общении с ней, и, возможно, у них действительно ничего не было, но что-то же заставляло его распахивать перед ней дверь своей комнаты, и пододвигать кресло, смахивая с него паяльник, провода, припой и канифоль, и мыть стакан, и наливать пиво, и покупать его перед этим — а собачий корм она приносила сама, увязанный в полиэтиленовый узелок. Но с этим кормом всё было не так просто, девушка почему-то стеснялась того, что любит закусывать им пиво. Т.е., закусывать она, как раз, не стеснялась, перед друзьями и перед Сашей в том числе, и если вдруг в компании случайно как-то заходил разговор о собачьем корме, она всегда сама первая заявляла с уверенной открытой улыбкой, поправляя волну каштановых кудрей: «Люблю похрустеть под пивко!», но вот покупать его в магазинах она при этом почему-то стеснялась, причём, отчаянно и мучительно. Она, например, старалась не появляться два раза подряд в одном и том же магазине, опасаясь, что продавцы её запомнят, и иногда даже специально ездила в какой-то особый подвал на Апрашке, где можно было купить корм оптом у бессловесных вьетнамцев — но даже перед бессловесными вьетнамцами, а тем более перед остальными, вполне русскоговорящими продавцами, она испытывала какую-то непреодолимую потребность пуститься в путаные и подробные объяснения, для чего же ей нужен этот покупаемый собачий корм. Она, эта красивая, высокая и совершенно раскованная и уверенная в себе (как уверял Саша) девица, вдруг начинала алеть щеками, сутулиться и ржать в кулак, и плести что-то невыносимо длинное и, главное, абсолютно ненужное про какую-то тётю Наташу, уехавшую к другой, в свою очередь, тёте, захворавшей в одном из пригородов, славных дворцово-парковыми комплексами и прочими фонтанами, и оставившей на девушку свою собаку и сопутствующую необходимость эту собаку питать… Тут девушка понимала на ходу и на полуслове, что, если тётя Наташа откатилась в пригород с парками и свежим воздухом, то почему бы ей было не взять собаку с собой, неужто только из-за хвори другой тёти, какая-то малоубедительная причина... и начинала спешно высвечивать дальнейшие дополнительные аспекты проблемы, что-де собака не любит ездить в электричке, потому что... потому что боится пьяных, а в электричках, особенно по вечерам, полно, просто полным-полно пьяных. И как их только пускают туда, как им не совестно пугать собак, ведь психика животного не выдерживает такого прессинга стресса! И всё это — перед совершенно не требующими от неё столь подробного отчёта продавцами в каждом, каждом магазине!

Никакой собаки, кстати, у девушки отродясь не было, и всё её отношение к миру животных исчерпывалось, как раз-таки, привычкой закусывать пиво собачьим кормом. Её молодой человек (не Саша, а её официальный молодой человек), который её очень любил и болел за неё душою, страшно расстраивался, видя, как её заранее плющит и колбасит перед грядущим походом в магазин за кормом, и сто раз самоотверженно предлагал: «Зая, ну, я же вижу, как тебя плющит, ну, давай я буду вместо тебя ходить за этим сучьим кормом? Я же вижу, как тебя колбасит...» Но зая была непреклонна и неизменно отправлялась в магазин сама, одна, ссутулившись и напряжённо перекатывая в мозгу нюансы очередной конспиративной легенды. А молодой человек (официальный) ждал её и волновался, хотя ему как раз было бы лучше не волноваться! У него была очень напряжённая, напряжённая и сопряжённая с большими волненьями работа, так что хоть в личной своей жизни он имел, наверное, право рассчитывать на какой-то отдых и покой усталому сердцу, но не тут-то было. Не тут-то было, и в личной жизни у него порой было даже больше волнений, чем в профессиональной, за что спасибо этой его девушке. При том, что она должна была бы понимать, но она, кажется, ничего не понимала, или не хотела. Ни кто он, ни что он, ни чем он занимается в жизни. А занимался он в жизни тем, что замазывал трещины на фасадах домов, и, вообще, красил эти фасады. А это значит — болтался в такой вот люльке, подвешенной на двух тросах, пристёгнутый к ним карабином, на многометровой высоте, с кистью и ведром какой-то субстанции, и фигачил этой субстанцией фасады. И понятно, что такого человека, ежедневно подвешенного на двух тросах буквально между жизнью и смертью, только карабином ненадёжно пристегнутого к бытию и только люлькой защищённого от небытия, в общем-то, ясно, наверное, что такого человека не надо бы лишний раз волновать, а, напротив, стоит беречь! Но ей это явно было непонятно. Плюс, он ещё каждый вечер, после этого своего подвешенного состояния, уезжал домой, в Антропшино. Т.е., он-то как раз действительно жил в пригородах-загородах и свежих воздухах и т.п., но никаких садово-парковых комплексов там не было, ничего такого не было, а было одно сплошное Антропшино. И он каждый вечер уезжал в это Антропшино на электричке. И, опять же, это дополнительный стресс, взять, хотя бы, сколько в электричках пьяных по вечерам, но ей это было ни в одном глазу. Она, глазом не моргнув, посадив его на электричку до Антропшино, шла прямиком к Саше, плюхалась в кресло, откуда Саша заботливо убирал паяльник, припой, канифоль и провода, придвигала к себе стакан с пивом и рассупонивала пакет с собачьим кормом. И даже непонятно, мучила её в этот момент совесть или нет, по крайней мере, по её лицу — красивому лицу — этого нельзя было понять (недоуменно объяснял мне Саша, запершись с ноутбуком в коммунальном сортире). Может быть, это тот факт, что у них с Сашей ничего не было (если верить Саше, то у них до такой степени ничего не было, что он даже и пива с ней не пил, только она одна пила пиво, а он параллельно пил чай...), может быть, этот факт действовал на её совесть анестезирующе, а, может быть, она успевала так перенервничать во время покупки собачьего корма, так нервно-психологически истощиться, что ей уже просто нечем было принять и почувствовать состояние другого человека — может быть, и так. Но, с другой стороны, если покупка этого корма доставляла ей столько мучений и нервотрёпки — стоило ли вообще с этим связываться, не проще ли было бы закусывать пиво чем-нибудь другим? Или это вкусовое сочетание, пива с собачьим кормом, было для неё так важно, что ради этого можно было и пожертвовать всем остальным, чувствами близких и окружающих? Непонятно. Это было непонятно, странно. Странно и загадочно! А в женщине должна быть загадка. Может, именно её статус женщины-загадки и привлекал к ней Сашу, не знаю. Я вообще не так много знала про Сашу, точнее, я знала про него даже слишком много — но ведь это было только то, что он сам посчитал нужным мне рассказать. Он писал мне, допустим: «У нас с ней ничего нет, я даже пиво её не пью, пью свой чай, хотя у меня тут недавно чайник нафик сломался, я его починил немножко... я же монтажник-ремонтник как-никак (смеющийся смайлик), поковырялся там в нём немного, переориентировал его... убрал весь провод, он теперь сразу греться начинает, стоит его поставить на базу...» — и я верила ему, а что мне ещё оставалось делать? Не про чайник, в смысле, а про то, что ничего не было. Тем более что я понимала, что людей не переделать, и что никто никогда не сделает для тебя того, чего сам не захочет делать, хоть ты ему все уши прожужжи, хоть сбацай цыганочку с выходом, и пытаться как-то воздействовать на взрослого сложившегося человека — это бесперспективняк. Мой практически муж, например, наотрез отказывался стричь ногти на мизинцах на руках. На всех пальцах стриг нормально, а на мизинцах зачем-то отращивал. «Зачем??» — пыталась я от него добиться первые полгода знакомства, потом ещё год пыталась добиться, чтобы он их состриг, но, в итоге, добилась только того, что была жёстко поставлена на место и он пригрозил со мной расстаться, если я не перестану возбухать. Какой-то бред, вроде что ему, мол, удобно так в ушах ковыряться, чтоб не было серных пробок, шутка, а специальными палочками пользоваться неудобно, они для женщин, шутка, и закроем эту тему, тебя это что, раздражает? Меня раздражало, но мне уже исполнилось двадцать шесть, и я хотела семью и детей! Я плюнула на эти ногти и осталась с ним, но в душу закралось сомнение: если человек не может ради любви и другого близкого человека постричь какие-то поганые ногти на своих поганых мизинцах, то любовь ли это? И с тех пор всё стало уже не так, как прежде, что-то ушло из наших отношений, что-то очень важное. Поэтому я и не ставила Саше никаких условий или ультиматумов, боясь нарушить то нежное и доверительное, что почти каждый вечер ласково мерцало на мониторе в окошке аськи, когда Саша, я знала это, с радостью набирал: «Привееееет!», напившись чаю и стоя под поросшей плесенью вентиляцией, ведущей из сортира в кухню, а его девушка, элегантно подперев красивую голову на изящной шее ухоженной рукой, задумчиво закусывала пиво собачьим кормом, глядя большими загадочными глазами в тёмное окно, по раскинувшейся за которым вечерней, ветреной, мерцающей кое-где фонарями земле её официальный молодой человек неспешно ехал на электричке в Антропшино, тык-дык, тык-дык, тык-дык стучали колёса, и при замедлении хода раздавался звук ударяющихся друг о друга в тамбуре пьяных... Конечно, он не знал, что она бывает у Саши, понятия не имел. А если бы узнал, то, разумеется, не поверил бы, что у них ничего не было (да и кто поверил бы, кроме, разве что, меня, которую просто история с ногтями многому научила, искать компромиссы и уважать чувства других людей), и, возможно, убил бы и её, и электрика Сашу, или, допустим, электрик Саша убил бы его в ответ, они, кстати, оба в юности занимались боксом, и там, на боксе, и познакомились когда-то, короче, в любом случае, всё кончилось бы нехорошо. И это было просто счастье, что он, святая невинная душа, так любил её и ей верил и ему и в голову не приходило ни в чем её подозревать. Но с её стороны это было, при любом раскладе, свинство — пользоваться этим безграничным доверием и вытворять за его спиной, что заблагорассудится. Вытворять за спиной человека, чья жизнь ежедневно висит буквально на ниточке! Ну, допустим, не на ниточке, а на двух тросах, но всё равно! И пусть у них с Сашей десять раз ничего не было, но что-то ведь всё-таки было между ними, иначе зачем бы она упорно стремилась закусывать это своё пиво этим своим собачьим кормом именно в его комнате, а не, допустим, в своей, как был уверен её святой, доверчивый, доверчиво едущий в тёмной, продуваемой всеми ветрами и пьяно лязгающей электричке через вечереющий мир в Антропшино официальный молодой человек. Кстати, в какой-то степени она его всё-таки берегла, точнее, не берегла,

а скорее приберегала, в том смысле, что не хотела его терять. Ей было уже двадцать семь лет, и она хотела семью и детей, и поэтому она как-то всё же старалась, чтобы до её официального молодого человека не дошла информация о её посиделках у Саши, и она заметала следы, и, когда он на следующий день, повиснув на уровне восьмого этажа между жизнью и смертью, звонил ей, прижав плечом к уху трубку и забыв в вытянутой руке кисточку, с которой капала вниз, в направлении земли, блёкло-оранжевая краска — ничего при этом не имея в виду, святая душа! — мол, у тебя всё в порядке, я тебе вчера звонил на домашний вечером из Антропшина, а твоя мама сказала, что тебя нету, я позвонил на мобильник, а он отключён... И она, пока эта святая душа висела в люльке между небом и землёй, между знанием и неведеньем, окропляя далёкие опавшие листы блёкло-оранжевой краской — она умело врала, храня безмятежность в своих прекрасных глазах: «Ну, лапуля, ну, я ездила за собачьим кормом, в лавку при ветлечебнице на Будапештской, я там не была ещё ни разу, а мобильник я же отключаю, ты же знаешь, как я нервничаю всегда с этим кормом, ещё не хватало мне, чтобы кто-то начал трезвонить в этот момент, я и так им вчера сказала, что это подружкиному пудельку, у которого есть брат-близнец, так вот пуделёк с этим братом-близнецом всегда за этот корм дерутся, и брат-близнец побеждает, потому что он старше на целых две недели, прикинь дуру?!.» И девушка тихо ржала над собой, над своими заморочками, проистекающими из загадочности, а что может быть пленительней по-настоящему красивой девушки, умеющей ещё и тихо поржать над проистекающими из загадочности заморочками?.. И тихо и успокоенно посмеивалась любящая святая ангельская душа, замерев между продрогшим небом и промокшей землёй на двух тросах, успокоенно и бесконечно доверчиво. И тихим ангелом пролетал дальше, к следующему этажу, жаждущему блёкло-оранжевой краски. Ну, в общем, тут-то всё было более или менее ясно. Но Саша, что обо всём этом думал монтажник Саша, про создавшуюся ситуацию, вот что я действительно хотела бы знать, но узнать это можно было только от Саши же, вечерами по аське, но Саша рассказывал, как будто бы, совсем не о том. Он всё продолжал, буквально ежевечерне, напирать на то, что «ничего не было», и подробно описывал мне, не жалея времени и не реагируя на нарекания девушки и просьбы других проживающих в квартире соседей освободить сортир:

«Ты прикинь, чайник у меня опять сломался
А я же пиво с ней пить не могу, это дело чести
Потому что у нас же ничего не было, мы даже пива вместе не пьём
Я пью свой чай, всегда!!!!!!
Я его чуть-чуть подкорректировал, опять работает
Чайник в смысле

Но его надо теперь сразу как закипит с базы снимать, обязательно
А то если вода перельётся, не дай Бог в неё кто-нить руку сунет...
Представляешь что будет???((((((»

«Что???» — испуганно вопрошала я, а Саша вдруг исчезал куда-то минут на десять, оставаясь висеть он-лайн, а потом возвращался и жизнерадостно отвечал, смеясь смайликами: «Песец утятам!!!»

Так мы и жили, так мы и проводили свои дни, и вечера, и часы досуга. Наша дружба с Сашей крепла, хоть мы и по-прежнему ни разу не видели друг друга в реальной жизни, но отношения наши, между тем, становились всё теплее и глубже. Нам уже не надо было, как в начале знакомства, постоянно перебрасываться сообщеньями, иногда Саша за весь вечер только один раз проносил в сортир ноут под майкой, чтобы спросить: «Ты тут?» «Тут», — отвечала я, улыбаясь, и Саша тоже улыбался и писал мне: «Это хорошо... я рад, что ты рядом))))», и снова исчезал, уже до ночи, чтобы потом сказать только «СПКНЧ, моя хорошая» и дождаться моего ответного: «Спокойной ночи, Саша... рада тебе всегда!))», улыбнуться ещё раз охапкой смайликов и исчезнуть уже окончательно — вероятно, в комнату, где всё ещё витал запах пива и собачьего корма, и духов его девушки, которая уезжала от него с последней маршруткой... Ведь уезжала же всё-таки, не оставалась же она на ночь, потому что зачем бы ей было оставаться, если у них ничего не было? Саша клялся, что ничего не было, и я верила ему, мы достигли уже той степени душевной близости, когда врать не нужно и бессмысленно. Иногда мне казалось даже, что он воспринимает меня уже не только как друга, как собеседницу, и иногда и сама начинала сомневаться: может, и я тоже? Может, пыталась я понять в тиши вечеров, может, и я люблю теперь вовсе не мужа, а монтажника Сашу? А муж сидел в соседней комнате, смотрел футбол и стриг ногти, и ему и дела не было до моих мучительных попыток самоанализа. Ему не было никакого дела, что я каждый день вглядываюсь в его руки, а, точнее, в ногти, в надежде, что любовь победит и он наконец сравняет ради меня эти мизинцы со всеми остальными пальцами... Ему не было дела, что каждый раз, когда он оставлял на ковре неубранную кучку состриженных ногтей (а он каждый раз оставлял её неубранную!), я, неся эти ногти выбрасывать в помойное ведро, пристально вглядываюсь в них, мечтая увидеть там и длиннющие ногти с мизинцев... Но нет! Не было ни ногтей, ни дела до моих чувств. Ничего уже не было между нами, кроме быта и привычки и взятого совместно кредита на машину. Мы так мечтали когда-то, как купим машину и он сядет за руль, а я — рядом, и поедем далеко-далеко, в пригороды и парки, как люди, а не в какой-нибудь там пропитой электричке... Но опять же — вот он сядет за руль, вот он начнёт его крутить... Руками. А на руках — НОГТИ. Короче, какие уж тут пригороды. И понятно, что на этом фоне я всё больше дорожила общением с монтажником Сашей, и всё хотела уже как-нибудь перевести его из виртуальности в настоящую жизнь, но Саша как будто бы не шёл мне навстречу. Хоть он и не говорил чёткого «нет», но всё время что-то как будто бы мешало и находились причины, я нервничала, но скрывала это и не слала ему никаких недоуменных и канючливых смайликов и не высказывала претензий, а старалась общаться ровно и как обычно, и так же общался со мной и Саша, рассказывая свои обычные последние новости, что чайник опять фордыбачит и это становится просто опасным, если действительно однажды не успеть сдёрнуть его закипевшим с подставки, вот это будет номер, и что надо бы, по уму, купить новый, но для него, как для монтажника-ремонтника, это дело чести, и, опять же, дело чести пить этот чай, и не пить с ней её пиво, потому что раз уж ничего не было, то нужно в этом ничего не было идти до конца! И что девушка сегодня пришла к нему замёрзшая и усталая, так как ездила опять на другой конец города за собачьим кормом, и там так завралась, что стала объяснять им, что у неё собачка таксик порезала лапу, и она решила порадовать её любимой едой, а собачка-то сейчас привязана на улице к водосточной трубе! А они, рассказывал Саша рассказывала ему девушка, они там оказались такие любители животных, что наперебой кинулись уже было на улицу, за таксиком, дай, мол, дай я его перевяжу, легче будет!, и девушка насилу унесла ноги и пакет с кормом, и, выбегая на улицу, как будто бы действительно услышала чей-то жалостный скулёж. Притом, что улица была залита дождём по самое некуда и напрочь пуста... «Это смешное, — делился со мной Саша, — а было ещё и не смешное». Похоже, что девушкин официальный молодой человек, эта святая ангельская душа, как будто вдруг начал что-то подозревать. «Во всяком случае, — объяснял Саша, — он теперь смотрит на меня как-то косо, когда мы встречаемся все вместе в одной компании, на меня и на неё. И я ей уже сказал, что, если ты его уважаешь, так не парь ему мозги, прекрати ты ко мне таскаться каждый вечер со своим этим пивом, он же однажды возьмёт — и не поедет в своё это Антропшино, а выследит, как ты идёшь ко мне и сидишь заполночь, и фигу ты ему потом докажешь, что ничего не было...» Но, видимо, девушкин официальный молодой человек был слишком благороден, что ли, и это же благородство поэтому с уверенностью рассчитывал встретить и в других, но, так или иначе, дальше причудившихся Саше косых взглядов эта тема не пошла. Он продолжал, отвисев свою смену между небом и землёй, исправно каждый вечер садиться в электричку и уезжать в Антропшино, не предпринимая никаких попыток уличить девушку в чём бы то ни было, застать с поличным и поймать за руку, тянущуюся к собачьему корму в посторонних четырёх стенах. Он благородно и доверчиво уезжал на электричке в Антропшино весь остаток осени, под безнадёжно разверзнувшимися и никак не могущими заверзнуться обратно хлябями небесными, он уезжал в Антропшино всю зиму, когда тык-дык тык-дык тык-дык его электрички увязал в снегах и предновогодних хлопотах, и крещенских морозах, и радостях по поводу обладания новым бритвенным станком всей мужской половины человечества после Двадцать Третьего февраля, и, когда весна вступила в свои права и разлилась мутными и вонючими ручьями вдоль рельсов — он так же ехал сквозь эти ручьи в Антропшино, ангельская душа, пытаясь сквозь тыкдыканье расслышать щебетание охорашивающихся птах и прочее лопотание распускающихся почек. С девушкой они договорились подать заявление накануне белых ночей. Но это, однако, не мешало ей всё это время приходить к Саше и, сидя в кресле, закусывать пиво собачьим кормом. Хотя у них по-прежнему ничего не было. Ничего, даже нового чайника, Саша так и продолжал что-то там запаивать и подгонять контакты в старом, опасном, лишившемся уже не только шнура, но и кнопки, и включаемом теперь посредством лёгкого щелчка по носику... Мой муж вдобавок к нестриженным ногтям на мизинцах рук перестал стричь и ногти на мизинцах ног. Этого, конечно, никто не видел, но они цеплялись и рвали носки, и вообще это раздражало. С Сашей мы так и дружили по аське, в реальности ни разу не увидевшись. Я даже не спрашивала его, изменится ли что-нибудь в наших отношениях, когда он наконец сбудет с рук эту девушку, когда она перестанет наконец приходить к нему, и пить пиво, и шуршать пакетиком с собачьим кормом. Я как-то выдохлась и успокоилась и стала равнодушной, а, может, это сказывался всеобщий весенний авитаминоз, на этот период нездоровой подсветки белых ночей вся жизнь останавливалась и замирала (только кое-чьи ногти росли, как не в себе), во всяком случае, та девушка тоже, видимо, выдохлась и стала равнодушной, по крайней мере, она хоть и так же меняла магазины с собачьим кормом, но в них во всех рассказывала теперь одну и ту же историю: что, мол, её той-терьер всегда всюду ходит с ней, в комбинезончике, но как раз сегодня его пришлось оставить дома, потому что комбинезончик распоролся под мышкой левой задней ноги по шву и его отдали портнихе в починку и ещё чтобы она заодно пришила стразы на воротничок. А без комбинезончика нельзя, пронизывающий весенний ветер, несущий тревогу и предчувствие счастья белых ночей, и той-терьера продует. Но мне было уже всё равно. Пусть, думала я, пусть делают что хотят, пусть кипятят воду в чайнике хоть одной только силой воли, пусть они все подавятся этим своим собачьим кормом. Пусть у них тросы оборвутся, и они не доедут до Антропшино. Фиг с ними, надоело. Раз тебе ничего не надо (думала я о Саше), значит, и мне ничего не надо, и хватит уже. И я совсем было решила удалить его в аське из списка контактов, и удалить себя из его списка контактов, и стереть его телефон в адресной книге (мы обменялись телефонами как-то осенью, когда собирались развиртуализироваться), когда однажды вечером Саша, выйдя по обыкновению на связь из коммунального сортира, сообщил огромными буквами о случившемся у них ЧП. И, собственно, такого ЧП рано или поздно и следовало ожидать.

Был обычный вечер, вечер белой ночи, они сидели, не включая света, Саша поправлял что-то во внутренностях чайника, а девушка тихо глядела в окно, на инфернальное небо, и это небо, отражаясь в её просторных глазах, делало её ещё загадочней. Что она при этом закусывала пиво собачьим кормом, это и так понятно. Всё было, как всегда. Ничего не было. Ничто не предвещало. Саша, как всегда, включил чайник (щёлкнув его по носу), сунул украдкой ноутбук под майку и пошёл в сортир. И уже там, уже набирая мне обычное: «Привет, как дела?», услышал вдруг грохот, крики и хрюки и ринулся обратно в комнату, оборвав на середине приветствие и оставив некоторые другие дела незавершёнными, и застал девушку хрипящей, с выпученными прекрасными глазами, подавившейся собачьим кормом и с ужасом машущей рукой на окно. За окном, в инфернальном воздухе белой ночи, покачивалось жуткое и искажённое инфернальное лицо. Этаж был шестой. Лицо дёргалось, мертвенно белея, к лицу прилагались жестикулирующие руки, делающие какие-то молчаливые загадочные пассы за стеклом на фоне призрачного неба, в одной руке кисть для покраски фасадов, с которой слезами капала с небес на землю невнятная субстанция... Видимо, эта святая благородная душа, этот ангел всё же настолько заподозрил что-то — может, ему намекнули общие знакомые, — что решил всё-таки проверить, тем более, накануне подачи заявления. И он вечером сделал вид, что, как всегда, сел в электричку, уехал в Антропшино, но на самом деле не сел и не уехал, а подкрался к Сашиному дому, натянул свои тросы и пристегнул карабины, и повис между надеждой и отчаяньем, суча ногами и вытягивая шею, пытаясь заглянуть в комнату и понять: что-то было или всё-таки ничего не было? Причём, со свойственной ему деликатностью он даже прихватил кисть и не забыл плеснуть краски в ведро, чтобы, если они вдруг заметят его, не вызывать у них чувства неловкости и сказать: «О, ребята, я тут чисто случайно среди ночи болтаюсь напротив вашего окна, по работе, вот, халтурку взял...» Но всё получилось иначе, девушка вдруг заметила его, ангелом летящего по небу полуночи, перестремалась и подавилась собачьим кормом, стала задыхаться, Саша прибежал, принялся стучать её по спине и протягивать ей стакан пива, запей, запей!, она отталкивала пиво, хрипя и вращая глазами, и показывала: воды, воды!! какое нафиг пиво..., а Саша не понимал, а вокруг чайника, не снятого с подставки вовремя, между тем разливалась роковая лужа воды. Лицо за окном покачивалось и плыло, и хотело то ли войти, то ли ещё чего, то ли просто поговорить, мол, ребята, как дела, какая удивительная совершенно случайная встреча, девушка ломанулась к чайнику испить роковой водички, Саша, будучи, как-никак, монтажником-ремонтником, специалистом и чётко сознавая, что сейчас неминуемо случится, что её коротнёт нафиг, да и всё, оттолкнул её, она упала, ударилась красивым гладким лбом об стол, от этого удара у неё из горла посыпался собачий корм, и ещё немного корма просыпалось на неё со стола сверху, а также вылилось немного пива… Саша, гордый тем, что спас и предотвратил, спешно дезактивировал чайник щелчком по носику, ну, и, разумеется, ему захотелось глотнуть свежего романтического воздуха белой ночи, проветриться. Саша рывком распахнул окно. И, конечно, при этом оборвались тросы, этот ангел, святая душа, от переживаний наверняка забыл закрепить их по-человечески… В общем, это шаткое балансированье между жизнью и смертью наконец завершилось, тяжесть и тяготенье тёмной земли прервали это небесное паренье, и официальный молодой человек девушки обрушился вниз — как любил выражаться в таких случаях Саша, песец утятам. Ну, и всё, соответственно. Саша писал мне о грядущих похоронах, и писал, что пора уже нам с ним наконец-то встретиться в реальности, тем более что жизнь человеческая, как выяснилось, так скоротечна, и висит буквально на ниточке, могущей оборваться в любой момент. Или не на ниточке, а на двух тросах, но суть от этого не меняется. Я купила новое платье, в клеточку и пройма вот здесь так и так, мужу оно не понравилось, но я же не для него его покупала. Близился день нашей с Сашей встречи, но ещё раньше приблизился день похорон девушкиного официального молодого человека, этой невинной ангельской души. У которой после смерти неожиданно обнаружились в Антропшино жена и двое детей, а также курицы, кошка и целых три собаки. Девушка недоумевала и клялась, что никакой жены у него и в помине не было, когда они встречались, и вообще не было ни детей, ничего такого. Ни, тем более, собак. Она плакала и пила пиво в неимоверных дозах, чтобы забыться и заглушить, плакала о предательстве, о том, что, оказывается, в жизни нет места благородству, нигде на свете, даже в Антропшино, плакала, не жалея своих чудесных глаз, кривя прекрасное лицо. Саша самоотверженно её утешал. Она оставалась ночевать у него, он не мог отпустить её в таком состоянии домой. Но у них по-прежнему ничего не было. Он писал, что ему, конечно, жалко её как друга, и она ему нравится внешне, но ему уже надоела вся эта ситуация. И что ему уже хотелось бы скорее увидеться со мной, что он ждет с нетерпением дня нашей встречи.

В день встречи Саша прислал эсэмэску, что опоздает на полчаса. Я прождала его два с половиной, среди нежной весенней зелени и нарядных трамваев, но так и не дождалась. Телефон у него не отвечал. Дома я написала ему по аське: «Саша, у тебя что-нибудь случилось?», но он мне не ответил. Я понимала, что без серьёзных причин он никогда не поступил бы так со мной, и опять постучалась к нему в аську: «Саша, да что случилось, может, я тебя чем-то обидела?» Саша ответил мне только на следующий день, и вот что он ответил: «Но, чтобы я помнил обиду мою, Настенька? Да будешь ты благословенна за минуту блаженства и счастия, которое ты дала другому, одинокому, благодарному сердцу! Боже мой! Целая минута блаженства! Да разве этого мало хоть бы и на всю жизнь человеческую?..» И тут же удалил себя из моего списка контактов. Я позвонила ему по телефону, но он не взял трубку. Тогда я написала ему эсэмэс, мол, — ??? Что это было? Что же это вообще было такое, в таком случае? Он опять не ответил, а потом, спустя время, от него пришло сообщение, точнее — приходило частями, причём перепутанными, в течение почти целого дня, что-то видимо не ладилось у оператора сотовой связи, и это было мучительно: «Но, что бы я помнил обиду мою* часть текста отсутствует целую минуту блаженства и счастья, которое* часть текста отсутствует Настенька? Ты дала другому* часть текста отсутствует Да разве этого мало Боже мой! Целая минута блаженства* часть текста отсутствует Одинокому, благодарному сердцу на всю жизнь человеческую Да будешь ты благословенна * часть текста отсутствует Хоть бы и но, чтобы я * часть текста отсутствует». И больше уже Саша ничего никогда не писал мне, и не отвечал на мои попытки связаться. Точнее, однажды я всё-таки дозвонилась до него, и трубку там взяли — но просто облаяли меня в ответ, и ничего больше. Т.е., натурально облаяли, гав-гав, густым жизнерадостным собачьим басом. То ли они завели собаку, то ли он сменил номер. То ли у них материализовался тот мифический той-терьер в комбинезончике, а, может быть, они усыновили одну из осиротевших антропшинских собак, я не знаю. С мужем мы наконец-то подали заявление, осенью свадьба. Машина ездит. В кучке ногтей, оставленной на ковре, мне почудились однажды длинные ногти с мизинцев, но, конечно, ничего подобного там не было. Обычные ногти, полная комплектация, все, кроме тех, что с мизинцев, вот и всё, не более того. А ещё я однажды попробовала закусывать пиво собачьим кормом, и оказалось, что это действительно достаточно интересное занятие. Т.е., возможно, бывают занятия и поинтересней — но, за неимением лучшего, почему бы и нет, запросто можно заинтересоваться и этим. Так что её вполне можно понять, эту девушку, которая так сильно любила закусывать пиво собачьим кормом, и с которой, пока её официальный молодой человек ехал на электричке в Антропшино, встречался монтажник-ремонтник Саша, с которым мы просто дружили, и ничего больше у нас с ним не было.

Илюша

Нет ничего определённого, всё зыбко, всё дрожит, перетекает, рябит, ныряет в подозрительное марево и выныривает уже своей полной противоположностью. Не за что схватиться, нечем измерить, не от чего отсчитывать. Верстовые столбы, линейки, весы и счёты — всё, всё врёт, подмигивает, подтаивает по краям, не даётся в руки. Даже земная ось — и та, подлая, вдруг закручивается спиралью, вывинчивая себя из земли прочь, желая и Илюшу вовлечь в это своё кручение. Откуда бы в таком расползающемся, плывущем и прикидывающемся мире взяться определённости?

— Илюша, пазы продували?

— Не знаю. Может быть...

— Илюша, ты идиот?

— Возможно, в чём-то ты и прав...

Илюше двадцать два года. Он длинен и тощ по всей длине, и там, высоко-высоко наверху, смотрит тоскливыми ветхозаветными глазами куда-то вечно мимо и вкривь. Илюша никогда не был с женщиной. И с мужчиной он тоже никогда не был. Да и как можно быть с женщиной, если в любой момент она может оказаться мужчиной? Если нет ничего определённого раз и навсегда? И с мужчиной может сделаться та же история, можно ожидать одного, а получить совсем, совсем иное, когда мир в очередной раз швырнет всё и всех на повороте назад, потом вперёд, потом ещё куда-нибудь сикось-накось, и все смыслы и замыслы опять осядут, как ядовитая стеклянная пыль в цеху, в совсем другом произвольном порядке.

— Илюша, а вот расскажи, ты когда-нибудь бабу за сиськи трогал?

— Трооогал...

— Вот оно что! Лет двадцать назад, да?

— Нет, раньше... Ой, то есть позже!

Со временем у Илюши так же непросто, как и со всем прочим. Время бежит во все стороны одновременно, и даже количество собственных лет невозможно запомнить, чуть ли не каждый год эта цифра меняется. А уж, тем более, количество чужих лет.

— Илюша, а твоя сестра тебя старше?

— Старше... Хотя нет, кажется, младше...

Илюша напряжённо считает в уме, вперившись в кольца статора, застыв с кувалдой наперевес. Перевес в результате и происходит, и Илюша вываливается с эстакады. Никто не знает, что он имел в виду, придя работать на Завод. Чтó это явление символизирует.

На любой конкретный вопрос Илюша только улыбается и не мычит не телится. Разумеется, в коллективе его опекали. Добрая душа дядя Миша, напившись «ёлки», смеси спирта с канифолью, даже пытался учить его кун-фу под эстакадой, чтоб Илюша, если что, смог защитить свою честь и достоинство.

— От так, — размахивался дядя Миша ориентировочно в Илюшином направлении, качаясь, как тонкая рябина, — от таак, а потом ооот таак, понял?

Буквально все не бросали Илюшу на произвол, принимая в нём участие и заботясь.

— Илюша, а почему у тебя нет женщины? Может, ты пидорас?

— Не знаю. Может быть, я пока ещё не определился...

Коллеги и сослуживцы — и дядя Толя, и Саня Байков, и Краус, и Ваня Мутный, и братья Галеевы, и Паша-Говноед, и Миша — не раз (а целых два раза) пытались устроить Илюше случку. Однажды уже всё было готово. Снята комната в борделе, пацаны скинулись из своего кармана, и приведён Илюша, и приятная деловитая средних лет куртизанка уже вознамерилась уверенной профессиональной рукой распахнуть перед Илюшей узорчатые врата разврата — но не тут-то было. Илюша вдруг напрягся, хихикнул, пробубнил неразборчиво:

— Ой, я забыл, на минуточку, я буквально.... — и коварно бежал, оставив товарищей поражаться неблагодарности и трусости и самим пользоваться услугами деловитой куртизанки. Всё же было оплачено, не пропадать же деньгам. Деньги ведь не падают с неба за просто так. Рабочему человеку деньги достаются пóтом и мозолями, ревматизмом и тромбофлебитом, и биллионами мельчайших стеклянных пылинок, ежедневно опускающихся в лёгкие и мостящих путь туда, за край земли, где она закругляется финальным холмиком. И далее вглубь. Те, кто работает на Заводе, производящем тысячи генераторов к паровым, газовым и гидравлическим турбинам, крупные электрические машины постоянного и переменного тока, низковольтную аппаратуру и ещё очень многое, поставляющем свою продукцию мощностью от 0,5 МВт до 1200 МВт в страны Западной и Восточной Европы, Ближнего Востока, государства Юго-Восточной Азии, Южной и Северной Америки и Африки, быстро изымаются из его цехов. Очень быстро. Только что, бывало, ходил Володя, сокрушался, что понабрали молодых долбоёбов, ничего не умеют, не знают, с какой стороны к чертежу подойти, и — раз! — Володя уже не ходит, Володя уже лежит в больнице, говорит с койки, что понабрали молодых долбоёбов, не знают с какой стороны к чертежу подойти, но и это, как выясняется, не навсегда, в ту же секунду Володю перекладывают с койки в землю. И вот это уже оказывается не Володя, а что-то совсем другое, что-то неприятное. Хотя и Володя был не шибко приятный, и вроде бы в этом прослеживается какое-то сходство, но различий всё-таки больше, особенно если присмотреться, ах, больше. Илюша присматривается, щурится, там, глубоко, среди колтунов корней лежит что-то такое же неприятное, как Володя, и из левой пятки этого чего-то растёт незабудка, а правый висок ест сосредоточенный микроорганизм. Микроорганизму по некоторым признакам вкусно. Что-то по некоторым признакам Володя, а по некоторым — нет, и от этой неясности всё опять приходит в движение. Статридцатикилограммовый медный стержень в обмотке, несомый Саней, Краусом, Мишей, Серёгой, Пашей-Говноедом и Илюшей, только что прямой, принимается завиваться развратным локоном. Медный стержень, что ты вьёшься? Под моею головой? Ты добычи не дождёшься, медный стержень, я не твой!

— Илюша, сука, ты возьми стержень нормально! Что ты за него двумя пальцами держишься?

Илюша действительно не несёт стержень наравне со всеми, не принимает на свои бесконечные руки тяжёлый медный вес стержня, а как будто щекочет ему пальчиками брюшко. Когда Илюша кладёт стержень в паз, стержень у него ложится мимо паза, а в пазу шиш. Сматывая киперку, Илюша пропарывает ножом обмотку стержня, а это значит — всё, прощай, стержень, не лежать тебе плотненько рядком с товарищами, не ловить благодарно магнитное поле от вращающегося ротора, не вырабатывать электрический ток, не подавать энергию на вывода, на подстанцию, на линию электропередач, не зажигать свет в домах, не разговаривать бодрым бархатным радиоголосом, не гнать над землёй тяжёлые, исполненные новостей и вранья пыльно-искрящиеся облака массовой информации. Напрасно ты появился на свет, стержень, не нести тебе свет лампочек и знания, напрасно тебя создавали в глубинах пятнадцатого цеха. В вечную тьму и безмолвие хочет, видимо, погрузить Илюша мир, чтобы там, застыв двухметровой неумной загогулиной, разинув рот и устремив скорбный с поволокой взор — левую часть взора куда-то внутрь, а правую неотчётливо наружу — стоять так хоть десять минут, хоть полчаса, как часто случается с ним на работе, особенно, если накануне была зарплата. И можно хоть плясать перед ним, хоть уплясаться, хоть бригадира ему показывать, хоть неумытую жопу, Илюша и не почешется. А иногда тоже застынет и пробует разные выражения на роже. Вероятно, Илюша с зарплаты покупал неведомо у кого бутират и нахлобучивался им по самые брови (густые, вразлёт), и предлагал таким образом коллективу во всех ракурсах изучить особенности поведения организма под веществами. Непонятно, к чему Илюше был ещё и бутират. То, ради чего люди уродуются с бутиратом и прочим, Илюше и так в своё время феи положили в колыбель.

— Эльюша — Божий человек… — говорил дядя Толя, когда Илюша в обед бродил под эстакадой и трогательно интересовался, у кого есть с собой что-нибудь вкусное. Увлечённо поедая вкусное, Илюша в очередной раз замирал, но уже с полным ртом и глазами, наконец-то исполненными мысли, невнятно произносил: «Дрим-дрим в подэстакадье…» — и мысль снова тонула в стекленеющем Илюшином взгляде, и Илюша уже спал, обрушившись носатым лицом во вкусное.

Беспробудность вообще сопутствовала Илюше во всех смыслах и ситуациях: и в ментально-философских, и в не очень ментально-философских тоже. Когда Илюшу второй раз повели на случку, всё уже было рассчитано до мелочей, учтены все ошибки предыдущего неудачного предприятия. Нашли девицу. Краус и Ваня Мутный, белорусские контрактники (в Белоруссии плохо с работой), рассказали, что в общежитии есть девица, которая даёт всем. Даёт даже тем, кто не берёт. И не в условиях капитализма, как давешняя деловитая куртизанка, а на голом энтузиазме! И с огоньком, с радостью, очень позитивно. Главное только её напоить. И вот, наконец, настал день и час. Привели под уздцы Илюшу, привели девицу. Принесли без счёту напитков, в том числе и вкусных, Илюше расслабиться для наркоза. Краус и Ваня Мутный, опять же, памятуя прошлый опыт, закрыли Илюшу с девицей на ключ и ещё на всякий случай остались караулить снаружи, стеречь таинство брачного ложа, чтоб Илюша не сбежал. Но пока девица, радостно высосав бутылку вина, с огоньком раздевалась, Илюша, обычно существующий заторможенно, как водоросль, исхитрился стремительно напиться. И к тому моменту, когда девица распахнула ему свои позитивные объятия, он уже крепко спал, свернувшись клубочком на полу, всхрапывая и пуская из угла рта перепуганную алкогольную слюнку. Краус и Ваня Мутный, вбежав на негодующие девицины вопли, просто не знали, как это называется, и что с ним делать. Не бить же его, в самом-то деле, да и что толку. Как-то уж им самим пришлось решать ситуацию с недовольной девицей, а пьяное тело подлеца Илюши, проспавшись, с утра как ни в чем не бывало поднялось и отправилось на работу. Где, разумеется, уже всё знали.

— Понимаешь, — доверчиво объяснял Илюша Сане Байкову, — у меня всё сложно. Потому что я не похож на других…

Ладно, хорошо, не похож так не похож, на здоровье! Чего уж теперь. Договорились с начальником цеха, чтобы Илюшу временно перевели в лаковарку, где из эпоксидной смолы, маршаллита и резината готовили замазку. Ходили слухи, что в лаковарке, почему-то так повелось с давних времён, посменно с другими бригадами работала бригада пидорасов. Это были наследственные и потомственные пидорасы. Сначала, за более чем столетнюю историю Завода, основанного в 1898 году, пидорасы царской России, затем первые советские пидорасы. С одной стороны, это было немножко странно, с чего бы на суровом Заводе взяться такой экзотике, как пидорасы. Но с другой стороны, наоборот, ничего удивительного в этом не было, и это было даже вполне логично и ясно, и была в этом высокая правда, что именно гигантский Завод, где находилось место всему, всему — мощнейшим турбо- и гидрогенераторам, гудящим при испытаниях как взлетающие самолёты, огромным гулким цехам и заезжающим в ворота этих цехов КАМАЗам, проложенным рельсам и курсирующим по ним настоящим поездам, сумеречным складам, подземным бомбоубежищам, загерметизированным и с выкачанным воздухом, именно он нашёл в своих недрах уголок для пидорасов — гостеприимную лаковарку. Замазка, замешанная в лаковарке, скрепляла лобовые части обмотки с внешним изоляционным кольцом многих гидрогенераторов Днепропетровской, Рыбинской, а также Волховской ГЭС (первенца плана ГОЭЛРО). Замазки, сделанные пидорасами и обычными людьми, неуловимо, но ощутимо на ощупь, особенно для профессионала, отличались по своим физическим характеристикам. Человеческая замазка была пластичнее и медленнее сохла, и не так липла к рукам, а замазка пидорасов зато застывала моментально и уже через несколько часов, а не дней, достигала твёрдости и плотности камня, и уже сразу по ней было видно, что ни вода, ни огонь, ни пила и ни топор — ничто её не возьмёт, она — вечна.

Илюша проработал в лаковарке две недели, достаточно, чтобы успеть познакомиться со всеми бригадами, но вернулся точь-в-точь таким же, как и ушёл. Единственное, он принёс оттуда слепленный из замазки «Смит и Вессон», и иногда, в минуты просветления, задумчиво поглядывал на него, передвинув глаза к левому уху, а рот — к правому. Но, по всей видимости, лаковарка никак не повлияла на его внутренний мир. Точно так же, как и всегда, Илюша торчал по углам, как гипертрофированный худосочный указующий перст, направленный в безмолвствующие небеса, точнее, в потолок цеха, под которым по специальным рельсам ездил кран, сгружающий раму с поезда и затем стержень с рамы, и старая морщинистая пьющая крановщица Маша, пышно восседая на полпути к небесам, кричала что-то, а дядя Толя, глядя на неё, задумчиво произносил:

— Белокурая Жози…

Вновь Илюша ненадолго обретал равновесие в обеденный перерыв, убедившись, что вкусное на протяжении всей трапезы остаётся именно вкусным и не оборачивается в одночасье чем-то принципиально иным, в этой блаженной уверенности ухал в сытый сон, и так же, не переставая спать, пнутый Саней Байковым, шёл на эстакаду распаковывать стержни. Но контуры действительности, между тем, уже опять начинали отвратительно размываться, за ними в очередной раз проступали во всей своей неприятной дрожащей монументальности контуры недействительности. Недавно съеденное вкусное принималось навязчиво ёрзать внутри Илюши, так нехорошо, как будто оно было совсем не вкусное, как будто оно на самом деле было *невкусное*! Илюша дёргался, сглатывал, в панике озирался — а стены цеха уже волновались, как море, и пеной морской плескались мотки лавсанового шнура, Илюша, перепугано выгребая ножом, чувствуя тошноту от качки, пытался ухватиться хоть за что-нибудь устойчивое, абсолютно истинное — в последней надежде выныривал из зелёных цеховых вод с вопросом:

— Паша, а идеальная стрижка должна в точности повторять форму головы?

Но Илюшин вопрос тонул, увлекая за собой и самого Илюшу, в возгласах удивления и одобрения: Вадик, вяжущий бандажи, скрючившись в статоре, испустил газы, подставив предварительно зажигалку, и из статора вырвался столб пламени.

— Ого!! — закричали все, — ого-го-го! Это ж надо! Ну, ты, Вадик, дал залп! Ну, ты, Вадик, пообедал сегодня! Это солянка такая сегодня была, это такой сегодня был обед!

— Это — обед??? — прозревает Илюша. Вот этот огонь, этот пламень нежданный и стремительный, как стихия, неужто это — обед? То самое вкусное, которое казалось таким ясным и незыблемым, оплотом спокойствия и постоянства?.. Вот как оно изменилось, превратилось, соврало, закрутило, завертело, запутать захотело, обмануло и бросило — как и всё, как всё и всегда... Илюша плачет, уложив нос в свободный от стержня паз, но никто не обращает на это внимания, все думают, что это бутиратный отходняк.

Бутиратом объясняют и все остальные странности Илюшиной жизни. Вроде той, что однажды Илюша перестает стричься и через полгода имеет кудри чёрные до плеч.

— Илюша, ты оброс, как баба! Ты чего не стрижёшься, наркоманам необязательно?

— Может быть, я об этом как-то не думал...

Проходит ещё время, и Илюша, всё обдумав, внезапно спрашивает в ещё гудящем и хранящем вибрации только что испытываемого «бегемота» — генератора-«миллионника» — цеху:

— А, когда волосы подстригают, им же больно, у них, наверное, кровь идёт?..

— Илюша, сволочь... — начинают ошалевшие все, но Илюша торопится досказать обдуманное, скромно потупясь, обосновывает:

— Ну, так же, как когда ногти подстригают...

— Илюша, у тебя из ногтей идёт кровь, когда ты их подстригаешь?

— Да, — внезапно храбро заявляет Илюша, но тут же сползает в своё обычное, — может быть, ты прав…

Потом происходят ещё события: один из собираемых статоров поставили на запасные катки, которые никто не смазывал и вообще не проверял с тысяча девятьсот пятидесятого года. Парень из железосборки нажал кнопку, чтобы подвернуть статор, и тут лопнула одна ось и отвалился каток, статор развернуло поперёк и он рухнул. Сто семьдесят тонн рухнуло с почти двухметровой высоты. Весь цех содрогнулся, как от взрыва. У ребят на складе подпрыгнуло и перевернулось домино, и все они ринулись смотреть и содрогаться. Они, собственно, и должны были быть в этом статоре, или под ним, а не на складе, просто припозднились с обедом. Один только Илюша никуда не ринулся, остался сидеть за столом и, глядя на получившуюся «рыбу», вопрошал в пустоту:

— А куда вы? Ещё ж обед, давайте посидим...

Илюше не надо было идти смотреть на свою возможную могилку, поражаясь быстротечности и сиюминутности, он и так, играя в домино, или обедая вкусным, или забивая распорки между стержнями и приклеивая сверху фетр, неотступно и с ужасом чувствовал всё и сразу: как больно волосам, когда их стригут, и как плачут кровавыми слезами ногти, когда их отрезают, и как стонут лёгкие всех присутствующих в цеху от впивающейся стеклянной пыли, и как обидно, как невероятно обидно всем, кого грубо и неделикатно выхватывают с земли и впихивают под землю, и как им там хочется пошевелить рукой, а никак, и пошевелить ногой, а тоже никак, и взглянуть глазами, а глаз-то и нету, их в эту секунду дожирает червячок, тоже весь зарёванный — так короток век червячка, короток и бессмыслен, тёмен и глуп, — ну, съешь ты глаза всем близлежащим, ну, а дальше-то что, неужели ради этого стоило появляться тут, сгущаться из тьмы небытия в червячка, неужели это и всё, и больше ничего не будет? И как это всё быстро, непоправимо, неправдоподобно быстро, переход из одного состояния в другое, и не в силах человеческих остановить этот конвейер метаморфоз хоть на мгновенье. Ведь если б хоть на минуту всё замерло, успокоилось, явилось истинным и неизменным, может, тогда и появилась бы некая точка отсчёта, стартовая площадка, островок определённости. «Возможно, в чём-то я и прав». И Илюша, очухавшись от дум, делал последнюю отчаянную застенчивую попытку остановить мгновенье. Во время укладки стержней он забывал в пазу молоток, заботливо укрыв его войлоком от посторонних глаз. И в результате, когда все несли стержень, залезая один за другим в статор, ювелирно наступая на стеклянные бандажные кольца, но аккуратно переступая через бандажи, опять же, все вдруг начали друг за другом спотыкаться неведомо обо что и падать мордой об лобовую часть. Когда упал первый, это было смешно, и второй и все последующий смеялись ему в опрокинувшуюся спину. Но постепенно, пока множилось число упавших, смех порция за порцией всё иссякал и, наконец, испарился совсем. Совсем скоро остался один Илюша, сложившись в три раза лезущий в статор и с грустной всепонимающей улыбкой оглядывающий, прищурясь в темноту, своих упавших товарищей. Впрочем, товарищи скоро поднимались, слишком скоро, и моментально обнаруживали торчащую из уползшего войлока самоуверенную башку молотка, а так же безнадёжно распоротую обмотку стержня, не только чёрную, но и белую, и даже розовую. А так же обнаруживали, что это именно Илюша оставил именно свой молоток именно на своём рабочем месте.

— Илюша!! — кричали они. — Иллюшаааа!!!

Но Илюше было уже всё равно. Мгновение, несмотря на все его усилия, неудержимо стремилось дальше, развёртывая свои змеиные кольца, и ухом не вело останавливаться.

Когда в цех привезли на ремонт генератор, в котором нужно было заменить старые стержни на новые, Илюша неожиданно воспрял. Многие тогда заметили его, вдохновенно раскурочивающего молотком изоляцию на стержне, идущем в утиль. Илюша лупцевал его молотком истово, дрожа от неведомо откуда взявшегося темперамента, и изоляция слой за слоем распахивалась перед Илюшиным взором, открывая ему все свои интимнейшие секреты.

— Эльюша, — заметил дядя Толя, приоткрывая судки с ласковой жёниной стряпней, — Эльюша у нас, конечно, божий человек, какой идиот есть, таким навечно и останется, и ничто уже его не изменит, это навсегда...

Илюша продолжает фигачить изоляцию молотком, но в мозгу его внезапно всё озаряется ровным, уверенным светом.

— Навсегда? — не верит своему счастью Илюша, мерно опуская молоток. — Я — навсегда?! Я — навечно?..

Весь мир вдруг замирает на повороте, давая Илюше время схватить слепленный из замазки в лаковарке крепчайший «Смит и Вессон», приставить к виску и нажать на кривоватый курок. Остановись, мгновенье! Илюша мысленно умирает, истекая гипотетической кровью, и вместо него на свет рождается нечто новое. Ты прекрасно! Это новое, младое, незнакомое, вообще-то, не сильно отличается от прежнего. Оно так же длинно, странно и неумно, оно так же дома смотрит бесконечное кино, а на работе бесконечно спит, хочет вкусного и лажает каждым своим движеньем. Его появленья не замечает никто, как никто не заметил исчезновения прежнего Илюши, и только Земля, мчащая его вселенскими океанами на своём просмолённом борту в трюме Завода, счастливо вздыхает: одной проблемой меньше! Да счастливо вздыхает Илюша, до краёв переполненный вкусным и спящий в подэстакадье: всё правильно, всё хорошо, я идиот, убейте меня, кто-нибудь. Я жить хочу, чтоб мыслить и страдать. Я — навечно, а остальное пусть раскручивается вокруг, обтекая. И остальное плещется, закручиваясь в водовороты и воронки, а Илюша стоит неизменно, его даже с работы не увольняют, говорят, он чем-то болен, говорят, он наркоман, говорят, его жалко, и он, на самом деле, хороший, нормальный парень, — стоит, возвышаясь. Вот он. Эльюша, божий человек.

Слепая страсть

Паша Говноед взял отпуск и уехал в Таиланд, оставив ждать себя беременную женщину из Твери. Женщина была замужняя и беременная совсем не от Паши, и даже не от своего мужа, сидящего в тюрьме, а от какого-то совершенно другого человека. Паша познакомился с ней в интернете, и им овладела слепая страсть. Он послал ей денег на билет из Твери в Питер и поехал с цветами встречать на вокзал, где она вышла из вагона, знакомо-незнакомая, ещё более пленительно-манящая, чем по переписке, и отчётливо беременная. Пашу это не смутило (надо знать Пашу), он отдал ей цветы и повёз знакомиться со своими пожилыми родителями. Они сразу стали планировать (не родители, а Паша с женщиной): «Вот здесь у нас будет детская, а здесь переклеим обои и ещё поставим мультиварку. Чтобы пища не теряла при термообработке своих полезных свойств и витаминов, столь необходимых растущему организму...» Паша, разумеется, был абсолютный мудак, это многое объясняет. Многое, но не всё. Например, когда-то Паша уже состоял в серьёзных отношениях. Более того, Паша женился на шестнадцатилетней жене. Но это не принесло ему счастья, по свидетельству Миши Давыдова, знавшего Пашу с детства, а принесло одни горести и невозможность. Жена кричала на Пашу, чего-то хотела, рылась в его телефоне и доводила его до слёз и мелкой моторики. Тогда Паша развелся с нею и с тех пор заводил только лёгкие, ни к чему не обязывающие связи. Это было мудро с его стороны. Т.к. к чему может обязывать связь с Пашей Говноедом, страшно даже представить. Паша с виду был человек как человек, и даже раньше занимался боксом в весе пера, и то ли там ему когда-то неловко сотворили с головой, то ли уже было (по свидетельству Миши Давыдова). Во всяком случае, Паша изо всех сил стремился, но неизменно не туда. Он мог сидеть, например, вязать бандажи в рабочий полдень, и вдруг начать каменеть худым лицом и блестеть лбом с ранними высокими залысинами, что всегда бывало у него признаком стремительной работы мысли, и через несколько минут отчётливо извергнуть в пространство:

— Да... дрогнуло очко поэта!

Паша, невинный душою Говноед, свято верил, будто это что-то из школьной программы. Товарищам по работе и коллегам было некуда деваться, и они частенько подтрунивали над Пашей. Легонечко шутили.

— Паша! — кричал Саня через эстакаду изогнувшемуся в статоре Паше, — Паша, ты так изогнулся, как будто сейчас себе минет сделаешь...

— Я сейчас тебé минет сделаю! — обиженно юморил в ответ Паша на весь цех. И прочее в том же духе.

Короче, всё с Пашей было ясно, всё, кроме одного — этих его загадочных отношений с женщинами. А особенно загадочных отношений женщин с Пашей. Если вся остальная бригада (кто не женатый) по выходным дружно, как будто взяли дополнительное обязательство, ходили в бордель, как они ласково называли — «в проститутошную», то Паша никогда не ходил с ними, никогда, кроме одного единственного раза, и с тех пор — всё. Паша говорил, что он и забесплатно найдёт, и находил, вот в чём парадокс и фантасмагория. Причём, находил в интернете. Т.е., они там, все эти девушки, как-то говорили с Пашей, наверное, в смысле, переписывались, обменивались сообщениями, — что ещё? — общались, чтобы потом материализоваться перед его недрогнувшим взором. Потом они проводили с ним время, бесплатно, ну, или он там что-то им, допустим, покупал, мороженое или пиво, но, в любом случае, проводили время с Пашей Говноедом по обоюдному согласию и к полному взаимному... чему? Удовлетворению, надо полагать. Причём, многие потом желали продолжения отношений, звонили и слали эсэмэски, у Пашиных сослуживцев, глядящих на это, просто волосы дыбом вставали (кто не лысый), но Паша был избирателен. Дольше одних выходных он с девушкой не встречался. Что-то неудержимо гнало его на поиски следующей. Видимо, так. И только беременной женщине из Твери удалось как-то подобрать ключ к суровому Пашиному сердцу, возможно — втайне от мира страдающему. Точнее, сначала до неё это удалось одной девушке из борделя, из проститутошной, в тот самый единственный раз, когда Паша отправился туда с коллективом. У них там всё уже было отработано, вся схема активного отдыха, скинуться на сауну, расслабиться, выпить пива, выпарить всю трудовую заводскую неделю, вздохнуть усеянными мельчайшими стеклянными частицами (в дальнейшем в пятидесяти процентах случаев вызывающими рак) лёгкими, ну, и уже спокойно выбрать по каталогу блядей и удалиться с выбранной, а время спустя вновь встретиться в сауне. И Паша проявил себя просто отлично! Он широко, не жмотясь, скидывался и залихватски тянул пиво, и тонко и умно поддерживал разговоры за жизнь, благоразумно помалкивая и согласно потея лысеющим рахитичным лбом, уверенно шелестел каталогом и со знанием дела заказал девицу. И ушёл с ней. Ну, и тут, как обычно, пошло-поехало. Паша возвратился в сауну гордый и значительный, как Финист Ясный Сокол, а на резонный вопрос товарищей: «Ну, и как блядь?» отрывисто бросил: «Она не блядь!» В общем, Паша, оказывается, вместо классического взаимодействия со своей каталожной избранницей почти целый час беседовал с нею по душам, интересовался её биографией, надеждами и чаяниями. Оказалось, что сегодня она вышла на подобный промысел впервые, и Паша был у неё первым клиентом. И произвел на неё огромное впечатление, не только как мужчина, но и как чуткий и понимающий собеседник… Такие вот порой случаются в жизни удивительные совпадения и судьбоносные встречи. Так что Паша, потея под простынёй и мужественно поигрывая желваками, переносил из каталога в свой телефон заветный номерок, и уже готов был взять девушку за руку и увести её прочь из бардака в долгую счастливую жизнь, пока с поебушечек не вернулись братья Романовы и не охладили Пашин пыл, припомнив, что снимали тут эту девицу ещё как минимум года полтора назад… Неизвестно, насколько глубоко задела Пашу эта история, но именно с тех пор он скорее всего окончательно уверился в правильности политики бесплатных, но кратковременных связей. Пока не возникла неожиданно беременная женщина из Твери. Непрогнозируемая, как стихия. Она появилась внезапно, прямо-таки обрушилась, как это и водится у стихий, и вскоре уже Паша обрушивал на изумлённый коллектив новость: скоро свадьба. Чья свадьба, почему, никто ничего не понимал, и, в первую очередь, немолодые и уже порядком уставшие от прожитых лет, а главным образом от Паши, Пашины родители. Они недоуменно бродили, натыкаясь друг на друга и теряя с ног тапки, вокруг да около двери в Пашину комнату, а за дверью сидела на диване, водрузив на вышитую подушечку раздутые токсикозом ноги, беременная женщина из Твери и дремала после долгой дороги. Время от времени она всхрапывала, ошалело озиралась и отправлялась куда-то в направлении сортира. Пашины родители, вежливо прятавшиеся от неё за своими дверями, боролись со жгучим желанием проследить, как бы она не попятила по пути что-нибудь из украшений интерьера или прочих денег, и только природная петербургская интеллигентность мешала им следить в открытую. Вечером пришёл Паша и принес женщине два килограмма черешни и пакет молока, который ему выдали на работе за вредность. Потом Паша с женщиной, взявшись за руки, торжественно обходили квартиру и строили радужные планы. На поворотах Паша целовал женщину в черешневые губы, перегибаясь через живот. На УЗИ обещали девочку. Паша радовался этому, так как мальчик у него уже имелся, от первого брака. Паша вообще, надо сказать, был внимательный и нежный отец, он регулярно навещал ребёнка, гулял с ним, качал на качельках и даже возил с собой на рыбалку. Паша гордился своим чувством ответственности. «Всё-о-о! — говаривал он накануне выходных. — Всё-о-о, завтра своего забираю! Моя уже рада, ей бы лишь бы поблядствовать…» К этому, новому, ребёнку Паша, видимо, намеревался отнестись так же внимательно. Во всяком случае, именно момент наличия этого будущего ребёнка являлся (помимо слепой страсти, разумеется) ключевым в отношениях Паши и женщины из Твери.

— А с фига ли она к тебе-то припёрлась? — поразились в коллективе, и Паша, сурово нахмурясь, ответствовал:

— Она ищет отца своему ребёнку!

— Что-то она его ищет далековато от того места, где её трахали… — засомневался дядя Толя, но было поздно, колесо Фортуны уже вертелось, набирая обороты. С ближайшей зарплаты Паша запланировал покупку колыбельки. Черешню он покупал ежедневно, как Ротшильд, и у всех в бригаде выпрашивал для Неё выдаваемое за вредность молоко. Т.е., Паша погибал, среди бела дня и у всех на глазах, и ничего нельзя было поделать. Увещевания были бессмысленны, разговоры не действовали. Да и какие могли быть разговоры с Пашей Говноедом, в самом-то деле! Он и прозвище Говноед получил тоже, разумеется, в разговоре, в пылу, так сказать, беседы. Саня мешал карты и спросил:

— Ну что, мужики, на что играем?

И неожиданно из статора раздался голос Паши, которого тогда ещё называли, во-первых, Паша-Боксёр, а, во-вторых, его никто не спрашивал:

— Играйте на моё говно, оно у меня вкусное!

Это, надо полагать, была такая озорная попытка влиться в коллектив, найти общий язык. Так что апеллировать к логике и разуму в данном случае вряд ли имело смысл. Ну и что, что пока у неё муж сидел, она залетела неведомо от кого, а теперь близится освобождение этого мужа, и ей срочно потребовалось валить из своей Твери как можно дальше, но нигде её никто не ждал, пока не нашёлся такой вот Паша Говноед, подпольный романтик и не отдающий отчёта идеалист в непрекращающемся поиске Вечной Женственности. Ну и что, что другого такого дебила днём с огнём, главное — это то, что Паша наконец-то Нашёл! Нашёл! И понял это сразу, с первого взгляда, точнее, с первых слов интернет-сообщения. Буквально на следующий день после знакомства (в инете) Паша уже гордо распространялся: мол, а моя девушка сказала то, а моя девушка сказала сё… «Какая твоя девушка, — веселился Миша Давыдов, — та, которая была вчера? Или та, которая сегодня?..» Никто разумеется не ожидал, пусть даже и от Паши, что он скоропостижно выпишет её из Твери в Питер и поселит в своей квартире. «Она и сама хорошо зарабатывает, — объяснял Паша. — У неё и у самой хорошая квартира, хоть и в Твери. Мы бы вместе могли уехать в Тверь, но у меня же тут сын и старики-родители. Их надо беречь. А муж сидит за убийство её хахаля, втроём, но его оклеветали. Хахаля. Ничего у них не было. Зря убил. Она у меня порядочная, моя девушка…» И Паша мечтательно смотрел куда-то поверх рельсов, и кранов, и потолка, и кабины крановщицы, и что-то мерцало невыразимое на дне

его узких глаз, словно проковырнутых шилом в глубине глазных впадин.

Короче говоря, все отчётливо понимали, что всё, аривидерчи, Паша спёкся. И где-то там, во глубине сибирских РУВД, точнее, тверских, этот муж точит свой кинжал, и никакой Питер тут ничего не спасёт, и этот живот, и девочка на УЗИ, и старший мальчик, и старики-родители... Всё это сплелось в клубок, и завязалось в узел, и затянулось петлей, а в эпицентре сидел худой, невзрачный Паша Говноед, и работал кое-как и сикось-накось, а на все замечания бригадира только бубнил:

— Я технику безопасности не знаю, но я её соблюдаю...

У дяди Толи чуть ли не слёзы на глаза наворачивались, да и вообще вся бригада инстинктивно примолкла, как у постели тяжелобольного, и только иногда кто-нибудь пробовал демонстративно бодриться, шутить, как это тоже практикуется у постели тяжелобольных. Пашу даже пытались перестать звать Говноедом, но это, правда, оказалось не так-то просто. За обедом Илюша спрашивал у Сани:

— Хочешь булочку?

— А с чем она? — интересовался Саня, Илюша пытливо вглядывался в недра булочки, но тут с противоположного конца стола нёсся ликующий Пашин баритон:

— С гааавном!!

И вся благая затея с треском лопалась.

А Паша тем временем пропадал, пропадал безвозвратно и ни за что, он уже выяснял у нотариуса, как бы её прописать без согласия родителей (собственников), уже начаты были хлопоты о разводе с тверским уркаганом, девочка резвилась и стучала кулачком или пяточкой в тонкопалую трепетную Пашину ладонь, и глубокая мрачная тень слепой страсти отчётливо лежала на лысеющем лбу Паши Говноеда. Периодически в цех заглядывал старший брат Паши, работавший на том же Заводе инженером-проектировщиком, и неуверенно замирал возле статора, задумчиво оглаживая стержни, и так же молча уходил. Говорить, действительно, здесь было уже не о чем. Но тут, неожиданно за всеми этими волненьями, подошло время отпуска. Отпускными Паша распорядился так: сначала купил беременной женщине билет в Тверь, чтобы она там развелась с тюремным мужем. А себе купил путёвку в Таиланд. Сослуживцы, привыкшие уже к состоянию постоянного беспокойства за Пашу, принесли ему брошюру, что можно и чего нельзя в Таиланде, там ведь всё не как у нас, другие законы, там, например, нельзя на улице брать женщину за руку, хоть свою жену, сразу сажают в тюрьму, вот как! Но Паша на брошюру даже не посмотрел, «сам разберусь», заявил он, собрал чемодан и улетел вместе со старшим братом. Все с замиранием следили за выкладываемыми Вконтакте фотографиями: пальмы, хижины, Паша в хижине, Паша под пальмой, Паша в лавочке сувениров, Паша обнимает игуану, Паша на пляже под палящим солнцем, и песок ласкается к его кривым волосатым ногам… Потом Паша вернулся, и посыпались рассказы: пальмы, игуаны, хижины, тайский массаж, пляжи и кабаки, отели и погода. Какая-то шмара из Мурманска и деваха из Тольятти, Маша из Самары и Виолетта из Вологды. «Классно, реально так отдохнули», — радовался Паша, и опять вспоминал игуан, пальмы, Вологду и Тольятти. Все ждали, когда же он снова заговорит о беременной женщине из Твери, но о ней Паша упорно молчал. А когда Саня робко, как больному о его болезни, намекнул Паше о ней, Паша лишь непонимающе взглянул на него и шмыгнул костистым носом. И тут все заметили, что тени слепой страсти на Пашином лице уже нет, что это всего лишь таиландский загар затемнил этот высокий лоб анемичного петербургского гопника… В общем, всё кончилось так же внезапно, стихийно и бессмысленно, как и началось. Вскоре все уже сомневались, а было ли это, в самом деле? Была ли девочка, и поезд из Твери, и УЗИ, и черешневые поцелуи под сводами хрущёвки? Сомневались все, кроме Паши, который, похоже, вовсе не думал обо всей истории. Он снова вернулся к практике бесплатных, быстротечных связей, снова ринулся на поиски Той Самой, Единственной, даже пару раз сходил с ребятами в проститутошную… Слепая страсть покинула Пашу Говноеда, не оставив никаких следов и видимых последствий. Паша здоров, неадекватен и полон сил. Паша пьёт после работы пиво. Иногда, под настроение, он пьёт джин-тоник. На рыбалке Паша пьёт водку. Паша навещает сына. Паша носит маме картошку с рынка. Паша хорошо ест и с аппетитом спит.

Паша спит, спокойно спит, свернувшись калачиком и подтянув костлявые волосатые колени к худому бритому подбородку, Пашины рёбра мерно поднимаются и опускаются под белой майкой, за шторами тихо крадётся рассвет. Паша не знает, что там, за шторами, за окном, за лесами, за долами, за железнодорожными путями, только что отворились ворота тюрьмы и выпустили мужа беременной женщины из Твери. В шовчике штанины у него притаился острый рашпиль. Восходит солнце, заливая нежным светом шпалы и отчаянно бликуя на рельсах. Паша спит, подложив руку под впалую щеку. Муж, сощурившись, смотрит вдоль путей. Солнечный зайчик неуверенно присаживается на Пашину залысину. Паша, что-то бормотнув, отгоняет его. Ещё не время. Спи пока, спи ещё пока спокойно, Паша Говноед, жертва слепой страсти.

Посторонний Камю

Глубоко под землёю, внутри земли, в вагоне метро ехали два менеджера среднего звена. Они были разнополые. Они любили друг друга. Он собирался покупать машину цвета «металлик». Её звали Даша. Его тоже как-то звали. Даша говорила, что «металлик» — это не цвет. Он говорил, что всё зависит от комплектации. Она была в шубе. Они ещё не жили вместе, просто встречались.

— Серебристый будет «металлик», и золотистый тоже будет «металлик», — говорила Даша. — Если у тебя будет серебристый, то он, по-любому, будет «металлик».

— Я хочу именно «металлик», — твёрдо говорил он, — и у меня будет именно «металлик».

Даша сидела, он стоял и видел внизу её нежную бледную голову в проборе светлых волос. Её тонкие руки лежали на коленях. Потом она протянула руки к его лицу.

— Купи такую, — сказала она.

— Какую такую? — не понял он. Проехали «Петроградскую». Было удобно, что им было в одну сторону.

— Вот такую, — сказала она. — Как лак.

— Это только вы можете, — заметил он слегка удивлённо, — подбирать машину под лак.

— Я же шучу, — без улыбки объяснила Даша.

— Я понял, — кивнул он.

На «Чёрной речке» многие вышли, и он сел рядом с ней.

— Даша, когда ты сядешь в неё, тебе будет всё равно, какого она цвета.

За окном во тьме быстро ползли по стенам тоннеля трубы.

— Я прочитал «Макбета», — сказал он. — Вот думаю, что бы мне ещё почитать.

Даша молчала, её загорелое лицо в тусклом свете вагона метрополитена казалось желтоватым. И даже очень желтоватым.

— Я вот думаю, — начал он, глядя мимо этого лица, на воротник шубы, — я вот думаю, может, мне почитать «Постороннего» Камю?

Даша резко обернулась к нему. Он был брюнет. Даша, наоборот, светловолосая.

— Почему? — непонимающе вглядываясь в его правильные черты, негромко спросила она. — Почему именно «Постороннего» Камю?

— «Постороннего» или «Чуму». Что лучше? У меня есть на читалке, — признался он.

— У тебя есть читалка? — удивилась Даша.

— У меня нет. У папы есть. Он выиграл на работе.

— А ему что, не нужна?

— Нет, ему не нужна. Я вот думаю продать её. Или тебе подарить.

— А тебе что, не нужна?

— Нет, мне не нужна. Хотя, я думаю, может, мне почитать «Постороннего» Камю?

— Конечно, почитай.

— А это интересно?

— Да, интересно.

— Или «Чуму»? Я думаю, что мне лучше почитать, «Постороннего» или «Чуму»? Как ты думаешь?

— «Постороннего», конечно.

— Или, может быть, подарить её тебе?

— А она красивая? — спросила Даша.

— Не знаю, — задумался он. — Она вот такая.

— Вот такая? — удивилась Даша. — А какая модель?

— Я не помню, — признался он. — Я могу дома сфотографировать и послать тебе.

— Лучше скажи мне модель. Я поищу в интернете.

— Хотя, может быть, всё-таки почитать «Постороннего» Камю.

— Почитай. Он короткий.

— Или, всё-таки, подарить её тебе?

— Не знаю. Пришли мне модель. Вдруг она мне очень понравится.

— Думаю, может, лучше её продать, чтобы купить что-то более полезное. Или красивое.

— Может быть, — задумчиво согласилась Даша.

Пора было выходить.

— Кирилл получает двадцать пять — двадцать восемь, — вспомнил он.

— Это же мало! — не поверила Даша.

— Даша, это нормально, — уверил он.

— Это очень мало!

— Обычно такие менеджеры получают по десять-двенадцать.

— По десять-двенадцать? Да ты что!

— Без опыта работы.

— Ну?

— Это нормально.

— Это очень мало.

— Даша, это нормально.

— А с опытом?

— С опытом мало.

— Вот видишь.

На эскалаторе он стоял ступенькой ниже.

— О чём ты думаешь? — спросила она.

— Не знаю.

— Я думаю, что это, всё-таки, очень мало.

— Мало, конечно. Но, вообще, это нормально. Поверь мне. Сейчас такая мировая финансовая ситуация.

— Я знаю, — кивнула она.

Они вышли. Снаружи освещали поздний вечер вывески и рекламы. Простирались трамвайные пути. И шёл лёгкий снег, красиво таявший на воротнике её шубы.

— Пока, — сказал он.

— Пока, — сказала Даша. Они поцеловались.

— Я тебя люблю.

— Я тебя тоже люблю.

Они поцеловались.

— О чём ты думаешь? — спросил он.

— Не знаю, — сказала Даша. — А ты?

— Не знаю. Снег идёт. Пока.

— Пока.

Он пошёл на трамвайную остановку, а она пошла на маршрутку. Она уверенно шла на своих длинных худых ногах, широко ступая, несмотря на гололёд. Сверху сыпался снег. Людей кругом было не так уж и много, но всё-таки были. Он задумчиво сунул руки в карманы, немножко щурясь от летящего в лицо со всех сторон нехолодного и мягкого, но мокрого снега, поджидая трамвай. Мимо ехали, подсвечивая снег фарами, разные машины. Некоторые были «металлик». По его лицу за сеткой снега сразу было понятно, о чём он сейчас думает: может быть, думал он, может быть. Может быть, почитать «Постороннего» Камю, может быть, может быть, а, может быть, и нет.

Аллергия на мёд

Она вдруг ушла от него, ни с того ни с сего, на пустом месте. Непонятно с чего. Они, Влад и эта его девушка, познакомились очень давно и уже давно были вместе, может быть, даже целых восемь лет. Ну или пять, в любом случае, много. Они познакомились на сайте знакомств. Он очень её любил, и она его тоже очень любила. У них всё было очень серьёзно, они даже хотели детей, но оказалось, что она не может родить, из-за аллергии на мёд. Т.е., конечно, не буквально из-за аллергии на мёд, но что-то в таком ключе, что вот у неё когда-то была аллергия, но об этом никто не знал, и ей дали мёда, и она его съела и наступило такое осложнение, в виде невозможности родить. Влад очень расстроился тогда, пришёл к своему другу и сидел там огорчённый, куря косяк. «Ну, надо же, — говорил он горько, — из-за мёда, бывает же такое». Друг, который недавно как раз был у врача, потому что его жена купалась в водоёме и получила от купания осложнение в виде вензаболевания, прекрасно после беседы с врачом знал, какое бывает и какого не бывает, но ничего Владу не сказал. А сказал, наоборот, только слова утешения. Потому что, правда, что толку-то. Тем более что Влад и сам изменял этой девушке только так. Однажды они даже расставались из-за этого, когда она раньше времени вернулась домой и застала голого Влада поверх другой женщины. Она тогда обиделась и ушла, хлопнув дверью, в первый раз тогда ушла от Влада. Но тогда её мотивы были ясны. А теперь они были совершенно не ясны и даже туманны, она просто сказала ему, по телефону уже съехав с вещами с хаты, что всё кончено между ними. Навсегда. Он думал, что она опомнится и перезвонит, но этого не произошло. Влад пришёл к другу, сидел у него, ссутулившись и ничего не понимая, курил косяк и говорил, что он ничего не понимает, хотя она сказала по телефону, что он и сам всё понимает. Потом Влад с другом играли в приставку, чтобы отвлечься, и Влада после косяка пробило на хавчик и он начал есть всё вокруг. Он сидел на полу с джойстиком и поедал шоколадное печенье, обмакивая его в банку с килькой в томате. Потом он уронил джойстик, облизал пальцы от томатного соуса и заплакал. Он плакал по ней, своей ушедшей девушке. Он вспоминал, какая она была. Она считалась — престижная вип-тёлка. Видимо, из-за дорогих шмоток. Потому что с лицом у неё было не очень. Но она была очень худая и всё время читала всякие журналы про гламур. И не просто читала, а как-то воплощала прочитанное в жизнь, находилась в курсе всяких модных тенденций и ритуалов. За это мама друга Влада, жена папы друга Влада, у которого Влад работал, очень её котировала. А мама была авторитет в подобных делах. Она могла создать репутацию, и погубить репутацию могла тоже. А папа друга руководил строительной фирмой по евроремонту. Влад там занимался отделкой. Он был бог отделки и срубал нехилый бабос, это, видимо, её и привлекло в своё время. Тогда, когда они давно познакомились на сайте знакомств. Он покупал ей какие-то кофточки по пять тысяч и сапоги. А когда она в первый раз ушла от него, застав его поверх другой женщины, а потом они снова познакомились на том же сайте, бывает же такое, и это повторное знакомство окончательно убедило их в том, что это судьба и они предназначены друг для друга, он купил ей сапоги за целых восемнадцать тысяч. И вдруг она ушла от него. Они вместе переносили невзгоды, плечом к плечу, они перенесли мировой финкризис, когда потребность граждан в евроремонте резко пошла на спад, когда все кругом перебивались, и их фирма тоже. Когда папа друга Влада по совету мамы друга Влада не отдал другу Влада три тысячи рублей, переданные для него бабушкой в подарок на день рождения, и был большой скандал с участием жены друга Влада, для которой, разумеется, дело было не в трёх тысячах, а дело в принципе, и ещё долго эхо этих трёх тысяч сотрясало многолетние семейные устои и связи. До сих пор сотрясает. Влад же со своей девушкой прошли через это испытание с честью, их любовь не дрогнула. Влад вообще, что в нём было безусловно хорошо, всегда вёл себя как чрезвычайно честный и щепетильный человек. За вычетом этих его измен своей девушке. Но в денежном плане он был безупречен. Он, например, постоянно следил, чтобы папа друга Влада, расплачиваясь с другом Влада, который делал им электрику, заплатил ему правильно, а не как они с мамой норовили, мотивируя это тем, что тогда меньше достанется жене друга Влада. И потом, когда папа с мамой друга Влада перестали звать друга Влада делать электрику, мотивируя тем, что тогда жене друга Влада не достанется вообще ничего, и друг Влада остался без работы в разгар кризиса, и жена выставила его (подтвердив предчувствия мамы друга Влада), Влад неизменно пытался ему помочь, подкинуть какую-нибудь халтуру. Поддерживал друга и помогал. Влад был отчётливо хороший человек. И свою девушку он, конечно, тоже поддерживал, в любой кризис стремился её порадовать и оказать знаки внимания. Они старались, когда не на работе, или не с друзьями, или не, допустим, когда кто-то кому-то втайне изменяет, старались всё свободное время проводить вместе. Они даже спали, взявшись за руки. Особенно в ночь на выходные. А с утра в выходные просыпались (взявшись за руки), завтракали и вместе шли на фитнес. А потом, после фитнеса, она шла на шейпинг, а он на бодибилдинг, но это тоже было рядом, буквально в соседних залах. Он на бодибилдинге всё время помнил — она тут, совсем рядом, на шейпинге… А потом, в хорошие времена, они вместе шли на шопинг. Влад очень любил ходить на шопинг со своей девушкой, такой худой и так хорошо разбирающейся в модных тенденциях. Она и машину помогала ему выбирать, и первую и, позже, вторую. Первая была «Пежо», серебристый «металлик», это она тогда уговорила его всё-таки выбрать именно «металлик». Он считал, что в салонах просто на автомате постоянно впаривают «металлик», за который, естественно, нужно доплатить. «А что, не-"металлик", что ли, хуже», — с сарказмом спрашивал он тогда у продавца, но она, нежно прильнув к его уху, прошептала, что дополнительный слой лака поверх краски действительно является добавочной защитой от атмосферного воздействия, от микроцарапин, от микросколов, от частой механической полировки кузова. «Металлик» всё-таки смотрится лучше и после тридцати-сорока тысяч эксплуатации и сотни моек всё равно блестит. А простая становится матовой и теряет товарный и эстетический вид... Он поразился тогда её знаниям, а ещё тому, как деликатно она объяснила ему всё, тихонько, чтоб он не чувствовал себя неловко перед продавцом. И они купили именно «металлик». А вечером выпили шампанского и снова, в очередной раз, но впервые за долгое время, по-настоящему были вместе. У них с этим вообще-то были проблемы, точнее, у неё, они пытались её лечить, водили по врачам, искали всякие скрытые инфекции, в результате, вылезла эта аллергия на мёд и невозможность родить, и она с горя пошла получать второе высшее и стала писать диплом, а, пока она его писала, то не могла спокойно думать, т.е., без алкоголя, хотя Влад говорил ей, что синька — чмо, и даже выискивал в интернете всякие поучительные ролики на эту тему. Она смотрела ролики, кивала, но всё равно неизменно отрубалась ровно к тому моменту, как Влад возвращался домой после евроремонтных будней. Но, к счастью, у неё это оказалось проходящее, после защиты она вообще не могла смотреть на любой алкоголь ещё долго, и постепенно как-то всё у них наладилось, включая койку. Конечно, оставалась аллергия на мёд, но у кого из нас нет за душой тайной боли и тщательно скрываемой катастрофы, незаживающей разверстой раны, что ж теперь. Нельзя же на этом зацикливаться. Он очень радовался выбранному ею «Пежо» «металлик», с гордостью ездил на нём на работу. Даже друг Влада, вообще равнодушный к машинам, хвалил цвет, когда Влад помогал ему перевезти вещи от жены в съёмную комнату. А помочь перевезти вещи из съёмной комнаты к новой жене Влад приехал к другу уже на красном «Ситроене». «Ситроен» был матовый, это она убедила Влада выбрать именно такой цвет, сказала, что «металлик» — это колхоз, уже не актуально, хотя Влад снова хотел «металлик», для него это было как символ и талисман. Но ничего не поделаешь, в тенденциях она разбиралась лучше, хотя и была родом из города Черняховск Калининградской области, а, может быть, именно поэтому. Но, как бы то ни было, именно с этого не-«металлика» всё почему-то пошло как-то не так. Сначала надо было выплачивать кредит, и Влад стал больше работать, брать халтуры, и пропускать по выходным совместный фитнес. На шейпинг с бодибилдингом он, правда, успевал, но она плакала и говорила, что этого недостаточно. И что у него отрастает грудь без фитнеса. А он обижался. Потому что у него всегда грудь была пышнее, чем у неё, и особенно это бросалось в глазах на совместных пляжных фотографиях, всегда хотелось снять лифчик с неё, которой он в принципе не нужен, и надеть на него, испытывающего в этом прямо-таки настоятельную необходимость... Но, можно подумать, дело было в этом. Можно подумать, грудь когда-то что-то решала в человеческих отношениях, в отношениях двоих. Конечно, нет, и дело было не в груди, и не в шейпинге, и не в не-«металлике», разумеется, и даже не в аллергии на мёд, но что-то неуловимо изменилось. Они оба старались понять, в чем дело, особенно она, она даже стала покупать приложение к журналам про гламур про психологию, и даже списала откуда-то и прилепила сувенирным магнитом из Египта (отпуск 2007 года) на холодильник «Девять правил жизни: 1. Не анализируй. 2. Не жалуйся. 3. Не сравнивай себя с другими. 4. Не жди, что что-то сделают за тебя. 5. Ежедневно ищи знания. 6. Движение принадлежит тем, кто в движении. 7. Все проблемы в твоей голове. 8. Не ищи совершенства в относительном. 9. Поддерживай свою целостность» и повторяла их, шевеля губами, при каждом визите к холодильнику. Неизвестно, получилось ли у неё что-то с первыми восемью правилами, но с девятым точно ничего не вышло. Ей не удалось сохранить свою целостность, потому что вскоре она попала в больницу, и ей там вырезали аппендицит. А две недели спустя после выписки она ушла от него, вдруг, ни с того ни с сего. Собрала вещи, все актуальные дорогостоящие сапоги и кофточки, и перебралась к подруге. В его отсутствие, даже не попросив его перевезти её вещи на красном матовом «Ситроене». Не предупредив, даже не оставив записки (кроме «Девяти правил жизни» на холодильнике). И только потом позвонила сказать, что всё кончено, что она ушла навсегда. Ни с того ни с сего, повторял Влад, сидя на полу в гостях у друга, забыв на коленях джойстик и в пальцах косяк, уставив запотевшие от горя очки в стену ни с того ни с сего. Друг и его новая жена сочувственно кивали, потом жена на цыпочках вежливо удалилась на кухню, чтобы не мешать исповедальной мужской беседе, и уже из кухни напряжённо прислушивалась, не желая упустить подробностей. Но никаких подробностей не последовало. Влад ничего не рассказывал, только продолжал твердить про «ни с того ни с сего», держась за косяк. А друг ничего не спрашивал, настоящие друзья всегда знают, когда нужно просто помолчать рядом. Ну, и потом, друг и так знал все подробности, от неё, она позвонила ему, «Хочу, чтоб его друзья знали!, — сказала она,

— что я не бессердечная тварь...» И она долго описывала другу Влада, как у неё заболел живот, и она неделю промучилась, а потом попросила Влада отвезти её в больницу, но он отказался, потому что ему надо было ехать менять дворники на улучшенную и дополненную версию, и она пошла в больницу своим ходом, и там ей сказали, что у неё аппендицит и надо делать операцию, и она позвонила Владу, чтоб он приехал и привёз ей вещи, и вообще дал денег на операцию, но Влад как раз ехал за ковриками и ничего привозить не стал. Тогда она вернулась домой сама, но оказалось, что Влад, пока ездил за ковриками, попал в аварию, ничего страшного, но помял крыло и дверь, и теперь ему нужно везти машину в ремонт, поэтому денег на операцию он ей дать не может. Тогда она легла на диван, чтоб на его глазах начать умирать от перитонита, чтобы он одумался, но он, вместо того чтобы одуматься, полез в интернет искать, где дешевле могут отремонтировать крыло и дверь. В результате, денег она заняла у брата и у подруг, и они же отвезли её в больницу и забрали оттуда. Влад тоже не терял времени даром, в честь её выздоровления он починил дверь и крыло и заменил дворники и коврики, и в первый же её небольничный выходной повез её вместе на шопинг. Там он накричал на неё, что она неизящно выходит из машины и садится в неё тоже неизящно. А у неё болели все швы, «У меня болели все швы, — жаловалась она другу Влада по телефону, — я вообще боялась, что они разойдутся, я только плакала и ела кетонал, мне было толком не разогнуться, а он кричал, что вот он только отремонтировал машину и она стала снова такая новая и красивая, ярко-красная, и тут я, такая неловкая, порчу всю картину. И я ушла. Чтоб не портить ему картину...» Друг Влада слушал её прерывающийся голос, и жалел её, и ужасался, и негодовал, и поражался поведению Влада. И при этом друг всё гадал, почему она позвонила именно ему и именно ему всё это рассказывает, с какой стати, неужели из-за того, что она все ещё помнит тот имевший когда-то место эпизод, когда друг развёлся с предыдущей женой и ещё не женился на последующей, и начал обустраиваться в съёмной холостяцкой комнате, берлоге, и она прибежала из жалости сварить ему суп, одинокому и несчастному, и тут, слово за слово, они курили косяк, и тут, в не самый неподходящий момент, все уже были одеты и всё относительно прилично, хоть и вполне недвусмысленно, тут заявилась мама друга Влада. Тоже сварить суп. И хотя главный бенц мама подняла тогда из-за косяка, а про остальное пообещала Владу ничего не говорить, но, может, мама, допустим (гадал друг), сказала папе? А уже папа сказал Владу? Но, главное, почему она звонит мне, может, она хочет продолжения отношений? И друг в ужасе шевелил лопатками и тряс головой, сочувственно кивая в трубку. И что, всё-таки (размышлял друг, скручивая косяк, доставая с антресолей джойстики и подключая приставку), что, всё-таки, знает Влад? Знает, что что-то было? И почему она ушла?

Жена, устав прислушиваться, снова вернулась в комнату, принеся Владу тарелку сосисок и банку сгущёнки, и Влад, дунув, стал рассеянно и жадно есть, иногда невнятно повторяя с набитым ртом: «Ни с того ни с сего!» И наблюдая его со стороны, жующего, обкуренного и галлюцинирующего, никак нельзя было сказать, что он знает всё: про неё и про друга, и кое-что про себя и про бывшую жену друга, и что-то, пусть и в гораздо меньших масштабах, про нынешнюю жену друга. И, конечно, знает, почему она ушла от него. И, более того, — единственный на свете знает, почему он не дал ей денег на операцию. Почему он оставил её лежать на диване, в тайной надежде, что она умрёт от перитонита. И почему потом поволок на шопинг и заставлял выпрямляться, в тайной надежде, что у неё разойдутся швы и она умрёт от сепсиса. Потому что он её любил, так любил, что ему было тяжело от этой любви. И за те годы, что они были вместе, целых долгих пять лет, если не все восемь, он устал просто до изнеможения. Он пытался избыть эту тяжесть всеми мыслимыми способами: покупал ей сапоги за восемнадцать тысяч, пёк ей с утра в день рождения, пока она спала, торт с надписью «С днём рождения!», изменял ей, искал других, возвращался к ней же, менял машины, лечил её от бесплодия и вензаболеваний, но легче не становилось. Он догадывался, что самым правильным было бы бросить её, да и дело с концом, но именно это у него никак не получалось. А когда у неё начался приступ аппендицита, его озарило: если она умрёт, то вся проблема решится! Её просто больше не будет, ни с ним, ни без него, и не надо будет думать об этом. И он всё ждал, ждал, пока она там демонстративно умирала на диване, и потом, когда в больнице доктор взрезал её красивый живот, окуная скальпель в красную, цвета «Ситроена», кровь (там, где любовь, там всегда проливается кровь). Всё ждал. Но дождался только того, что она ушла. И теперь он не знал, радоваться ему или огорчаться, и, если да (или нет), то чему именно. Поэтому он решил не анализировать (первое правило жизни из девяти), а просто пойти к другу, накуриться и играть в приставку. Чувствуя безмолвную дружескую поддержку и отогреваясь, лечась ею от всего. Кроме аллергии на мёд.

Друг Влада в этот момент чувствовал то же самое. Он рубился в «Мортал Комбат», и ему было необыкновенно хорошо и спокойно. Тем более что рядом сидела жена и смотрела, как они играют в приставку. А друг очень любил, когда его жена смотрела, как он играет в приставку. Они передавали косяк по кругу, как трубку мира, и чувствовали герметичность и закрытость, защищённость этой комнаты и этой минуты. И поэтому, когда у друга Влада запел в кармане джинсов телефон, он не стал отвечать, чтоб не нарушить таинство, просто поставил его на беззвучный режим. Тем более что это звонила она, а рядом сидела жена, вечно что-то высматривающая под предлогом того, что ей интересно смотреть, как он играет в приставку. «Потом перезвоню», — решил друг Влада. Телефон ещё с минуту повибрировал на бедре у друга Влада и смирился, затих.

Райские яблочки

Дачная, а точнее, сельская, а ещё точнее — огородная местность поднималась горами и стлалась долами. Вокруг грохотали и фырчали пригородные электропоезда, «Поезд хррррдырррдырр проследррррыр по третьему пути-ти-ти-ти...», раскатывалось эхо над пересечённой местностью, где на горах сверкали в лучах полуденного солнца плёнки парников, а в долах неутомимо поворачивались над грядами увесистые, как мегалиты, обтянутые потрескивающим трикотажем зады местных жительниц. Спереди над трикотажным мегалитом низко нависал конгломерат наспех уложенных в лифчик грудей. Солнце нещадно пекло эти устойчивые и, по-своему, вполне эстетичные и даже разумные конструкции. Дождь изливался на их грядки, крыши и парники. Их дети и внуки ехали в гудящих электропоездах, их мужья гудели в поросших незабудками и чертополохом осыпающихся карьерах после рабочего дня, после трудного дня. Самым трудным (в каком-то смысле), и, в каком-то смысле, самым лёгким днём была пятница. Под вечер, перед закатной поливкой, женщины бродили полями и тропами, внимательно глядя под ноги, и искали себе мужей. Вечером пятницы почти никому из мужей не доставало сил добраться до дому, и они засыпали прямо там, где ими овладевала усталость. Тонкие комариные ноги, выдыхаемый спирт и ласковый вечерний воздух пытливо ощупывали их тёмные, украшенные морщинами лица. Женщины подтаскивали найденных мужей ближе к парадным, чтобы их можно было увидеть из окна, а сами отправлялись обратно на участок, на огород. Там ждали их незавершённые дела. В сумерках женщины возвращались. В глубине остывающей летней ночи под окнами пробуждались мужья и всходили по лестнице в квартиру, на супружеское ложе. Наутро всех снова ждала работа, а главное, ждал огород. Всё, вся жизнь посёлка в целом закручивалась и раскручивалась тоже вокруг огорода, вокруг этого понятия, его наличия, состояния и поддержания должной изобильности. Всё остальное: мужья, дети, работа, жизнь и смерть, бытие и ничто — было лишь незначительными шагами в сторону, ответвлениями, побочными партиями. Как религиозный человек смиренно пережидает земную жизнь с её соблазнами и суетой, прозревая, прищурившись, впереди жизнь вечную, так и жительницы посёлка безропотно исполняли свой долг жён, матерей, любовниц, работниц и домохозяек, но душами и думами их полновластно владел лишь огород. Это было главной темой всех вечерних светских бесед на лавочке у песочницы, быстрых обменов важнейшей информацией при встрече у магазина или на остановке — заборы, насосы, парники, плодожорка, у кого что растёт, а у кого не растёт, как лучше поливать, удобрять, окучивать и опрыскивать. Росло у всех, в большей или меньшей степени, кому-то больше удавались помидоры, кто-то специализировался на кабачках, были укротительницы чёрной смородины и повелительницы крупной и усатой, как древний Велес, клубники. Многие, помимо основного плодомассива, баловались роскошными цветниками. На нескольких участках регулярно собирался выдающийся урожай яблок. Но вот именно яблочная тема являлась главной загадкой и поводом для бесконечных удивлений и обсуждений. Это было непостижимо и поразительно, но яблоки лучше всего родились на участке у одного мужчины, Аркадия. А ведь Аркадий был даже не местный! Аркадий был не местный, дачник, он жил в городе, а в посёлок приезжал только летом, ну, и ещё весной и осенью, а зимой часто уезжал. Правда, зимой жизнь в посёлке всё равно останавливалась, зимой огород впадал в спячку, но дело не в этом. С Аркадием было что-то не так, не в плохом смысле, а просто от него веяло какой-то таинственностью. Почему-то, и почти все это чувствовали. Несколько лет назад Аркадий внезапно явился неведомо откуда и купил участок со склонённым забором, одичавшими бесплодными яблонями и горестно вздыбленным скелетом парника над высохшим прудиком. Хозяйка участка, рассыпавшаяся от времени старушка, не оставила родственников, а поскольку в посёлке все были в большей или меньшей степени родственниками, все уже думали, как по-справедливости распорядиться участком, кому доверить твёрдой мозолистой рукой вести его из тьмы и хаоса запустения вперёд, ввысь, к свету и цветению, плодоношению и конструктиву. И тут возник Аркадий, неведомый, общительный, с уютно лежащим на коленях животом и уютно лежащими на груди щеками, почему-то с гитарой в чехле, возник — и принялся, засучив рукава на огромных ручищах, неутомимо созидать. Он реконструировал, т.е. практически воссоздал из праха, и дом, и сортир, поставил изысканный, но крепкий забор, а на теплицы Аркадия приходили смотреть люди с других улиц, и даже однажды приехала семейная пара на мотоцикле с коляской из соседнего посёлка, и муж зарисовывал чертежи в блокнотик — так остроумна, дерзка и удачна была инженерная мысль Аркадия в нелёгком деле модернизации парников! И всё остальное, весь быт и антураж участка, тоже постепенно наполнились вроде бы не такими уж значительными и важными на первый взгляд и по отдельности, но в целом производящими удивительное впечатление нововведениями. А главное, всё, — все зелёные насаждения и культурные посадки, — неудержимо пошло в рост. На смену смерти и запустению пришла жизнь, такая отчётливая и стремительная, что хотелось постоянно поглядывать за Аркадьев забор, убеждаться в торжестве жизни. Даже как будто бы рыбки заплавали во вновь исполненном воды пруду! По-хитрому протянутое электричество, отведённый от шланга к душевой кабинке рукав, флюгер на крыше, японский сад возле мангала — вроде бы, всё это встречалось и на других участках, и у соседей переливались, как в ботаническом саду или там эдеме, цветы всех оттенков и форм, и вились плющи, и плыли в июльском мареве светлые плитки дорожек, и блестели под тёплыми дождями жирные толстомясые листы каких-то пальм, что ли, если не чего поэкзотичней, но у Аркадия все эти детали обретали совершенно новый, особенный смысл и даже облик. А, может быть, дело было в личности самого Аркадия. Настолько он сам был необычным, особенно, конечно, в обстановке посёлка, но и за вычетом посёлковых реалий Аркадий был очень и очень непрост. Во-первых, он был очень высокий. Во-вторых, очень толстый. Конечно, это всё полная фигня, и совершенно не важно, кто там толстый, а кто худой, но что-то сразу цепляло уже в его облике, фигуре рыхлого гиганта, этакого засидевшегося сказочного богатыря, с вечно красным и распаренным, будто только что после баньки, лицом, готовым ежесекундно разложить на груди щёки счастливой сдобной улыбкой. Аркадий был редкостно доброжелателен и отзывчив. Не зря его всегда любили дети и бегали за ним шумной стайкой! Поселковые дети, правда, за ним не бегали, они бегали сами по себе, торчали на Окунёвке или резались в карты, азартно плюясь, в кустах за песочницей, под аккомпанемент полифонии из мобильных телефонов, или расхаживали по главной улице, сомкнув ряды, мрачно раскрасив глаза (девочки), или чиня какой-нибудь зловонный мопед (пацаны), ну, а мелочь ковырялась в качелях и лопухах. Так что этим детям, взраставшим сами, как лопухи, на обочинах родительских огородов, было не до Аркадия, но дети из его другой, городской, жизни, о которой он охотно рассказывал, любили его и вечно-то висели на его руках и большой спине. Тому была ещё одна причина — Аркадий-то сочинял детские песни! Сочинял во множестве и сам пел под гитару, и это тоже было удивительно и необычно. Этакая ожирелая орясина, с вот такенными ручищами, берёт гитарку и принимается, вибрируя затерявшимся в развале щёк подбородком, километрами петь про котиков и резвых пони, скачущих по брусчатке города Детства. Про доносящийся с острова Детства ветерок, иногда задувающий в нашу взрослую жизнь и заставляющий разлетаться самолётиками скучные бумаги с наших серьёзных взрослых столов. Про гигантские раковины, в которых дремлет попутный ветер когдатошних морей, про улиток и синиц, мчащиеся сквозь лето велосипеды и незабываемую, робкую и трогательную, первую любовь. Смешные девчонки с торчащими косичками, бескозырка старшего брата и шинель отца, жирафики и чижики-пыжики, веснушки и румяные щёки, бумажные кораблики в лужах и поднимающие в этих же лужах тучи искрящихся брызг чьи-то озорные ноги в резиновых сапогах на вырост, щенки и снежки, прыгалки и салки, медвежата и салазки, ялики и мостки, радуги и воздушные змеи, стрекозы и бубенчики — весь этот зверинец бесконечно извлекался толстыми Аркадьевыми пальцами из гитарного чрева, и вдохновение, подобно парниковым газам, почти физически ощутимо поднималось в небеса от его влажных щёк. Была даже мини-опера про Трёх Поросят, с особенно проникновенной партией Нуф-Нуфа... Песни являлись ему сами, практически готовые, как будто какие-то голоса напевают их прямо из воздуха, — доверчиво делился Аркадий с соседями. И ведь он всегда, практически с рождения, любил музыку, и, конечно, ею и надо было сразу заниматься всерьёз, получать образование, но не сложилось, к сожалению. Чем только не занимался в жизни, и тем, и другим. Раньше занимался ресторанным бизнесом, очень нравилось, ещё в девяностые, потом тоже много чем занимался. Теперь вот тоже у Аркадия была очень интересная профессия — он, можно сказать, создавал миры! Да-да. Занимался ландшафтным дизайном. Тут и пригодились его знания о природе, растениях и минералах, которые он тоже всегда очень любил и давно изучал. И деньги приносит неплохие, и заказчики попадаются очень интересные люди. И, главное, как это невероятно увлекательно, — процесс созидания, соединения, перехода на иной качественный уровень, когда из ничего рождается нечто. Потрясающе. Чувствуешь себя буквально всемогущим! Вот, например, посмотрите на яблоки! И все послушно смотрели на яблоки, на которые, лучась гордостью из глубины щёк, указывал Аркадий, впрочем, все и так регулярно смотрели на эти яблоки и без всяких указов. Яблоки были просто чудо. Такие огромные, сияющие, глянцевые — ровно такие же, как продают в городе в разгар зимы, импортные, выращенные на пестицидах и прочих ГМО, неполезные и даже отчасти ненастоящие. Но эти-то были настоящими! Они росли у всех на глазах, Аркадий ничего ни от кого не скрывал, никаких особых секретов, правда, уверял, что секретов-то и нет, но не скрывал. И даже более того — яблочки эти выросли на тех самых яблонях, которые все местные знали всю жизнь. С веточки, с худенького саженца. И яблони эти давно уже состарились, одичали, вышли из репродуктивного возраста, какая-то дрянь жрала их морщинистые листья, и тут вдруг, бац! — появляется Аркадий, и яблони нежданно-негаданно принимаются приносить плоды, как не в себе, да какие плоды, и складывать их с отяжелевших ветвей к ногам вдохновенного Аркадия. И никакой при этом речи не идёт о плодоношении раз в два года, каждый год! А возможно, лучится Аркадий щеками, возможно, я уговорю их плодоносить и два раза в год! Я работаю над этим... А в чём же всё-таки секрет, ну, в чём секрет, всё допытываются у Аркадия местные жительницы, соседки, загорелые языческие праматери, скифские бабы в лосинах с тяпками наперевес, — но Аркадий лукаво отводит взгляд. Глубина залегания грунтовых вод, бубнит он, компост, энтомофаги, содержание почвы в междурядьях, плюс, многие сорта яблонь с хорошим здоровым стволом при двух-трёхкратном омоложении кроны могут продуктивно жить до восьмидесяти и более лет, ежегодная обрезка без применения укорачивания однолетних приростов путём перевода их на ветви с большим углом отхождения, расположенные ниже, прививка поросли от подвоя, установка подпор, чёрный пар и культурное задернение, — перечисляет Аркадий, но каким-то образом, голосом, выражением лица, а, может, движением толстых пальцев, даёт понять, что это всё не важно, главная хитрость не в этом. Так в чём же, в чём же, изнемогают соседки, алчно заглядываясь на прельстительно таящиеся в листах глянцевитые бока, и искуситель-Аркадий наконец сдаётся. Есть, кивает он, есть один секрет. Яблочки-то хотят, чтобы в них содержалось железо. Поэтому в почву надо добавлять железо. Феррум. Подкармливать корни железом. Поэтому, шепчет Аркадий, щёки его блестят, живот вздымается, и вздымаются над его головой под ветром листья и блестят под солнцем яблоки, поэтому я сразу же, как приехал сюда, закопал под корнями своих яблонек железо... Как, и это всё? И только-то? — разочарованно переглядываются соседки. Будто они сами не в курсе про этот фокус с железом. Никакой феррум под корнями никогда в жизни не даст таких вот яблочек, никакая железяка, хоть весь окрестный металлолом закопай... Наверняка есть ещё что-то. Ну есть, застенчиво признаётся Аркадий, есть ещё кое-что. Как говорится, есть одно «но». Ну?!. Я им... пою! — шепчет Аркадий, таинственно расширяя свои потерянные внутри лица глазки. Вы им... что? Да! — кивает Аркадий, кивает щеками, и брюхом, и головой. — Они для меня как живые, вот я с ними и разговариваю, и пою им! Я им говорю: ах вы, мои хорошие, растёте? Ну, растите, растите большие и красивые. А потом беру гитару и пою им. Пою им про остров Детства, про кораблики, про самолётики, про пароходики, про прыгалки и салазки, про котиков и стрекоз! Про классики! Про барашки волн! Пою им! Про резвого пони!! Какой, к такой-то матери, резвый пони, хотят сказать недоумевающие женщины, но вдруг, внезапно, будто вкусив от некоего тайного знания, они всё понимают, прозрев. Они смотрят на толстого большого Аркадия, стоящего под яблоней, закинув голову. Ветер шевелит складки белой футболки Аркадия. Тоги? Туники? Хитона? Вокруг всё цветет, растёт, этот рост будто бы даже становится слышен. Кружат в небе какие-то прекрасные белые птицы (энтомофаги?). Распирая теплицу, глядят сквозь плёнку заросли томатов «бычье сердце». Стелется усталая раскормленная клубника. Пахнет укроп, вьётся ввысь горох, выстроились неукротимые строи картошки, подмигивает петрушка, нашёптывает что-то красная смородина, дремлет чёрная, влюблённо поглядывает на крыжовник белая. Так вот оно что! А Аркадий прав, вот ведь как. Они все живые, в этом и секрет. В этом и тайна. А мы-то пытались командовать ими! Мы дёргали их, и опрыскивали, и удобряли. Диктовали и приказывали. Хотели повелевать ими, как неодушевлёнными, как низшими. А надо было просто спеть. Аркадий, поэт, человек творчества, нашёл ключ к их исполненным хлорофилла сердцам! Он кормит их железом, но не так, как мы, а осознанно, осуществляя высший смысл — он кормит их железом, ибо железо питает кровь. Профилактика анемии. У них такая же кровь, как и у нас! А вот мы не такие, как Аркадий. В нас нет божьей искры, мы не способны поэтически переосмыслить окружающее. Мы не думаем о вечном. Поэтому наша доля — это труд, вечный труд, не разгибая спины, глазами в землю и пудовой кормой в лосинах к небесам. А вокруг Аркадия всё растет само, плодоносит и колосится. Аркадий — волхв! Он возносит к небесам свои песни (про салочки, скакалочки, резвого пони), и небеса, благоволя, шлют его участку благодатный дождь и благословенное солнце! И яблоки на его яблонях — это просто-напросто райские яблочки, только и всего! Никакого секрета. Аркадий действительно стоит в своих райских кущах, на фоне японского садика, благостный, как сам Господь Бог, и радостно кивает соседкам. Да-да! Главное — это творчество. Это стихия музыки! Музыка облагораживает нас, творчество возносит нас ввысь, в небеса. Аркадию надо было сразу заниматься музыкой, не терять время на другие занятия. Ну, ничего, ничего, он наверстает! Тем более что песни приходят к нему сами, уже готовые, будто кто-то шепчет, нашёптывает. Я не могу, — говорил Аркадий под яблоней, отягощённой плодами, — не могу не петь. Они сами приходят ко мне. Я может, и рад бы иногда не петь, но они приходят, они окружают меня, они заставляют себя петь! Толпятся вокруг. Я их чувствую…

Надо по-иному воспринимать жизнь, тогда и будет вдохновение, и райские яблочки, думают женщины. Но мы не можем. Нам кажется, что всё это бред, если честно. Но яблоки-то есть! Да, яблоки есть, они висят, клоня ветви к земле, они отчётливы и убедительны. Но ведь не песенками же, в самом-то деле?.. А чем же тогда? А яблоки висели, сияя… Женщины, ещё раз взглянув на них, уходили, прощаясь с Аркадием, облитым закатным солнцем, покидали этот райский сад, затворяли за собой его калитку. Им надо было поливать, и закрывать, и искать мужей, и готовить ужин под томительный вой электричек, ибо каждому — своё.

Каждому — своё, бормотал под яблоней Аркадий, я чувствую, что музыка — это моё. Пусть от меня уже как будто бы шарахаются в некоторых студиях звукозаписи. Там, далеко, в городской жизни. Песни сами приходят ко мне. Я не могу их не петь. С тех пор, как я удалился от дел, и поселился тут, и стал подкармливать яблони железом. Закопал под одной утюг, с налипшими остатками горелого мяса, а под другой — в нескольких местах ржавую от крови арматуру. А кто, кому было легко вести в девяностые годы ресторанный бизнес?! Не все сразу определяются со своим призванием, кого-то жизнь слегка поводит кружными путями. Они сами приходят, нашёптывают, шелестят. И я должен их петь. И должен растить яблоки. — Хоть так, — шепчут они, — хоть так, ещё хоть на чуть-чуть осуществиться. Хоть капельку овеществиться. Хоть так, хоть как угодно. Ещё немножечко быть, ещё попозже — совсем не быть. Подышать, погреться, побыть.

Сказки

Чудесные сказки о любви

Весной, когда сходит снег и показывается солнышко, над зданием ДХШ №17, Детской художественной школы, начинают летать уши от мёртвого Андрюши. Они хлопают на ветру и просвечивают на солнце, присаживаются на ветви деревьев, и, склонившись, разглядывают пишущих этюды детей. Дети откладывают кисти, разворачивают принесённые из дому бутерброды и посыпают землю хлебными крошками. Уши от мёртвого Андрюши благодарно клюют крошки и вспархивают обратно на дерево. А ближе к вечеру, разомлев от солнца и сытости, уши от мёртвого Андрюши принимаются рассказывать детям чудесные сказки о любви.

Давным-давно нашу ДХШ закончила одна девочка, Алечка, и вернулась сюда же преподавать. На самом деле она хотела идти в Академию художеств, но не поступила и пришла обратно к нам. В таких вот ДХШ, в них же все преподаватели чего-то в своё время хотели, но именно этого так и не смогли, и теперь пришли тому же самому учить детей. Тут даже и у детей взгляды устремлены не в будущее, как обычно бывает, а куда-то как бы поверх будущего.

Даже в интерьерах и обстановке ощущается какая-то похмельная вялость и брошенность на полпути. Начнут тётки выволакивать из кабинета истории искусств ящик с битыми диапозитивами, да так и оставят его торчать чуть ли не в дверях. Потому что тяжёлый. Тёткам хотелось запрячь под это дело гордость школы, единственного преподавателя — дяденьку, но он что-то всё не шёл. А не шёл он потому, что с ним приключилась история. От этого дяденьки ушла жена, и он из-за этого очень огорчился.

А звали его Николай Васильевич, как Гоголя. Только он был не Гоголь. Он даже так всегда шутил, когда представлялся: «Очень приятно, а я вот Николай Васильевич. Но не Гоголь». Хотя странно, с чего это ему было так приятно, что он не Гоголь. Нашёл, чем гордиться. Правда, здесь ведь и стыдного тоже ничего нет. Ну, подумаешь, не Гоголь. Мало ли кто не Гоголь, что ж теперь, повеситься? Тем более что у этого Николая Васильевича, у него на самом деле же всё в жизни было очень даже ничего. Всё-таки художник с педагогическим образованием, преподавал, домик имел и холсты. А жена, она с самого начала знала, что ей муж попался не Гоголь, но нисколько из-за этого не комплексовала. То есть вот они двадцать лет жили вместе, и двадцать лет ей было нормально, что он не Гоголь, её это не смущало. А потом почему-то с какого-то перепугу её это обеспокоило. «Что-й-то, — думает, — он у меня какой-то не Гоголь, прям, не знаю», — в общем, она собрала своё барахло и свалила от него к другому. Можно подумать, этот другой Гоголь. Тоже ведь ничего подобного, не поймёшь этих жён.

А Николай Васильевич, он из-за этого очень распереживался и впал в депрессию. Тут ещё дело в том, что эта ушедшая жена, она тоже была художница, и она, когда уходила с вещами, она у него полмастерской вынесла. Этюдник, бутылку скипидара, четыре тюбика белил и гипсовую голову Давида высотой 1 м 40 см. В качестве приданого, видимо. Потому что тот новый муж, он же тоже был художник, так что, вероятно, оценил. А оставленный Николай Васильевич, он тоже оценил, — все масштабы постигшей катастрофы. Потому что художество художеством и жена женой, но средства к жизни всё равно же где-то нужно брать. А Николай Васильевич всю дорогу брал их из надомных учеников, которые рисовали у него в мастерской гипсовую голову Давида. А теперь, когда Давида умыкнула эта престарелая Анна Каренина, Николай Васильевич мог предложить ученикам в качестве модели разве что шиш в кармане. Но ведь шиш — это рука, а на вступительных экзаменах рисуют голову, так что, можно сказать, Николай Васильевич теперь ничего не мог предложить ученикам. А если ученикам ничего не предлагать, они тебе тоже ничего за так не дадут. А на учительскую зарплату не проживёшь, особенно, если пить каждый день. А если не пить, то и вовсе не проживёшь. В общем, Николай Васильевич две недели огорчался у себя в мастерской, пока деньги не кончились, а потом решил пойти в ДХШ, занять у тёток. А тётки в это время как раз опять суетились вокруг ящика с диапозитивами, и именно и поджидали Николая Васильевича. А у того от сердечных горестей, а, может быть, ещё и от двухнедельного запоя, произошло какое-то временное помутнение, потому что вместо того, чтобы помочь тёткам, он вдруг возьми, да и заори, что все тётки дуры и нехрен выкидывать ящик с ценными вещами. Мол, отвернуться нельзя, тётки всё сопрут. «Да что же, — испугались тётки, — что же там такого ценного?» Тут уж Николай Васильевич заорал уже просто как стихийное бедствие.

«Уши! — заорал он. — Уши от мёртвого Андрюши!» После этого Николай Васильевич вдруг неожиданно обмяк, застенчиво закрыл хайло и убежал, даже денег занимать не стал. Короче, ящик, где хранились уши от мёртвого Андрюши, так и торчал в дверях кабинета истории искусств, а тётки полжизни обсуждали произошедший казус. Хотя на самом деле главный казус, как всегда, остался скрыт от глаз общественности, а произошёл он с Алечкой. Алечка с какого-то бодунища взяла, да и влюбилась в Николая Васильевича. То есть, конечно, любовь — чувство божественное и необъяснимое, и всё такое, но Алечка была девицей далёкой от мистических настроений, и в её случае всё вполне понятно. Алечка была прекрасный живописец, а

Николай Васильевич, он пришёл с таким зелёным лицом, поросшим серой щетиной, а глаза у него были синие с красным, а потом он разинул чёрную пасть, в которой торчали акценты жёлтых зубов, и всё это было настолько красиво по цвету, и по пятну, и по композиции, что Алечка от таких совершенств оказалась близка к обмороку. В итоге Алечка весь день ходила как неродная, а ночью её и вовсе одолела мечтательность. Алечка взгромоздилась с этюдником на подоконник и стала писать ночной урбанистический пейзаж с луной, думая при этом элегически: «Ах, что же сейчас делает возлюбленный Николай Васильевич, возможно, он тоже не спит...». Любовь, она, видимо, действительно обостряет интуицию, так как Николай Васильевич в тот момент и вправду не спал. А не спал он потому, что лез в окно ДХШ, чтобы спионерить оттуда гипсовую статую Дискобола. Наверное, он рассуждал так: если хрупкая женщина жена умыкнула у меня голову Давида, то я, сильный и красивый мужчина в расцвете лет, должен, конечно, спереть по меньшей мере целую фигуру в человеческий рост. Хорошо ещё, что в школе не было Медных всадников или квадриг лошадей под предводительством Аполлона с фронтона Большого театра в Москве, а то бы Николай Васильевич точно надорвался. Хотя он вообще-то и так надорвался. То есть, не совсем надорвался, а, просто, когда он волок Дискобола мимо кабинета истории искусств, он споткнулся об торчащий в дверях ящик, где лежали уши от мёртвого Андрюши, и упал, а Дискобол упал сверху. То есть, Николай Васильевич оказался погребённым под Дискоболом. «Караул! — закричал Николай Васильевич. — Заживо погребли! Спасите!» Тут Николай Васильевич начал вертеться, но Дискобол — это, извините, не пуховое одеяло, и Николай Васильевич довертелся только до того, что вывертел себе в полу ямку. Поэтому, когда утром тётки пришли в школу, они увидели только, что в коридоре на полу валяется Дискобол.

«Наверное, упал! — подумали меланхоличные тётки. — Ну, и ладно. Пусть валяется, у нас и так вечно всё валяется. Кругом бардак, в стране тоже бардак, мужики козлы, дети сволочи, с экологией вообще армагеддец. Носить нечего. Пусть себе валяется Дискобол середи коридора, как символ эпохи».

А Алечка в этот день пришла с опозданием после своих ночных бдений, и к её приходу Николай Васильевич уже угомонился под своим надгробием в виде Дискобола и даже смирился с судьбой. Но влюблённая Алечка всё-таки что-то почувствовала, какие-то биотоки, и опустилась рядом с Дискоболом на колени.

— Алька! — позвал из-под Дискобола Николай Васильевич, — Алька, а меня заживо погребли...

— А не голос ли это моего возлюбленного?.. — встрепенулась Алечка, высматривая Николая Васильевича, но тут как раз дети несли мимо лохань разведённого гипса и по оплошности перевернули её прямо на Алечку. А гипс, он за пять минут схватывается.

— Ой, дети! — восхитились пришедшие через пять минут тётки. — Ой, а кто это так замечательно и похоже изваял нашу Алечку? Обязательно покажите Николаю Васильевичу, когда он придёт, он вам за это поставит по скульптуре «отлично»!

Теперь все, кто приходит в ДХШ №17, первым делом обращают внимание на торчащую середи коридора оригинальную гипсовую скульптурную группу — поверженный Дискобол и прильнувшая к нему прекрасная юная девушка.

— Да! — кивают тётки. — В нашей школе действительно очень высок уровень мастерства. А теперь пойдёмте, посмотрите, как наши дети пишут акварелью.

И тётки уходят, а скульптурная группа остаётся — упавший Дискобол, загипсованная Алечка и заживо похороненный подо всем этим добром Николай Васильевич.

— Вот видите, дети! — перепархивают с ветки на ветку, окончив рассказ, уши от мёртвого Андрюши. — В жизни влюблённые могут пройти мимо друг друга неузнанными, но за гробом они обязательно соединятся, и это прекрасно. А ещё прекраснее, если, как в данном случае, единение это происходит в искусстве.

Сентиментальные уши от мёртвого Андрюши, скрывая слёзы, взлетают под конёк школьной крыши, где они по весне вьют гнездо. Дети украдкой допивают пиво, собирают этюдники и расходятся по домам, недоумевая: а не привиделось ли им это всё на почве юношеского алкоголизма? А глубокой ветреной ночью приходит задумчивый мёртвый Андрюша и недрогнувшей рукой забирает из тёплого гнезда свои сонные, вяло трепыхающиеся уши. Потом он лезет через окно обратно в школу, подбирает с полу статую Дискобола и ставит её на место. Затем он бьёт по макушке Алечку, и гипсовая корка, осыпающаяся с неё на пол, щекочет нос заживо погребённому в ямке в полу Николаю Васильевичу. Николай Васильевич чихает и просыпается. Вслед за Алечкой он вылезает в окно и, как лунатик, бредёт прочь от школы. А мёртвый Андрюша идёт в класс скульптуры, бросает свои уши в ванну с сырой глиной, а сам вспрыгивает на вертящийся станок и застывает там в позе роденовского Мыслителя.

А утром приходит Николай Васильевич, а потом почти сразу приходят дети, а потом, почти без опоздания, — натурщик Андрюша. Андрюша садится посреди класса скульптуры на табуретку в позе роденовского Мыслителя, а дети разматывают влажные тряпки на своих недолепленных глиняных работах. Николай Васильевич прохаживается по классу, посыпая пол пеплом от «Беломора».

— Ой, горе ты моё! — подходит он к миленькой девочке Алечке. — Ну, я знаю, что ты прекрасный живописец, но ведь лепить-то тоже надо! Ведь есть же программа! Ну, вот что ты мне опять лепишь? Ну, посмотри, какой сидит прекрасный живой Андрюша! Что ты мне из него лепишь мёртвого Андрюшу? Ну, вот что это за стопа? Алька, ну мы же лепили в прошлом году стопу. Ну, а что это за уши? Ничего себе, уши... Такие уши, они же, того и гляди, вспорхнут и улетят... Ну-ка, срежь их немедленно!

Алечка послушно срезает уши со своего мёртвого Андрюши и печально глядит в окно. За окном весна, сходит снег, светит солнышко и пишет этюды старшая группа. А Алечка, как раб на галеру, обречена на эти несчастные уши от мёртвого Андрюши. Лучше бы, думает Алечка, они действительно вспорхнули и улетели. Вылетели на улицу, свили бы там гнездо и прощебетали бы нам что-нибудь.

Какую-нибудь чудесную сказку о любви, что ли.

Всё лучше, чем эта дурацкая скульптура.

Китайская сказка

То, что мамы всякие нужны, мамы всякие важны — с этим не поспоришь. Но, всё-таки, наверное, хорошие матери, пожалуй, лучше плохих. У плохой матери, у неё ребёнок бегает где-то, непонятно где, непонятно какой, чумазый и сопли до колена развешаны, а хорошая мать со своим ребёнком занимается. Причём ведь заниматься ребёнком — это не значит только мыть его до блеска и, схватив за руки за ноги, силком впихивать в него полезную кашку с витаминами. Заниматься ребёнком — это на самом деле значит ребёнка развивать, причём в первую очередь в смысле психологии и интеллекта, т.е. с ребёнком надо общаться и разговаривать. Причём общаться неформально, не как это часто делается, — придёт бука, унесет бяку, не трогай каку, — а общаться со всей серьёзностью и ответственностью. Если ребёнок, дочь Арина, приходит в кухню, где мама моет посуду, а на стенах поклеены обои с рисунком какого-то подобия иероглифов, и, тыча в них пальчиком, требует у мамы озвучить по порядку каждый иероглиф — серьёзная и ответственная мама, конечно, отложит свою посуду к едрене фене и всё озвучит. «Сяо Линь, Тяо Минь, Аришенька. Ли Бо, Кун Фу, Кобаяси Исса. Акутагава. Сейчас папочка придёт, а у мамочки ещё ужина ни хрена не готово. Мисима, Басе, Тейквандо. Мамочка будет салатик резать, ладно, Аришенька? А ты пока запомни, что за каждым иероглифом на самом деле находится дверца, а за каждой дверцей сидит по китайцу. Шао Линь, Ким Ки Дук, Джеки Чан. Нет, Ариша, даже если очень громко позвать, так просто китайцы не выйдут. Они застенчивые. Между ними и миром — психологическая Великая китайская стена. Нет, Ариша, китайская стена — это не тушёнка, это наш папа пошутил. Наш папа вообще мастер глупо шуткануть. Ду Фу, Тянь Шань, Мао Дзе Дун, ой, сметаны, оказывается нету, придётся с подсолнечным маслом делать. Ладно, фиг с ним. А китайцы, Арина, они маленькие, хитрые и многочисленные. Им и хочется с людьми общаться, и, тем не менее, они всё равно предпочитают оставаться в русле своей культуры. В смысле, за обоями, на которых нарисованы иероглифы. А если им хочется к людям, то они прячутся в разных предметах обстановки. Вот смотри, Аринушка, в этом вот чайнике вполне может прятаться китаец. У него там чайная плантация. Сидит и наблюдает за нами. Косит китайским глазом. Да, доченька, и в бутылке с подсолнечным маслом тоже может прятаться хитрый китаец. Он там умащивается. И в электрической лампочке может, запросто. А в телевизоре вообще стопудово. И в папиных сигаретах. Арина, не лезь в холодильник, тебе там ничего не обломится. Тамошние китайцы суровы и неразговорчивы. Новое поколение китайцев — морозоустойчивые... Ой, вода кипит.

Осторожнее, доча, кастрюля горячая. Сейчас мама туда бросит специальные китайские макароны. А знаешь, Арина, как можно подружиться с китайцами? Нужно просто-напросто представить, что ты тоже китаец. Смотреть на мир китайскими глазами и всё время повторять про себя всякие китайские слова. Инь-янь, жень шень. И тогда, Арина, знаешь, что произойдёт потом? Потом, как только тебе станет грустно, или скучно, или как-то не по себе — тебе достаточно будет просто зажмуриться и сказать волшебные слова. Дзен, мин, харакири. И сразу к тебе сбегутся все окрестные китайцы и примутся тебя развлекать и утешать — так что, Аринка, я тебе советую дружить с китайцами. С китайцами не пропадёшь...»

Так общается со своим ребёнком хорошая, серьёзная и ответственная мать. И, естественно, у такой матери ребёнок вырастает человеком многогранным и интересным. Куда уж интереснее, когда ребёнок приносит из школы дневник с замечанием «Отвлекает класс и смотрит на мир китайскими глазами». Ещё интереснее становится, когда ребёнок, дочь Арина, вырастает, и принимаются начинаться какие-то мальчики, которым Арина прямо в глаза заявляет что-то невообразимое. Хокку, Танку, Камикадзе. Чио-Чио-Сан. У мальчика на это, естественно, челюсть до колена отпадает: «Чего?» «Да скучно с тобой, вот чего! — доходчиво объясняет ему Арина. — Хоть бы китайцы уже скорее пришли, что ли, всё веселее». Ясное дело, что, если с юности на всех подряд мальчиков с порога вываливать подобную классическую поэзию в жанре Ци, добром это не кончится. Кончится это тем, что Арина, с её привычкой, чуть что, развлекать себя этой китайской грамотой, будет постоянно ходить словно в коконе какой-то китайщины, озарённая каким-то нездешним светом. Ну, и ежу понятно, что мальчики всех возрастов будут табунами сначала слетаться на этот свет, как мотыльки, а потом сразу же от этого же света разбегаться, будто тараканы. А Арина будет в этом свете существовать спокойно и отрешённо, не боясь никаких ударов судьбы, потому что чего их бояться, если от всех от них её защищает Великая китайская стена. И только свистни — сбегутся из чайников, бутылок с подсолнечным маслом и электрических лампочек преданные и самоотверженные китайцы и слабают что-нибудь завлекательное на цитре. Тут можно только жить да радоваться и ничего-ничего не опасаться. Не опасаться, например, наговорить лишних китайских слов довольно-таки весёлому молодому скульптору, и даже попросить его в знак особого доверия изваять у себя в мастерской на работе статую китайца в натуральную китайскую величину. А когда этот самый скульптор пожалуется, вот, мол, про него теперь друзья говорят и смеются, что он на работе в мастерской какое-то говно делает, можно вслух задуматься: «А стоит ли мне встречаться с человеком, который на работе делает говно?» На это скульптор, если он совсем дурак, буркнет: «Ну, не встречайся» и уйдёт, но, поскольку в жизни всегда есть место чуду и в ней встречаются не только китайцы в лампочках, но и не совсем дураки, хотя и куда реже, то вполне может повезти и Арине. И, если он дурак не совсем, то он, ясен пень, уже никуда никогда не уйдёт, обоснуётся в доме прочно со своими каркасами, стеками, резцами и клюкарзами, и никакими китайцами его уже не проймёшь. На все эти Сань Шань, Тай Вань он будет просто брать кусок мрамора и молча отсекать лишнее. Художник. А Арина для заработка будет подхалтуривать в дизайнерской фирме, разрабатывать принты для обоев. Ну, там, цветочный орнамент, геометрический, психоделический, ориентальный. Можно сделать рисунок в японском стиле. В китайском нельзя, это слишком личное. Можно в индейском. Удивительно, кстати, интересная и загадочная культура — индейская. Каких-нибудь кактусов туда напихать. Людей таких смешных стилизованных, диких собак Динго. Не обои получатся, а загляденье. Конечно, такие обои раскупят в момент. Особенно люди молодые и продвинутые. Молодые семьи, молодые матери. Раскупят, поклеят у себя в кухне, потом мама пойдёт на кухню посуду мыть, а за ней детёныш потянется, сын Ваня. «Ой, мама, — начнёт в рисунок на обоях пальчиком тыкать, — ой, а что это?» «А это, Ванечка, — пустится в захватывающие пояснения серьёзная и ответственная, чуждая формальному подходу мама, — это, Ванечка, индейцы. Чингачгук, Кортасар, Статус Скво. Они здесь прячутся, за обоями, они малочисленные, вымершие и застенчивые, но, если повторять специальные индейские слова, подружиться, никогда не пропадёшь, если скучно или плохо», и т.д., и т.п., и далее по тексту. И не начать ли нам сказку про хорошую мать сначала?

Космическая сказка

Если двое влюблённых забредут на Ушаковский мост через Большую Невку, они обязательно остановятся там перекурить и полюбоваться пейзажем. И, конечно, будут говорить про Пушкина. Все знают, что Пушкина убили на Чёрной речке, а поскольку рядом как раз метро «Чёрная Речка», то люди почему-то про любой окрестный водоём уверены, что это и есть та самая Чёрная речка, и именно здесь и убили Пушкина. Вот здесь, говорят влюблённые, вот прямо здесь его и убили. Вон, видишь застарелое пятно на мосту — это праведная кровь поэта, которую не смыть. Здесь и закатилось солнце русской поэзии, здесь и осталось от Пушкина мокрое место. Вот оно. Вот до чего доводят случайные связи. Хотя ведь это только кажется, что у Натальи Гончаровой была с негодяем случайная связь, на самом деле, всё это было судьбоносно, поскольку через это умер Пушкин. Т.е., Гончарова должна была встретить негодяя, не одного, так другого, личность негодяя не принципиальна. А вот Пушкину было предопределено встретить Гончарову, и это уже как раз принципиально. Такие вот судьбоносные встречи мужчины и женщины, они предопределены заранее. А что значит предопределены заранее — это значит, что таким вот встречам на земле предшествует некое событие в космосе. Какое-то движение, перемещение материи, или чего там у них в космосе есть. Что вообще такое космос? Космос представляет собой что-то чёрное и бесконечное, а в этом чёрном и бесконечном блуждают и перемещаются огоньки. Вон, смотри, как раз стемнело, и открывающийся с моста пейзаж Чёрной речки с небом, водой, берегами и домами слился в одну большую чёрную кляксу, а в этой кляксе изредка загораются огоньки окошек. На самом деле, это не ночной пейзаж с окошками, а как раз тот самый космос, а огоньки — это космические корабли. Посмотри, вот из одного угла космоса вылетает один огонёк, а из противоположного угла уже спешит ему навстречу второй. Это летят друг к другу два космических корабля, летят по диагонали через весь космос, и в одном корабле — Юрий Гагарин, а в другом — Валентина Терешкова. И вот они летят, летят сквозь чёрный бесприютный космос, в котором ни буйка, ни островка, одна только звёздная пыль и безвоздушность, летят навстречу друг другу. Юрий Гагарин летит навстречу Валентине Терешковой, мужчина летит навстречу женщине. И ровно посередине космоса они встречаются. Происходит стыковка двух космических кораблей, встреча двух блуждающих огоньков, Юрий Гагарин встречает Валентину Терешкову, мужчина встречает женщину. И только тогда, когда стыковка в космосе произошла, когда два корабля летят уже бок о бок сквозь мрак и неизвестность, мириады рождающихся и умирающих галактик, под градом падающих звёзд и виляющих хвостом комет, летят сквозь прошлое и будущее, жизнь и смерть, летят, трогательно соприкасаясь иллюминаторами, и Юрий Гагарин нежно смотрит в иллюминатор на Валентину Терешкову, а Валентина Терешкова кокетливо поправляет воткнутый в волосы красный розан и посылает Юрию Гагарину воздушный поцелуй — когда воздушный поцелуй Терешковой преодолеет безвоздушное пространство и прилетит к Гагарину, только тогда и произойдёт на Земле судьбоносная встреча. Только тогда Пушкин встретит Наталью Гончарову, мужчина встретит женщину, великий поэт встретит свою судьбу, чтобы встретить свою смерть на этом мосту, как бы через Чёрную речку, чтобы оставить после себя это мокрое место, которого сейчас не видно, потому что уже темно, и, вообще, поздно, и, вообще, пошли домой, мне холодно. Пойдём подальше от этих мокрых пушкинских мест, а над нашими головами будут порхать, роняя с крыльев звёздную пыль, два космических корабля, корабль Юрия Гагарина и корабль Валентины Терешковой, порхать в чёрном и бесконечном космосе, предрешая новые встречи, и разлуки, и смерти, и случайные связи, и дуэли, потому что всё же решается свыше, решается в космосе над нашими головами, пока мы идём ночью к метро «Чёрная речка», торопясь успеть до закрытия.

Страшная сказка

У одной девочки, Щукиной Леночки, была семья: папа, мама и мамина лучшая подруга тётя Таня. Мама с тётей Таней дружили ещё со школы и очень друг друга любили, особенно тётя Таня любила маму до такой степени, что норовила каждый вечер припереться в гости и сидеть до ночи. А поскольку райончик у них был ещё тот, то папе пожизняк приходилось тётю Таню провожать до метро, а однажды у тёти Тани в процессе провожания поднялась температура до каких-то необыкновенных высот, и папе пришлось проводить тётю Таню до дома, а была уже ночь, и метро обратно не ходило, и папа остался у тёти Тани ночевать, а потом почему-то и проживать. Т.е., вся ситуация перевернулась как-то с ног на голову, потому что теперь уже папа всё норовил придти в гости, главным образом, чтобы увидеть ребёнка, и всовывал ногу между дверью и косяком, а мама эту ногу старательно давила дверью и кричала: «Только через мой труп!», а потом удивляются, почему у ребёнка в девять лет невроз и глазик дёргается. А если к этому прибавить, что у ребёнка не только глазик, но и мама вся дёрганая, то всё это чревато целой вереницей психологов, если не сказать психиатров; плюс какая-то дикая «Группа здоровья», в которой нужно лепить из пластилина, а слепивши, бродить по щиколотку в осенней подмерзающей воде, вероятно, чтобы вышибить невроз бронхиальной астмой, а ещё бассейн и гомеопатия. Гомеопатия — это вообще спорный вопрос, можно верить, а можно не верить, хотя, как не верить, если налицо явный прогресс, а именно: после курса лечения у Щукиной Леночки не только перестаёт дёргаться глазик, но и папа перестаёт колотиться в дверь и громогласно желать увидеться с ребёнком. Т.е., у ребёнка оба глаза моргают совершенно синхронно, а когда не моргают, то ясны, широко распахнуты и явно вопрошают у мамы — мол, а где папа? А какой папа, — дёргаются в свою очередь уже мамины глаза, — а был ли, собственно говоря, папа? И тёти Тани не было, и скандалов не было, и гомеопатии, заодно, тоже не было. Существуют такие мамы-максималистки. У них, уж если есть гомеопатия — то такими дозами, что слона вылечить можно, и приём горошек не по часам, а по судовому хронометру, а, уж если гомеопатии нет — то вообще никогда и не было. Как корова языком слизнула всю гомеопатию. В результате, Щукина Леночка, у которой, как выяснилось, ничего никогда в жизни не было, начинает срочным порядком приобретать биографию на стороне, а какая сторона предоставлена для этого ребёнку двенадцати лет? Для приобретения биографии ребёнку двенадцати лет у нас предоставлена левая сторона улицы, ну, и правая тоже, и вообще все стороны улиц, где имеются дома с лояльными жителями, не сильно гоняющими компании с подоконников и лестниц. И что они там делают в этих парадняках, ясное дело, наркоманы, а то кто же, и почему они такие странные, и всюду-то они прут стадом, нет бы, хоть один на минутку остановился и подумал своей головой. Конечно, с первого взгляда все эти предложения остановиться и подумать головой очень привлекательны, но есть одно «но». Потому что если остановиться для думанья головой, к примеру, посреди пустой вечерней улицы, то все остальные, всё стадо, убежит вперёд, а человек останется стоять посреди улицы один. А всем известно, по крайней мере, всем детям до шестнадцати, что случается с тем, кто по оплошности оказывается вечером один на улице. Вечером по улицам Петроградки рыщет страшное чудище — шестиногий милиционер, и ворует детей, чтобы запереть их в обезьяннике и пить их кровь.

Милиционер ползёт по панели, растопырив шесть когтистых ног, и под каждой ногой у него по кобуре с табельным оружием. Высмотрев отбившегося от компании ребёнка, милиционер подкрадывается к нему и кусает за щиколотку, после чего ребёнок мгновенно отрубается, и милиционер волочёт его, сонного и тёпленького, в неизвестно куда. КУДА ТАЩИТ милиционер спящего ребёнка? На этот вопрос ответа нет и не было, до тех пор пока Щукина Леночка не подсмотрела случайно, как — случайно: один мальчик из компании вдруг посреди улицы задумался своей головой и от компании отстал, а у Щукиной через три минуты развязался шнурок, она тоже притормозила, и буквально на её глазах шестиногий милиционер поволок спящего мальчика прямиком к 71-му отделению милиции Петроградского района по адресу: улица Мончегорская, 17. Щукина была отважная девочка, спасибо детству и гомеопатии, и, конечно, она, не будь дурой, заорала на всю улицу, громогласно. А что может быть для милиционера страшнее громогласности, ну, и вообще гластности и дневного света? Милиционер, — он же по природе своей чрезвычайно трусливое и подлое животное, он же нападает только в темноте и на одинокого человека, лучше — ребёнка, а на более старших детей и взрослых он вообще в открытую не нападает, а идёт другим путем, хотя тоже, надо сказать, не из лучших. У милиционера есть свойство защитной мимикрии, и к старшим он подкрадывается на двух ногах, поджав под китель четыре остальные, и говорит так: «Документики», а в процессе передачи документиков легонечко царапает человека когтём. Когтистее милиционера, как известно, зверя нет, и человек думает себе: ну, ладно, ну, обцарапался об мента, все менты — корявые по жизни, делов-то. Человек идёт домой и моет руки после милиционера, не догадываясь, что у него в крови уже дремлет страшный микроб. И этот микроб, он потом, как вирус герпеса, или, там, СПИДа, может никак себя не проявлять, а у некоторых людей с сильным иммунитетом так даже сразу и гибнуть. Человеку, правда, при этом немножко нехорошо, но человек думает себе: ну, крючит меня после мента, а кому после мента когда было хорошо, делов-то, счас пройдёт. И, действительно, проходит, у некоторых, а вот у других некоторых совсем даже не проходит, а принимает совершенно жуткие формы, человек начинает превращаться в милиционера. А что может быть для живого человека страшнее превращения в милиционера? Допустим, война — тоже страшно, или, там, ожог первой степени. Но, когда ожог, ведь это же страдает тело, а душа, напротив, очищается и воспаряет, а когда война, то, по крайней мере, всё понятно: это — наши, это — фашисты, это злой чечен ползёт на берег, точит свой кинжал, а это мы с Мухтаром на границе показываем ему фига с два. А милиционер ходит среди живых людей неопознанный и незамеченный, и четыре его лишние ноги надёжно поджаты, а когтистые лапы спрятаны глубоко в карманы, милиционер заходит в магазин и покупает бутылку подкрашенного под хороший коньяк бухла и коробку конфет и едет к женщине, а потом рожает с ней детей, водит их в школу и сидит на родительских собраниях, как все, и все смотрят на него и думают: надо же, мент, а, вроде, как все люди, и не догадываются, что под курткой у канающего под человека милиционера четыре поджатые ноги, а вместо души у него — дохлая мышка. И в тот момент, когда милиционер царапает когтями человека при ознакомлении с документиками, страшный микроб попадает в человеческую бессмертную душу, и души слабенькие и неокрепшие незаметно для себя начинают обрастать шерстью, у них вытягиваются мордочки и хитровато поблёскивают бусинки глаз, и душам начинает мечтаться о сыре и крупе, а потом они сами себя загоняют в мышеловку, и мечутся, и погибают там в страданиях. В общем-то, милиционера всегда можно вычислить по идущему у него глубоко из души запаху дохлой мышки, но кто будет этим заниматься?

«Этим буду заниматься я», — поклялась сама себе Щукина Леночка, громогласно вопя и стоя посреди вечерней Мончегорской улицы, по которой шестиногий растерянный милиционер ещё волок по инерции усыплённого мальчика к 71-му отделению.

— Люди добрые! — вопила Щукина — А ну, держи его! Лови, обходи! Вяжи! Заноси!

И милиционера связали, вывели на чистую воду и изолировали, теперь на нём ставят опыты в специальной лаборатории. Там же держат и остальных милиционеров, обнаруженных в гнезде, которое вскрылось в 71-м отделении. Освобождённых из гнезда похищенных малокровных детей передали родителям, и те теперь всячески способствуют восстановлению детской психики, а именно: позволяют курить, красить волосы в зелёный цвет и носить ботинки на вот такой подошве.

А Щукиной Леночке пришлось свою клятву взять обратно, поскольку среди гнездящихся в 71-м отделении милиционеров она неожиданно обнаружила своего папу.

— ПАПА! — закричала Щукина, — папа, это ты? Папа, а почему у тебя шесть ног? Папа, как это могло случиться?

А папа только молча протягивал к своей Щукиной молящие когтистые лапы и орошал скупыми милицейскими слезами китель, и было совершенно неясно, можно ли давать клятву бороться с собственным папой, даже и шестиногим, или это как-то не того.

В итоге, Щукина Леночка навещает папу в лаборатории, протягивает ему через решётку элеутерококк и настойку корня солодки, а жизнь свою она посвятила изучению мелких грызунов. Щукина бьётся над проблемой — а можно ли как-то оживить дохлую мышку, есть ли какой-то секрет, какие-нибудь вакцины.

Потому что, если оживить дохлую мышку в душе у милиционера, то душа постепенно снова станет бессмертной, папа станет папой, мама станет спокойной и не будет орать и заставлять надевать шапку, когда тепло, а тёть Таня перестанет наконец припираться в гости и вечно сидеть до ночи, будто ей здесь мёдом намазано, не давая своими бла-бла-бла разговорами Щукиной Леночке в соседней комнате заснуть.

Святочный рассказ для детей

Шёл по улице малютка...

Дорогие дети! Вечером, в канун Рождества, готовясь встречать этот светлый праздник, мы почему-то всегда задумываемся о том, что когда-нибудь вы вырастете большие. Т.е., конечно, мы думаем об этом не только в канун Рождества, в другое время, в общем-то, тоже, но перед Рождеством почему-то особенно. Хотя, собственно, это вполне логично, что накануне Рождества родители думают о своих детях. Мы думаем вот что: когда-нибудь, дети, вы вырастете большие и начнёте задавать нам вопросы, один за другим. Дети вечно задают вопросы, один за другим, причём, самые разнообразные, неожиданные и интересные. Конечно, все эти вопросы пойдут только тогда, когда мы сводим вас к логопеду, и вы начнёте выговаривать достаточное для вопросов количество букв. Сейчас все дети говорят безобразно. Допустим, в два года и семь месяцев ребёнку положено говорить почти как спикер Госдумы, только лучше, но современные дети в эти без малого три года говорят даже хуже этого спикера. А осенью, после лета, они ещё и начинают заикаться, потому что летом у детей куча впечатлений: дачи, собаки, — впечатления наползают одно на другое и вызывают у нервных детей заикание. И вот дети всю осень заикаются, и родители спохватываются и ведут детей к логопеду, тот спрашивает: «Началось после лета?» Родители говорят: «Да», и логопед объясняет им, что, значит, дети нервные и нужно капельки и возить в специальный логопедический садик через весь город. Тут оказывается, что дети ещё и косолапые, и приходится после логопедического таскать их опять через весь город ещё и в ортопедический садик, а, когда начнут меняться зубы, так это вообще кошмар, зубы у нынешних детей вырастают в три ряда и нужно волочь детей к стоматологу через весь город обратно. Заикаться, правда, дети к тому времени перестают, но к тому времени уже начинают заикаться родители. Поэтому, когда обретшие внятную и чёткую речь дети пускаются задавать неожиданные разнообразные вопросы один за другим, родители способны уже только лишь облаять их в ответ, как собаки возле дач. Но у нас-то всё будет, разумеется, не так. Мы на каждый вопрос будем давать чёткий, спокойный, обстоятельный ответ. Например, если вы, дети, спросите, почему у нас в ванной не работает смеситель, мы подробно объясним вам: потому что однажды зимним вечером, под Рождество, к нам пришёл Малышев с тремя кг картошки. Картошку он жарил на кухне и кричал, чтобы мы не орали, потому что у него психика. Потом он всё съел, выпил всё своё, потом выпил всё наше, а потом раскинулся на оттоманке и заканючил, чтобы ему почитали сказку. На середине сказки он уснул, а проснулся уже в два часа ночи и пошёл в ванную. Там он заперся, заплевал зеркало зубной пастой, сломал смеситель и дверь, мотивируя это тем, что защёлка не расщёлкивалась, а ведь надо было просто повернуть пумпочку, только и всего. Далее он захотел уйти и даже стал обуваться, но у него лопнул шнурок, и нам пришлось всей семьёй ползать по полу в тесной прихожей и связывать фрагменты шнурка, поскольку сам Малышев нагнуться был не в силах из-за ревматизма. Тогда вы, конечно, спросите, дети, откуда берётся ревматизм. И мы поведаем вам, что ревматизм встречается у тех, кто, например, долго копает огород, или, допустим, часами сидит в сугробе, и вас, дети, страшно заинтересует, зачем Малышев часами сидел в сугробе. Ну, задумаемся мы. Вероятно, Малышев сидел в сугробе, потому что Малышев — малютка из святочного рассказа. Вы спросите: а что такое святочный рассказ? И мы объясним вам, что святочный рассказ — это такой рассказ, где малютка сначала лишается всех-всех родных и вечером под Рождество, продрогший, бредёт один через метель и сугробы и рыдает, а потом вдруг встречает добрых людей, которые становятся его новой семьёй, и, наконец, они все вместе дома в тепле встречают Рождество, короче, всё кончается катарсисом. Но и, разумеется, вы спросите, дети, а каким конкретно образом святочный рассказ кончается катарсисом? А это, дети, происходит примерно так.

Одной женщине изменил муж, с продавщицей канцтоваров, и вот она дождалась, как этот муж пойдёт к этой продавщице любезничать с ней, и подговорила свою доченьку, мол, видишь, папа стоит? Ты к нему подойди и скажи: «Папа, папа!» Доченька так и сделала, и продавщица очень удивилась, и папа тоже удивился, а потом сказал: «Мы с твоей мамой дома поговорим». И вот они вечером с папой поговорили, а на утро мама пошла в травму. Сидит она там в очереди, а её другая женщина, тоже из очереди, и спрашивает:

— Вас как зовут?

— Меня зовут Надя, — говорит она.

— А меня — Света, — обрадовалась другая женщина. — Очень приятно. А с вами что, скажите, пожалуйста?

— Со мной, я думаю, челюстно-лицевая, — отвечает Надя. — Мне, понимаете, муж изменил, а потом мы с ним серьёзно поговорили, и вот, как будто, я же ещё и виновата. А с вами? На вас тут, кажется, какие-то пальцы?

— Да, — говорит Света. — Это у меня, вы знаете, попытка удушения. Меня муж подозревает, что я ему изменяю с Малышевым.

— Ой, я вас понимаю, — согласилась Надя. — Мы тоже через это прошли. Это так обидно, когда подозревают беспочвенно.

— Ужасно обидно, — подтвердила Света. — До слёз. Да даже и когда не беспочвенно. Я ведь ему правда изменяю с Малышевым. Всё равно обидно. Извините, кажется моя очередь.

Женщина Света пошла в кабинет, а потом вышла и стала ждать женщину Надю, а потом они вместе пошли в кафе и стали пить красное вино, а потом у них кончились деньги и они купили бутылку водки и пошли в гости к Свете. А у Светы был юный сын, и у того сына оставалось полбутылки портвейна, и он у них спросил: «Тётки, будете?» Они говорят: «Будем». И с тех пор они стали дружить семьями. И вот они дружат, дружат, зимой все вместе всегда на лыжах, с детьми и домашними животными, а летом куда-нибудь на байдарках. Скалы, сосны! Красота! Ну, или так, просто, дома выпивают. А потом муж Светы — он тоже всё выпивал-выпивал вместе со всеми, или, там, на байдарках, а потом вдруг раз и — влюбился в Надю. Ну, и ладно, в общем-то, подумала Света, я, в принципе, даже где-то рада. Теперь он уже не будет так переживать, будто я изменяю ему с Малышевым. Не будет грозиться меня придушить. И Света стала изменять мужу с Малышевым уже в открытую. А муж переживать действительно не стал, потому что чего переживать, но Свету всё равно задушил. Совершенно спокойно, без нервов, даже в перчатках. В резиновых. Потому что он в этот момент стирал вручную с отбеливателем. А тут Света говорит: «Дай мне, пожалуйста, денег, я схожу к косметологу, а то я скоро еду в отпуск со своим любовником Малышевым. Тебе же всё равно всё равно, раз ты теперь влюблён в Надю». Ну, тут муж, конечно, её и задушил, даже не снимая перчаток. Потому что Надя Надей, а вот ради него жена Света никогда не ходила к косметологу, а, наоборот, при нём всё время ходила в бигудях. Как его увидит, сразу за бигуди хватается, даже забавно. В общем, задушил. Ну, его, конечно, посадили. Потому что хоть он её и душил в перчатках и никаких отпечатков пальцев поэтому на Свете не осталось, но ведь всё это происходило при свидетелях. Сынок их дома был, Володя, ну, и, конечно, Надя с мужем и дочкой. Они же продолжали дружить семьями. Хотя Надина семья рушилась на глазах, потому что муж ей стал изменять уже с продавщицей овощей, а это, как говорится, совершенно другой коленкор. Надя пыталась серьёзно поговорить с мужем, но, в результате, только опять попала в травму. Теперь у неё была черепно-мозговая. Но Наде, видимо, этого показалось мало, потому что она ещё раз попробовала серьёзно поговорить с мужем, только в этот раз он её и вовсе убил. Ну, его посадили, конечно. Он очень хотел сидеть вместе со Светиным мужем, но у него, к сожалению, не получилось перевестись. Потому что везде царит бюрократия, во всей государственной системе. Да, а дети их, соответственно, остались одни, Надина доченька Оля и Светин сыночек Володя. Но они не долго были одни, потому что скоро выросли и решили пожениться. Во-первых, они же практически росли вместе, бок о бок, все каникулы всегда вместе и т.д., ну, и потом, их сблизила схожесть несчастных судеб. Ну, и плюс ещё с жильём получилось удачно, у Оли оставалась двушка, а у Володи трёшка в хрущёвке, и они это всё обменяли на трёшку большей площади и ещё купили дачу в Пупышево. Это, в принципе, конечно, не суперхорошо, но всё-таки лучше, чем какие-нибудь Пеньки Новгородской области, в которые вообще не доедешь. Вот, но, конечно, тем не менее, Володю с Олей все отговаривали жениться, особенно бабушки с обеих сторон. Да, мол, ой, вы что, у вас такая ужасная наследственность, причём, у обоих, да как же, да как же вы жить-то с ней будете, и т.д. Володина бабушка, она вообще так расстраивалась, что умерла от инфаркта. А Олина бабушка вышла покрепче, её такими шпильками было не пронять, она была суровая бывший врач с легкомысленной прямотой. Например, у Оли всегда были какие-то эндокринные нарушения, она даже в больницу ложилась несколько раз, а потом тоже как-то говорит бабушке:

— Бабушка, я хочу сдать анализы на гормоны.

А бабушка говорит:

— Ой, да ладно тебе! У тебя что, какие-то симптомы?

Оля отвечает:

— Ну, симптомы и симптомы, я просто хочу сдать анализы.

А бабушка допытывается:

— Нет, ну, какие, например, у тебя симптомы?

— Например, — говорит Оля, — у меня борода растёт.

— Да ладно тебе, борода, — отвечает бабушка,— подумаешь! Сбрей её, и дело с концом.

Ну, вот, и, естественно, такие бабушки так вот просто с кондачка не умирают. Она всё жила себе и жила и всё время говорила: «Вот увидите, всё это кончится плохо. Вот увидите, Володя убьёт Олю». И так она бубнила постоянно, по телефону, и когда её звали посидеть с правнуком (Оля родила Сашку, сына), — занималась, например, хозяйством или, там, вела Сашку в детский садик с углублённым эстетическим развитием и изучением теории музыки, и бубнила: «Вот увидите, Володя убьёт Олю, вот увидите, Володя убьёт Олю». Только в результате никто ничего не увидел, потому что Володя не убил Олю. Это, наоборот, Оля убила Володю. Но это получилось совершенно случайно: Оля училась в театральном институте по специальности «Сценография и театральная технология». Там этот факультет в том здании, которое не главное, а с той же стороны, что учебный театр, и вот в этом здании Олин факультет был на третьем этаже. То есть, не был, конечно, а есть, потому что куда же он денется. На третьем этаже, а ещё чуть выше там такая площадочка на лестнице, откуда выход на чердак, тоже как бы этаж, но там уже ничего нет, а только окошко и все курят. Даже кресло для комфорта и стеклянная банка вместо пепельницы. И вот как-то Оля поскандалила с Володей и пошла на учёбу, и там всё переживала и поминутно бегала курить наверх на лестницу. И вот уже в конце дня Оля тоже стоит там на этой площадочке, курит и думает: «Ах, как ужасно, что я поссорилась со своим любимым Володей! Ах, скорее бы его увидеть и заключить в объятия!» А в этот момент Володя как раз решил помириться с Олей и зайти за ней в институт, и вот он поднимается к ней на факультет по лестнице и думает: «Ах, как ужасно, что я поссорился со своей любимой Олей! Ах, скорее бы её увидеть и заключить в объятия!» И, значит, Володя с лестницы как раз видит Олю, как она курит ровно на два пролёта выше, и он как к ней ринется: «ОЛЯ!», а она тоже к нему как ринется: «ВОЛОДЯ!», и случайно ногой задела стеклянную банку с окурками. А такая банка, это можно себе представить, сколько между двумя лестничными пролётами, метров десять, наверное, ну, или сколько там, короче, не важно, всё равно: когда эта банка упала точно об голову Володи, ему хватило. Володя умер на месте, а Олю посадили, так вот по-дурацки получилось. Оля тоже всё переживала в камере, как всё глупо вышло, и у неё на нервной почве началась совсем беда с гормонами, сбритая борода выросла опять, причём даже на плечах и на груди. Оля тут вообще разнервничалась и повесилась, и сын Сашка остался круглый сирота, только с прабабушкой. Но прабабушка скоро умерла, ничего страшного, просто от старости. Сашка было пригорюнился, но у него ведь были ещё два дедушки с разных сторон, которые сидели, и тут они как раз очень удачно отсидели и вышли. Удачно, что они, во-первых, вышли, и потом, они же всё хотели воссоединиться в зоне, но у них не получалось, а теперь они воссоединились в Сашкиной квартире. Эта квартира, её же покойные Оля с Володей слабали из двух квартир тех как раз дедушек, так что теперь этим всем людям деваться было некуда, кроме как жить втроём. И они жили втроём долго и счастливо, месяца, наверное, два, а потом один из дедушек отравился консервами из тунца и умер, и Сашка с оставшимся дедушкой стали жить долго и счастливо уже вдвоём, но не долго, потому что оставшийся дедушка тоже отравился и умер, причём отравился опять-таки консервами, но уже не тунцом, а килькой в томате. Эти оба дедушки, они же были уже не первой молодости, как и консервы, к тому же, рассеянные после зоны. И нифига, конечно, не смотрели срок годности. А Сашка, который принципиально с детства не ел рыбы, и вообще ничего рыбного, кроме крабовых палочек, которые на упаковке пишутся — «Состав: рыба», но какая там рыба, если они делаются из картона, и вот картон Сашка как раз, значит, ел, а от рыбы всегда отказывался, в общем, Сашка подумал: «Какой-то как будто бы злой рок над нашей семьёй, раз мы все того», и затосковал. А потом

Сашка подумал: «Ну, а меня как будто бы хранит ангел-хранитель, по крайней мере, если посмотреть на эти инциденты с рыбой», и перестал тосковать. Но тут же ему пришла следующая мысль: «А какие мои годы, я ещё могу десять раз того», и затосковал пуще прежнего. И вот пока он сидел так дома один, последний выживший из всей своей семьи без единой родной души на свете, на улице как раз наступил поздний вечер и разыгралась метель. А это было как раз накануне Рождества, Сашка представил, как сейчас все-все сидят в кругу своей семьи и едят что-нибудь вкусное и непросроченное, потому что над ними не довлеет злой рок и они не одни-одинёшеньки и сейчас все вместе встретят чудесный праздник. И тогда Сашке мучительно захотелось быть не одному, а в гуще людей, и с этой целью он надел на себя верхнюю одежду и пошёл бродить по синим улицам белой метели. Несчастный Сашка бродил под метелью среди людей, но невыразимо одинокий, и даже легонечко рыдал в воротник, а метель, тем временем, уже намела Сашке полные уши снега. Вытряхнув из ушей этот снег, Сашка услышал запах водки и зашёл в рюмочную, сбивая из-под носа сопливые сосульки и утирая глаза подолом. А в рюмочной было тепло и солнечно от электрического света, и на запах водки интригующе накладывался запах закуски, и какой-то престарелый синеватый мужчина почему-то отставил стакан и радостно побежал навстречу Сашке.

— Сашка! — закричал он, нежно хлопая Сашку по спине мозолистой рукой с зажатой в ней закуской. — Сашка, кровиночка моя! А я ведь сразу догадался, что это ты, я тебя, Сашка, узнал по соплям. У твоего, видимо, отца, Володьки, такие же были сопли, как сейчас помню. Я ведь, Сашка, стариннейший друг твоей семьи, твоей бабушке любовником приходился. Малышев моя фамилия, из-за меня ещё твой дедушка твою бабушку убил, если помнишь. Мне твой папа был практически как сын, так что ты мне — практически внук. Вот так встреча, Сашка! Как дед-то, отсидел?

— Отсидел, — с болью кивнул Сашка. — Отсидел, вышел и умер. И, вообще, все умерли. Один я на свете позабыт-позаброшен.

И бедный Сашка опять, конечно, разрыдался, и опять сопли полились рекой.

— Нет, ну, какое сходство! — растрогался Малышев. — Ну, просто вылитый Володька. Просто смотрю на тебя — и как будто снова возвращается ко мне время надежд, молодости и любви. Ты, Сашка, был один на свете, и я был один на свете. Но ты ведь мне практически внук, а я тебе, значит, практически дедушка, вот и выходит, Сашка, что мы с тобой уже не одиноки, а чудесным образом обрели друг друга в этот светлый праздник.

— Неужели? — с робкой надеждой уставился на Малышева Сашка, нервно отпив 150 г водки.

— Ну, конечно! — отеческим жестом успокоил его Малышев. — Я даже думаю, что нам следует узаконить наши родственные отношения. Чего там — дедушка, чего мелочиться! Завтра мы пойдём к государству, и я тебя официально усыновлю и дам тебе свою фамилию — Малышев. Так что ты прямо с этой минуты, если хочешь, можешь считать себя Малышевым-младшим, потомственным Малышевым. А теперь я предлагаю пойти к тебе, т.е., теперь уже к нам, домой и встретить этот замечательный семейный праздник в семейной домашней обстановке.

— О, да! — согласился обессилевший от счастья обретения семьи Сашка, и они, купив с собой две бутылки водки, побрели, обнявшись, в глубину заснеженного мира, а над ними качалась звёздами и сыпалась метелью рождественская ночь, освещая их удаляющиеся заснеженные спины уличными фонарями.

Вот, дети, что такое святочный рассказ с катарсисом. Есть ли у вас ещё вопросы? «Есть», — ответите вы. «Много?» — спросим мы с робкой надеждой. «Навалом», — скажете вы. «Может, завтра?» — предложим мы несмело. «Сегодня», — отрежете вы и усядетесь поудобней, готовясь к долгой беседе. «Тьфу», — плюнем мы и десять раз пожалеем, что когда-то отвели вас к логопеду и вы обрели способность задавать нам один за другим разнообразные неожиданные вопросы. «Ну, и проблем от этих детей», — плюнем мы. — «Это же никакой жизни от этих детей», — плюнем мы, и зададим вопрос уже самим себе: «А стоит ли нам вас рожать?» Ведь пока-то, слава Богу, вас у нас ещё нет. Никаких детей, никаких пока логопедов. Никаких дач и собак. И даже Малышев, если честно, ещё пока не приходил с картошкой и не ломал смеситель в ванной. Потому что вообще-то мы с ним ещё не знакомы. Мы даже не уверены, что он именно Малышев, и, если Малышев, то какой именно, старший или младший. Просто мы сейчас, расправив на столе праздничную скатерть, выглянули в окошко, а там под рождественской метелью брёл, падая в рождественские сугробы, какой-то печальный дяденька, как типичный малютка из святочного рассказа. И мы подумали, может, спуститься быстренько вниз и помочь ему, — например, позвать к нам встречать праздник в семейном кругу? Ведь в Рождество положено помогать малюткам, и конкретно этот малютка вполне может оказаться кем-нибудь из Малышевых и сломать смеситель, а может оказаться бандитом и вором и обнести всю квартиру и заодно порубить нас всех топором в праздничный салат, так что вам, дети, не у кого будет рождаться. Поэтому вы лучше два раза подумайте, хотите ли вы прямо сейчас узнать, что такое святочный рассказ, или нет. Подумайте, дети.

Нравоучительная сказка

У одной матери был сын, а у этого сына была дурная привычка вечно ходить, запихнув руки в карманы. Пока он был маленький, это было ещё ничего, потому что у них в детсаду ещё и не то творилось: один постоянно ковырялся в носу и, соответственно, так и ходил с пальцем в носу, другой, допустим, каждую зиму на улице примерзал языком к металлическим предметам и ходил с металлическими предметами на языке, с третьим тоже происходили всякие разности, четвёртый отбирал чужие жёлуди и ходил с чужими желудями, короче, в этой картине «Детский сад на прогулке» этот мальчик был ещё самым благополучным фрагментом. Но маме этого казалось мало, и она постоянно внушала ему: «Не клади руки в карманы, а то вдруг в кармане дырка, рука, раз — и вывалится. Вывалится, потеряется, потом не найдёшь». Хотя это не логично, потому что без кармана рука ведь вывалится ещё скорее, в кармане ещё неизвестно, есть дырка, или нет, и можно за этим следить, а вот закарманное пространство — это вообще одна сплошная дырка. В неё судьбы вываливаются, а тут — рука. Но мальчик маме верил, это был доверчивый мальчик. Хотя рук, конечно, из карманов всё равно не вынимал. Была в нём, значит, при всей доверчивости какая-то степень своенравия. Зато он регулярно проверял подкладку карманов на предмет дырок, т.к. мамины слова произвели на него в своё время сильное впечатление и руку потерять он боялся. А звали его Миша. И вот однажды Миша вырос и влюбился в Вику, и это изменило всю его жизнь. В ту пору была осень, Вика только что приехала из Набережных Челнов, шли дожди, и через дождь ехали по кругу уютно светящиеся окнами трамваи, разбрызгивая свет по лужам и норовя задеть Мишу скользким боком, а Миша держал зонтик над Викой и впаривал ей про театр. То ли они хотели пойти в этот театр, то ли уже оттуда вернулись, неважно. Суть в том, что у Миши свободная от зонтика и от Вики рука, как всегда, находилась в кармане, а Вика сунуть руки в карманы стеснялась, ей это казалось неизящно, и, в итоге, ей надуло в рукава. Вика простудилась и стала постоянно чихать. Миша посмотрел-посмотрел, как она чихает, и говорит:

— Знаешь, Вика, я вот что-то не совсем понимаю. У меня сейчас происходит первая любовь, светлая и чистая. А ты тут уже всё обчихала вокруг. Если ты думаешь, что это так приятно на всё на это смотреть, на эту профанацию высокого, так ты очень ошибаешься.

И Вика, в слезах, убежала (чихая), а Миша, в слезах, остался. Они расстались навсегда. Но у Миши сделалась от Вики душевная травма, и теперь он у всех хорошеньких девушек спрашивал:

— А скажите, чтобы, вот, например, чихать... Вы чихаете?

И почему-то Мише катастрофически не везло с девушками, чихали все до одной, то есть, кроме одной. Эту одну звали Лидусик.

— Никогда! — сказала Лидусик. — Я не чихаю никогда. Ещё чего! Я занимаюсь ландшафтным дизайном, мне чихать некогда.

Миша был покорён и повел Лидусика знакомиться с мамой. Маму удивляло в Лидусике то, что та всюду таскает с собой ноутбук, даже когда едет на Первое-второе мая на дачу в Новгородскую область сажать картошку, и ещё маму удивляло, что студентка Лидусик зарабатывает тысячу долларов в месяц.

— Ландшафтным дизайном? — подозрительно спросила мама.

— Я берусь за всё, что подворачивается! — гордо поясняла Лидусик. — А потом уже разбираюсь.

А маме давно уже казалось, что и за её сына Лидусик взялась просто потому, что он подвернулся, а потом разберётся, и что дальше? Выписывать её, если перед этим пропишем (Лидусик тоже была не местная, хоть и не до такой степени, чтобы из Набережных Челнов, но всё-таки). А Лидусик возразила, что это, напротив, мама плохо влияет на Мишу, потому что он, как с ней пообщается, так сразу фигня какая-то. В общем, мама с Лидусиком пошли стенка на стенку, а про Мишу они обе как-то подзабыли. Миша сам приходил, сам разогревал, сам штопал себе дырки в подкладке карманов. Лидусик, кстати, этого не одобряла и постоянно высмеивала Мишин страх потерять руку.

— Это всё твоя мама! — говорила она. — Такое впечатление, что у тебя до сих пор пуповина не перерезана. Ты много видел, чтобы у людей из дырявых карманов руки вываливались?

Миша этого видел не много, и, вообще, гипноз маминого авторитета как-то рассеялся, так что он уже не проверял подкладку, как обычно, каждый день. А проверял через день. А вскоре Лидусик окончательно победила маму, видимо, потому что была моложе, и они с Мишей стали снимать квартиру (т.е. это Лидусик стала снимать, Миша пока ещё ничего не зарабатывал). Там Миша уже окончательно бросил осмотр подкладки, и, в итоге, однажды, сунув, как обычно, руки в карманы, он в левом почувствовал дыру. Сердце Мишино ёкнуло, но он презрел суеверия и побежал в институт (он опаздывал). А в аудитории, потянувшись левой рукой достать конспект из сумки, Миша с ужасом обнаружил, что чего-то не хватает, т.е. не хватает именно левой руки.

— Дырка! — похолодел Миша, и, точно, это была она, здоровая дырень в расползшейся подкладке левого кармана, с безобразно махрящимися краями. Дырень была, а руки не было. Миша, конечно, опрометью бросился из аудитории прочёсывать все пути своего следования, но это всё равно что выронить на улице кошелёк и надеяться через час найти его мирно ожидающим в какой-нибудь луже. Миша схватился за голову оставшейся рукой и в панике побежал к

Лидусику, которая торчала на своей работе, зачмурённая ландшафтным дизайном, и Миша ей пришелся явно некстати.

— Доигрался хрен на скрипке! — мрачно реагировала Лидусик, не вылезая из ноутбука. — А чё вы хотели со своей мамой? Ясен пень, если всю жизнь капать на мозги, так все мозги размоются. Все эти самовнушения, известный, между прочим, психологический феномен…

— Да кой, на фиг, феномен! — окончательно разнервничался Миша и побежал к врачу. Врач пообещал пришить новую руку, но сказал, что нужны деньги, и Миша побежал к маме, у которой денег, естественно, не было, и Миша вернулся обратно к Лидусику, у которой они были, но она сказала: «Не дам».

— Не дам! — сказала Лидусик. — В наше время мужчина должен всё сам, не в сказке живём, и я тебе не Андерсен, тебя спасать. (Лидусик, видимо, имела в виду — не Герда, спасающая Кая). — Ищи работу.

И Миша стал искать работу, дав в газету объявление: «Безрукий студент Миша ищет работу не по специальности».

А пока он искал, он всё время думал: интересно, а что всё-таки с моей рукой, ведь столько вариантов, может, её съели собаки, а, может, не съели, а, может, её пустили в Америку на органы (пястье, запястье, ногти), или её нашел какой-нибудь тоже однорукий и она служит ему службу, — вот сколько было вариантов, причём от всех от них Мишу тошнило. А с рукой тем временем было вот что.

Её нашла тогда на улице одна старуха, вполне двурукая, Вера Васильна, и отнесла к себе домой. Она была такая, уже крепко в маразме, и ей, как всем старухам, было мучительно одиноко, а ещё у неё имелся сдвиг на почве комнатных растений, у неё ими заросла вся квартира. Она вечно всё срывала и подбирала, высаживала, и оно неизменно пускало корни и принималось зеленеть. Мишину руку Вера Васильна тоже сослепу приняла за какой-то побег, высадила в консервную банку на подоконник и стала регулярно поливать, после чего рука, как положено, сначала зазеленела, потом пустила корни, а потом на ней даже стали проклёвываться новые пальцы (а старые, правда, постепенно вяли и засыхали, ну да ладно). Вера Васильна очень радовалась, вносила в подручную почву подкормку и очень хотела поделиться радостью по телефону с другими старухами, что рука, того и гляди, зацветёт, но не могла, потому что все её другие старухи давно померли. Вера Васильна была сильно пожилая. А вот рука, действительно, скоро зацвела, так что Миша мог бы за неё порадоваться, но он не мог, поскольку ничего об этом не знал, и, к тому же, он в это время радовался за себя, что ему удалось найти работу. Это произошло по счастливой случайности, когда в Мишином институте ввели новый предмет, и преподавать его стала очень интересная женщина, в платье леопардовой расцветки поверх брюк. Каждую свою лекцию она начинала словами: «Забудьте про гуманизм!» А Миша каждый раз начинал спорить, что он про гуманизм забыть не может, типа того, что он даже в булочную сходить без гуманизма не в состоянии. Все остальные студенты тоже очень уважали гуманизм, но так энергично спорил один только Миша, поэтому леопардовая женщина стала его выделять из общей массы, а конкретно сказала, что вот его бы энергию — да в разумных целях. Она вообще была очень разумная женщина, так что даже непонятно, зачем платье с брюками, маскировка, что ли, она постоянно говорила, что, вот, в мире столько свободных денег, которые только и ждут, чтобы их кто-нибудь заработал. А ещё она говорила, что человек должен быть разным.

— Вот я! — говорила она. — У меня множество моделей поведения. Я — руководитель, я — мать, я — любимая женщина, я — конкурент... В бизнесе нужна (она похлопала себя по бицепсу) сила!

В качестве, видимо, любимой женщины она в перерывах разговаривала по мобильному.

— Деньги возьми на камине! — кричала она. — Да не на том камине, который в спальне, а на красном. Да нет, в гостиной не красный, а терракотовый, а ты возьми на красном, который в кабинете!

Мишу она продолжала выделять, и однажды, после лекции, предложила ему постажироваться в её фирме. Очень хорошая консалтинговая фирма, торгует образованием. Бесплатное обучение, гарантированное трудоустройство, стабильно высокий заработок, возможность карьерного роста. «Вы молоды, энергичны (прищурилась на Мишу леопардовая женщина) — это предложение для вас! Вы сможете постепенно решить все свои проблемы, вплоть до устранения безрукости!» (Соблазняла она, хотя Мишу долго соблазнять было не надо, ему и так уже Лидусик всю плешь проела с этим трудоустройством).

И вот Миша стал работать. Фирма оказалась действительно консалтинговая, что бы это ни значило, о ней даже была информация в интернете, в том числе, и на английском языке, и под заголовком «Лидерз» была фотография леопардовой женщины. Она позировала в купальнике на фоне набегающей волны. И, вообще, фирма была очень интересная. Оказалось, что там продают не только образование, но ещё красоту, здоровье, счастье, любовь и молодость, причём, даже не по самым запредельным ценам. Мишина стажировка заключалась в сиденьи у окошечка и вопросах приходящим: «Чего изволите? Изволите образованье? В 206-ю комнату к Сергей Семёнычу. Изволите счастья? В 219-ю к Инге Петровне». Т.е., своего рода секретарская должность. Платить, конечно, пока ничего не платили, но Леопардиха к нему благоволила, и, вообще, он был на хорошем счету, и его уже начинали постепенно вводить в курс дела, и даже пообещали: «С первых зарплат мы тебе по блату справим руку (тире здоровье)!» Миша был очень горд и похвастался Лидусику, на что та его вдруг зауважала и даже пожарила омлет с укропом (а до этого готовил всегда Миша, как существующий на правах иждивенца). Короче, всё было хорошо и захватывающе, и Миша узнавал про фирму всё больше. Как известно, ничего из ничего не бывает, и, чтобы продать кому-то, например, счастье, надо предварительно это счастье у кого-то купить. А какой же дурак отдаст своё счастье? Но какой-то дурак отдаст, в случае, если, допустим, у этого дурака счастья полные штаны, но при этом ни денег, ни здоровья, ни образования. Тогда дурак приходит и говорит: «Тук-тук, скажите, это здесь консалтинговая фирма? У меня тут счастья полные штаны, дайте мне за него, пожалуйста, образованья с доплатой». Ему дают, а за ним уже маячит кто-то с деньгами, но желающий любви прекраснейшей женщины на свете, а как раз неделю назад приходил мужчина и аккурат и продал любовь прекраснейшей женщины на свете, а на вырученные деньги решил купить счастье... Короче, фирма очень помогала людям. Конечно, не надо думать, что в ней работали ангелы (ангелы вообще никогда не работают, принципиально). Иногда приходил человек и говорил: «Очень хочется счастья, а денег на него нет, а зато вот есть целая куча здоровья, налетай!» А фирма прозревала его всевидящим оком и говорила: «Э-ээ, батенька. Какое ж это здоровье? Вон у вас и почка опущена, и лёгкое дырявенькое... скоро будет. Ну, что это за разговор — "ничего не беспокоит", сейчас не беспокоит — через час обеспокоит». И давали ему денег вчетверо меньше обещанного в рекламе. Но всё равно это было много, так что фирма, в принципе, была очень полезная. Однако Миша задумался. Он подозревал, что это всё немножко безнравственно, хотя сидеть без руки на шее у Лидусика или у мамы было тоже как-то не слишком, а никакие другие конторы ему пока что подать руку не обещали. Поэтому Миша был весь в раздумьях, и вот однажды, в перерыв, он вышел на улицу, сел на лавочку и предался им целиком. А на этой же лавочке как раз в это время сидела дышащая воздухом старуха Вера Васильна. И, поскольку старухам вечно хочется поговорить, Вера Васильна сразу же намылилась поделиться с Мишей радостью, что, де, нашла на улице побег, посадила, а он оказался рукой, зацвёл и весь оброс новыми пальцами. Но дело в том, что старух ведь никто никогда не слушает и никто с ними не разговаривает. Со старухами разговаривают только совсем маленькие дети, те, которые и говорить-то ещё не умеют. А как только дети становятся чуть старше и научаются говорить, они тоже сразу же перестают разговаривать со старухами. Ну, и Миша, разумеется, не стал, поэтому про свою руку ничего не узнал, и ему пришлось работать у Леопардихи дальше, но должность его несколько изменилась, это было связано с некоторыми изменениями в самой фирме. Дело в том, что руководитель-Леопардиха окончательно пожрала всех остальных руководителей и принялась модернизировать всю политику партии, а именно, переназвала фирму из «Альфа-Консалтинг» в «Омега-Консалтинг» и задалась благородной целью осчастливить всех одиноких старух (стариков бы она тоже осчастливила, но жизнь старика слишком эфемерна, сегодня старик, а завтра уже того, извините, старухи всё-таки задерживаются в этом мире подольше). Леопардиха предоставляла старухам разнообразные счастье и любовь, которых так не хватает пожилым людям в их пожилой жизни, а старухи завещали свои квартиры Леопардихиной фирме, — взаимовыгодный обмен. Конечно, Леопардиха не первая до этого додумалась, но ведь главное — это не кто первый, а кто лучше, Пушкин тоже, например, воровал сюжеты, и наворовал столько, что потом лишние сбагривал Гоголю. Леопардиха тоже была где-то Пушкин, поскольку народная тропа старух в её контору не зарастала, но главным её ноу-хау была манера подсылать своих сотрудников непосредственно к старухам, без всякой рекламы на радио, без ничего такого. Старухи в маразме всегда открывают дверь молодым и обаятельным, а Леопардиха, надо отдать ей должное, умела грамотно подобрать персонал.

Одним из самых обаятельных был, как ни странно, Миша, поскольку ему намекнули, что скоро ему начнут выплачивать оклад и что одна старушка — это рубль, а сто старушек? А если не выполнять план по поголовью старушек, то ведь можно не только не получить обещанную премиальную руку, но и не сдать Леопардихе в институте экзамен и, соответственно, вылететь и идти защищать рубежи нашей Родины. Разумеется, старухи всё-таки лучше рубежей, и Миша делал успехи и каждой новой выцыганенной старушачьей душе радовался, как младенец.

Но ещё больше он обрадовался, когда, будучи откомандирован фирмой прямиком на квартиру к старухе Вере Васильне, он по долгу профессиональной любезности выслушал дикую историю, как у неё-де вечно все растет и зеленеет, и даже вот она однажды нашла на улице не пойми что, и оно тоже зазеленело и выросло в целую руку со многими пальцами. «Где нашли?!» — возопил Миша, Вера Васильна объяснила, где, Миша возопил: «Ведь это же моя рука, вот видите, видите — линия отрыва, и если сейчас эту руку выкопать, то войдёт, как влитая». Вера Васильна, с которой никто не общался, ради общительного Миши была готова на всё, они тут же выкопали, соединили по линии отрыва, ампутировали корни, и рука в то же мгновение чудесным образом приросла, как будто бы никогда и не терялась. Правда, пальцев на ней было уже не пять, а примерно семь или восемь, и ещё набухали почки следующих, но Миша с Верой Васильной рассудили, что много не мало и велико не мало. Дальше они пили чай на кухне, и Миша галантно подливал Вере Васильне кипяточку и подсыпал сахарку обретённой рукой, и думал: «Всё, уйду нафиг от этой Леопардихи, что она, блин, всех парит».

Домой в этот вечер Миша летел так, как будто бы у него, кроме новой старой руки из рукава, выросли, допустим, крылья из спины или воздушная подушка непонятно откуда.

Однако дома Мишу ждал неприятный сюрприз, в виде отсутствия этого самого дома. Точнее, дом, конечно, был, но больше не было их с Лидусиком квартиры, т.е. квартира, конечно, была, но там, считай, больше не было их с Лидусиком, в смысле, у них с Лидусиком больше не было денег её снимать. Что-то в Лидусикином ландшафтном дизайне лопнуло и с треском повалилось, раскатился какой-то сад камней, отдавив Лидусику ноги и руки с зарплатой, а, может быть, утекли лужицей жидкие кристаллы в мониторе ноутбука, в любом случае, Миша с Лидусиком вынуждены были вернуться к Мишиной маме. Ну, и тут, естественно, началось. Бедный Миша, который опять оказался сбоку припёка в этой битве титанов, не только не бросил работать у Леопардихи, но и, напротив, всё теперь норовил поработать побольше и задержаться подольше, и домой возвращался уже заполночь, робко, по стеночке, прокрадываясь на кухню, в стенах которой ещё металось эхо одновременного присутствия мамы с Лидусиком. В Леопардихиной конторе отметили такое рвение, и, хоть ни зарплаты, ни зачёта, ни руки Мише так и не дали, но зато ещё раз все это пообещали (Миша не демонстрировал никому, кроме мамы, счастливо обретённую руку, т.к. пока занимался сведением с неё трёх лишних имеющихся пальцев и попытками не дать раскрыться почкам четырёх новых. Рука колосилась, как какая-нибудь кукуруза где-нибудь под Ставрополем). Единственной Мишиной проблемой были воскресенья, когда не работали ни Леопардихина контора, ни институт, ни Лидусик с мамой, и бедный Миша мучительно думал, куда бы ему пойти и что бы соврать. Т.е., врал он всегда одно и тоже — мол, надо по работе, а в места ходил разные. Больше всего Мише нравилось ходить в музеи, где тепло и скамеечки, но вечером музеи закрывались, Миша выкатывался, и, представив на одной кухне маму с Лидусиком, в панике бежал в гости. Гости, кстати, следовало выбирать с осторожностью, чтобы оттуда не стукнули Лидусику. Когда в большинстве знакомых домов Мишу начали принимать без энтузиазма, он однажды от безнадёжности придумал зайти к старухе Вере Васильне. Вера Васильна его, конечно, не разглядела, не узнала и не вспомнила, но всё равно ужасно ему обрадовалась и сразу повела пить чай с пирожками. Миша, который у себя дома уже забыл, когда такое видел, сделался сам не свой от благодарности и сытости и стал заходить к Вере Васильне каждую неделю. А дальше произошло удивительное, хотя, если подумать, то чего уж тут удивительного, короче, Миша стал размышлять. Размышлял он вот о чем: мама с Лидусиком — конечно, молодые и немножко красивые, но при этом — орут, не пекут и не обращают на Мишу никакого внимания, поскольку заняты исключительно друг другом. Вера Васильна — пусть старая и довольно-таки безобразная и в маразме, зато: не орёт, печёт и радуется Мише каждый раз, как в первый раз, в буквальном смысле слова, т.к. за неделю успевает его напрочь забыть.

В общем, Миша всё больше убеждался, что Вера Васильна — удивительно чуткий, хорошо готовящий, душевно красивый и приятный в общежитии человек, единственный недостаток — что морщины и зубов нет. Ну, и, там, по мелочи — волос нет, слуха нет, зрения нет, памяти нет, но это ведь не совсем нет, а почти нет, а «почти» не считается. Короче, Мишей вдруг завладела безумная идея, что Вера Васильна в тыщу раз лучше Лидусика, только одна беда, что уже дышит на ладан. Плюс, Миша испытывал чувство благодарности за возврат руки, плюс, у Веры Васильны, как-никак, была отдельная квартира, плюс, Вера Васильна показала Мише свои семидесятилетней давности фотографии и Миша был очарован — в итоге Миша пошёл в контору к Леопардихе и заявил: «Так, мол, и так. Желаю обещанное обретение руки для себя обменять на обретение молодости для гражданки Марковой В. В., в чем и остаюсь нижеподписавшийся Миша (подпись)». Леопардиха поднимала высоко на лоб брови и спускала низко на нос очки, но, в результате, всё-таки в один прекрасный день выдала Мише толстую пачку документов, справок, накладных и кассовых чеков, из которых следовало, что Вере Васильне снова двадцать лет. Миша тут же сообщил Леопардихе, что больше у неё не работает, пошёл в магазин, купил шампанское, нервно дрожа пальцами в кошельке, забыл сдачу, хотел вернуться, но вместо этого выпил в подворотне водку, пробормотал что-то типа «эх!», вернулся за сдачей, пожевал жевачку, налепил её на водосточную трубу и пошёл домой к Вере Васильне. Вера Васильна открыла ему точно такая же, как на довоенных фотографиях, только цветная, а не чёрно-белая, и с подозрением полюбопытствовала:

— Ты кто?

— Миша, — ответил Миша, протягивая ей цветы, шампанское, конфеты и сдачу. Вера Васильна пересчитала сдачу и ещё более подозрительно поинтересовалась:

— А чё так поздно? Ну-ка, дыхни. Очень интересно. За квартиру платить надо, а он ходит. Ты всё-таки соизмеряй, не в сказке живём.

«В маразме ей больше шло», — испуганно подумал Миша, отгоняя скверные предчувствия, и робко пошёл на кухню.

— Ой! — огорчился он на кухне. — Верунчик, а что, пирожков нет?

— А почему я? — на высокой ноте вопросила Верунчик. — Сейчас такое время, что женщина не обязана. Мог бы и сам напечь. А у меня фигура.

Фигура действительно была, и вообще Вера Васильна была молода и совершенно совершенна, и Миша был молод, двурук и совершенен, хоть и с девятью пальцами на одной руке, и всё складывалось замечательно, и они даже выпили шампанского, но на втором бокале Миша позорно разрыдался.

— Ну, вот, — огорчилась Верунчик. — Ну, и какой ты мужик после этого? Ясное дело, что тебе зарплаты не платят. Имей в виду, я тебя на свою пенсию кормить не собираюсь.

Ночью Миша дождался, пока Верунчик заснёт, украл из коробки три конфеты, на цыпочках выбрался из квартиры и тихонечко через весь город пробрался в квартиру к маме и Лидусику.

— Ты где шлялся? — спросила Лидусик.

— У Верунчика, — ответил печальный пьяный Миша, печально сидя на полу в коридоре.

— Совсем оборз? — разозлилась Лидусик, замахиваясь на Мишу зонтиком.

— Не смей бить Мишу зонтиком! — выскочила из своей комнаты мама.

— А вы не вмешивайтесь в отношения двоих! — попросила Лидусик.

— Я буду вмешиваться, потому что это мой Миша! — предупредила мама.

— Это был ваш Миша, а теперь это уже не ваш Миша, — объяснила Лидусик. — Теперь это мой Миша. Было ваше — стало наше.

Миша в это время горестно заснул на полу, обрушив на себя гору одежды с вешалки, и маме с Лидусиком пришлось доругиваться над его головой.

С утра Лидусик забрала ноутбук и ушла жить к своему начальнику, а Миша с мамой пошли на рынок. У мамы был артрит, и раньше, до того как Миша наладился по воскресеньям проводить время по чужим людям, он всегда таскал ей тяжёлые сумки. Мама сначала делала два ознакомительных круга, гоняясь за дешевизной, а Миша просто уныло покачивался рядом, как водоросль.

— Вынь руки из карманов, — попросила мама.

— Ага, — сказал Миша, не вынимая рук.

— А ты знаешь, что бывает с теми, кто кладёт руки в карманы? — благодушно поинтересовалась мама, держа в уме сразу три цены на один и тот же йогурт и целых восемь цен на варёную колбасу.

— Знаю, — кивнул Миша, засовывая руки в карманы по локоть.

— Если в кармане вдруг дырка, — продолжала мама, — рука вполне может в эту дырку вывалиться. Вывалится, потеряется, потом…

— Не найдёшь, — кивнул Миша, испытывая чувство дискомфорта от почему-то резко пустившихся в рост пальцев на проблемной руке.

Мама, ничего не знающая о Мишиных чувствах, сунула ему две сумки и убежала экономить дальше, задвинув Мишу в какую-то щель между палатками, как бесполезный предмет. Там Миша и торчал, приплясывая и тупо подхихикивая, т.к. восемь новых пальцев, продолжавшие расти, проковыряли дырку в подкладке и принялись щекотать Мише бок. Миша так был занят этими оригинальными омерзительными ощущениями, что не заметил, как к нему кто-то подкрался сзади и прикрыл руками глаза со словами:

— Угадай, кто?

Голос был женский, и Миша стал в испуге гадать:

— Лидусик?

— Ну… — кокетливо протянул голос.

— Верунчик? — с ужасом предположил Миша.

— У… — не согласился голос.

— Мама? — наобум стал брякать Миша. — Тётя Оля из Нижнего Новгорода? Анна Леопардовна?

Тут голос кокетливо чихнул, и у Миши сразу всё прояснилось.

— Вика? — обрадовался он.

Конечно, это была Вика, такая же, как в далекую осеннюю пору их любви, когда в потёках дождя на асфальте отражались окна трамваев, и всё это вместе отражалось в блестевших на Викиных ресницах слезах восторга. Слёзы, правда, были и сейчас.

— Что это? — поразился Миша. — Что это, Вика? Что это, слёзы? Неужели, Вика, ты до сих пор меня любишь?

— Нет, — объяснила Вика. — Я просто не могу дышать носом. Тогда, в ту далёкую пору нашей любви, когда через осенний дождь ехали по кругу трамваи и мне надуло в рукава, я подхватила ринит, и ты меня отверг, и на нервной почве он перешел в фарингит. Моя жизнь без тебя стала лишена смысла, и я поехала к себе в Набережные Челны оплакивать любовь, но, пока я ехала, мне в поезде надуло в уши, и до Набережных Челнов я доехала уже с отитом и бронхитом. Меня положили в больницу и долго лечили, но в больницах жуткие сквозняки, и выписали меня оттуда с тонзиллитом. Мне посоветовали поехать отдыхать на юг, но помешал пиелонефрит… С тех пор я не могу дышать носом — сразу задыхаюсь, и слёзы.

— Так дыши ртом, — удивился Миша.

— Ну, что ты, — застеснялась Вика. — Это так неизящно…

На это Мише было нечего возразить, и они замолчали. Вика молча изящно переминалась с ноги на ногу, чихая, а Миша молча незаметно отрывал за спиной пальцами одной руки неимоверно выросшие в длину пальцы другой, не выпуская хозяйственных сумок.

— Тебе удобно? — спросила Вика. — Держать сумки, не вынимая рук из карманов?

— Сейчас — удобно, — честно ответил Миша, и они опять замолчали.

Молчали они до тех пор, пока Вика не засморкала две упаковки одноразовых салфеток и пока не вернулась мама с бутылкой дешёвого вина.

— О! — удивилась мама. — А я только хотела предложить выпить за Лидусика, ну, то есть, ты меня понял, а тут уже снова...

— Да нет, — объяснил Миша. — Это Вика, она здесь проездом из Набережных Челнов в Набережные Челны, и она с удовольствием выпьет с нами за Лидусика.

— С удовольствием! — подтвердила Вика, чихая.

— Вам даже и полезно, для горла, — с сомнением предположила мама.

— Да, полезно для горла, для согрева, — чихнула Вика, соглашаясь.

И они все вместе отправились домой, но выпить за Лидусика у них так и не получилось, поскольку бутылку они положили в ту сумку, которую Миша нёс в проблемной руке, и эту сумку Миша по пути потерял, вместе с рукой.

— Тьфу ты, — сказал Миша.

— Ой! Ой, какой ужас, опять. А ведь я говорила. Видишь, я же говорила, какой ужас. Вика, вы видите, какой ужас?

— Вижу, — согласилась Вика. — Но мне начихать.

— Ничего себе! — поразилась мама. — А если бы с вами такое случилось?

— Мне бы всё равно было начихать, — грустно объяснила Вика. — Мне теперь на всё начихать — хронический фаринготрахит.

Мама подумала, что Вика ругается, и больше ничего у неё спрашивать не стала, а стала спрашивать у Миши.

— Ты понимаешь, что это катастрофа? — спрашивала мама у Миши. — Это ведь уже не будет такого счастливого случая. А я ведь говорила. Ну, и что ты собираешься делать?

— Пойду Вику провожать, — буркнул Миша, галантно подавая Вике пальто одной рукой и выходя под дождь.

Снова, как в пору их любви, ездили, отражаясь в лужах, трамваи, снова Миша держал над Викой зонтик, и снова дул ветер, прямо Вике в рукава. Правда, теперь для Вики это уже было всё равно, пневмонией больше или меньше, в её ситуации заметной роли не играло. А вот Миша, у которого в одной руке был зонтик, в этот раз уже не мог сунуть другую руку в карман, т.к. другой руки у него больше не было, и Мише надуло в рукав.

— Ну, что же, прощай, Вика, — сказал Миша, чихая, увидев подъезжающий нужный Вике трамвай.

— Прощай, Миша, — ответила Вика, чихая. — Ты знаешь, я бы до сих пор любила тебя, если бы мне теперь не было на тебя начихать.

— Я знаю, Вика, — грустно улыбнулся Миша, чихая, — и, мне кажется, я начинаю понимать твою жизненную позицию.

— Прощай, Миша, — сказала, чихая, Вика, вскарабкиваясь в вагон.

— Желаю тебе, Вика, чтобы этот трамвай с комфортом довёз тебя до поезда, который бы с комфортом довёз тебя до Набережных Челнов, — прочувствованно пожелал Миша, и, помахав друг другу руками, Вика двумя, а Миша одной, зато с зонтиком, чихая, они расстались навсегда.

А утром, когда мама за завтраком опять пристала к нему, понимает ли он, какой произошел ужас, Миша, прислушавшись к своему организму, вдруг понял:

— А мне начихать!

— Да, действительно, — опешила мама. — И давно это с тобой?

— Со вчера с вечера, — предположил Миша. — То ли в рукава надуло, то ли от Вики заразился.

И, допив кофе и обчихав с ног до головы маму, стол, кофейник и любимое мамино полотенце с зайчатками, Миша удалился с кухни.

А мама осталась, и стала очень переживать — как же теперь Миша опять снова без руки, и как же это ему на всё начихать, — попутно делая домашние дела, и переживала ровно до ужина и до того момента, пока не поняла, что ей тоже на всё начихать. Видимо, это было что-то крайне заразное.

На следующий день, когда Миша пошёл в институт, сдавать зачёт Леопардихе, Леопардиха посмотрела на него суровым взглядом лидерза и намекнула:

— Как вы думаете, поставлю я вам зачёт, после того как вы отказались у меня работать?

— А мне начихать, — честно объяснил Миша и так начихал на Леопардиху, что хоть отжимай.

Та же так от этого опешила, поскольку ничего подобного с ней ещё не случалось ни при одной её модели поведения: ни с руководителем, ни с матерью, ни с любимой женщиной, ни с конкурентом, — что от недоумения неожиданно для себя не только поставила Мише зачёт, но и долго распиналась в деканате, какой Миша молодец. Правда, вскоре она обнаружила, что ей на это начихать, и не только на это. Вот, оказывается, до какой степени это было заразное.

Миша, получив у неё зачёт, пошёл дальше сдавать другие зачёты, и дальше понёс свою новую жизненную философию. А когда он вечером вернулся домой, на кухне сидели Лидусик с мамой и мирно пили чай, дружелюбно чихая друг другу в чашки.

— Знаешь, Миша, — ласково сказала Лидусик, целуя Мишу сердечным мокрым поцелуем, — я решила к тебе вернуться.

— Я же безработный, — напомнил Миша, утираясь, — и, вон, руки опять снова нет. Тебя же это, кажется, смущало.

— А теперь почему-то не смущает, — удивлённо призналась Лидусик. — Я тут с твоей мамой поговорила, и мне как-то стало на это начихать.

— Серьёзно? — поразился Миша. — Надо же. Ну, ладно, оставайся тогда, если мама не против. Мама, ты не против?

— Не против, — согласилась мама. — Ничего не имею против твоего Лидусика. Более того — мне на твоего Лидусика начихать, пусть живёт.

И в доказательство мама действительно начихала на Лидусика, Лидусик начихала на маму, и обе они вместе начихали на Мишу. А Миша начихал вместе на них обеих, а потом Лидусик высушилась феном, а короткостриженые Миша и мама так и просто промокнулись полотенцами, и все разошлись по комнатам спать.

И потянулась у них эта новая удивительная жизнь, где каждый следующий день был мокрее предыдущего и буквально рассыпался брызгами неожиданных происшествий — например, Миша неожиданно для себя вернулся к Леопардихе, а она неожиданно для себя его приняла. Ни Мишина безрукость, ни чиханье нисколько не мешали ему в его карьере ловца старух, а чиханье так даже и помогало, старухам же всё равно было толком не разобрать, чихает Миша или поздоровался. И даже наоборот, слушая старушачьи рассказы, Миша иногда специально плотно захлопывал свой постоянно чуть приоткрытый рот, начинал дышать носом — и на его глазах показывались искренние слёзы сочувствия и интереса — и старухи, хоть и не видя, но всё чувствовали и таяли. Мишу приняли в штат консалтинговой фирмы, Миша процветал. Иногда в фирму обращалась бывшая старуха Вера Васильна — то меняла здоровье на счастье, то молодость на здоровье, то здоровье на деньги, то деньги на молодость, и хотя с Мишей, как с почётным старухологом, ей теперь иметь дело не приходилось, всё же им случалось столкнуться в коридорах — однако Мише было на неё настолько начихать, что он её уже почти не боялся.

Вообще, Миша теперь не боялся ни мамы, ни Лидусика, ни даже мамы в сочетании с Лидусиком. Ну, а мама с Лидусиком так вдруг сдружились, что даже бегали занимать друг другу очередь к ухогорлоносу. Их мучил хронический синусит, но они от него совсем не мучались, а, наоборот, им было от него на него начихать.

И всё их существование как-то неожиданно наладилось и организовалось, вплоть до того, что консалтинговая фирма нарастила Мише новую руку, которую тот теперь даже в самую непогоду не запихивал в карман — хоть ему и было на всё начихать, но память-то ему не отшибло, а пневмонией больше или меньше — в его случае уже роли не играло. Мама была наконец-то довольна, что Миша всё-таки вынул руки из карманов, пусть и пройдя такой долгий и извилистый путь. Лидусик была довольна, что Миша работает, ну, а Миша всё-таки иногда очухивался, отчихивался и думал: «Где ж там моя старая рука?»

А рука тем временем была вот где: после того как Миша выронил её через дырку в кармане, вместе с хозяйственной сумкой, в трамвае, рука залезла в сумку и в этой сумке проехала в трамвае до кольца, а потом и уехала в парк. Ночью в парке она от нечего делать съела всё содержимое сумки, в количестве двух пачек макарон, одной пачки масла, четырёх пачек чая, одной пачки соли, восьми пачек сигарет и трёх пачек дрожжей, и, видимо, от этих дрожжей вдруг начала расти, как на дрожжах, точнее, из старой руки вдруг начал расти новый Миша. Начал, а к утру закончил, таким образом, из парка трамвай выезжал, уже имея внутри себя мирно сидящего у окошка на местах для пассажиров с детьми и инвалидов нового Мишу, чрезвычайно похожего на старого, так же насвистывающего и не вынимающего рук из карманов.

Этот новый Миша сначала так и ездил в трамвае, потом, видно, что-то смекнул и стал ездить в пригородных электричках, входя в вагон со словами: «Граждане пассажиры! Вашему вниманию предлагается...» Потом ему это надоело, и он принялся ездить на метро, где уже не предлагал ничего ничьему вниманию, а, напротив, старался этого внимания по возможности не привлекать. Как это ни печально, но в метро новый Миша немножко воровал кошельки. Но его можно понять, поскольку вообще почти всех можно понять, а его особенно, потому что что ему оставалось делать? Не мог же он идти домой к маме, т.к. у него не было ни дома, ни мамы, дом и мама были у старого Миши. Не убивать же ему было этого старого Мишу, в конце концов. Он и не стал убивать, естественно, а просто однажды в метро украл у Миши мобильный телефон. Можнт, кто-нибудь это и заметил, как в толкучке новый Миша старой рукой ворует у старого Миши телефон, который тот только что держал в новой руке, но если кто-нибудь это и заметил, то предпочёл не вмешиваться. Может, только подумал: «О! Миша у Миши телефончик украл», и всё. Сейчас ведь вообще никто ни во что предпочитает не вмешиваться, такое уж время. Да. Ну, а Миша новый позвонил с телефона старого Миши Верунчику, бывшей старухе Вере Васильне, сказав чистую правду:

— Привет, Верунчик! Это я, Миша!

И Вера Васильна почему-то ужасно ему обрадовалась. Тут дело было в том, что в результате постоянных обменов и купли-продажи, осуществляемых для неё консалтинговой фирмой, она была уже не совсем такая молодая, какой её оформлял Миша, не двадцатилетняя, а такой уже тридцатник с гаком, и красоты у неё поубавилось (и даже кухня у неё в квартире была уже не десять метров, а шесть, хотя сама квартира при этом осталась прежней, как уж это вышло — одна из непостижимых тайн консалтинга). В общем, Вера Васильна что-то быстро прикинула, сообразила, что при нынешнем раскладе лучше уж такой Миша, чем никакого, и поселила его у себя.

И Миша, конечно, тут же перестал воровать кошельки, потому что воровал он их не из-за своей порочной природы, а потому что его заела среда и ему было некуда податься. Нельзя осуждать человека, попавшего в такие обстоятельства, тем более, учитывая, какая у этого Миши была судьба. Прямо скажем, редкая. Т.е., это была суровая необходимость, а теперь, когда у Миши появилась заботливая жена и прописка, необходимость отпала, и Миша уже больше никогда не воровал кошельков. Правда, телефоны он продолжал воровать, но это всё было оттого, что просто мальчик любил технику. К тому же сейчас же модно постоянно менять телефоны, на более усовершенствованные модели, ну, вот он и менял.

А старый Миша всё пытался поменять место жительства, с целью разъехаться если не с Лидусиком, то хотя бы с мамой, но всё тормозилось его наплевательски-начихательским отношением — а в таком деле, как обмен, нужен напор и горячее сердце, и ещё раз напор и горячее сердце.

Короче, Миша и его женщины так и толклись все на одной кухне, чихая друг другу в тарелки, иногда, правда, пытаясь решить вопрос с помощью консалтинга, но ведь и консалтинг — не панацея. Однажды вроде бы наклюнулся симпатичный многоступенчатый обмен, и Миша с Лидусиком даже ездили смотреть квартиру. Причём, удивительным образом, это оказалась квартира нового Миши и Веры Васильны. Но и тут ничего не вышло — Миша посмотрел на квартиру, посмотрел на Мишу, Миша тоже посмотрел на Мишу, показал квартиру, Миша рассеянно обчихал все углы, обещал подумать и ушёл. В общем, в мире ином друг друга они не узнали. Узнали друг друга только Вера Васильна с Мишей, но тоже сделали вид, что не узнали. А Лидусик вообще ничего не узнала, даже то, почему обмен так и не состоялся. Правда, ей было, в принципе, в общих чертах начихать, так что они продолжали тоскливо жить с мамой.

И так бы и тянулась вся эта совместная жизнь, вялотекущая, как гайморит, если бы не одна случайная встреча, точнее, даже несколько случайных встреч. Случайно встретив одну свою знакомую, мама случайно узнала от неё имя-фамилию хорошего врача-отоларинголога, а потом, случайно встретив его же фамилию на дверях кабинета в поликлинике, случайно попала к нему на приём. Врач дунул, плюнул, прописал капельки, и вдруг за две недели скоропостижно вылечил маму от всех её хворей. В итоге, когда здоровая мама, придя домой, посмотрела на Мишу, посмотрела на Лидусика, убедилась, что ей уже не начихать на происходящее, она ужаснулась на тему «так жить нельзя», и, взявшись за голову, повлеклась прочь куда глаза глядят по ветреным улицам и вымокшим площадям. А на одной из улиц ей случайно попался новый Миша.

Причём мама же не знала, что это новый Миша, она подумала, что это старый Миша, т.е., конечно, она не подумала: «Это старый Миша», она просто подумала, что вот, это её Миша, встретился ей неожиданно спешащим куда-то, голову в воротник, а руки в карманы, опять.

— Миша! — закричала мама — Ты что, опять руки в карманы, снова?

— Увы! — признался Миша, у которого в карманах лежало три ворованных телефона и одна ворованная зажигалка, и он, как человек кой-чего в жизни повидавший, знал, как пристально за этими вещами надо в карманах следить. — Увы, мама. Такова жизнь.

Конечно, Миша узнал маму. Потому что это была хоть и не его мама, но всё-таки его, потому что он был хоть и не совсем Миша, но всё-таки Миша.

— Мама! — сказал Миша. — Пошли домой.

— Там же этот, — напомнила мама, — Лидусик.

— Верунчик, — поправил Миша.

— Ах, уже? — удивилась мама, и они пошли домой.

Дома мама удивилась ещё раз, что дом стал совсем другим, но Миша успокоил её, объяснив, что всё меняется.

— Ах, мы всё-таки поменялись? — обрадовалась мама. — Надо же. Но я думала, что мы будем жить отдельно.

— Это мы раньше жили отдельно, — туманно намекнул Миша, — а теперь мы будем жить вместе.

— А этот согласен? — подозрительно поинтересовалась мама, — Лидусик? Или ему начихать?

— Верунчик, а не Лидусик, — поправила Верунчик. — Чего это ему начихать, то есть, ей. То есть, мне. Мне не начихать, живите, пожалуйста. Всегда мечтала жить с Мишиной мамой.

Верунчик не то чтобы мечтала, но, поскольку в результате консалтинговых манипуляций ей оказалось уже лет сорок пять, то ещё бы она не согласилась на Мишину маму, это при таком-то Мише и при такой-то ей самой.

Так они и стали жить все втроём с мамой.

А предыдущий Миша стал жить вдвоём без мамы. Иногда они с Лидусиком удивлялись: мол, а где же это наша мама, но, поскольку, по большому счёту, им было начихать, они почти сразу же удивляться переставали.

Таким образом, вся их жизнь, которая, казалось бы, у каждого из них сложилась, сначала неоднократно разложилась, а потом сложилась обратно, но уже по-другому.

Хотя, в сущности, ничего не изменилось: мама как жила с Мишей, так и продолжала жить с Мишей, Миша, который жил без мамы, стал жить с мамой, но при этом Миша, который жил с мамой, стал жить без мамы, так что то на то и вышло, и у Миши всё осталось по-прежнему, вроде бы повезло избавившемуся от мамы Лидусику и не повезло приобретшему маму Верунчику — но, поскольку Верунчику из-за консалтинга сделалось уже активно за пятьдесят, то в мамином лице она приобрела, скорее, подругу. Ну, а Лидусику всё равно было на всё начихать.

А т.к. все эти переложения произошли изначально из-за Мишиной руки и участвовало в них пятеро: мама, Миша, Миша, Верунчик и Лидусик, как пять пальцев, то всё это можно сравнить с азбукой глухонемых или языком жестов: палец туда, палец сюда, два пальца соединились, три разъединились, показали поочерёдно: «класс», фак, виктори-победу, козу, «панки — хой!», «отстой» — и, наконец, чудесным образом соединились и сложились в большой и прекрасный шиш.

Этот шиш гордо вознёсся над горизонтом и стал покачиваться прямо перед носом у солнца, но никто его не увидел. Единственный человек, который иногда видит этот шиш — это Вика. Безлунными ночами в своих Набережных Челнах Вика тихо выходит из дома, идёт к причалу, сталкивает в воду один из набережных челнов — и чёлн тут же становится прибрежным. Вика садится в чёлн, берёт весла и, тихо чихая, плывет в чёрном челне по чёрной воде под чёрным небом. Чёлн покачивается, Вика покачивается, покачивается вода и покачивается небо, и в этом небе покачивается огромный бледный шиш. Вика смотрит на шиш и думает: «О! Шиш!», а шиш смотрит на Вику и думает: «О! Вика!», стесняется и лезет выше, в космос. В космосе вдруг оказывается чёрная дыра, и шиш в неё проваливается. А провалившись, вываливается уже с другой стороны чёрной дыры и космоса, вываливается прямо Мише в карман. А потом вываливается и из кармана. Миша кидается его искать, а он тем временем уже снова висит в небе, покачиваясь. Но Миша-то ищет его на земле, а поискать его на небе ему и в голову не приходит, и шиш остаётся ненайденным и незамеченным. Видит его опять только Вика в своём прибрежном челне, но Вике начихать, к тому же её и на свете-то уже почти нет, последствия застарелой пневмонии.

А шиш продолжает висеть, и, если вы встретите Мишу, ребята, объясните ему, что он просто не там ищет, что достаточно ему просто посмотреть на небо, и он найдёт там ответ на все свои вопросы. Ответ висит там и покачивается, большой и прекрасный.

Сказки про одну женщину

Сказка про красоту

Одной женщине вдруг сбрендило, и непонятно, главное, с чего, может, по телевизору где-то увидела, непонятно, но как-то её так повело: «Хочу быть красивой». Зачем — красивой, почему — красивой, непонятно. Что-то ей там брезжило смутное, что, мол, она одна с утра до вечера за ними за всеми, как лошадь. И в магазин — она, и убирать — она, и никакой благодарности, и только с утра до вечера вечно: «Где мои носки? Где мои, на фиг, носки?! Да где же носки-то мои, наконец, в конце-то концов?!!» Что-то такое. И что потому что она одна за ними за всеми, всю жизнь, как лошадь, то ей и о себе подумать некогда, и вот она и ходит всю жизнь не пойми как, всю жизнь с хвостиком, опять же, как лошадь. Поэтому муж не видит в ней женщину, а видит лошадь. А ей хочется, чтобы он перестал видеть в ней лошадь, а стал видеть женщину, а для этого надо для начала отстричь хвост, что ли, так примерно думала женщина, если бы ход её мысли структурировать. Точнее, даже, не ход, а галоп. Но женщина ничего, конечно структурировать не стала, а просто, долго ли, коротко ли, однажды взяла и галопом поскакала в парикмахерскую, думая на скаку так: «Хочу быть красивой!!» Ну, а кто не знает, что такое парикмахерская, вроде все же знают, а всё равно. Женщине там сразу голову помыли, в простыню замотали, в кресло усадили, парикмахерша свои самые большие ножницы наточила, над головой ей их занесла, и даже уже ими пощёлкивает от нетерпения, в опасной близости от лица.

— Ну, — говорит, — что, начнём? Вы, кстати, какую стрижку хотите, пока я не начала?

— Да вот, — говорит женщина, — хочу быть красивой. Понимаете?

— Нет, — говорит парикмахерша, — такого я не понимаю. Каскад, пламя, каре с чёлкой или стрижка спортивно-романтическая? А-ля гарсон?

— Да мне бы вот вот так, — говорит женщина, — вот как на этой картинке. Хочу быть красивой. Вот здесь так, а здесь так, так и так, понимаете?

— Понимаю, — говорит парикмахерша, — вот здесь так, так и так.

И как пошла стричь, как пошла, только клочья полетели. Женщина бедная сидит, уже вся вспотела под своей простыней, смотрит: и здесь не так, и здесь не так, и здесь не так. А может, и так, непонятно же, волосы мокрые. Чёрт его знает, как оно будет, когда высохнет.

— Уши, — спрашивает парикмахерша, — открывать будем?

А женщина видит, что дело пахнет катастрофой, думает с ужасом: «Бежать?!!» А куда бежать, из-под этой простыни, а голова-то мокрая, наверху эти штуки понатыканы, и по бокам уже видно, что не так, не так и не так, а впереди ещё возможны варианты.

— Уши, — спрашивает парикмахерша, — открывать будем?

— Ой! — говорит женщина — Ой, чего уж теперь. Теперь уж как хотите. Открывайте.

А кругом только свист стоит и клочья летят, и у женщины у несчастной в голове: «Вжик-вжик, щёлк-щёлк. Хочу быть красивой». Смотрит на себя в зеркало, полголовы уже готово, и уже видно, что явная катастрофа, а полголовы ещё можно спасти, крикнуть: «Стойте! остановитесь!», а толку-то?

Ладно, досидела она до конца, надевает пальто, от зеркал шарахаясь, а её тётенька, которая клиентов записывает, утешает:

— А вы знаете, — говорит, — хорошо. Правда-правда хорошо, честное слово. Так как-то неожиданно, по крайней мере. По крайней мере, оригинально.

Ну, женщина бедная бежит домой, ветер за открытыми ушами свистит. «Ой-ой-ой, — думает, — ой-ой-ой. А я же что же, я же только же хотела быть красивой. Чтоб во мне не видели лошадь. Вжик-вжик, щёлк-щёлк. Чтоб во мне видели женщину... Ой-ой-ой...»

Добегает до своего дома, уже хочет в парадную зайти, смотрит — а тут сосед выходит, Толик, Анатолий Иваныч, про которого женщина тоже иногда думала, что неплохо бы и он начал в ней видеть женщину, а не лошадь. Ей, конечно, совсем дурно стало, она, значит, пытается мимо него незаметно в дверь прошмыгнуть, чтобы он не прицепился с соболезнованиями, но не вышло. Он её заметил и как на неё заорет:

— А ну, — кричит, — куда пошла?! Жучка! А ну-ка, к ноге!

Женщина обиделась и говорит:

— Слушайте, — говорит,— вы что? Анатолий Иваныч? Какая я вам Жучка, что я вам буду — к ноге. Я ваша соседка сверху, вы что.

— А, — говорит Анатолий Иваныч, — если сверху, значит, ты не Жучка. То-то я смотрю — что-то ты не лаешь. А я думал, ты Жучка моя. А ты, оказывается, канарейка. И чего они тебя, прямо вот так полетать выпускают? Отчаянные люди. Эх. Ну, давай, лети.

Женщина, значит, рысью действительно летит на свой этаж. «Ничего себе, — думает, — стрижечка. То Жучка, то канарейка. Пьёт он, что ли? Запойный? Вот тебе и — хочу быть красивой. Что ещё сейчас муж скажет, что-то он теперь увидит, женщину или что. Или опять лошадь. Если не хуже».

А муж, что уж там он увидел в глазок, дверь приоткрыл и через цепочку и говорит:

— Сейчас, конечно, будешь врать, что клей «Момент» нужен шину у велосипеда заклеить.

Женщина удивилась, говорит:

— Да мне вообще клей «Момент» не нужен, у меня и велосипеда-то нет, ты что. Ты что, Вася, откуда у меня велосипед.

А муж Вася тут на неё возьми да и закричи:

— Какой я тебе Вася, сопляк! Да я в твоём возрасте уже давно работал! С туристами, на Дворцовой. А ты ходишь попрошайничаешь. И вот не ври, не ври, что деньги нужны на хлеб. Всё же на наркотики потратишь. Вот из принципа денег не дам. На вот, держи хлеб, хотя, знаю я вас, вы этот хлеб потом тут же на лестнице и выбросите...

И захлопнул дверь с треском, и больше уже не открывал, сколько она, бедная, ни трезвонила: «Вася, Вася!»

Ну, она, делать нечего, и пошла дальше, куда глаза глядят, задумчиво жуя мужнину корочку хлеба.

Идёт, куда идёт, непонятно, а куда тут пойдёшь. «Куда, — думает, — тут пойдёшь. Стрижечка. Ну, ладно, зато, вроде, теперь он во мне хоть лошадь не увидел. А иначе дал бы сахар, а не хлеб. Лошадям же не хлеб дают, а сахар», — успокаивая себя, думает женщина. А дальше старается не думать. А всё туда же — хочу быть красивой.

Ладно, думает, пойду пока сына из школы встречу. Долго ли, коротко ли, но тут её почему-то на полпути милиционер останавливает.

— Куда, — спрашивает, — идём?

— К школе, — говорит женщина.

— К школе! Тебе не к школе надо идти, — говорит милиционер, — в твоём возрасте. Военный билет с собой?

— Нет, — говорит женщина. — Откуда!

— А вот оттуда! — как закричит тут на неё милиционер. — Вот оттуда, что всегда надо с собой носить студенческий и военный билет. И паспорт. И только не говори, что ты ещё в школе учишься. Зачем тебе к школе?

— Я не учусь, — говорит женщина. — Мне сына забрать.

— Ничего себе! — тут милиционер совсем раскричался. — Настрогали. Сам ещё даже не отслужил, а уже сын в школе. Ладно, давай сто рублей, а то прямо в военкомат отправлю. Там тебя ещё не так постригут.

Ну, женщина ему дала сто рублей, а то ведь, правда, в военкомат отправит, а как там им докажешь, военного билета-то действительно нет, уж чего нет, того нет, ну, вот, идёт дальше. Подходит к школе, там её сын стоит за уголком с друзьями, курит. Как её увидел, оживился, руками замахал.

— Ребята! — кричит. — Это тот самый Пашка Семёнов из 2-го «Б», который меня курить учил! Он и вас сейчас будет учить! Пашка, иди к нам!

Но женщина к ним не пошла, только издали поулыбалась. «Да, — думает, — надо же. Чтобы родной сын. И ведь говорил — мама, ну зачем тебе быть красивой. Ты и так красивая. Да. Стрижечка...»

Тут женщина вспомнила, что у неё же тоже мама есть. Вот, думает, пойду к маме на работу. У неё новая работа, интересная, уборщицей в театре. Мама меня точно ни с кем не перепутает. Мать своего ребёнка никогда не перепутает, даже в роддоме. А тут всё-таки не роддом, тут всего лишь парикмахерская. Тем более что я маму полгода не видела. Мама меня увидит и обрадуется.

Пошла женщина к маме. Долго ли, коротко ли, а мама её, точно, увидела и ну давай радоваться:

— Ах, вот ты где! — кричит. — Нашлась всё-таки. А я всё думаю — куда ты потерялась. Уже думаю — маразм, куда чё ставлю, не помню.

И мама, значит, так это ловко хвать женщину поперёк туловища и стала мыть ею пол. Женщина еле вывернулась — и бежать.

— Куда! — кричит мама. — Куда! Дурдом какой-то, какое-то «Федорино горе»! Да словите же вы эту швабру, люди, что она себе позволяет. А ещё артисты, швабру поймать не могут. Хотя она летит, как электровеник. Ой! Режиссёра сшибла...

Женщина сшибла режиссёра, сшибла помощника режиссёра и полетела к выходу, и уже в дверях опять кого-то сшибла, смотрит — а это же её любимый артист из сериала!

— Ой! — кричит она. — Ой! Здравствуйте! Ой, неужели ж это вы. Неужели это на вашей груди я лежу, наяву, а не в мечтах. Дайте, пожалуйста, автограф!

А артист на неё посмотрел так внимательно-внимательно, так проникновенно, как смотрят только артисты и пьяные в троллейбусах, аккуратно её снял со своей груди, переложил под мышку, поднялся, отряхнулся и куда-то пошёл, крепко локтем прижимая женщину к себе. У женщины аж все поплыло в мозгах и в коленках.

«Вот, — думает она, — вот. Вот это мужчина. Да. А он чувствует, да, он потому что чувствует. Его не собьёшь. Он душу во мне видит, душу. А ещё он во мне видит женщину. Наконец-то. Но внешность — это не главное. Подумаешь, стрижечка. А мама уже вообще. И этот тоже (муж). Главное — это духовная близость...»

Шли они, шли, долго ли, коротко ли, и пришли к артисту домой. А не в кафе, как предполагала женщина.

«Ой, — думает женщина, — ой. Только познакомились — и сразу домой? Он же даже, как меня зовут, не спросил. Хотя страсть всё извиняет. Это будет незабываемый вечер».

А артист, тем временем, уже всё готовит для незабываемого вечера: колбасу порезал, банку солёных огурцов открыл, водку достал. Три бутылки.

«Ой, — думает женщина. — Но он же артист, он же талант и звериный темперамент».

И тут, точно, артист со звериным темпераментом как положит женщину на кухонный стол, рядом с закуской! Стремительно, но нежно. Женщина даже подумать ничего не успела. А тут вдруг раз — и звонок в дверь, и входит ещё какой-то мужик, весь грязный и в бороде. Женщина опять подумать ничего не успела, а артист уже ведёт того мужика к столу и указывает на женщину с таким восхищением, что чуть ли не слюни потекли.

— Ты только посмотри, — говорит, — какой нам сегодня предстоит вечер. Как нам повезло.

«Ой, — думает женщина. — Что значит — нам? Это что же — их двое? Это что же — оргия? Ой...»

— Вот, — говорит артист.— Послал же Бог такую красавицу.

«Ой, — думает женщина. — Ой, ну, а почему бы и нет? Один раз живём. Зато он видит, видит, что я женщина. И что я красивая. А не лошадь. А это просто нравы богемы. Несмотря на стрижку. А это просто страсть, страсть».

— Действительно, — говорит мужик, — красавица. Только что ты с ней собираешься делать?

— Как это что? — артист удивляется. — Использовать по назначению. А ты что предлагаешь — смотреть на неё?

А мужик этот побелел аж в глубине бороды и весь раскричался.

— Как? — кричит. — Как? Такую красавицу — и использовать?! Да я её писать буду, писать! Да это же клад для художника! Это же вылитая курица со знаменитого натюрморта Ван Эйка «Натюрморт с курицей»! Я обожаю, обожаю Ван Эйка!

— А я обожаю осетрину! — артист тоже разозлился. — Я ею буду закусывать, закусывать! А писать ты будешь что-нибудь другое. И она не курица, а осетрина. Она мне прямо в руки свалилась!

— Нет! — кричит художник. — Это ты будешь закусывать чем-нибудь другим! А эту курицу я забираю! Она курица, а не осетрина!

— Осетрина, а не курица! — кричит артист. — Красавица! Здесь килограмма два! Это четыре зарплаты в театре!

— Курица, а не осетрина! — кричит художник. — Заберу и буду писать!

— Я те заберу, я те заберу! — кричит артист. — Я тогда её прямо счас и съем, на твоих глазах! А тебе не дам, раз ты такой!

И уже женщину со стола хватает и рот на неё распахивает, а во рту двух зубов не хватает, а которые на месте, половина железные. В сериале почему-то незаметно было.

А женщине и страшно, что её сейчас съедят, но это как-то фоном, а на первом плане у неё просто-таки эйфория.

«Пусть, — думает, — курица, пусть осетрина. Зато как они из-за меня, чуть ли не подрались. И оба считают, что я красавица. А главное — этому вообще показалось, что я вешу два килограмма. А не восемьдесят, как я вешу. Пусть теперь хоть закусывают, хоть чего. Пусть, ладно уж».

И она с покорностью судьбе глаза закрыла, чтоб артистовых зубов не видеть, но только тут художник её изо рта у артиста выхватил, за пазуху сунул — и бегом вниз по лестнице. Женщина лежит за пазухой у художника, куда-то они движутся, куда — не видно, и думает: «Вот, — думает, — как они из-за меня-то. Какие мужчины. Вот она, жизнь. Художники мечтают писать меня. Вот что значит наконец-то заняться собой, сходить в парикмахерскую. Сразу — поклонники, ревность, дуэли. Он такой дикий, такой бородатый. Такой ласковый и нежный зверь. Пожалуй, я отвечу на его чувство. Ведь каждая женщина мечтает об этом — быть спасённой и похищенной».

А пока она так думала, долго ли, коротко ли — приносит её художник к себе в мастерскую. В мастерской — всё холсты, холсты: жена художника, портрет жены художника, сестра жены художника, портрет сестры жены художника, — и большой стол. И вот жена с сестрой, они, как женщину увидели, сразу на этот стол как запрыгнут и как завизжат:

— Ай! Ай! Убери её, дурак, убери её! Сию секунду, сию секунду! Выкини, пока не убежала!

Художник опешил, конечно.

— Да вы чего, — говорит, — девчонки. Да вы чего. Куда она убежит? Она же дохлая, к тому же, замороженная...

Но жена с сестрой тут уже и вовсе зашлись.

— Выкини! Выкини! Сию секунду! Мы боимся дохлых мышей! Мы их ненавидим!

— Да вы чего, девчонки, — огорчается художник. — Какая она вам мышь, она же роскошная ванэйковская курица. Я её писать хотел...

А они визжат, ничего не слышат.

В общем, делать нечего — выкинул художник женщину на улицу. Смахивая слезу, поцеловал на прощание — и выкинул.

— Прощай, — говорит, — это не жизнь, это я не знаю что. Прощай.

Лежит, значит, женщина бедная на улице, в луже, под дождём. «Дуры, — думает. — Дуры, мещанки. Так низко, так пошло приревновать. Сами вы дохлые мыши. А ты... Вся наша боль — моя лишь боль. Да...»

А мимо неё люди бегут под зонтиками, никто на неё внимания не обращают, некоторые даже пинают, случайно, наверное. А женщина лежит, плачет, и у неё от дождя, что ей там настригли в парикмахерской, уже в конец размокло, и она, если честно, уже не то что на дохлую мышь, даже не то что на лошадь — уже вообще непонятно на что похожа.

А все идут, идут, с зонтами, с зонтами, и только один мальчик шёл без зонта. И это как раз был лучший друг сына женщины, который у них дома вечно все мармеладки съедал из вазы, как придёт в гости. Он женщину заметил издалека, наклонился, поднял, в карман положил и дальше пошёл.

Женщина опять лежит в темноте, опять ничего не видит, и думает: «Ни здрасте, ни до свидания, — думает. — Зато сейчас, наверное, домой попаду. Сейчас, небось, к моему пойдёт. В гости».

И точно, долго ли, коротко ли, а приходят они к женщине домой. Этот друг с порога как закричит:

— Серый! Я щаз на улице такую штуку нашел, ваще не пойми на чё похожа, видно только, что железяка. То ли она проволока, то ли чё. Лохматая вся такая и в зазубринах. Как раз к нашему моторчику привесить, чтобы колотила по гирьке!

А женщина уже ничему не удивляется. «Так, — думает. — Надо действовать оперативно. А то, правда, привесят, и буду до конца жизни по гирьке колотить».

Она из кармана чуть-чуть высунулась и кричит:

— Серёжа! Серёжа! Там в моём ящике с колготками мармеладки спрятаны. Ты их в вазу пересыпь, к чаю.

Серёжа удивился, говорит:

— Ой! Мама, оказывается, пришла, а я и не заметил. Мам, а ты где? Сколько можно мармеладок съесть?

Женщина из кармана выбирается, а карман на молнии, выбираться неудобно, и кричит:

— Я в ванной, я в ванной! Я стираю! Ешьте хоть все, по крайней мере, хоть половину!

И слышит, что, вроде, всё в порядке, в комнате уже обёртки шуршат, одна за другой, одна за другой. Ну, она окончательно из кармана вылезла, пробежала в ванную на цыпочках, заперлась там, ух, думает, хорошо. Набрала полную ванну воды, залезла туда, на голову маску для волос из репейного масла намазала, сверху — утепляющий колпак. «Эх, — думает, — хорошо!»

В общем, долго ли, коротко ли, а полгода женщина в ванной прожила. Сначала всё ждала, чтобы стрижка отросла, чтоб если хоть не за женщину принимали, то чтоб хотя бы за человека, за лошадь хотя бы. Чтоб хотя бы узнавали. А потом втянулась.

Как кому-то тоже в ванную надо — она под ванну прячется и лежит там. А ночью сама в ванну залезет, запрётся и мокнет там, с репейным маслом на голове. Иногда её муж с сыном удивляться начинали. «А что-то, — говорят, — нашей мамы давно не видно. Вечер уже. Она, вообще, дома?» Женщина тогда сразу давай кричать из-под ванной:

— Дома! — кричит. — Дома! Я в ванной, я стираю. Я вам там макарон сварила, а сосиски сами сварите.

Ну, они и успокаивались. А днём, как все уйдут, женщина, значит, из-под ванной вылезет, наденет что-нибудь красивое и до вечера только туда-сюда по квартире слоняется и телевизор смотрит. Ну, макароны сварит. Ни за продуктами не ходила, ничего. Один раз попыталась на рынок сходить, морковки купить, так её саму за полкило морковки приняли и купили, еле сбежала. И она уж больше никуда не ходила.

И вот она живёт так себе, живёт, долго ли, коротко ли, никто ей не говорит: «Сходи туда, принеси то, сделай сё, да где опять, на фиг, все мои носки, носки-то где опять, в конце-то концов?!» Как-то почему-то всё само собой делается и решается, даже вопрос с носками. И так женщине всё это начало нравиться, что у неё все эти глупости из головы вылетели, что она, там, хотела быть красивой. Всё это — видит лошадь, не видит женщину, видит женщину, не видит лошадь — всё-всё повылетело. «Вот так вот, если живёшь по-человечески, — думала женщина, — так как-то не важно, женщина ты или лошадь. Надо, — думает женщина, — и дальше так как-нибудь устроиться. Отдых, как на курорте. Так, наверное, и живут красивые женщины. Тем более, лето, они меня на дачу возьмут. Примут за колоду карт, и возьмут. Загорать буду, смородину есть с куста. А не посуду мыть в холодной воде».

А долго ли, коротко ли, полгода уже прошло, волосы у женщины отросли, на репейном-то масле, уже стали, как раньше, уже мешают. Она их уже снова стала в хвост завязывать. «Если, — думает, так дальше пойдёт, то они меня, того и гляди, рассекретят. И тогда — прощай, заслуженный отдых. Надо, — думает женщина, — срочно опять в парикмахерскую сходить. К тому же мастеру».

И вот однажды утром дождалась она, как все по своим делам разойдутся, стоит уже в коридоре, с хвостом, уходить собирается в парикмахерскую, и вдруг, на тебе — муж неожиданно вернулся. А она даже спрятаться не успела, ладно, думает, сейчас скажет: «Уйди, кошка!» и отпихнёт в угол, ладно.

Но только муж вместо этого, как вошёл, сразу на неё уставился, и как закричит:

— Слушай, где мои носки? Меня в командировку посылают, я же тебе вчера ещё говорил, носки-то мои где, вообще, в этом доме? Могла бы уже с вечера всё собрать, всё равно дома сидишь.

Женщина засмеялась от нервов, а он кричит:

— А чего ржать-то? Чем ржать, давай теперь, галопом, а то я опаздываю.

Так женщина в парикмахерскую и не попала. Пока мужа в командировку собрала, сын из школы вернулся, потом дача, и пошло-поехало. И пошло и пошло, и долго ли, коротко ли, а двадцать лет прошло, женщина уже внуку носки ищет, а в парикмахерскую так и не сходила. Так и проскакала до пенсии с хвостиком.

И вот однажды думает: «Всё. Что-то они меня совсем загнали. Устала. Пусть они сами свои носки ищут, схожу, — думает, — в парикмахерскую. К той самой парикмахерше. А если той не окажется, то к любой другой, они там, наверное, все так стригут».

Приходит — а там всё, как тогда, и парикмахерша такая же, как тогда, только старая, ну, так и я, думает женщина, и сама уже бабушка. С седеньким реденьким хвостом.

Женщина-бабушка садится радостно в кресло, сама простынёй обматывается, ух, думает, как я скоро отдохну под ванной, и говорит:

— Мне вот так, так и так, а ещё я хочу быть красивой. И уши чтобы открывать.

Ну, парикмахерша уверенной рукой, как тогда — вжик-вжик, щёлк-щёлк, клочья летят, седые, свист стоит, только, видимо, все мы сдаём со временем. Т.е., на голове опять, конечно, полная катастрофа. Но женщина-бабушка из простыни вылезла, на улицу выходит, головой вертит — что теперь, интересно, обо мне подумают? Подумают, что я лошадь? Или — что я бабушка? Другой лошади? А к ней сразу какие-то дети подбегают:

— Мы, дедушка, подумали, что вы плохо видите. Перевести вас через дорогу?

«Ну, ладно, — думает женщина-бабушка, дедушка — это всё-таки неплохое начало. Это всё-таки не лошадь, и даже не конь. Что, интересно, дальше будет?»

А дальше заходит она в булочную, ей там: «Дедушка, вы стоите?» И соседи — «дедушка», и внук — «дедушка», и сын — «дедушка», и даже собственный муж (т.е. настоящий дедушка), и тот — «дедушка»...

Женщина-бабушка сначала расстроилась, а потом смотрит — а дедушкой-то быть ничего себе. Ползаешь туда-сюда, стуча палкой и шаркая тапками, и бубнишь, поплёвывая: «Эти ваши пельмени... Этот ваш Чубайс...», и всё. Готовить не надо, стирать-убирать не надо, носки искать, и то не надо — наоборот, все их для тебя ищут, особенно невестка. Что, конечно, приятно вдвойне. В общем, для женщиныбабушки в роли дедушки наступил просто рай на земле и просто сказка, причём, вполне заслуженная. «А что, — думала женщина-бабушка, — я на них тридцать лет, как лошадь, с этими носками, пусть теперь она». И так эта сказка и длилась, долго ли, коротко ли, пока однажды невестка вдруг куда-то не засобиралась. С утра рысью нашла всем носки, надела шапку поверх хвостика и уже в дверях говорит:

— Пойду-ка я в парикмахерскую.

Женщина-бабушка в роли дедушки оказалась чуть глуховатой, как закричит:

— Куда?!

Невестка застеснялась, заржала смущённо и говорит:

— Да в парикмахерскую. Которая вот у нас здесь, за домом. Хвост этот надо уже отстричь когда-нибудь. Понимаете, дедушка, что-то вот как нашло на меня — хочу быть красивой.

И ушла. А женщина-бабушка так и встала посреди коридора со своей палкой. Потому что кто не знает, что такое парикмахерская, все знают, и что там под видом невестки оттуда вернётся, точнее, невестка под видом чего — страшно даже представить. «И кто теперь будет искать носки, — думает женщина-дедушка, — и кто вообще будет всё, только не опять я, а кто, ну, и явно сказке конец».

Где-то за спиной у женщины, в районе кухни, ударил колокол, и там же какие-то незнакомые люди закричали, перебивая друг друга:

— Аллюр! Перемена ноги на галоп! Баллотэ-пиафэ! Испанский шаг!

Потом кто-то, закашлявшись, сказал недовольно:

— Манеж на ремонте, вы что…

И, действительно, наступил конец сказки.

Сказке конец, а кто сам может найти свои носки — всё равно молодец. Но много ли среди нас таких?

Сказка про кафель

Одной женщине вдруг сбрендило: они с мужем как-то смотрели какое-то кино по телевизору, и там, значит, один герой заводит другого в санузел, хвать за шкирятник, и давай сначала башкой в унитаз макать, а потом той же башкой долбать об стены и об пол. Тот: «Ах, ох!», а этот: «Где деньги, мерзавец, где деньги?», хрясь, хрясь, что-то в этом духе. Красная кровь на белом кафеле. И опять: «Давай деньги, деньги, деньги давай!», а тот: «Не дам! Не дам!», мозги фонтаном, и уже всюду кровь на кафеле: на стенах кровь на кафеле, на полу кровь на кафеле, на потолке, и то — кровь на кафеле. Везде кровь. И везде кафель. И вот этой женщине как сбрендило: «Тоже хочу кафель». И всё, и хочу и хочу, муж ей уже говорит: «Да ты чего, дурочка, куда нам кафель в нашу хрущобу. У нас смеситель-то ручной, в том смысле, что руками смешиваем, и в ванне уже дыру ногами простояли, а ты говоришь — кафель. Да нас с этим кафелем засмеют. Дурапунчик ты мой ушастый». А она в крик: «Ничего, мол, не знаю, делай, что хочешь, покупай тогда новую квартиру, чтобы в ней сделать всё прилично, но я хочу кафель. Потому что хоть когда-нибудь мы наконец-то, может, будем жить прилично?» А потом ещё так заорала: «А-а-аа!»

В общем, долго ли, коротко ли, а пятнадцать лет муж на новую квартиру зарабатывал, заработал наконец, купили, стали по городу бегать, всякое это самое искать, всякую фурнитуру, нашли, и под конец внесли торжественно пятнадцать тяжеленных ящиков: кафель! Самый лучший, итальянский, цвета маренго с молоком.

Муж, значит, пошёл, нашёл самую лучшую контору и позвал самого лучшего кафельщика — Витю. Специально там спрашивал: «А это точно, — говорит, — самый лучший кафельщик? Мне надо, чтобы на совесть». «Точно-точно, — ему отвечают, — что вы. Что вы, он в Чечне служил, он ваш кафель так приложит — дом террористы разбомбят до основания, а ваш кафель висеть останется. Он только поспать любит, на кафеле. Вы его, главное, не будите, пока он спит, а так он всё вовремя сделает, не будите, главное».

Заключили, значит, с Витей договор, что он к такому-то числу обязуется всё доделать, купили ему, там, клея всякого, ещё какой-то фигни, что ему надо, и стали ждать. Муж так ждал, на работе, а эта женщина не работала, так она круглыми сутками только и бегала, посмотреть, как этот Витя работает. Очень уж ей хотелось кафель.

Только она почему-то как ни придёт, а Витя всё время спит. А ей сказано не будить — она и не будила. Придёт, посидит, дождётся, пока Витя проснётся и работать начнёт, и говорит:

— Как тебе, Витя, работается? Может, помочь чем? Может, кофе сварить?

А Витя кафель лепит и говорит:

— Спасибо большое, не надо. Тем более что плиты нет пока и воды нет пока, я же все трубы пока перекрыл, я же пока сантехнику делаю.

Ну, женщина успокаивалась на время, а потом опять прибегала, приносила ему кофе в термосе. Очень уж ей хотелось кафель. А муж это понимал, но как-то недопонимал, потому что всё удивлялся: «Ну, чего ты всё туда бегаешь? Ну, хочется человеку поспать, ну, пусть себе спит. Может, у него режим такой. Может, он ночью работает, мы же не знаем. Сказал, что сделает, значит, сделает. В срок-то он укладывается. У нас же договор. Влюбилась ты, что ли, в этого Витю?» И смеётся, потому что как в этого Витю влюбишься: Витя ростом два метра, в плечах два метра, рыжий, волосы дыбом, и одноглазый. С бельмом. Женщина тоже, конечно, смеётся, а на следующий день всё равно к Вите прибегает. Может, муж-то действительно зря шутил?

А Витя проснулся, потянулся, Витя кафель лепит, Вите и дела до этого до всего нет.

— А как, — спрашивает женщина, — как ты его, Витя, крепишь?

— А вот так, — отвечает Витя, — вот прямо так я его и креплю. О-па — видите — о-па, прикрепил.

— Действительно, — радуется женщина, — действительно, прикрепил.

И так это они как-то незаметно с Витей и сдружились. Витя ей даже однажды по дружбе и говорит:

— Вы знаете, я, пока спал, мне во сне сон такой приснился интересный. На профессиональную тему. Хотите, я вам по дружбе в санузле все трубы тоже кафелем заложу? У всех-то, знаете, все фильтры, все трубы так торчат, либо ящики приходится какие-то вешать дикие. А у вас, смотрите, у вас будет от пола до потолка один сплошной кафель, и только вот здесь, прямо на кафеле, будет две ручки. Вы за них потянете, раз, кусок стены и снимете — а за ним и фильтры, и трубы, что хотите с ними делайте. А потом раз — и обратно кусок стены. Никто и не догадается, и все прямо обалдеют.

Женщина, конечно, обрадовалась ужасно, что у неё всюду-всюду будет кафель, и стала Вите кофе уже в двух термосах носить, четыре раза в день. Муж даже смеяться перестал, вот, думает, интересно, а что же дальше-то?

А дальше, долго ли, коротко ли, но Витя всё-таки всё закончил, с кафелем и с сантехникой, они смотрят: действительно, ничего не видно, никаких ни труб, ни фильтров, такой прямо тайник, как во дворцах. И на кафеле цвета маренго с молоком ручки бронзовые с серебром, тоже как во дворцах. Красиво. Ну, они рассчитались с ним, в договоре расписались, он ушёл, всё, спасибо-до свидания, всё. Потом поставили кухню, всякую технику, мебель, въехали и стали жить.

Живут себе, живут, женщина больше всего довольна, что у неё наконец-то кафель, а муж так доволен, отражённым светом. Что всё наконец-то закончилось, вся эта эпопея.

А женщина всё никак нарадоваться не может, и всех всё в гости зазывает: да ой, да новоселье, и всё время следит, чтобы гости обязательно в санузел зашли. Так прямо и говорит:

— А вы в санузел-то зайдите, в санузел. У нас в санузле, как в сказке.

А в санузле действительно, как в сказке: свет включишь, а на потолке лампочки загораются как-то постепенно и одна за другой: одна… вторая… третья… четвёртая…, как звёздочки. Подсветка такая, подсветка сякая, всё кругом в маренге и в молоке, только что птички не поют. А, может, и поют, если прислушаться. Иногда что-то такое как будто кажется, если задумаешься: «Чирик», — как будто бы…— «Чирик…», где-то под подвесными потолками, как под небесами. В общем, сказка и сказка. И главное, труб и фильтров ну совершенно не видно, искать будешь — не найдёшь, ну, натурально, как в сказке. И все гости удивляются, поражаются: «А где же, — удивляются, — ваши трубы? А где же ваши фильтры?» «А вот, — говорит женщина, счастливая. — А вот! Секретик». Но секретик никому не открывает, потому что, во-первых, так таинственней и даже больше завидуют, а, во-вторых, чего его лишний раз открывать. Ещё ручки возьмут, да и отвалятся, если каждый раз открывать туда-сюда. Хоть рыжий кафельщик Витя и сказал, что эта конструкция ещё всех нас переживёт, но всё равно как-то опасно. Кафель — штука деликатная, мало ли что. Поэтому никто из гостей и не знал, что у женщины санузел с двойным дном, т.е. что в санузле потайной ящичек, только три человека на свете об этом знали: женщина, её муж и одноглазый кафельщик Витя. И это и сыграло с ними впоследствии злую шутку.

Но это было потом, а пока, долго ли, коротко ли, все шутили по-доброму. Почему-то так получалось, то ли дело в том, что кафель итальянский и очень гладкий, а у нашего человека к такому привычки нет, то ли в чем-то ещё, но отчего-то со всеми гостями, кто ходил смотреть на санузел, всё время что-то, да случалось. То один поскользнётся, на кафеле, и приложится лбом об стенку, то другого водой ошпарит из немецкого смесителя, тётки все кольцами колготки рвали. А у одного мужчины палец прищемился держалкой для туалетной бумаги, да так, что потом ноготь сошёл и этому мужчине даже дали на работе больничный. А уж сколько раз все начинали падать и ожоги зарабатывали, схватившись за полотенцесушитель — таких случаев вообще без счёту. И вот женщина шутила, по-доброму, то ведь после одного гостя кровь на кафеле приходится мыть, то после другого, и она, значит, шутила: «Не дай Бог, что-то случится с моим кафелем. Вот, не дай Бог, мне тут кто-то что-то поломает, тому не жить, — шутила женщина. — Чтоб вы после этого сдохли», шутила она. И, конечно, на неё никто не обижался, все ведь знали, как ей хотелось кафель и как долго она его ждала. Практически всю жизнь, во всяком случае, лучшую её часть.

Но при этом шутить-то она шутила, по-доброму-то по-доброму, не обижаться-то не обижались, но всё равно, с кем случалась травма в санузле и кому женщина говорила: «Не жить!», тот хоть и смеялся — «Ха-ха!» — вежливо, но как-то так незаметно раньше всех исчезал из гостей и больше уже в гости не приходил. Всё-таки это, наверное, неприятно, когда тебя долбанёт электричеством от подсветки сливного бачка, и тебе же ещё говорят: «Не жить». Так что хоть люди и не обижались, но чуть-чуть всё-таки, видимо, обижались. Но женщину это не огорчало, у неё была ещё куча друзей, не охваченных смотринами санузла, и её дом оставался открыт для гостей. С которыми с половиной тоже что-то происходило в том же месте, бытовые травмы, и они больше не приходили, но женщина снова не огорчалась, у неё оставались ещё родственники из провинции, специально приезжающие, с которыми тоже, и т.п.

В общем, долго ли, коротко ли, а однажды оказалось, что уже все кафель посмотрели, а смотреть по второму разу никто не соглашался. А некоторые так и просто трубку не брали. Но женщина и тут не огорчилась, ведь жизнь — это не только мишура, гости и развлечения, а это просто жизнь. Ну, они наконец-то и зажили спокойно, сами в своём кафеле, в своё удовольствие.

И вот опять — живут они, живут, муж как-то спокойно, он тем более что немножко надорвался, на этот кафель зарабатывая, а женщина все ещё никак нарадоваться не может, она и засыпает счастливая, и просыпается счастливая, и сразу, проснувшись, бежит в санузел, тоже счастливая. И только одно её расстраивало: у них кошка была, Маркиза, старая уже и дурноватая, а таких старых кошек если перевозить с квартиры на квартиру, так они вообще с ума сходят. И вот эта Маркиза, зараза, как нарочно: у неё лоток её стоял, как она привыкла, в санузле, так она то нагадит мимо лотка, то её стошнит на стиральную машину, то она полотенца на пол скинет и порвёт. А ещё, главное, как что-нибудь сделает, так сразу начинает загребать, как у кошек принято, когтями по кафелю. По итальянскому. Цвета маренго с молоком. Женщина это как слышит, так — лучше бы, — думает, — эта Зараза мне своими ногтями по сердцу скребла. Что она, собственно, и делает. «Вот это вот и называется, — думает женщина, слыша когти о кафель, — на душе кошки скребут». Она уже её и мордой тыкала, и тапком била, и запирала — ничего не помогает. И самое интересное, что как гадить и когтями скрестись — именно в санузел, где красиво, как в музее, и кафель, хотя у них и во всей квартире было очень прилично. Но в санузле, просто как в сказке. Зараза. Уже женщина орала на эту Заразу, уже даже муж удивлялся: «Что ты, — говорит, — так орешь-то на неё, это же животное, оно же не понимает». «Нет, — плачет женщина, — нет, Вася, это животное всё понимает. Оно понимает, что у меня сердце кровью обливается, и специально, назло... Убью её когда-нибудь, эту заразу. Маркизу эту».

Это женщина, конечно, шутила, кто же будет свою родную кошку убивать, но её так это уже всё заколебало, на самом деле, что вот однажды Маркиза опять что-то там устроила на кафеле, очередной погром, и женщина на неё опять как заорёт:

— Ещё раз такое сделаешь, маркиза такая, так тебе не жить! Да чтоб ты уже сдохла после этого!

Естественно, она, конечно, ничего такого в виду не имела, но Маркиза почти тут же после этого раз — и пропала. И пропала и пропала, и в квартире нет, и под дверью квартиры нет, и во дворе тоже нет, в общем, ясно, что сбежала и умирать ушла. Кошки, когда умирать собираются, всегда уходят, а этой Маркизе уже по возрасту было давно пора, всё понятно, ушла и сдохла. Так вот женщина даже как-то и особенно не огорчилась, если честно, так её это животное разобидело. А муж да, муж сильно расстроился, даже напился однажды вечером на кухне, когда окончательно выяснилось.

— Мы ведь, — плачет, — мы ведь её завели вместо ребёнка, которого не завели. Мы ведь её до всего ещё завели, до всего этого кафеля...

И снова пьёт, и снова плачет. И так каждый вечер, в течение месяца. Ужас какой-то. У женщины бедной уже сил никаких не осталось. «Да что же это, — думает, — такое? Да как же ж у него ж организм-то выдерживает?»

А организм у мужа, долго ли, коротко ли, а выдерживать и перестал. То есть, как: выпить-то он мог, и даже пить мог, но потом его сразу это самое, того. Короче, плохело мужу, ну, он и бежал, естественно, в санузел. А человек пьяный, раскоординированный, и его то стошнит куда надо, то куда придётся. То на стиральную машину, то на ванну, то вообще на кафель. С бедной женщиной чуть припадков не делалось. «Да что же это опять, — думает, — такое? Да что ж они все, сговорились? То эта, то этот...»

— Ещё раз, — кричит мужу, — ты меня понял, ещё раз это повторится, водка эта поганая, ещё раз это всё повторится мне на кафель, ты меня понял? Да чтоб ты сдох в таком случае! Да что же это такое, только вроде начали жить прилично...

Конечно, женщина всё это говорила не всерьёз, насчет «не жить», кто ж такие вещи говорит всерьёз, но, тем не менее, что-то у них с мужем в отношениях разладилось. Он как-то стал приходить всё позже, позже, а потом однажды как-то пришёл совсем позже некуда и куда-то делся. Т.е., видимо, он снова ушёл, а женщина спала, не слышала, а обратно уже не пришёл. Тут женщина уже, конечно, огорчилась. Ведь какие бы отношения ни были, но семья — это же всё равно главное в жизни человека.

И вот сидит она, бедная, на краю ванной с телефоном, и к кому же, думает, он мог-то уйти? Кому он нужен? У мужа телефон не отвечает, она знакомым звонит, друзьям, может, они знают, может, он кому-то из них оказался нужен, а у них у половины тоже телефон не отвечает, а у половины по телефону родственники отвечают, что эти друзья куда-то делись. «Куда? — удивляется женщина. — Когда?» «А вот не знаем, — плачут родственники. — Да вот вскоре после того, как к вам тогда на новоселье сходили... Ещё помню — наряжались... Коньяк покупали... Ой-ой-ой...»

«Ой-ой-ой, — думает женщина, — страсти-то какие. Это, выходит, не только у меня муж пропал и кошка, это, выходит, у многих мужья пропадают? Кому они нужны-то? И даже не только мужья, а даже более того — жёны пропадают. А уж они-то и вовсе кому нужны?» Бедная женщина звонит родственникам из провинции — оказывается, половина родственников из провинции пропала...

И так это женщине плохо стало, так грустно и одиноко... Она уже с горя и работать пошла, и всё равно — днём-то ещё ничего, а как вечер, одна дома — так такая тоска. Мужа нет, кошки нет, друзей и знакомых, и тех не осталось. Женщина бедная только кафелем и утешалась. Запрётся вечером в санузле, хотя от кого запираться, эх, залезет в ванну и сидит там часами. Маренго с молоком сияет, подсветка сияет, лампочки загораются, постепенно, как звёздочки... одна... вторая... третья... четвёртая... И так и кажется, что сейчас прямо птички запоют. А иногда кажется, что уже поют. Просто сказку сделал рыжий одноглазый кафельщик Витя.

Только так женщина и спасалась, каждый вечер из своей наступившей ужасной жизни — в сказку.

Долго ли, коротко ли, а уже несколько лет проходит, а женщина так и живёт, днём ужасной жизнью, а вечером в сказке, одна, муж так и не нашёлся, и друзья так и не нашлись, и даже родственники в провинции, и те — не нашлись. Так что всё у неё как стало, так как стало, так и осталось, единственное, что — если раньше казалось, что в санузле только что птички не поют, потом казалось, что почти поют, то теперь стало ясно — действительно, поют, да ещё как. «Чирик, чирик, чирик!» А потом так: «Фью-ить, фью-ить!!» А потом: «Ку-ку! Ку-ку!» А потом даже так: «Карр... карр...» И как-то женщина всё не могла определиться, нравится ей это, или, наоборот, смущает. Она сначала подумала — у соседей, канарейку какую-нибудь завели, а потом думает: «Так. У нас дом-то новый, кирпичный, не то что мы до этого жили, муж на него всё здоровье положил, если не сказать — жизнь, хороший дом, стены толстые. Ничего нигде соседей не слышно, только в санузле слышно, птичек. Что бы это значило?»

Она все стены обсмотрела, весь кафель и плинтуса — везде всё гладко, неоткуда птичкам петь. И, с одной стороны, это, конечно, приятно, что они всё поют да поют, а, с другой стороны, думает женщина, не очень приятно. Сказка-то, конечно, сказкой. «Может, — думает, — я сама уже это самое? Фью-ить? Или ку-ку? Или даже — карр, карр? Совсем уже ворона? Как-то это всё-таки нервирует». И тут женщину озарило — у неё же в санузле двойное дно, т.е., стена! Ей же рыжий одноглазый кафельщик Витя сделал такую хитрую штуку с ручкой, спрятав за ней трубы и фильтры! «Ничего себе, — думает женщина, — а я и забыла совсем. Сначала всем показывала, точнее, не показывала, чтобы лишний раз не открывать. А потом показывать стало некому, точнее, не показывать, и я тоже лишний раз не открывала. Даже фильтры не меняла, чтобы лишний раз не лезть, красоту не портить. Так вот, — озарило женщину, — вот за этой-то двойной стеной в родной стене, наверное, и есть какое-то отверстие, через которое доносится! Надо, — думает, — этот кусок стены снять и посмотреть. Заодно и фильтры, наконец, поменяю».

Стала женщина кусок стены снимать — а он не снимается! Она его и так за ручки, и этак, а он никак. Всё, как одноглазый Витя учил, делает, да она и сама это тогда несколько раз для пробы делала, а оно не делается. Вообще ни в какую, хоть ты тресни. «Ничего себе, — думает женшина. — Что это, производственный брак? Оно же открывалось.
А птички поют, а стена не открывается, а фильтры не поменяны, ну, и вообще, что за ерунда-то? Оно же, правда, открывалось!»

В общем, долго ли, коротко ли, пошла женщина в ту контору, откуда рыжий Витя. Приходит, так, мол, и так, Витя, кафель, рыжий, одноглазый, столько-то лет назад. Вот договор. А там ей неожиданно и говорят: «Никакого такого Вити у нас нет, и не было». «Как это, — удивилась женщина, — а договор ваш?» «Договор, — говорят, — наш, а Витя вообще не наш. Не знаем такого. Ни столько-то лет назад, ни два раза по столько-то — не было Вити». «Да как же, — кричит женщина, — ну, Витя, ну? Такой рыжий, такой одноглазый? Двухметровый такой? Точнее, двух-на-двухметровый? В Чечне служил?» «Не знаем, — говорят. — Какая-то, видимо, ошибка, мы бы запомнили. Хотите, мы вам другого кафельщика пришлём, не Витю, он посмотрит».

Короче, пришёл другой кафельщик, не Витя, посмотрел, говорит: «Так оно вообще не должно сниматься. Здесь никакой двойной стены нет, здесь только эта. Снимете — к соседям попадёте». «Как это, — опешила женщина, — я же сама видела. Своими руками. А где в таком случае мои трубы? Где мои фильтры?»

«Не знаю, — говорит кафельщик, — не могу знать. Вода же течёт, так? Значит, где-то есть и трубы. Вы же ею пользуетесь, так? И ещё пока живы-здоровы? Значит, где-то есть и фильтры. А где они, что они... с кем они... Не могу знать. Хотите, правда, кафель отколупаем и посмотрим? Мне прямо самому интересно».

Женщине тоже интересно, но она как подумала — её любимый кафель колупать! Цвета маренго с молоком. Из-за которого она, можно сказать, мужа лишилась. «Нет уж, — говорит. — Как-нибудь в другой раз». «Ну, ладно», — говорит кафельщик, и ушёл. А женщина стала дальше жить, как есть, без фильтров и с птичками.

Долго ли, коротко ли, днём работает, а вечером, как в сказке, если б была такая сказка про ванну на лесной поляне, только её, несмотря на сказку, всё это всё больше и больше беспокоит. Потому что, кроме птичек, ещё и лягушки квакать начали. А однажды плутишка зайка серенький проскакал. Может, конечно, показалось, в тот момент, как раз, свет выключили. Но потом-то включили, женщина смотрит — а из кафеля заячьи уши торчат. Она за них — хвать, а они уже куда-то утянулись. Куда-то ориентировочно по направлению фильтров. «Вот те, здрасьте, — думает женщина. — Надо всё-таки этого Витю одноглазого искать. А то эти все мне только расфигачат весь кафель, и всё. А зайчика не поймают. А этот всё-таки это всё сам наделал, ему виднее». И стала женщина рыжего Витю сама искать. По вечерам, между работой и ванной. Они же всё-таки подружились тогда, когда он увидел её любовь к кафелю, он ей что-то о себе рассказывал. В каком районе живёт, да где жена работает. В общем, долго ли, коротко ли, а женщина Витю нашла. Правда, не в том районе, и никакая жена у него уже там, как выяснилось, никогда не работала, а просто женщина однажды встретила Витю на улице, случайно.

Вечер уже был, она с работы шла, темно, ничего не видно, фонари не горят, горит только один, где-то далеко, даже свет в окнах нигде почему-то не горит, а на улице никого, она идёт, а навстречу ей тоже что-то идёт, два на два метра. А больше ничего не видно, темно же. Женщине страшно стало, непонятно же, кто это идёт, и с какими целями, а вокруг никого, и даже фонарь один и далеко, она стала всматриваться, смотрит — а у этого приближающегося в одном глазу тот далёкий фонарь отражается. А в другом не отражается. Ну, женщина и поняла, что он одноглазый. Он ближе подходит, она видит — волосы дыбом. Ещё ближе, на них свет упал, она смотрит — волосы-то рыжие.

«Ну, — думает, — точно. Да это же, — думает, — Витя!» Женщина обрадовалась такой удаче и как закричит:

— Витя! Витя, это же ты! Стой, стой! Витя, это же я!

А он мимо идёт, как будто не слышит. А женщине его упускать нельзя, она уже точно видит, что это Витя, она как закричит на всю пустую улицу, так что чуть стёкла в негорящих окнах не посыпались:

— Витя, Витя! Вспомни кафель! Кафель, кафель!

А потом ещё так закричала:

— А-а-а!!!

Тут Витя остановился, подходит к ней, причём, он действительно Витя, наклонился к ней, говорит:

— А, — говорит, — здрасьте. Ну, чего там с кафелем?

Тут женщина бедная расплакалась и всё ему рассказала. Что мужа нет, друзей нет, кошки нет, даже родственников из провинции в провинции — и тех нет, что за кафелем за двойной стеной птички поют, а двойной стены никакой и нет, есть только одинарная, на которой ни труб, ни фильтров, и пришли сказали, что надо всё разносить и раздалбывать. Витя послушал её, послушал, призадумался и говорит:

— Ну, вот ещё, глупости. Конечно, раздалбывать ничего не надо. Так только может, легонечко долбануть. Завтра ночью, как пробьёт двенадцать, возьмёте молоточек, и прямо по той ручке, которая снимает двойную стену и которую заело, так это по ней легонечко — тюк! Не сильно, главное, а так это интеллигентно — тюк! Сразу и увидите, где там трубы, где там птички.

— А сам ты, Витя, — спрашивает женщина приободрённо, — сам-то ты зайти не можешь? А то я так боюсь всё попортить, ты так всё хорошо сделал, весь кафель, до сих пор нарадоваться не могу. Одно это у меня утешение в моей ужасно одинокой жизни.

— А я зайду, — обещает Витя. — Только чуть попозже, вот увидите. Зайду обязательно, адрес я помню. Вы, главное, не забудьте — ровно в двенадцать, завтра, и так легонечко-легонечко — тюк! И всё, и всё наладится, я вам обещаю.

Сказал это Витя и исчез, всеми двумя на два метрами. А женщина стоит посреди улицы, одна, не понимает, куда он мог деться, такая орясина. Улица-то пустая совершенно. Хотя, смотрит женщина, какая же она пустая. Полно народу, все куда-то бегут, несмотря на вечер, и в домах все-все окна освещены, да ещё и все фонари вокруг горят. «Надо же, — думает женщина, — только что же наоборот было. Как неравномерно в этом районе дают электричество». И домой пошла, радостная, что встретила Витю и он её научил и скоро одной проблемой станет меньше.

И стала женщина с нетерпением ждать завтра и двенадцати.

Долго ли, коротко ли, а наступило и завтра, и почти двенадцать, женщина приготовила молоток, всё приготовила, села на край ванны, ждёт, пока двенадцать пробьёт радио.

Только пробило двенадцать, она молоток схватила, примерилась — и по ручке на кафеле, как её рыжий Витя научил, легонечко-легонечко — тюк! Даже не «тюк», а так, разве что, тю-тю-к!..., будто не женщина молотком, а бабочка хоботком — тюк! Интеллигентно-интеллигентно, осторожно-осторожно. Только вместо этого, она сама не поняла, как-то так вышло, что она шандарахнула со всей дури, аж рука заболела.

И, стоило ей это сделать, как всё вокруг как загремит, как затрещит, будто в дом бомба попала, и со стен, с потолка, отовсюду кафель как посыпется! Женщина стоит, бедная, с молотком, в облаке пыли, а на неё сверху, с боков, со всех сторон кафель обрушивается, как лавина в горах.

«Да что же это, — думает женщина, — такое? Это же безумие какое-то? Как так получилось, я же чуть-чуть хотела?»

А кафель рушится, раскалывается, гремит, вроде бы, уже весь обвалился, а за ним, оказывается, новый слой, и он тоже продолжает обваливаться, сверху, снизу, бесконечно, с боков, слой за слоем, женщина кричит:

— Да что же это такое?! Что же это за напасть такая, что я такое сделала?! Что же я сделала-то, что оно полетело? И, главное, своими руками весь свой кафель! Что ж это за жизнь такая! Что ж теперь делать, сама всё испортила!

Тут уже с женщиной истерика сделалась.

— А-а-а-а! — кричит. — А-а-а! Да лучше бы мне в таком случае самой не жить! После всех этих дел! Ведь была просто сказка, сказка! А я своими руками! Да что б я сама сдохла, что ли!

И только стоило ей это прокричать, как вдруг — раз, откуда ни возьмись, появляется перед ней рыжий Витя, в ореоле пыли и разбитого кафеля.

— Ах, вот ты как! — кричит на женщину. — Ах, вот ты как поступила с моим кафелем! Да, лучше тебе действительно не жить!

— Витя! — испугалась женщина, — Витя, да ты что? Витя, да что же это такое? Витя, да ты сам-то кто такое? Что ж ты за кафель-то такой сделал?

И тут Витя как захохочет, сверкая одним глазом.

— А-ха-ха! — хохочет, — а-ха-ха! А ты, женщина, неужели ещё не поняла, кто я такое? Да я же Лихо, Лихо одноглазое! Неужели сложно догадаться? Рост два метра — раз, волосы рыжие дыбом — два, одноглазый — три… Ну, бабы! Ничего не понимают.

— Да как же? — переживает женщина. — Да как же так? Как же ты — Лихо, мы же с тобой договор подписывали? В солидной организации? Реклама ещё везде…

— О-хо-хо! — хохочет Витя, — о-хо-хо! Вот насмешила! Договор! В солидной организации! Ты думаешь, раз бабло дерут — так обязательно солидная организация? Да где угодно за своё же бабло на такое нарваться можно. Никто не застрахован. Так что это ты с Лихом, милая моя, с Лихом договор подписывала. Я к тебе прониклось, когда увидело, как ты кафель любишь. Как люблю его я. И заколдовало твой кафель, пока клало, что кто ему навредит, чего ты ему пожелаешь, то случится.

— Ой! — кричит женщина. — Ой! Это что же, это значит, мужа стошнило на кафель, а я ему сказала — «чтоб ты сдох», и он…

— Да, — кивает Витя.

— Ой! — кричит женщина. — И кошка? Она гадила, а я ей?

— Да, — кивает Витя.

— Ой-ой-ой! — пугается женщина. — И что же, и друзья? Они когда там, то я им?

— Да, — кивает Витя, — и друзья, и родственники из провинции. Все они сейчас там. Я имею в виду, не в провинции там, а ТАМ.

— Где — там? — женщина совсем испугалась.

— А вот ТАМ! — как Витя опять закричит, да как схватит женщину. — Там, где ты сейчас будешь! Сказано же было — легонечко, а не со всей дури. Ну, бабы…

— Да я же легонечко! — кричит женщина. — Да я сама не знаю, как это получилось! Я же так и хотела, чтобы чуть-чуть…

— Она хотела! — кричит Витя. — Значит, недостаточно чуть-чуть. Сказано же — кафель заколдованный. Соизмерять надо. Им делаешь сказку, делаешь, а они…

— Витя! — кричит женщина. — Витя! Не убивай меня, Витя!

— Да кто тебя убивает, — кричит Витя, — кто? С Лихом договор подписывала? Кафель испортила? Сдохнуть себе пожелала? Всё, считай, сама себя и ухайдакала. Так что всё.

— Витя! — кричит женщина. — Витя!!

— Да я уж знаешь сколько лет Витя? — кричит Витя. — Лет тридцать пять я уже Витя. А до этого ещё три с половиной тыщи лет был Петя. Сказано — всё, значит, всё. Думать надо было.

И тут он свободную от женщины руку протянул куда-то к стене, а на стене откуда-то снова кафель возник, и даже не только кафель, а даже те самые бронзовые с серебром ручки, которые должны были двойное дно открывать, но ничего не открывали. А Витя за них только взялся, и сразу кусок стены и снял, и как закинет женщину в образовавшееся отверстие.

— Ну, всё! — думает женщина, летя. — Прощай, жизнь. Прощай, санузел цвета маренго с молоком. Прощай, сказка.

В глазах у женщины темно, и тут, чувствует, крепко головой приложилась.

— Ну, всё, — думает. — Всё. Умерла.

И тут слышит — где-то над ней птички поют.

— Нет, — думает женщина. — Значит, не умерла.

Открывает женщина глаза, а над ней синее-синее небо, и в нём солнышко, а сама она, оказывается, лежит на лесной полянке, а кругом цветочки растут, птички порхают и зайчики. А поблизости, смотрит, поблизости в тени деревьев прогуливается её муж, и друзья, и кошка, и даже родственники из провинции прогуливаются в венках из маргариток. И все улыбаются, и все женщине руками машут.

— Иди, — зовут её шёпотом, — к нам! Только шёпотом! Будем вместе прогуливаться, мы по тебе скучали!

— И я, — радуется женщина шёпотом, — и я по вам скучала. Даже по кошке. А почему шёпотом? Как я рада, что вы всё-таки не умерли!

— И мы, — радуются муж, друзья, кошка и родственники из провинции, — и мы так рады, что мы всё-таки не умерли. А шёпотом, потому что надо шёпотом, обязательно.

А женщина у них хочет ещё что-то спросить, как они все сюда попали, но тут что-то вдали за лесом как загудит.

— А что это, — спрашивает шёпотом женщина, — что это гудит за лесом? Это что, такая громкая электричка?

— Нет, — отвечают ей шёпотом, — это не электричка, это за лесом в санузле кто-то воду включил. Это так трубы гудят и фильтры.

— А что это, — спрашивает женщина, когда отгудело, — что это, мы, выходит, все за стенкой санузла? Это как это понимать? Это куда это мы попали?

— А так это, — отвечают ей, — так это и понимать. У тебя в санузле что было: ты всё кричала — просто сказка, просто сказка! Ну, и здесь сказка. Туда мы и попали. Там сказка, и здесь сказка. Только эта сказка за стенкой у той сказки. Понимаешь? Такая сказка за сказкой.

— А как же, — спрашивает женщина шёпотом, — как же, мы теперь всю жизнь здесь жить будем, в этом застенке? Долго ли, коротко ли?

— Да нет, — отвечают ей шёпотом муж, кошка, друзья и родственники из провинции, — всю жизнь-то мы уже прожили, это мы уже дальше живём, долго ли, коротко ли.

«Надо же, как, — думает женщина, и не знает, радоваться ей или огорчаться. — С одной стороны, конечно, хорошо, что все умерли, но при этом живы. А с другой-то плохо, что все живы, но при этом умерли. И непонятно, почему шёпотом». Подумала женщина об этом, подумала, потом думает: «А, ладно». И стала со всеми вместе прогуливаться, в венке из маргариток, между зайчиками.

Прогуливаются они так, прогуливаются, долго ли, коротко ли, у женщины даже снова отношения с мужем наладились. Ну, а где отношения, там и беседы, и разговоры, и всякие недопонимания. И вот однажды женщина так это разговаривает с мужем, и такое у них недопонимание возникло, что она забыла, что надо шёпотом, и как закричит:

— А-а-а-а-а!!!

И тут как большой кусок синего неба с места снимется, как заглянет в образовавшуюся дыру рыжий кафельщик Витя.

— Это кто, — кричит, — кто меня разбудил?! Я же спало. Что ж это за жизнь-то такая!!! Я же ясно сказало — не будить меня, когда я сплю! Вот я сейчас за это на вас на всех как дуну!

И точно, как дунет на них на всех, и как они все куда-то исчезнут. И женщина, и её муж, и кошка, и друзья, и родственники из провинции. И птички и зайчики, и лес с небом. И больше их никто не видел, они даже сами себя больше не видели. Остались только трубы и фильтры.

А одноглазый Витя кафель на место приладил и дальше спать лёг. И куда они все исчезли, и что снится кафельщику Вите — это всё уже совсем другая сказка. Но это уже такая сказка, за такой сказкой, что её и рассказывать лучше не надо. Можно, конечно, но лучше не надо.

Глебушкины сказки

Высоко в горах

А вот это корова, она говорит: «Му-уу!»

Коровы не летают, вообще никогда не летают. И только особые коровы, которые всё лето пасутся высоко в горах, высокогорные коровы, они, конечно, тоже не летают, но зато осенью они облетают. Облетают с высокогорных лугов на равнинные луга, расположенные у подножия гор. Вот так вот кружатся, кружатся, облетая — жёлтые, красные, жёлто-зелёные, оранжевые, цвета бордо — особые высокогорные коровы. Рыжие с подпалинами. Кружатся, облетая, коровы, и медленно-медленно устилают землю.

А одна корова, вот эта, боялась облетать, она была ещё молодая, родилась только весной, и ещё ни разу не облетала, ничего не видела, кроме своих высокогорных лугов, она боялась, ей казалось: высоко! далеко! Далеко-далеко земля, высоко-высоко корова, но другие, старшие коровы сказали ей: «Не дрейфь! Давай, облетай уже, ничего страшного, нормально». И даже подтолкнули её под копыта, и она бац — и полетела облетать.

А ей всё равно облетать страшно, и она со страху в воздухе как забарабанит по воздуху копытами! Как завертит хвостом! И её из-за этого отнесло совсем не куда все облетают, а её отнесло на крышу дома, который прилепился на одной из горных площадок. А на крыше дома стоял аист, переминаясь с ноги на ногу, а рядом было его гнездо, и аист смотрел на него так: «М-ммм?» Смотрел на него профилем с отвращением. А когда ему на крышу свалилась корова, он и на неё так профилем посмотрел: «М-ммм?» А корова ему сказала: «Му-му...» А он ей опять: «М-мм?» Корова ему объясняет, что так и так, все облетели, а ей стало страшно, она забарабанила копытами по воздуху, и её и вынесло к нему на крышу. И что ей надо бы дальше вниз облетать, но ей страшно, можно, она пока у него тут крыше поживёт. А аист на неё посмотрел уже по-другому, тоже так: «М-мм?», но уже оценивающе, и говорит ей: «Знаешь, корова, от меня тут жена ушла на днях, улетела неизвестно с кем, а перед этим снесла яйца. И непонятно теперь, кто там из них вылупится, может, мои, может, чьи угодно. Ну, и, в любом случае, мне их высиживать некогда, я работаю. Так что хочешь жить на крыше — сиди на яйцах, тебе всё равно делать нечего». А корове и правда делать нечего, облетать дальше страшно, тем более что уже зима наступила, снег выпал, белый-белый, накрыл все горы и плоскогорья. Куда теперь облетать-то, никто зимой не облетает, даже в горах. Не сезон. И стала корова в аистовом гнезде высиживать яйца, ну, и вообще по хозяйству. И вот они уже с аистом привыкли друг к другу, аист до этого второй раз жениться хотел, а теперь уже не хочет. «Зачем мне, — думает, — вообще жениться, когда у меня такая корова на хозяйстве? М-ммм?» И смотрит на неё профилем нежно. Но однажды корова яйца высидела, и однажды они начали вылупляться. И вылупились из них — тюк, тюк, тюк, — вылупились из них милиционеры. Маленькие такие милиционерчики, худые, ещё не оперившиеся, шеи тощие с кадыками торчат, фуражки мокрые. Пищат, возятся все в куче, друг на дружку заваливаются, ножки рахитичные их не держат. Корова посмотрела, ей жалко их стало, она же им была суррогатная мать. Суррогатая мать. Она и говорит аисту:

— Может, оставим? Смотри, какие смешные, синенькие такие. Синюшные. А то куда их теперь?

Но аист разозлился: «Нет уж, — кричит, — нет уж! Я аист горный, горячий, я такое стерпеть не могу. Это ж надо. Это к хозяевам дома тогда милиционер приходил на водку вымогать — залез на крышу, у вас, говорит, здесь аистово гнездо не соответствует нормам пожарной безопасности. Надо бы штраф заплатить. А это вот, значит, оно что…» И смотрит на милиционерчиков прям-таки с ненавистью, с ненавистью смотрит на них профилем, вот так: «М-м-м-м!!!», а профиль у аиста длинный, носатый, того и гляди, заклюёт. Корова испугалась, копытами машет: «Не пори, — кричит, — горячку. Не надо пороть горячку. Они-то ни в чём не виноваты. Давай их мать найдём, ей их отнесём». А аист профиль вздёрнул: «Нет уж, — говорит. — Мы, горные гордые аисты, таких матерей не ищем! Нет уж, мы их отнесём их отцу!»

И вот они с коровой милиционерят в узелочек завязали, аист этот узелочек в клюв взял и полетел с ним вниз, к ближайшему отделению милиции. Подлетает к тому окну, где больше всего милиционеров сидит, и стук-стук им клювом в окошко. Милиционеры в окошко смотрят, а там к ним аист прилетел, маленьких милиционерчиков принёс! Они окно открыли, он им кинул узелок на стол и обратно улетел, к своей корове. А милиционеры обрадовались, сразу давай по внутреннему телефону своему начальству звонить: так, мол, и так, докладываем. У нас прибавление.

Начальство не понимает: «Что, —кричит, — за прибавление, откуда? Отставить!»

А милиционеры ему: «Так, мол, и так. Аист принёс».

Начальство переполошилось, прибегает к ним, чтобы уже на месте отставить, смотрит — а на столе в узелочке маленькие милиционерчики копошатся, ползают, молоко пьют из блюдца. Начальство взяло одного на руки, а тот сразу у него на руках завертелся, в лицо ему стал тыкаться. Всё лицо облизал, а потом ещё и лужу напустил в рукав кителя. Начальство и растаяло. «Открывайте, — кричит, — взяточное шампанское, и давайте все помолчим в тишине — новые милиционеры родились!»

Так вот всё хорошо закончилось. Только корова в следующую осень взяла, да и облетела от аиста, и он, говорят, потом залетел в кафе, напился и кричал своему соседу по столику, милиционеру: «Ну, чего им надо? Нет, ну, ты скажи, ну, чего им надо? Я зарабатываю нормально, да? Зарплату всю приношу, да? Ну, чего им надо?»

Но милиционер молчал и не знал, что ему сказать. У него были свои проблемы, у него в служебном кабинете на подстилке сопели и ждали его два маленьких милиционерчика, ждали, чтобы он принёс им молочка в клювике.

А потом, говорят, к аисту вернулась жена. Прилетела однажды, серая вместо белой и с поредевшими перьями. И, вроде бы, он её принял обратно. Наверное, принял. Скорее всего. И только про маленьких милиционерчиков ничего ей так и не сказал, как она ни допытывалась. Но, может быть, правда, она дозналась какими-то другими путями, потому что скоро она устроилась работать в милицию мухобойкой, била клювом в изобилии заводящихся там мух. Возможно, её надоумила заказным письмом корова. А возможно (и скорее всего), это просто материнский инстинкт. Она же, в конце концов, была всё-таки аист, хоть и горный, всё-таки не кукушка. В любом случае маленькие милиционерчики полюбили её, бегают за ней по отделению хвостиком и за обе щёки наворачивают добытых и добитых ею мух!

Лесные зверюги

Вот как ты сейчас кричишь, так нельзя кричать. Так вообще детки не кричат, так кричат одни только зверюги в лесу. Такие, знаешь, огромные, лохматые, страшные зверюги. А ты кричишь, даже не как одна, а как сразу несколько таких зверюг. Как, знаешь, собрались однажды несколько зверюг на лесной поляне, да как закричат! И одна-то зверюга кричит громко, а тут сразу несколько, хором! В общем, так громко и страшно закричали зверюги, что аж сами испугались! И от испуга ринулись врассыпную, кто куда, в разные стороны от лесной поляны. Бегут, со страху ничего не видят, куда бегут — не соображают, а лапы-то длинные, быстрые, и очутились зверюги с перепугу в самых разных местах.

Первая зверюга бежала-бежала, и забежала случайно в больницу. Мечется по больнице, орёт, ничего не понимает, куда попала, несётся сломя голову, и случайно забежала в кладовку, где хранятся всякие белые халаты и простыни. Забежала, лапами замахала, и случайно засунулась в белый халат и шапочку. И в таком уже виде побежала дальше, выход искать. Забежала случайно в одну из палат, а там как раз по времени ждали обхода главврача. А зверюга врывается, в халате, в шапочке, лохматая, представительная, орёт благим матом — ну, её сразу, естественно, и приняли за главврача.

«Ничего себе, — думают больные, — это если он уже сейчас так орёт, то какие же он назначения пропишет...»

И сразу все с перепугу от греха подальше выздоровели. А зверюга пометалась по палате, пометалась, сообразила, где дверь, выбежала, дальше побежала, сунулась, вопя, в другую палату. Там её больные тоже приняли за главврача, и тоже все с перепугу выздоровели. Зверюга переживает, выход ищет, орёт, и так подряд во все палаты засунулась, и везде больные с перепугу выздоровели. Их выписали, новых положили, к ним тоже зверюга забежала (ей никак было выход не найти), и они тоже все выздоровели. Их тоже выписали, опять новых положили, и они опять выздоровели. Тем временем все вокруг сообразили, особенно персонал, что это всё-таки не главврач, а зверюга в халате, но больница уже вышла на первое место в городе по выздоравливаемости. И зверюгу сначала хотели действительно сделать главврачом, но их Минздрав предупредил, что это не положено, раз у зверюги нет высшего медицинского образования и диссертации. И зверюгу всё равно оставили в больнице, но медсестрой. Медсестра из неё вышла хоть куда, не отличишь от настоящей. Медсёстры так, бывает, действительно, иногда как заорут — никакой зверюге не снилось. Особенно часто это почему-то бывает в роддомах.

А вторая зверюга, которая испугалась собственного крика, бежала-бежала, и забежала в школу. А это была очень плохая школа, но при этом считалась якобы очень хорошей. Т.е., когда приходила какая-нибудь комиссия, учителя начинали изображать, что всё прекрасно и они лучший друг детей, любят их и обучают по ускоренной углублённой программе, а, чуть комиссия за порог — сразу начинали на детей ругаться и писать замечания в дневник. Весь дневник, бывало, испишут, оценки ставить негде. Одни единицы только и влезают, потому что узкие.

Да, и вот в этот день, когда к ним забежала зверюга, они там тоже ждали комиссию из РОНО, поэтому заранее все прикинулись добренькими, всех двоечников заперли в классе пения, чтобы не мешались, а в особый показательный класс насажали особых показательных отличников. А все свободные места завесили выставкой детского рисунка «За что я люблю русскую классическую литературу». Но всё равно на душе у них было неспокойно. И тут как раз вбегает ополоумевшая зверюга, косматая и деловая, и сразу — шасть в столовую. А они привыкли, что комиссия всегда сначала обедает, специальными обедами, а не обычными тухлыми оладушками и усохшими булочками, какими школьников кормят. И вот зверюга раз — и как съест со стола скопом все эти обеды. Они и решили, что она точно комиссия, раз так всё хорошо знает. А зверюга нервничает, выход ищет, и от нервов раз — и как откусит ещё и от школьничьих обедов. Откусила, выплюнула, потому что гадость, да как заорёт! Школьное начальство испугалось, значит, думает, это какая-то особая комиссия, и повели в спешке зверюгу в показательный класс.

А зверюга подумала, что её к выходу ведут, пошла с ними, заходит в класс, а там выхода нет, одни дети сидят, ну, она от разочарования опять как заорёт!

А школьное начальство испугалось, им от нечистой совести показалось, что зверюга кричит:

— Я всё про вас знаю!

И они как на колени бухнутся, как закричат сами:

— Простите, простите, мы больше не будем!

А зверюга страдает, — непонятно куда завели, да ещё и кричат, она как рявкнет, потом сквозь них протолкалась и дальше стала по школе выход искать. Бегает, бегает, вышибла случайно дверь в классе пения, освободила всех двоечников, забежала в бухгалтерию, где государственные деньги переписывались на личные нужды, перепугала бухгалтера, он ей тоже поклялся, что больше так не будет... Повара, который такие обеды готовил, она ещё до этого перепугала, ещё в столовой... В общем, пока зверюга по школе металась, там у всех учителей и обслуживающего персонала мозги перестроились, и они решили, что никогда больше не будут делать ничего плохого. А будут делать только хорошее. И эта школа стала не якобы хорошей, а взаправду хорошей, там теперь все стали вести себя, как при комиссии, так и не при комиссии. Одинаково. А зверюга там осталась на должности школьного психолога. Всё равно никто толком не знает, что это за должность. Так, мозги может кому-нибудь прочистить, если вдруг снова засорятся. Или чаю попить с учительницей, у которой окно. Хорошая такая должность, тихая и полезная.

А третья зверюга, которая тоже орала и сама себя испугалась, бежала-бежала, и забежала в парикмахерскую. Носится там, орёт, всё опрокидывает, выход ищет, плюхнулась случайно в парикмахерское кресло, да и застряла там — кресло-то узкое, а зверюга широкая. Парикмахерша испугалась и сразу начала её стричь, потому что у парикмахерши рефлекс — чуть кто-то в кресле, сразу начинать стричь, не вдаваясь в подробности. А зверюга тут, конечно, ещё больше испугалась, и от испуга ещё громче заорала. А парикмахерша перепугалась ещё больше зверюги, и от перепуга постригла её очень хорошо. А не так, как она обычно всех стригла. И все остальные парикмахерши тоже перепугались, и тоже от перепуга постригли своих клиентов очень хорошо, а не как обычно. Но зверюга всё равно вышла лучше всех, у неё же была самая испуганная парикмахерша. Зверюга стала такая красивая, ну, такая красивая, что её сразу же, только вынув из парикмахерского кресла, взяли в фотомодели. Она стала много путешествовать по миру, увидела все-все страны, и её постоянно фотографировали для всяких модных журналов, и даже для обложек всяких модных журналов, и, если подойти к любому журнальному киоску, то всегда хоть на одной обложке, да будет фотография этой зверюги.

А четвёртая зверюга, которая тогда на лесной поляне испугалась собственного крика, тоже бежала-бежала, куда глаза глядят, вопя и ничего не соображая, и забежала случайно в театральное училище. Но поскольку там все такие, все вопят и ничего не соображают, то на зверюгу там даже внимания не обратили, и уж подавно никто не испугался. Но зато она прибежала как раз в разгаре приёмных экзаменов, и вломилась в поисках выхода туда, где сидела приемная комиссия. Комиссия посмотрела на орущую машущую лапами зверюгу, и стала шептать друг другу на ухо: «О! Темперамент! О, фактура!». В общем, зверюгу приняли в театральное училище и пять лет учили. И никто так и не заметил, что она зверюга, потому что она была ещё поумнее и вела себя ещё поприличнее многих студентов. Точнее, многие студенты были поглупее и вели себя понеприличнее этой зверюги. А потом, когда зверюга получила диплом актёра, её распределили в один очень хороший театр, где она теперь играет ведущие роли. Её всегда ждут у служебного входа толпы поклонниц с букетами, а театральные критики пишут, что это одно из интеллигентнейших явлений нашей сцены.

Ну, а пятая зверюга, которая тоже орала на поляне (всего там было пять зверюг), сама себя испугалась и побежала куда глаза глядят, она бежала-бежала, и забежала в один старый деревянный дом на окраине города. А в этом доме в этот момент по случайному совпадению тоже стоял крик, точнее, даже не по совпадению, а там, если честно, почти каждый день стоял крик. Там жила семья, мама, папа и двое маленьких детей, и этот папа любил выпить, а точнее напиться. А когда он напивался, он принимался орать на маму и на детей, что они ему всю жизнь заели, и гонять их по дому, а маму так и поколачивал, догнав.

И вот он и орал на них на всех вино-водочных парах, когда в дом вломилась и заметалась в поисках выхода зверюга, тоже орущая. Папа не ожидал такого поворота, он вообще поначалу не понял, что это: мама его детей взбунтовалась? Приехала неожиданно выросшая до необыкновенных размеров теща? А потом он решил, что это он, я вас поздравляю, допился, и это явилась к нему белая горячка (зверюга была блондинистая). Он тогда страшно испугался, конечно, и сразу замолчал и замер на месте, с занесённой рукой. И со страху пообещал себе и всем окружающим, что никогда не будет больше ни на кого орать и не будет больше никого бить, потому что он вообще с этой минуты бросает пить, раз такое дело, всё, хватит уже, всё.

А его жена, мама детей, тем временем сразу поняла, что случилось со зверюгой, её было криком не напугать, она и похлеще слыхала, и она объяснила, что дверь у них здесь, но, может, не стоит так сразу уходить, может, сначала чаю? Обстановка в семье у них, правда, не очень, но что ж теперь из-за этого, гостей не принимать?

И зверюга успокоилась, перестала орать и попила со всеми чаю, и папа их, который тоже успокоился и перестал орать, тоже попил со всеми чаю. А потом зверюга осталась с ними жить, ей поставили диванчик в большой комнате, и хотя эта была проходная общая комната, где по вечерам собиралась вся семья, во главе с тихим непьющим папой, но зато там и стоял телевизор, и зверюга могла по ночам, никому не мешая, смотреть по всем каналам шедевры кинематографии, которые все каналы показывают почему-то всегда по ночам, а днём нипочем не показывают, хоть ты тресни.

Так сложилась жизнь этих пяти зверюг, от испуга разбежавшихся из леса, вполне благополучно, и можно сказать, что они нашли себя. Но, конечно, у них всё равно оставалась тоска по их лесной родине и ностальгия. И однажды, когда светило солнце и была очень хорошая погода, так совпало, что у зверюги-медсестры не было дежурства, у зверюги-школьного психолога был выходной (воскресенье), у зверюги-фотомодели выдался перерыв между фотосессией и модным показом, зверюга-артист как раз отыграла утренний детский спектакль, а взрослый вечерний у неё был только на следующий день, а у семейной зверюги мама с папой пошли с детьми в зоопарк (куда зверюге идти не хотелось) — и вот все эти пять зверюг, так совпало, взяли, да и прибежали в лес, на ту самую поляну, где они в последний раз были вместе. Прибежали, увидели поляну, а потом увидели друг друга, бросились друг к другу, обнялись и зарыдали (от счастья)! А потом стали наперебой всё-всё про себя рассказывать, сидя кружком на полянке и держа друг друга за лапы, и радовались, и удивлялись, как по-разному сложились их судьбы, и опять плакали, и были так счастливы снова встретиться, так счастливы!

Но вечером им пришлось опять разойтись, потому что назавтра зверюгу-школьного психолога ждали школьники и ещё учительницы, любившие пить с ней в её кабинете чай, зверюгу-фотомодель ждала целая ватага стилистов и фотографов, и вообще в этом бизнесе крутились такие деньги, что её ждали очень многие и ей было лучше не опаздывать, зверюгу-медсестру ждали, само собой, больные, зверюгу-артиста — благодарные зрители и особенно зрительницы, а семейной зверюге с утра надо было вести детей семьи в детский садик, так что её ждали больше всех. Поэтому зверюги всплакнули ещё раз на прощание, обнялись и разошлись по домам, выполнять свой долг перед обществом и людьми. Но они договорились, что каждый месяц в хорошую погоду они обязательно снова будут приходить на эту поляну вместе, и говорить по очереди, чтобы опять не взреветь ненароком всем хором и не разбежаться. И с тех пор раз в месяц они действительно всегда приходят на эту поляну вместе, пятеро таких дружных и больших лесных зверюг!

Колибри

А вот это вот, с хвостами, крыльями и клювами, смотри, сидят на берёзах, между помойкой и гаражом — это птички. Птички бывают всякие-разные, голуби например. А ещё есть большая чёрная птичка — ворон, очень важная, а есть жена во́рона — воро́на. Они говорят так: «Карр, карр!» Они живут на самом большом дереве, и у них самое богатое гнездо. Потому что когда где-то что-то выкидывается, блестящее и интересное, первым делом летят отбирать для себя самое ценное ворон с вороной. Остальные птички, попроще, всякие голуби, берут себе, что останется. А была ещё такая маленькая невзрачная серенькая птичка — воробей, какая-то глупая, молола всякую чушь: «Чирик-чирик!» И вообще её никто ни в грош ни ставил, так вот она брала себе то, что не востребовалось остальными. Правда, востребовалось обычно всё, на всякий случай, поэтому птичка-воробей жила очень бедно. И с едой у неё тоже было не очень, ела она, опять же, в последнюю очередь, что останется после всех, а что там после всех может остаться? И птичка-воробей вечно летала голодная, и с голодухи всё норовила склевать всякую несъедобную дрянь. Из-за этого другие птички постоянно над ней смеялись, что она такая глупая, и не пускали её в свою честную компанию. Вообще, ничего разумного или, там, достойного внимания от этой придурковатой птички никто не ждал. Поэтому жена во́рона, воро́на, очень удивилась, когда однажды увидела птичку-воробья, летящую куда-то с чемоданом.

— Эй! — закричала ворона. — Эй, чучелка! Ты куда это?

— Ой, а я на юг! — закричала чучелка-воробей. — Ко мне случайно попала горящая путёвка! Я тут прыгала, смотрю — на берегу лужи что-то горит, ну, я это и склевала, не подумавши. Вы же знаете, я вечно клюю, не подумавши…

— Это уж точно, — важно кивнула ворона.

— Ну, вот, — продолжала молоть ерунду птичка-воробей, — ну, вот, а это оказалась горящая путёвка! Кто-то, наверное, потерял. И теперь я лечу на юг!! Всё, до свидания, надо быстро, путёвка-то горящая! Я вам всяких сувениров привезу и фотографии, обязательно!

Птица ворона скептически помахала ей крылом, мол, знаем мы эти горящие путёвки, но сама жутко ей позавидовала. Дело в том, что эта ворона никогда не была на юге! И муж её, ворон, тоже никогда не был на юге, и вообще никто из соседских птиц никогда не был на юге! Они все родились и прожили всю жизнь здесь, между помойкой и гаражом, на чахлой городской берёзе, и их родители тоже родились и всю жизнь прожили здесь, и родители родителей тоже. Они знали, конечно, что есть такое выражение — «птицы полетели на юг», но думали, что это просто такая пословица, типа «а не полетел бы ты, друг мой, на юг», что-то вроде. Поэтому, когда она узнала, что эта придурочная шмакодявка летит на юг, она просто потеряла покой, карр, карр. И, главное, куда — не в деревню, не в посёлок городского типа, не в какую-нибудь там Ростовскую область Средней полосы — а на юг! И, главное, кто — эта мелкая, серая, которая даже пообедать нормально никогда не могла! «Ведь если кто-то и достоин был полететь на юг (думала ворона), то это я, такая большая, чёрная, гладкая и уважаемая! Жена такого большого, чёрного, гладкого, уважаемого мужа — во́рона! С такой аристократической формой клюва! Да там, на юге, все местные попугаи были бы мои!» (Вороне почему-то представлялось, что на юге сплошь одни попугаи, сидят, развалясь, на пальмах и дуют «Мартини» через трубочку...) В общем, ворона слегка тронулась на почве юга. Сначала она совсем заклевала своего мужа, во́рона, чтобы он достал ей горящую путёвку на юг. Но это ведь не так-то просто, люди вообще-то не так часто выкидывают или теряют неиспользованные путёвки. Поэтому сама ворона стала проявлять повышенную бдительность, и клевать всё подряд горящее, что видела на земле, мало ли. А на земле горят всё больше окурки, и в результате ворона так налопалась окурков, что у неё образовалась никотиновая зависимость. Ей теперь постоянно надо было клевать всё новые и новые окурки, а потом она придумала промышлять на трамвайных остановках, где часто выкидываются почти целые сигареты, и ворона выучилась зажимать их в клюве и по-настоящему курить. Ходила теперь постоянно и дымила, как паровоз. А у её мужа-во́рона, так совпало, как раз в это время начался кризис среднего вороньего возраста. И он посмотрел-посмотрел на это дело, и стал думать: «Вот я, самый уважаемый птиц между помойкой и гаражом. У меня гнездо — полная чаша всякого-разного, меня все слушаются и трепещут. Пропускают обедать без очереди. А жена у меня — ну, ворона вороной. Старая, чёрная вся, клюв, как рубильник. Да ещё и дымит постоянно. Как паровоз. Нет, я достоин лучшего! Мне бы в жены какую-нибудь (ворон мечтательно защёлкал клювом)... какую-нибудь колибри, что ли! Маленькую, изящную, лёгкую, в ярких перьях... Вот это был бы союз, да! А не этот мезальянс, карр, карр». Так мечтал ворон, каркая на свою постылую ворону, и однажды он домечтался! Однажды в их краях, между помойкой и гаражом, откуда ни возьмись, появилась как раз такая птичка! Совсем маленькая, совсем лёгкая, с такими яркими перьями! И вся такая удивительная, такая чудесная и иностранная... Никто из местных птиц, конечно, никогда не видел колибри, но все были уверены — колибри именно такие! Ворон сразу заволновался, начистил себе все перья и принялся чертить крылом вокруг колибри. Наконец, он решился:

— Карр! — сказал он вежливо, — карр!! Конечно, это глупый вопрос, я понимаю, но всё-таки... Вы ведь, разумеется, колибри?

— Я-то! — захохотала птичка, очаровательно раскрывая клювик и шелестя яркими перышками, — конечно, колибри. Кто же я, если не колибри!

Она хохотала так звонко, так как-то не по-нашему, как никогда не хохочут между помойкой и гаражом. И ворон решился. Он пошёл к своей жене-воро́не и, нервно выклёвывая у себя что-то из-под крыла, закаркал:

— Всё! Карр, карр! Всё, я больше не намерен. Ты посмотри на меня и посмотри на себя. Я ещё ух, орёл, то есть, это... Короче, ты меня поняла, а ты? Старая, чёрная, клюв этот торчит, как, я не знаю... Короче, я достоин лучшего!

Обкаркав таким образом жену-ворону на прощание, он широким жестом оставил её с аристократическим клювом-носом и с гнездом (правда, захватив из него самые ценные вещи) и улетел вить новое гнездо на соседней берёзе. А когда он его свил, он полетел к колибри и предложил ей гнездо, крыло и сердце. И гарантированное самое лучшее питание и общественный статус. Колибри опять очень смеялась, но согласилась. Все вокруг страшно обзавидовались ворону — ещё бы, ни у кого не было такой потрясающей экзотической жены! Правда, брошенная жена-ворона каркала в кулуарах, что это всё враньё, а колибри — самозванка, т.е. лжеколибри, но к её карканью не особенно прислушивались. Чего можно ожидать от средних лет курящей брошенной вороны, кроме зависти и сплетен. Во́рона же все стали уважать ещё больше, если такое, конечно, возможно, и он сделался главным не только между гаражом и помойкой, но и почти во всём микрорайоне. И все были уверены, что ворон страшно счастлив. Они же не знали, что наутро после свадьбы ворон почему-то не обнаружил в гнезде никакой колибри, а нашел вместо неё... серенькую невзрачную птичку воробья, чирик-чирик, которая в своё время улетела на юг по горящей путёвке.

— Так... — обалдел ворон. — Так, это ещё что? Ты как здесь? А ну-ка, кыш! И где моя жена-колибри?

— Да вот! — глупо захохотала птичка-воробей, показывая на развешанные по стенкам гнезда какие-то яркие перья. — Вон, там на юге таких в каждом сувенирном ларьке — завались! Я их нацепила, для смеху, а сама там на солнце выгорела, и фруктами отъелась, а вы уже сразу — колибри, колибри! Сразу — то-сё, замуж, чирик-чирик...

— Ах, ты! — рассердился ворон. — Ах, ты, наглое животное. Да я тебя сейчас выгоню из своего гнезда. Да я с тобой разведусь сейчас же, и все дела.

— Ну, разводись, — прочирикала спокойно птичка-воробей и стала чесать клювом ногу. — Разводись, пусть все знают, что старый ворон принял воробья за колибри. То-то смеху будет, от нашей помойки до всех соседних.

Ворон подумал — да, после такой истории его не то, что уважать, его вообще никто всерьёз принимать не будет.

— Ну, хорошо, — говорит он птичке-воробью. — А ты что предлагаешь?

— А я, — говорит птичка-воробей, — предлагаю и дальше жить вместе. Мне это гнездо нравится, из него вид хороший. Ты не бойся, я сейчас клюв сполосну, снова эти перья попугайские нацеплю — в жизни никто не догадается, что я не колибри, а так себе, воробей чирик-чирик, и дальше все тебе будут завидовать.

И точно, нацепила птичка-воробей колибрины перья, порхает, хохочет, клювом щёлкает, ногу об ногу чешет — вылитая колибри, даже ворон иногда начинал сомневаться. А об остальных и говорить не приходится. Так и продолжали во́рона больше всех уважать.

И ворон уже как-то смирился с этой мыслью, что у него жена дома в гнезде и на улице на публике — это как две разных жены. В конце концов, и у людей, думал он, как это видно из сравнения жизни в окне и жизни за окном, часто та же история.

Но однажды прилетел ворон в гнездо, смотрит — а птичка-воробей яйца высиживает. А они поженились хоть и какое-то время назад, но всё-таки не такое, чтобы яйца высиживать.

— Так! — раскаркался перепуганный ворон. — Карр, карр! Это что? Это что это будет? Это кто это будет? Это она, называется, на юг слетала! По горящей путёвке! Ах, ты, трясогузка! Это у колибри и во́рона дети будут непонятно кто? Воробьи какие-нибудь? Или попугаи? Чтобы все сразу поняли, какая ты колибри? И, заодно, какой я ворон? Чтоб на старости лет позор на мои чернины? Чтоб разговоров от помойки до помойки? Нет, я этого не вынесу! Я лучше прямо сейчас все эти яйца раскокаю клювом, вот что!

— Я те раскокаю, — разозлилась птичка-воробей. — Я те раскокаю! Сначала снеси свои, а потом кокай! Даже думать не смей, даже говорить такое не смей! Раскаркался. Они, между прочим, — кивнула птичка-воробей на яйца, — в таком возрасте уже всё слышат. Ты не каркай. Ты погоди, пока они вылупятся, а там посмотрим. Может, тебе ещё и лучше будет.

Ну, ворон, конечно, ей не поверил, чего тут может быть лучше, но всё-таки решил подождать. Мало ли, думает, всё равно скандала не избежать, а так он хоть откладывается. Потом, думает, выгоню их всех с треском, а сам в монастырь уйду. Т.е., улечу. Буду там трапезы клевать на подворье…

В общем, в положенный срок яйца стали вылупляться, и вылупились из них… колибри. Не воробьи, не вороны, не голуби, не попугаи, не снегири, не дятлы, не орлы, не куропатки, не утки, не страусы — а самые натуральные колибри, колибристее не бывает. Птичка-воробей чирик-чирик сидит рядом с ними, гордая-прегордая, и говорит:

— Да. На юге много коренных народностей, встречаются там и колибри…

А уже всякие другие соседские птицы, голуби и прочие, вокруг вороньего гнезда кружат, заглядывают туда.

— Ну, что? — спрашивают. — Что, как? На кого похожи?

— На колибри, — говорит ворон. — Т.е., на маму. Вылитые колибри, все до единого. Все восемнадцать.

Ну, тут все, конечно, начали ворона поздравлять, и уж и вовсе ему обзавидовались. И кто раньше ещё чуть-чуть сомневался, что у него жена — колибри, тот теперь убедился — колибри, и никаких. И пришлось ворону ради общественного престижа и дальше всю жизнь усиленно кормить этих восемнадцать чужих колибри и их маму птичку-воробья. А потом ещё и поддерживать уже детей этих детей, которых у них было в общей сумме ни много ни мало — триста двадцать пять клювов! И все до одного — натуральные колибри!

Эсперанто

Ты посиди спокойно, а я тебе расскажу сказку. У мамы ручки уже устали тебя нести, ты же тяжёлый. Ну, пожалуйста, ну, посиди в колясочке, ну, будь другом? А я тебе за это знаешь какую сказку расскажу, тоже про друзей! Знаешь про каких — про верных-преверных! Жили-были два верных друга, и были они, кто ж они были-то?.. Вот, были они Белый Полярный Медведь и Пятнистый Африканский Леопард, да. И уж такие они были друзья, что дружней некуда. Хотя это, знаешь ли, вопрос, чего им это стоило, эта дружба — ведь Белый Полярный Медведь жил в Антарктиде, где льды и холодно, а Пятнистый Африканский Леопард — в Африке, где пальмы и жарко. Помнишь, говорили, что наша планета Земля, где мы живём, это такой огромный-преогромный шар, даже представить невозможно, какой огромный? Вот, и Мишка, значит, жил на одном боку шара, а Леопард на совсем противоположном. И никак они поэтому не могли встретиться, из-за такой вот большой климатической и географической разницы, короче, погода им взаимно не подходила, и, вообще, далеко. Но, тем не менее, скучали друг по другу страшно и постоянно писали письма. Но поскольку Белый Полярный Мишка разговаривал на полярном языке, а Пятнистый Африканский Леопард — на африканском, то письма они писали друг другу на эсперанто. Это такой специальный международный язык, его как раз и придумали, чтоб полярным мишкам было легко общаться с африканскими леопардами. Они и познакомились на конференции по эсперанто. Они в своё время, каждый по отдельности, начали его изучать, Мишка в Заполярье, его полярники-зимовщики научили, когда он к ним приходил кофе «Нескафе» пить, а Леопарда научила одна знакомая африканская Королева, которая по этому эсперанто в Питере когда-то защищала диплом (а на соседнем курсе будущий король защищал диплом по стали и сплавам, к нам же много иностранных студентов приезжают учиться, и вот они после защиты поженились, и он ей признался, что он будущий король, а до этого стеснялся признаться, боялся, что она его засмеёт). Но ничего, обошлось, и вот он привез её в Африку и они воцарились, но королевство у них было маленькое, и много времени на него не уходило, а у Королевы образование было с педагогическим уклоном, и у неё так руки и чесались кого-нибудь чему-нибудь обучить. Она и обучила первого попавшегося Леопарда эсперанто, и тот увлёкся, и даже поехал на конференцию, конференция проходила у нас тут, в Зоопарке, мы потом туда сходим с тобой, там много-много всяких зверюшек, да, и вот там, значит, Леопард и познакомился с Мишкой. Они сразу друг другу очень понравились, с первого взгляда, оба такие густошёрстные, пушистые, у одного белая шерсть, а у другого пятнистая, оба такие импозантные... И, вообще, им даже показалось, что они будто бы давным-давно знакомы, хотя, разумеется, никак давным-давно они знакомы не были, и всё это одни эмоции... Но бывает такое в жизни, случается. Гуляли там между клеток, взявшись за лапы, ели сладкую вату на палочке и разговаривали обо всём на свете (на эсперанто). Мишка рассказывал, как целый длинный полярный день полощется надо льдами северное сияние, как повисают в небе льдистые звёзды, зацепившись острыми краями за бесконечную чёрную полярную ночь, как танцуют пингвины под доносящуюся от зимовки полярников радиомузыку, и как сами полярники в это время пьют кофе, вяло переругиваясь и полуприщуренными глазами глядя из глубины задубевших бородатых лиц в глубину океана, отчётливо ощущая при этом глубину вечности. А Леопард рассказывал про прожаренные до самой сердцевины пески, про толстые листья пальм и безжалостно укороченные злым солнцем тени, про там-тамы, обряды, рассыпанные тут и там неизвестные белые кости и прущее с оголтелой витальностью во все стороны растительное изобилие. Т.е., каждый из них открывал другому буквально новый мир, совершенно неведомый, и при этом каким-то удивительным образом эти два неведомых мира в какой-то неведомой, опять же, точке всё-таки соприкасались, и Мишка с Леопардом чувствовали это соприкосновение, и крепче и доверчивей сжимали свои мохнатые лапы и нежней улыбались лохматыми мордами... А потом, когда пришла пора разъезжаться, они, конечно, очень расстроились, что вот, даже и в гости не смогут друг к другу поехать, потому что Мишка привык к полярному холоду и не сможет жить в африканской жаре, а Леопард наоборот — привык к жаре и не сможет жить в полярном холоде. И они договорились писать друг другу письма, часто-часто. И, правда, стали писать, а отправляли их так — дожидались циклона или антициклона и привязывали письмо этому циклону или антициклону к хвосту. Циклоны и антициклоны — это такие скопление всякого ветра и облаков, огромные, эти ветры и облака сваливаются там в неимоверный какой-то клубок, и ходят внутри этого клубка ходуном, либо по часовой стрелке, либо против часовой, а, может быть, по обеим этим стрелкам сразу, это неважно, главное, что всё это сооружение в итоге летит по небу, как раз над землёй, через весь земной шар. Поэтому Мишке с Леопардом было очень удобно — написав письмо, Мишка слушал погоду по радио у полярников, узнавал, что скоро прилетит циклон (или антициклон) и выходил на открытую местность. И как только антициклон (или циклон) прилетал, Мишка подпрыгивал и присобачивал ему к хвосту своё послание, и циклон нёс его по заданному природой маршруту, и, когда циклон пролетал над Африкой, там на открытом месте уже нетерпеливо подскакивал Леопард, потирая лапы и готовясь быстренько отвязать от циклонова хвоста долгожданную дружескую весточку. А Леопард узнавал о надвигающихся циклонах с помощью всяких древних обрядов, которые проводили такие специально обученные люди — жрецы. Ну, или иногда спрашивал у своей знакомой королевы, она тоже слушала радио, и даже ту же самую радиостанцию, что и полярники (ведь и королева, и полярники были примерно одного возраста, и выросли в одном городе и даже практически на соседних улицах, хотя и не подозревали об этом, т.к. не подозревали о существовании друг друга, для начала). Ну, вот, этот способ передачи информации казался Мишке с Леопардом очень удобным, т.е., возможно, посылать письма нормально по почте или там телеграммы телеграфом, не говоря уж об элементарных телефонных переговорах, им бы показалось ещё удобнее, но почему-то они этого не делали, почему — науке неизвестно. Возможно, вот так вот, с бурей и натиском, отдавшись на милость природы, им казалось естественней или там романтичней, кто их разберёт. Кто вообще разберёт тех людей, точнее, не людей, конечно, а мишек с леопардами, которые, раз увидевшись, строчат друг другу прямо-таки километры бесконечных писем, описывая какие-нибудь оттенки и переливы цвета северного сияния в правом нижнем углу неба, или там шорох раскалённого песка в Долине Жертвоприношений в тот момент, когда на этот песок опускается птица с ярким оперением, ну и прочие в том же духе мелочи индивидуального быта. Но это не суть, суть в том, что эта система, привязывать свои цидульки к циклоньему хвосту, работала и никогда их не подводила, до определённого момента. Момент получился такой, что Мишка, как всегда, начал своё письмо словами: «Мой дорогой и замечательный друг Леопард!!» (на эсперанто), и, как всегда, подпрыгнул, изловчился и приладил письмо на увиливающий хвост циклона, и циклон, махнув этим хвостом, полетел над морями-океанами и горами-долами прямиком в Африку. Но на полпути вдруг пролился ливнем, а Мишка в этот раз совсем замечтался и забыл упаковать письмо в полиэтиленовый пакетик и перетянуть резиночкой (как он обычно делал), и от ливня всё письмо размокло, и чернила в нём расплылись. И поэтому Леопарду, которому в лапы досталось письмо вымокшее, скомкавшееся, а потом просохшее, развернувшееся и пошедшее волнами и изломами, заплывшее и полинявшее, показалось, что там написано совсем не «Мой дорогой и замечательный друг Леопард!!» (на эсперанто), а вовсе даже: «Леопард, ты дурак!!» (тоже, правда, на эсперанто)! Леопард, разумеется, обалдел, глазам своим не поверил, сощурился и всю морду засунул в это злосчастное письмо, но всё равно ничего, кроме «Леопард, ты дурак!!», в обрамлении медузистой синей кляксы, не увидел (и, между прочим, никто бы, не обладающий специальной техникой и аппаратурой, не увидел). Леопарда прямо-таки как громом поразило это совершенно неожиданное ругательство вместо ожиданного дружеского и ласкового письма, и он, опять-таки, как это случается с поражёнными громом, немножко повредился в уме — взревел, скосил глаза к носу и принялся бежать непонятно куда, зажав в лапе это жгущее его леопардову душу письмо и кусая всё и всех на своём пути. Когда ему попадались жрецы — кусал жрецов, если пальмы — то кусал пальмы, перекусал целое кровожадное племя потомственных леопардоедов, и вскоре уже по всей Африке пошёл слух о взбесившемся Леопарде. Люди и звери шарахались от него и бежали звонить в африканскую милицию, дежурный там только успевал принимать вызовы, потея и обмахиваясь пальмовой ветвью. И в итоге по всей Африке, во всяком случае, в центральной её части, поднялся такой шухер, что все объединились, леопардоеды с прочими каннибалами, и создали народные дружины с целью отловить наконец общественно-опасного Леопарда. И, разумеется, отловили, поскольку коллектив — это всё-таки сила (другой уже вопрос — какая именно сила), отловили и приволокли в милицию, потирая обкусанные в пылу борьбы руки... Там у Леопарда сразу взяли отпечатки лап (потому что отпечатки лап, а также и рук, у всех-у всех разные и ни у кого-ни у кого никогда не совпадают, даже у двух одинаковых леопардов отпечатки их восьми одинаковых лап, и то все разные! Даже у двух, к примеру, сиамских близнецов-леопардов, и то разные отпечатки лап! На этом и построена работа милиции в плане розыска), а ещё у него изъяли всё обнаруженное в лапах и карманах (в карманах, правда, ничего обнаружено не было, даже и самих карманов тоже не было обнаружено), так что изъяли одно только злосчастное письмо от Мишки и отправили его на экспертизу. А Леопарда посадили в КПЗ, камеру предварительного заключения. Это такая комната с жёсткой скамеечкой и железной решёткой вместо двери. Там Леопард и стал сидеть, а, точнее, носиться из угла в угол, хлеща себя хвостом по рёбрам и нервно воя на луну...

А в это время Полярный Мишка тоже начал нервничать у себя во льдах. Леопардово помешательное покусательство и покусательное помешательство длилось уже долгонько, а Мишка всё ждал-пождал ответа на своё письмецо в конверте, успел сбегать повстречать уже несколько циклонов и два раза по нескольку антициклонов, дёргал их в тщетной надежде за хвосты, оскальзываясь когтями на льдах и щурясь в бездонную синеву полярной ночи — но никакого письма, понятное дело, так и не дождался. Мишка не мог поверить, что его друг Леопард просто забыл про него, он переживал, с каждым очередным тщетным циклоном и антициклоном, всё больше и больше, чах, сох, линял, и, наконец, окончательно решил, что с дорогим Леопардом что-то случилось. Решив это, Мишка в ту же секунду решил ехать в Африку и уже там на месте разбираться — либо прижать к сердцу невредимого, но по каким-то неведомым причинам не могущего подать о себе весточку Леопарда и забыть всё, как страшный сон, либо спасать друга от каких-то неведомых же опасностей, либо узнать раз и навсегда, что Леопард жив-здоров, но... Точнее, про последнее «либо» и особенно про «но» Мишка особенно не мог и не хотел думать, и, чтобы отогнать эти думы, он как можно быстрее рванул прямиком в Африку. Получилось, правда, не совсем уж прямиком, сначала Мишка сел на поезд, ехал-ехал — не доехал, потом сел на самолёт, летел-летел — не долетел, потом сел на пароход, плыл-плыл — не доплыл, а потом поймал частника и уже на частнике добрался-таки до Африки. Но хоть и добрался — а толку-то, ведь африканского языка Мишка не знал, а знал только свой родной полярный и эсперанто, а кто из коренного африканского населения поймёт полярный язык (про эсперанто я уж и вообще молчу)? Мишке поэтому приходилось объясняться жестами и пантомимой, но тоже, опять же. Он же спрашивал пантомимой у всех и каждого, не встречали ли они его друга — Пятнистого Леопарда, милого, гладкого, элегантного и интеллигентного (такого, каким Мишка запомнил его с конференции по эсперанто), но ведь африканцы-то последний раз видели и запомнили Леопарда совсем другим! Они помнили, как по пескам и прочим саваннам металось что-то вздыбленное, взъерошенное, невменяемое, кусачее и общественно-опасное, которого все остерегаются и ищут пожарные, ищет милиция. А что раньше, совсем недавно, между прочим, Леопард был начисто другим — этого никто уже и в помине не соображал, как водится, и никто поэтому не мог ничем вразумительным помочь Мишке в его поисках. А Мишка, бедненький, кстати, не только уже иссяк махать лапами и жестикулировать без отдачи, он ещё и, бедняжка, ужасно изжарился в своей шубе и страшно потел и мучался! Представь, ведь у полярного мишки шуба рассчитана на выдерживание полярных холодов, но выдерживания-то африканской жары никто для этой Мишкиной шубы отродясь не рассчитывал! Поэтому Мишка страдал, мок, чесался, а потом плюнул на всё, пошёл в ближайшую окраинную парикмахерскую и побрился налысо. Сбрил нафиг все свои роскошные полярноснежно-белые меха-шелка. Остался весь жалкий, некрасивый, синекожий и морщинистый, растерявший девяносто процентов внешней импозантности, но при этом перестал потеть и наконец почувствовал себя в Африке более-менее сносно. И из-за этого, вот ведь парадокс, и окружающие стали воспринимать его с куда большим энтузиазмом и пониманием! Т.е., пока он был феерическим красавцем, но растерянным и неуверенным в себе, никто не желал толком понять, чего он там размахивает-лопочет, но как только он превратился в уродца, но зато находящегося в гармонии с окружающей средой и не заморачивающегося на себя самоё — все сразу вдруг как прозрели на глаза-уши и дотумкали наконец-то неожиданно, что, может, этому иностранному товарищу надобно кого-нибудь поумнее их самих, и жестами объяснили ему, как добраться до королевского дворца. А во дворце, как известно, жила Королева, хорошо знающая Леопарда и эсперанто. Королева, конечно, слышала краем монаршего уха всю эту историю со взбесившимся Леопардом, но дело в том, что как раз в это время она была занята рождением своего очередного ребёнка-принца, эти принцы рождались у неё всё лучше и щекастей, но при этом давались ей всё с большими трудами и токсикозами. Токсикозы — это неважно, что, просто, короче говоря, такая напряжная штука, когда и рад бы и всей, как говорится, душой, но, увы, чисто физически не до чужих леопардов. Да, а тут уже Королева чутка очухалась, новоявленный принц был жив-здоров и спал себе в колыбельке из пальмовых листьев с матрасиком из кокосового волокна, чмокая вместо соски принесённой жрецами специальной ритуальной священной обсосанной предыдущими благородными поколениями косточкой, и Королева смогла выслушать Мишку, толковавшего о потере друга-Леопарда, и первой из всей Африки понять это его эсперанто. Королева тут же опросила придворных, челядь и прочую милицию и местное ФСБ, и тут же узнала, что Леопард-то взбесился, всех перекусал, был пойман и теперь сидит в КПЗ! Она сразу поняла, что тут явно какой-то подвох, и тоже самое закричал и Мишка, и Мишка с королевой плечом к плечу бросились к отделению милиции разбираться и вызволять Леопарда. Но они опоздали! Потому что в ту минуту, когда они подбегали, запыхавшись, к притулившейся в тени баобабов и рододендронов милиции, Леопард как раз перекусил в два укуса эти железные решетки в двери КПЗ и убежал, покусав на прощание дежурного. И стал дальше носиться по Африке бессистемными широкими скачками, в состоянии аффекта и кусая всё вокруг. И поймать его уже никому не удавалось. Но однажды, когда он с ненавистью пытался прокусить ствол кокосовой пальмы, клацал челюстями и мотал головой, сверху с этой самой пальмы на эту самую голову ему обвалился кокосовый орех, основательно. Леопард получил черепно-мозговую травму, но от этой травмы у него вдруг всё удивительным образом прояснилось, то, что до этого помутилось. Медицина знает подобные случаи. Он вдруг припомнил и осознал содеянное, ужаснулся, завыл в тоске, и тут ему в посвежевшую голову пришла такая здравая мысль: а, может, он что-то не так понял в этом письме от Мишки? Ведь не мог же его самый близкий на свете далекий Мишка так, за здорово живёшь, на ровном месте припечатать дураком? Может, возникли какие-то разночтения, мало ли, и стоит внимательно перечитать письмо в здравом уме и при хорошем освещении? И Леопард опять широкими скачками, но уже диктуемыми надеждой, попилил обратно в милицию. Там его, разумеется, никто не ожидал увидеть, т.к. понятно же, что по доброй воле в милицию не возвращаются, и только двое милиционеров, один из племени леопардоедов, а другой — каннибалов, вяло потели и чинили перекушенные Леопардом решётки с помощью скотча и канцелярских линеек. Леопард сразу с порога закричал им, что кусать он их не собирается, а только требует, чтобы ему вернули изъятое при задержании письмо от друга Мишки!! И перепуганные каннибал с леопардоедом, дрожа и ещё больше потея, но уже холодным потом, ничего, разумеется, не вспомнили ни про визит королевы, ни про бритого Полярного Мишку, а только побежали к эксперту-криминалисту и принесли оттуда письмо с приколотым к нему результатом экспертизы: «Криминологической экспертизой при помощи самой новейшей техники и оборудования обнаружено следующее: в письме, выглядящем как пожёванное-пожмаканное, в трубочку скатанное и потом обратно раскатанное, в котором по виду написано на эсперанто "Леопард, ты дурак!!", на самом деле написано "Мой дорогой и замечательный друг Леопард!!", тоже на эсперанто, это просто чернила расплылись таким вот дурацким каким-то до сих не встречавшимся в мировой криминологии образом». Леопард, когда прочитал это всё, снова глазам своим не поверил, теперь уже от радости, но потом в ту же секунду поверил, и вообще поразился: как же это он заподозрить своего драгоценного друга Мишку в такой хамской нелюбви!! И как ему только могло взбрести такое в его леопардовую башку, ну, надо же!! Леопард заскрежетал зубами, но уже с совсем другими чувствами, чем он скрежетал ими всё последнее недавнее время, взвыл от стыда и неловкости и тут же принял решение: надо срочно написать Мишке письмо с объяснениями и признаниями! Но нет (понял вдруг Леопард, глядя на небо, по которому виляли хвостами очередные циклоны с антициклонами), нет, ведь Мишка уже наверняка заждался письма и испереживался! Нет, понял Леопард, письма тут рассупонивать некогда, надо срочно самому ехать в Заполярье и лично всё объяснить Мишке (и обнять его, такого родного, белейшего, заснеженного и лохматого)! Но, опять же, нет, понял Леопард дальше, — ехать в Заполярье у него не получится, ему ж никто не продаст билета! Таким, кого ищут пожарные, ищет милиция и чья фотоморда висит на каждом столбе, билетов не больно-то продают. Таких, прямо не отходя от кассы (билетной), забирают в милицию и прочую дальнейшую тюрьму. А Леопарду совершенно, понятное дело, не улыбалось в тюрьму, особенно теперь, когда у него появились и цель, и смысл, и надежда. Поэтому Леопард решил изменить внешность, чтоб его никто не узнавал. Он добрался ползком и межпальмовым шараханьем до окраинной приокеанской парикмахерской (той самой, кстати, где побрился налысо Мишка) и тоже побрился там налысо! Там работали такие мастера-мастерицы, только что после парикмахерского африканского ПТУ, которые только курили траву, слушали музыку через наушники и так и стригли посетителей, не вынимая наушников и пританцовывая и клацая ножницами в такт. И ни о чём они Леопарда не спросили, и никуда о его визите не просигнализировали, ни в какие соответствующие инстанции. Поэтому Леопард благополучно сделался таким же жалким, нелепым, нездорово-бледным и на самого себя непохожим, как и Мишка в своё время, и благополучно, никем неопознанный, купил билеты и отправился прямиком в Заполярье. Уже у кромки африканского берега они чуть ли не нос к носу столкнулись с Мишкой, который методично прочёсывал все джунгли в поисках дорогого друга, но Мишка тоже не узнал Леопарда! Как и Леопард Мишку, ведь оба они высматривали памятное шикарно-косматое, а на встреченное в итоге жалковато-лысоватое, разумеется, ни у кого сердца узнаванием не защемило. Так Леопард и двинул в Заполярье, а Мишка так и остался выглядывать-выискивать его на берегу... А в свободное от выглядываний время взялся по просьбе Королевы преподавать на полставки эсперанто придворным, а также штатским желающим. И, хотя о Леопарде не было больше ни слуху ни духу, Мишка был уверен, что они обязательно обретут друг друга, и все недоразумения чудесным образом разъяснятся и разрешатся, главное — надо только выучиться ждать, надо быть спокойным и упрямым! И Мишка преподавал (на полставки), верил и ждал, а Леопард, тем временем, уже вовсю приближался к Заполярью! Сначала он сел на поезд, ехал-ехал — не доехал, потом сел на самолёт, летел-летел — не долетел, потом сел на пароход, плыл-плыл — не доплыл, а потом поймал частника и уже на частнике добрался-таки до Заполярья. Добрался, и в ту же секунду вдрызг замёрз и до полусмерти простудился! Ведь у африканского леопарда весь организм рассчитан на перенесение страшной африканской жары, но на перенесение ужасных полярных холодов его никто не рассчитывал. Это раз, а два — что от холодов хоть чуть-чуть могла бы защитить шуба, но ведь и шубу-то Леопард напрочь сбрил для конспирации! Поэтому, только ступив свежевыбритой лапой на льды Заполярья, Леопард тут же закашлял, зачихал, истёк соплями и свалился кульком в снега в бреду и температуре... И начал умирать и погибать от простуды. И действительно умер бы, позабыт-позаброшен, и никто не узнал бы, где могилка его, и только метель замела бы его следы, но на него, умирающего и бредящего, наткнулись пингвины и отволокли его в зимовку к полярникам (тут ещё сыграло роль, что умирающий Леопард бредил на эсперанто, а пингвины немножко знали эсперанто, им его преподавал Мишка, на полставки в зимовке, у Мишки был непроходящий просветительски-педагогический зуд). Полярники, разумеется, остолбенели сначала, увидев Леопарда (потому что далеко не каждый день пингвины приволакивали им в зимовку простуженных налысо бритых африканских леопардов, бредящих на эсперанто), остолбенели, но потом тут же оперативно расстолбенели обратно, срочно уложили Леопарда в госпиталь и стали его усиленно лечить. Поставили ему под каждую лапу, заднюю и переднюю, по градуснику, а под хвост аж целых два, и стали кормить антибиотиками и клюквенным морсом. Но, несмотря на это усиленное лечение, Леопард целых десять дней находился буквально между жизнью и смертью! И всё это время не переставал бредить, повторяя (на эсперанто): «Мишка... Прости меня,

Мишка...» И тут до полярников в конце концов дошло, а не в их ли Мишке-то дело? Мишка ничего не рассказывал им о далёком Леопарде, т.е., как, — он обмолвился когда-то после возвращения с конференции, что вот, мол, всё было очень интересно, познакомился с очень интересными людьми и животными. Один был даже настоящий леопард из настоящей Африки, представляете? И всё, обо всей остальной эпопее, с привязыванием записочек к циклоньим хвостам и прочих радостях и волненьях Мишка уже никому не обмолвился ни словечком, берёг это как святое и сокровенное. Поэтому полярники понятия не имели, почему их Мишка однажды вдруг помрачнел, забеспокоился и стал уходить всё дальше и дальше во льды, вертя лохматой головой и возвращаясь в неизменно дурном настроении, а потом и вовсе собрался и куда-то уехал, не докладывая. Так чаще всего и бывает, при ежедневном даже существовании бок о бок, например, родителей и детей, полное молчание и никто ни ухом ни рылом, а потом в один прекрасный день раз — кто-то спешно собирает рюкзак и исчезает в неизвестном направлении к африканскому чорту на его африканские рога, а в доме, между тем, возникает, откуда ни возьмись, бредящий лысый леопард с двумя градусниками под хвостом, и, оказывается, вся эта история тянется уже давным-давно, под покровом молчания, вот те здрасьте, и что прикажете теперь делать! Хотя полярники совершенно не привыкли раздумывать по сорок лет, что да что делать, они давно уже выучились реагировать быстро и действовать молниеносно, а иначе кирдык зимовке. Поэтому как только Леопард окреп настолько, что смог выпутаться из градусников и более-менее связно изложить обстоятельства, полярники сразу же кинулись по-простому звонить в Африку, в королевский дворец. И там тут же оперативно сняла трубку Королева, и радостно закричала, что да, ну, разумеется, Мишка у нас, преподаёт эсперанто на полставки и рыщет в джунглях, ищет Леопарда, как так — у вас?! Что значит — в Заполярье, в зимовке? Почему — лысый? О, господи, чем больной, от чего выздоравливающий?!! И разумеется, Мишка тут же собрался, только успев поблагодарить Королеву за гостеприимство и устроенные полставки, сел на поезд, ехал-ехал — не доехал, потом сел на самолёт, летел-летел — не долетел, потом сел на пароход, плыл-плыл — не доплыл, а потом поймал частника и уже на частнике въехал в зимовку, и с криком: «Леопардик!!» ворвался в палату, где от Леопарда как раз отклеивали горчичники. И, конечно, они тут же так кинулись и встрепенулись навстречу друг другу... и тут же оторопели, потому что они вообще не поняли: навстречу друг другу ли они встрепенулись? Или как, или что это? Ведь они оба были бритые до полной лысости! А помнили-то они друг дружку совсем иными, помнили густошёрстными и мехокудрявыми,

2011

роскошными такими зверьми запомнились они на конференции по эсперанто. А не этими двумя жалкими загогулинами, плюс, Мишка был весь в пятнах, как Леопард раньше, только пятна у Мишки были от неровного загара и частичного шкуроотшелушиванья. А у Леопарда, наоборот, тех, что раньше, пятен и в помине не было, зато были пятна от горчичников и синяки от капельниц... Ну, и ещё такой момент, что конференция-то та проходила в Питере, оград узор чугунный, белые ночи, развод мостов и прочая романтика в том же духе, антураж-то ведь тоже много значит, да... А тут Мишка с Леопардом увидели друг друга даже не то что в естественных условиях, а даже наоборот, в неестественных и безобразных. И что-то у них, я даже не пойму, что именно, внешность-то ведь не главное, в конце-то концов... Подумаешь, больные да лысые, не в этом дело, совсем и абсолютно не в этом, но что-то между ними как будто замкнуло в первую секунду, или, наоборот, разомкнуло. Т.е., всё равно они конечно, бешено обрадовались, что всё-таки обоюдно нашлись, и т.д., и что живы-здоровы, и столько пережили, и наконец-то свиделись снова, как давно мечтали, т.е. всё равно всё у них было хорошо. Леопард когда окончательно поправился и слегка оброс, они много гуляли по льдам, под звездами, глазели на северное сияние, и держались за лапы, и снова говорили обо всем на свете. Но при этом всё равно тех запредельных и радостных восторгов, как тогда в Питере, уже не было. Не знаю почему, не могу тебе сказать. Но всё равно, ты не расстраивайся, сказка-то хорошо закончилась! В то время как раз стали всюду проводить интернет, и заодно и провели прямиком от Африки до Заполярья. Чтобы Мишка с Леопардом, когда расстанутся, могли уже не мучаться и не выкомаривать с этими циклоновыми хвостами, а вести нормальную и не зависящую от случайностей и погодных сюрпризов электронную переписку. Всё-таки интернет — это величайшее изобретение человечества!! В общем, так они и стали делать, когда расстались, когда Леопард уехал обратно в Африку. Сел на поезд, ехал-ехал — не доехал, потом сел на самолёт, летел-летел — не долетел, потом сел на пароход, плыл-плыл — не доплыл, а потом поймал частника и уже на частнике возвратился в родные джунгли и пески... Ну да, возвратился, потому что что им было делать-то? Не жениться же им было, в самом-то деле! Ну, в смысле — они ж никак не могли съехаться поближе, несмотря на всю свою дружбу, ведь Полярный Мишка не может жить нигде, кроме льдов, снегов и холода, а Африканский Леопард — нигде, кроме песков, джунглей и жары, и ничего тут не поделаешь. И глупо даже и говорить об этом, знаешь ли. Просто — смириться с этим раз и навсегда, да и всё, и не забивать себе башку незнамо чем. Но они продолжали переписываться, и радовались этим письмам, и даже договаривались снова встретиться, так что всё кончилось хорошо. Спи, спи, всё кончилось у них хорошо. Но так и не встретились, конечно. И иногда, хотя за этой перепиской высокоскоростной как-то постепенно всё вообще сошло на нет, весь градус страстей, иногда прямо взвыть им хотелось, одному в песках, другому во льдах, каждому за своей клавиатурой: «Плохо все кончилось, плохо!! Не должно было оно так кончиться, не могло, это неправильно, это всё неправда...» Вот тебе и интернет, и эсперанто, и все дела. Спи, не слушай. Не у всех же так. Вон, знакомая леопардова Королева тоже после той истории стала переписываться с одним из полярников Вконтакте, оказалось, что они когда-то в один детсадик ходили, с уклоном в эсперанто. И продолжают переписываться, и не надоело. И решили, что сейчас никак, вопросы престолонаследия и прочий придворный этикет, но потом, когда старшие Королевины принцы подрастут, если Король согласится, то можно будет какого-нибудь из них короновать вне очереди, и тогда уже всё можно будет — и развод, и переезд, и все дела. А что опять менять климат — так это мне не привыкать, думает Королева, это я уже проходила. Ничего, ко всему можно приспособиться. И вяжет себе тёплый свитер из кокосового волокна, для грядущих промозглых полярных ночей. А Король пьёт ананасовое пиво и играет с Леопардом в шашки, на смертную казнь для государственных преступников — нелицензионных людоедов. А Королева вяжет. А ты спи. А хорошо или не хорошо — так ничего ещё не кончилось, не могло оно так вот с кондачка взять и кончиться, так что это мы ещё посмотрим.

Странствующий странник

А вот, смотри, ещё один детский садик, весь исписанный всякими надписями, снизу доверху. И видно, что никакие дети в него давно уже не ходят, разве что какие-нибудь трудные и неблагополучные, дети криминальных элементов. А ходят в этот садик только разные компании, которые здесь пьют и напиваются, а потом всё снизу доверху исписывают надписями. А в особо удачных местах, на уровне руки напившегося и сидящего, исписывают всё надписями аж в три слоя. И стоит такой садик, без детей, зато исписанный снизу доверху, с вываливающимися кирпичами и заколоченными дверями-окнами.

И вот тоже однажды такой садик стоял-стоял, а потом на него посмотрели и решили вместо садика сделать супермаркет, раз он всё равно пустой и полуразвалившийся. И стали, значит, этот садик сносить, потому что проще и дешевле снести и построить новое, чем всё это восстанавливать. Подвезли материалы, всякие кирпичи и бетон, подвезли строителей, всяких там вольных каменщиков, поставили забор, приставили сторожа, всё, как полагается, и пошла работа. Только однажды в разгар как раз рабочего дня мимо этой стройки и полуразрушенного садика проходил кто-то, по виду Странствующий Странник, издалека. Высокий такой мужчина, на лице щетина серая с белым, в плаще сером, вылинявшем до белого, в шляпе, в рабочих штанах, в кирзовых сапогах — всё тоже серое, вылинявшее до белого, и за спиной такой же рюкзак (а из рюкзака горлышко бутылки торчит). Он, как увидел этот исписанный садик, сразу как подбежал к нему, заволновался, руками замахал, как крыльями. И стал кричать, по-русски, но с каким-то странным акцентом:

— О! Кто здесь есть, почему вы разрушать такой прекрасный стена?!!

К нему подходят строители, вольные каменщики-молдаване, они и так-то по-русски не очень понимают, а с таким акцентом и вовсе.

— Тру-ля-ля, — говорят они ему на своём языке. — Тру-ля-ля не понимаем.

А Странствующий Странник тут совсем разнервничался, руками машет, как будто взлететь хочет.

— О! — кричит. — О! Это же есть стена с сакральными письменами, зачем вы её разрушать??!

Вольные каменщики-молдаване переглянулись, видят, человек переживает.

— Тру-ля-ля, — успокаивают его. — Тру-ля-ля, обратитесь к прораб.

Тут выходит прораб, Странствующий Странник опять про сакральные письмена на замечательной стене, а прораб был украинец, он поэтому всё понял.

— Ну? — говорит. — Та и шо?

Странствующий Странник опять, про сакральные письмена и про секретный код, а прораб-украинец удивляется.

— Та и шо? — говорит. — Та и шо, шо секретный кіт? У мене дома, у Марыуполе, тоже бів кіт. Махно звали. Мышей ловів и мух. Та и шо?

В общем, ничего Странствующий Странник от них от всех не добился, пришлось ему дальше идти своей дорогой.

А на стройке стали дальше делать своё дело, разбирать садик по кирпичику. А потом вечер наступил, все разошлись, и прораб-украинец, и вольные каменщики-молдаване, один сторож остался в своей сторожке. А сторож был как раз наш, русский, он раньше был культурным человеком и на все руки мастером, столяром-краснодеревщиком, реставрировал всякую старинную мебель, а потом стал пить и спился, и пришлось ему идти в сторожа, потому что изо всех других мест его выгоняли за пьянство. И вот сейчас ночью он тоже, значит, выпил полбутылки и заснул, а ещё полбутылки на утро оставил. Только почему-то среди ночи он проснулся, от какого-то таинственного беспокойства. Проснулся, выглядывает из своей сторожки — везде темно, и только в глубине стройки горит какой-то огонёчек. Сторож испугался, вот, думает, хабарик, значит, кинули, сейчас все ка-ак сгорит, а с меня спросят, испугался и кинулся туда, где огонёк.

Подбегает на огонёк ближе, смотрит — а там во тьме возле ещё недоразобранной стены стоит Странствующий Странник, освещённый Волшебным Огнём Волшебной Зажигалки. Держит он эту зажигалку в зубах, а руками машет, будто крыльями, и нараспев читает написанные на стене сакральные надписи:

— Полудурок — Капейка — Бурзюм — Блек Металь — Веталь — Юра Какашулечка — Сине бело голубой Хей хей хей — Сине бело голубой хей — Зенит вперёд тебя труба зовет — Криворылый — Аня — Дима — Бургер — Стормбласт — Ненавижу наркоманов — Саша Серёжа Петя Миша Вова Аркадий Михаил Ефрем Капитон Юля Наташа Николай Вася Ваня Сеня Веня Лариса Костя ЛОХИ!!!!!!!!!!!

И, чем дольше читает, тем больше как будто бы сам светиться начинает, а не только от зажигалки, каким-то белым светом. Плащ, шляпа, сапоги кирзовые, штаны рабочие, щетина, рюкзак — всё засветилось.

Только тут он сторожа заметил, светиться перестал, и надписи читать тоже перестал, и как закричит обиженно:

— О, зачем вы мне помешать! Мне нельзя мешать, когда я есть читать сакральные надписи! За это я есть придется вас заколдовать! Извините.

И взял, дунул, плюнул, и заколдовал сторожа. Превратил его в куст шиповника, растущий на самых задворках садика, возле забора, среди репейников и бурьяна. И стал сторож там тихо цвести яркими благоухающими цветами.

А Странствующий Странник опять зажёг свою волшебную зажигалку, опять руками замахал, будто крыльями, и снова стал читать вслух сакральные надписи со стены:

— Луч дурак — Шмаков! — Коля — Тупой дурак — Сергей гей — Лысый и Миша — Здесь была я — Алиса — Зенит — Я люблю Сашу — Кропотов А. + Даша = ? — Здесь был бульдозер Егор — Гера осёл — Я завтра утром уезжаю — Страх ложь и воровство вот три зверя жрущие тебя — Смирнова дура — Броцкий урод!!!!!!!!!!!

Читал-читал, и опять весь начал светиться белым светом, и шляпа, и щетина, и рюкзак, и плащ, и штаны рабочие, и сапоги кирзовые — всё стало светиться белым светом, всё ярче и ярче. И так он засветился, что аж весь побелел и засиял. А когда дочитал до конца все сакральные надписи, взмахнул он снова руками, как крыльями, и тут они, и правда, стали крыльями. Обернулся Странствующий Странник белой чайкой и улетел! Перед этим только залетел в сторожку и допил Сторожеву бутылку.

Дело в том, что Странствующий Странник и был как раз чайкой, но мог превращаться в человека. А потом обратно в чайку. Но ему, чтобы туда-сюда превращаться, надо было произнести заклинание. А он, когда в очередной раз превращался в человека, попробовал однажды пить, и спился, да так, что забыл напрочь все заклинания, и обратно превратиться уже не мог, чтобы избавиться от этой пагубной привычки (чайки-то не пьют), и так и бродил по городам и весям потерянный, и от потерянности, как водится, пил ещё больше. Поэтому он так обрадовался, когда неожиданно увидел все забытые заклинания записанными на стене детсадика. Ну, вот, он обрадовался, прочел их (а это надо было делать обязательно ночью, в тишине и одиночестве, и устранять всех свидетелей, что и произошло со сторожем), прочёл, превратился и улетел, радуясь, что он больше никогда не будет пить. На прощание только допил сторожеву бутылку, как говорится, на посошок. Поэтому улетал он со стройки немножко зигзагами, на честном слове и на одном крыле. Но всё-таки улетел, долго потом летал по ночным улицам и пел песни, а к утру замёрз и протрезвел, умылся в луже и полетел уже нормально, по своим делам.

А сторож так и остался цвести на задворках, его и искать не стали, решили, что сам ушёл, бросив пост. Если бы Странствующий Странник не допил перед улётом его бутылку, все бы, конечно, догадались, что с ним что-то случилось. Чтобы русский человек, сторож, ушёл куда-то, не допив бутылки?! А так бутылка стояла на столе пустая, и беспокоиться было не о чем. Наняли нового сторожа, и всё.

И стали дальше строить эту стройку, супермаркет вместо детсадика. Наконец построили, взяли на работу продавщиц, взяли кассиров, и начали торговать. А поскольку магазин этот был новый, незнакомый, ни возле метро, ни чего, то они решили сэкономить и стали платить очень маленькие зарплаты. Поэтому работали у них люди непритязательные и скромные, без в/о и особых запросов. Работала, например, кассиршей такая тётя Маша, очень одинокая, немолодая и некрасивая женщина средних лет. Она и этой работе была рада, до этого она вообще мыла лестницы, а ещё до этого укладывала рельсы, а ещё до этого — асфальт.

Но постепенно оказалось, что людям этот супермаркет понравился, они туда ходят и даже ездят, поэтому начальство на радостях повысило всем работникам зарплату. Все, конечно, обрадовались, но особенно обрадовалась тётя Маша, у неё всего в жизни и было-то, что малюсенькая однокомнатная квартирка в аварийном состоянии. А так как тётю Машу никто нигде не ждал и ходить ей было некуда, она и ходила только на работу и с работы, и все вечера сидела дома, одна, как сыч, глядя на окружающее безобразие, а денег на ремонт не было. Зато теперь тётя Маша сразу накупила всякой краски-затирки, всё ободрала, выкинула и раскурочила, и принялась, засучив рукава, за дело.

А её магазинное начальство тоже, тем временем, принялось за дело, они решили сделать перед супермаркетом автостоянку для клиентов, и для этого прислали асфальтовый каток. Каток ездил и всё под себя укатывал, и вот однажды тётя Маша, чтобы не вляпаться в сырой асфальт, пошла не к калитке, а к окраинной дырке в заборе, и обнаружила там прекрасный цветущий куст шиповника. А каток уже подъезжал всё ближе и ближе, и тогда тётя Маша, чтобы спасти хоть на время и хоть часть красоты, быстро отломила самую красивую ветку с самыми красивыми цветами. И очень вовремя, потому что через минуту ни цветов, ни куста уже не было, а стоял один довольный каток.

Дома тётя Маша поставила ветку шиповника в банку с водой посреди своего разорённого жилища, и каждый вечер любовалась на неё, присев на стремянке отдохнуть под белящимися потолками. А потом цветы отцвели, но зато ветка пустила корни! Тётя Маша тогда купила горшок и землю, и у неё на окошке теперь разросся целый куст шиповника! Единственное, что расти он рос, а вот цвести никак не хотел. Тётю Машу это очень расстраивало, но она продолжала надеяться и изо всех сил поливала шиповник всякими витаминными подкормками.

А потом наступила осень, и тётя Маша простудилась и заболела жутким гриппом. Она лежала в жару и в бреду, и некому было вызвать врача и купить лекарства (она была совсем одинокая). Ещё ведь у неё из-за ремонта все пропахло краской и растворителем, и от этого тёте Маше становилось совсем плохо, а сил встать и открыть проветривать окно у неё не было. Она так и лежала, в температуре и химических испарениях, и не понимала, ни сколько времени уже прошло, ни жива ли она, вообще-то, или как? А потом вдруг у тёти Маши начался совсем бред, ей показалось, что вместо запаха краски всю квартиру наполнило какое-то чудесное благоухание. И что её шиповник на подоконнике неожиданно расцвёл, огромными гладкими и яркими цветами, и это они так чудесно пахнут.

И тут тётя Маша почему-то взяла и сразу поправилась! Она вскочила с кровати — и увидела, что шиповник-то и правда расцвёл, и действительно теперь чудесно пахнет его цветами, а не растворителем. Тётя Маша тут, конечно, на радостях сразу бросилась его поливать (а заодно и сама напилась после болезни воды с витаминной подкормкой), а потом включила радио… и оказалось, что она проболела целых семь дней, и, значит, неделю не ходила на работу, никого не предупредив! Тётя Маша перепугалась, что её, скорее всего, наверняка уволили за это, таких пожилых кассирш без образования — пруд пруди. Она позвонила в магазин, и там ей, конечно, сказали, что да, нашли новую, «и уж получше вас, без разгильдяйства», и последнюю зарплату ей не выплатят за нарушение дисциплины. У тёти Маши у бедной сразу вся предыдущая жизнь прошла перед глазами, с мытьём лестниц и укладыванием рельсов (а также асфальта). А потом сразу же прошла перед глазами вся последующая жизнь, опять же, с мытьём лестниц и разве только без укладывания рельсов (и асфальта) — здоровье уже было не то.

А ремонт?! Тётя Маша представила, что, значит, так всё и останется недоделанным и развороченным, и так она будет доживать свои деньки, некрасивая пожилая одинокая уборщица. Конечно, тётя Маша тут расплакалась (любой бы расплакался на её месте). Кроме того, у неё оставалось денег всего 18 руб. 40 коп., цена батона (тётя Маша заболела как раз накануне зарплаты). В общем, тёте Маше стало совсем дурно от всего от этого, и она махнула рукой, типа: «Эх, пропадай оно всё и гори синим пламенем!», и случайно смахнула на пол куст шиповника в горшке!

И он упал и ка-а-ак разбился, они все разбились, и горшок, и шиповник, и куст, разлетелись практически в пыль. Не осталось ни вершка, ни корешка, только аромат цветов ещё плыл в воздухе (а сами цветы рассыпались в ноль).

Вот теперь тёте Маше стало СОВСЕМ дурно. Она молча смела всю пыль и землю в полиэтиленовый пакет и понесла этот пакет на помойку во дворе. Пошла прямо так, как была: зелёная после болезни, в халате, немытая и нечёсаная и в тапочках на босу ногу. Тем более что всё равно двор у них был ещё тот, с развешанным сушиться бельем и непросыхающими лужами (и не только лужами), а над помойкой вечно кружились полчища ворон и чаек.

Вот и сейчас там летала и орала белая чайка.

Тётя Маша только занесла над помойкой руки с мешком, чтобы опустить его туда, как вдруг откуда-то, как будто бы вообще из мешка, раздался тихий голос:

— Тётя Маша... Тётя Маша, не бросай меня туда...

Тётя Маша испугалась, но потом решила, что это осложнение после гриппа, и снова приготовилась бросить мешок. Но тут опять послышался голос:

— Тётя Маша, тётя Маша, ты меня уже однажды спасла, спаси меня ещё раз! А я уж тебе пригожусь.

Тут тётя Маша задумалась, голос-то был хоть и тихий, но очень отчётливый. И прямо из мешка. Тётя Маша заглянула в мешок, там правда, кроме пыли и земли, ничего не было, и прямо у пыли неуверенно спросила:

— Ну, чего?

— Тётя Маша, тётя Маша! — заговорили опять. — Тётя Маша, мешок оставь здесь, а сама сбегай в булочную, купи батон за 18 руб. 40 коп., принеси сюда и отдай белой чайке. Она меня за это расколдует. А, тётя Маша?

Тётя Маша хотела сказать, что у неё всего-то осталось денег — 18 руб. 40 коп., и лучше уж она этот батон купит и съест сама, или не батон, но тут из мешка прошептали прерывисто и со слезой:

— По-жа-а-луйста.....

И тётя Маша как-то неожиданно для себя отставила пакет в сторонку и, прямо как была, пошла в булочную, в халате и тапках, старая, всклокоченная и страшная.

И только тётя Маша вернулась обратно с батоном, как белая чайка спикировала к ней, выхватила батон у неё из рук, да и улетела, только её и видели!

Тётя Маша стоит ошалевшая, ничего не понимает, и тут перед ней, откуда ни возьмись, появляется мужчина средних лет и приятной наружности. Улыбается, руку ей протягивает.

— Здравствуй, — говорит, — тётя Маша. Спасибо тебе, тётя Маша. Меня, тётя Маша, заколдовали. А до этого я спивался и был сторожем, а ещё до этого был столяром-краснодеревщиком-реставратором-золотые руки. А заколдовала меня Белая Чайка Странствующий Странник, заколдовала в куст шиповника. И я через это бросил пить, потому что кусты шиповника не пьют, они пьют только воду, а начнут пить водку — так всё, подохнут, привет семье, пишите письма. Лучше всякой кодировки. А потом я, тётя Маша, чуть не погиб под катком, да ты меня спасла. Я на твоих витаминчиках ух, как окреп, ух, как восстановился! Теперь снова на хорошую работу смогу пойти, ни руки больше не дрожат, ничего. И ремонт у тебя знаешь какой забабахаю! Потому что я тебя, тётя Маша, — смутился тут мужчина, — полюбил. За сострадание к моим мукам. И сейчас, раз ты меня помогла расколдовать на последние деньги и я теперь не куст шиповника, а обратно Николай Иваныч, я тебе могу сделать предложение в официальной форме. Ну, что, пойдёшь за меня, тётя Маша?

И тётя Маша тоже протянула ему свою руку. И тёти Машины пожилые серые морщинистые щёки сделались вдруг молодыми, гладкими и яркими, как цветы шиповника!

А где-то в небе над помойкой радостно голосила белая чайка.

Гога и Магога

Жили-были на свете, кто же жил на свете? А жили-были на свете две лошадки. Иго-го! Игогоги. И звали их, как же их звали-то? А звали их Гога и Магога. И жили они в конюшне, да. И вот они были такие друзья-предрузья и лошадки-прелошадки, очень они любили каждое утро бежать бок о бок на зелёную шелковистую травку и скакать там под синим небом и ясным солнышком, и есть эту шелковистую травку, и вообще всячески резвиться в меру своих конских способностей. И ржать при этом. И-го-го, вот так вот ржать, правильно. Да, а у одной из лошадок, точнее, у одного, была невеста. В соседней конюшне. И звали её... в общем, как-то её звали. Сара Джессика Паркер её звали! Знатная такая аристократическая кобыла, всякие вечно призы брала на скачках... И вот она, значит, была невеста Гоги. А у Магоги не было невесты, так уж получилось. Они поэтому часто все втроём куда-то выскакивали, точнее, скакали, Магога и Гога со своей Сарой Джессикой Паркер, там, на травку, под синее небо, на природу, короче. А Сара Джессика Паркер, она выбрала Гогу, потому что он был очень красивый. Лучше всех. Он был в яблоках. А быть в яблоках — это для лошадки очень козырно. Вот они когда скакали бок о бок, Гога с Магогой — у Магоги бок простой, как у всех людей, т.е., в смысле, как у всех лошадок, а у Гоги бок в яблоках. Совсем другой вид из-за этого. Ну, и не мудрено поэтому, что Сара Джессика Паркер полюбила именно Гогу. Ну, вот, а однажды получилось так, что Гога с Магогой с утра, как всегда, проснулись в своей конюшне, подзакусили овсом и поскакали на свой любимый луг, поросший зелёной шелковистой травкой, под синее небо и ясное солнышко, и стали там опять играть, и резвиться, и щипать эту травку, и гоняться друг за другом, и вообще всячески гарцевать и радоваться жизни. А потом они устали, потому что, гарцуючи, вообще ужасно устаёшь, для этого даже и лошадкой быть не обязательно, устали и прилегли на нежную травку отдохнуть и подремать, подставив бока тёплому солнышку. Магога подставил обычный бок, уж какой был, а Гога подставил красивый бок в яблоках. А в это время мимо шли детишки из детсадика, их воспитательница вела на прогулку. И эти детишки, они, конечно, разбежались во все стороны по лугу, и вдруг взяли, да и съели все яблоки с Гогиного бока! Потому что дети в детском саду неуправляемые, и вообще они там все — чума с холерой. Потому что родители пихают по сорок человек детей в группу, им говорят: «Мест нет», а им лень самим со своими детьми возиться, и они говорят: «Ну, пожааалуйста», и суют взятку, и за эту взятку суют ещё мильён своих детей сверх комплекта, и в итоге группы все разбухшие от детей по самое некуда, наперекор всем госстандартам и правилам. А в воспитательницы набирают непонятно кого, кому больше пойти некуда, и им там вообще ни до чего, а уж, тем более, не до детей. И вот этой воспитательнице тоже, как обычно, было не до детей, она и внимания обратить не снизошла, что они там творят на полянке с чужими боками и яблоками. Только уже на выходе, на опушке, пересчитала их по головам, всё ли поголовье на месте, и увела прочь, куда им там надо было. А Гога очнулся от своих дрём, смотрит: а яблок-то на боку и нету! А бока-то больше не в яблоках! Он, конечно, прибалдел, будит Магогу, кричит: смотри! Посмотри, мол, куда я не могу досмотреться, под брюхом там, и вообще, в районе хвоста, может, где-то остались какие-то яблоки?.. Стали они с Магогой вдвоём его рассматривать, а толку-то — если уж яблоки съедены, то хоть встадвадцатипятером рассматривай, обратно они не вырастут... И Гога с Магогой потащились обратно в конюшню, медленно, без всякого уже гарцевания, конечно, копыто за копыто, и Гога всё переживал, как же он теперь в таком позорном обезъябloченном виде покажется на глаза своей невесте Саре Джессике Паркер, как он вечером зайдёт за ней в её конюшню, и всё в таком духе. А Магога, верный друг, он его утешал: мол, да ладно тебе, она же тебя не за яблоки любит, в конце-то концов, она же порядочная кобыла. Она же не ради яблок с тобой! И Гога, пока они довлеклись до конюшни, он даже немножко поверил Магоге. Но, всё равно, он переживал, потому что в любом случае тяжело одним махом из утончённого красавца в яблоках вдруг с какого-то бодунища превратиться в обычное быдло, которое пасётся кругом табунами. И у него была одна надежда, что вот сейчас придёт к своей невесте Саре Джессике Паркер, и она застенчиво шёпотом проржёт ему на ухо, что для неё он всё равно самый лучший, единственный во всём поголовье. И что она полюбила его ни за какие ни за яблоки, ведь яблоки — это всё наносное (и уносное), а за красивые глаза и хороший характер.

Однако Сара Джессика Паркер ничего подобного ему не проржала, а проржала, наоборот, совсем другое.

— Так! — ржанула она, только Гога показался на пороге конюшни. — Так, это что? Это как? Это как понимать? Где?! Ты что, ты, значит, обманывал меня всё это время?

— Но я ведь, — попробовал вклиниться Гога, — но я ведь всё тот же! Любимая! Это ведь, всякие яблоки, это ведь не главное... Я же...

— Я же, — оборвала его Сара Джессика Паркер, нервно роя копытом землю, — я же тебе верила! А ты, оказывается, всё это время выдавал себя за другого! Ты говорил, что у тебя к трём годам уже всё будет! Отдельное стойло! Персональная кормушка! А вместо этого у тебя даже яблок больше нет! Ты негодяй, ты обманул мои надежды!!

И Сара Джессика Паркер разрыдалась, и за каплей каплища покатилась у неё по морде, прячась в шерсти. И какая-то общая звериная тоска, плеща, вылилась в атмосфере конюшни и расплылась в шелесте.

— Подлец! — ржанула Сара Джессика Паркер, прошелестев копытом и заехав подковой Гоге по морде. А потом она сказала: раз он обманувший её негодяй, то она уходит от него к Магоге. Магога давно любит её, безмолвно, ни игогогом, ни взглядом не выдавая своих чувств, и, при этом, не выдавая себя ни за кого другого. Не строя из себя без всяких оснований.

— Магога! — поразился оскорблённый покалеченный Гога, — Магога, и ты на это согласишься? Ты её примешь? Ты, мой лучший друг! Ты слышал, что, говорят, что некрасиво, некрасиво, некрасиво отбивать кобылок у друзей своих?..

— Ну, знаешь ли! — обиделся Магога, косясь на холку Сары Джессики Паркер, — во-первых, хоть это так, но она с тобою, Гога, несчастлѝва, несчастлѝва. А судьба связала крепко нас троих.

— Вот именно! — потёрлась гривой о Магогино ухо Сара Джессика Паркер, — как же ему, по-твоему, теперь быть, как быть? Запретить себе меня любить?

— Не могу я это сделать, не могу! — подтвердил Магога.

— Т.е., это что же получается? — опешил Гога от такого двойного предательства. — Лучше мне уйти, так, что ли?

— Конечно, уйди! — обрадовалась Сара Джессика Паркер. — Не будь эгоистом! Не становись на пути у судьбы!

И они с Магогой, отодвинув Гогу со своего пути, вышли из конюшни, уверенно ставя копыта и счастливо глядя в распахнутое небо и расстилающиеся перед ними бесконечные нежные травы. И жизнь щедро развёртывала перед ними свои красоты и блаженства...

Но, конечно, Гога не смог стерпеть такого безобразия. Конечно, он, прочухавшись, догнал их и хорошенько излягал. Сару Джессику Паркер до такой степени, что ни о каких соревнованиях для неё больше речь не шла, а годилась она теперь только на то, чтобы на ней воду возить. И Магогу почти так же, только хуже. И, конечно, Сара Джессика Паркер сразу же бросила Магогу, как только поняла, что на нём теперь толком нельзя пахать. А Гогу, конечно, судили и дали ему много лет строгого лошадиного режима. Такая грустная получилась история.

А всё из-за чего — из-за того, что эти детсадовские дети совершенно неуправляемые. Напрочь. И что из них там вырастает, это совершенно неизвестно. Известно только, что ничего хорошего. Они там в три года уже знают больше матерных слов, чем их родители. Потому что каждый ребёнок приносит в группу из семьи матерные слова на своём семейном диалекте, и в тихий час дети этими словами делятся. А больше они ничем не делятся, а всё только у всех отнимают.

Так что и к лучшему, что тебя не взяли в детсадик, потому что у них все группы переполнены и надо взятку, а у нас её нету. Даже и к лучшему. Ну, и ладно, подумаешь, сами справимся. Ну, и ладно, ну, и не надо.

Сказка про гав-гав

Про кого у нас будет сказка? Про гав-гав? Ну, ладно, давай про гав-гав. У одного хозяина была собачка, а у одной собачки был хозяин. И жили они душа в душу, очень друг друга любили. Хозяин вечером как придёт с работы, сразу, первым делом, ещё рук не помывши и пищи не принявши, сразу кричит: «Привет, собачка!», и бежит с собачкой гулять. Очень они любили гулять вместе. Хозяин кинет палку, а собачка её найдет и обратно ему несёт. И улыбается, и хвостом виляет. Собачки, они же от радости и любви всегда хвостом виляют. Сколько было случаев, когда у излишне темпераментных собачек хвосты просто-таки отрывались от чрезмерного виляния! Да-да, представляешь себе? И таких собачек без хвостов можно было отправлять на Крайний Север вместо кошек, потому что на Крайнем Севере все кошки без хвостов. Чтобы кошка не вносила торжественно в дверь свой хвост по сорок лет, и не выпускала тепло из дома... Ну, ладно, про это в следующий раз. А в этот раз, эта наша собачка со своим хозяином, они, как всегда, гуляли в парке, была осень, и они бегали по опавшим жёлтым и красным листьям, и, как всегда, были ужасно счастливы вместе. День был очень ветреный, и листья так и кружились в воздухе, и куда-то летели, и собачка убегала следом за листьями, а потом бежала обратно к хозяину, радостно виляя хвостом. И так вот она радовалась и виляла, радовалась и виляла — ну, и дорадовалась и довилялась. Налетел очередной порыв ветра и подхватил собачку, а она, поскольку вертела этим своим хвостом, как вертолёт пропеллером, то и полетела, в результате, по воздуху на бреющем полёте. Точнее, на лающем. А хозяин остался далеко внизу на земле, на ковре из жёлтых листьев, и только подпрыгивал без толку и воздевал руки: «Э! Э!! Бобик, Бобик!!» А Бобик уже рулил куда-то, к центру, что ли, подхваченный стремительными воздушными массами, перепуганно озираясь и гавкая, пока ему в разинутую пасть не влетела со всего маху роза ветров и не заткнула этот фонтан красноречия. И, кстати! Если б этого Бобика хозяин водил, как положено, на поводке, а не фиг знает как, без поводка, ничего подобного бы с ними не случилось, такого незапланированного расставания. И хозяин не лил бы слёз внизу на земле, устремив свой мокрый взор в ветреные небеса, а его Бобик не лил бы в свою очередь слёз с небес на землю, давясь розой ветров и панически летя прямо лбом об шпиль Петропавловки, вот аж куда его занесло! Но, в последний момент обошлось, в последний момент Бобик выплюнул розу ветров, закашлялся, и хвост у него завилял от этого совсем в другом ключе. И Бобик плавно пошёл на посадку на крышу одного дома на улице Лизы Чайкиной. Мама там жила в молодости, знает эту крышу, ох, как знает!

Ну, и вот. А на этой крыше как раз сидел дяденька, грустный-прегрустный, с гитарой, и пел грустную-прегрустную песню. Там, на этой крыше, это обычное явление... А такой грустный дяденька был, потому что... Котик? А, ну да, действительно — рядом с дяденькой сидел котик! Хороший? Ну, естественно, хороший, зашибись, какой котик. Но тоже очень грустный, аж плачущий. А собачка Бобик плакала уже давно, из-за разлуки с любимым хозяином и прочего стресса. Ну, и так они все втроём порыдали рыдмя какое-то время, дяденька, давясь рыданьями, спел печальную песню под гитару, а котик так и вовсе наплакал целую лужу, а потом решили познакомиться.

— Я такой грустный, потому что меня ветром удуло от моего любимого хозяина, и я теперь не знаю, где он и как мне вернуться к нему! — сказал собачка Бобик.

— А я такой грустный, потому что у меня вообще нет никакого хозяина! — объяснил Котик. — И никогда не было! А я уже не могу больше гулять сам по себе! Уже не тот возраст и не те погодные условия.

— Ну, а я такой грустный, потому что я вообще такой грустный, — объяснил дяденька, — потому что я — бард. Мы, барды, всегда такие, мы подливаем наши слёзы в костёр творчества, чтоб он ярче пылал! Чтобы остальное человечество и зверячество подходило и грелось. А такой очень грустный я потому, что от меня ушла моя любимая девушка. Ушла рано утром, чуть позже шести. На пачке «ЭлЭма» нацарапав «прости». И мне стало так очень грустно, что я сразу полез на крышу и стал сочинять очень грустные песни. Вот, штук восемь уже насочинял...

И Дяденька Бард опять запел сквозь слёзы, а Котик с Бобиком сквозь слёзы стали греться у костра его творчества. Но, тем временем, уже наступили сумерки, переходящие в ночь, и все начали замерзать на крыше, несмотря на творчество. И тогда Дяденька Бард позвал Котика с Собачкой к себе в гости, на пятый этаж в комнату в коммуналке, пить горячий сладкий чай и есть пельмени. А за чаем они решили: Дяденька Бард возьмёт Котика к себе и станет его хозяином, а ещё они все вместе, втроём, пойдут завтра искать Хозяина собачки Бобика. И так они и уснули на этой оптимистической ноте, разомлев от чая и успокоения. А утром они проснулись, почистили зубы, Котик с Собачкой расчесали усы, а Дяденька Бард — бороду, и отправились искать собачкиного хозяина. Но это оказалось не так просто. Бобик же не помнил наизусть своего адреса, он только помнил, что живёт на самой широкой улице в самом длинном доме на самом верхнем этаже. Поэтому они, бедненькие, целый день шарахались по городу, у Дяденьки Барда ещё ведь были полные руки гитары и Котика, а все улицы оказывались, как назло, недостаточно широкими. И вот уже опять начались сумерки и сумеречные заморозки, и Дяденька Бард уже совсем было решил потерять надежду и запеть грустную-прегрустную песню, как вдруг они случайно вышли на самую широкую улицу! Они пошли по ней медленно-медленно, потому что были уже усталые-преусталые, и наконец нашли самый длинный дом! И стали подниматься на самый верхний этаж, вообще в час по чайной ложке, потому что лифт не работал. И с каждой ступенькой им было всё труднее и труднее подниматься, у Дяденьки Барда даже гитара вспотела, но Бобик уже учуял своего любимого Хозяина (собаки вообще очень хорошо чуют, а уж, тем более, хозяев!), и стал радостно гавкать и вилять хвостом. А Хозяин услышал это гавканье из-за закрытой двери и сразу узнал его (любой хозяин всегда отличит гавканье своей собаки!), и выбежал на лестницу, и тут сразу Бобик вбежал в его объятия! Гав-гав! А потом Хозяин кинулся жать руку Дяденьке Барду, крича: «О, какое большое и огромное спасибо, что вы нашли мою любимую собачку!! Какой вы прекрасный человек, как мне вас благодарить!!!» Тут в разгар этой прекрасной сцены из квартиры собачкиного Хозяина вышла девушка, ну, в смысле, тётя, и Хозяин закричал ей, обнимаясь со своим Бобиком: «Маша, ты только глянь, Маша, мой Бобик вернулся!! Его привёл вот этот вот прекрасный человек с бородой, которого я теперь и не знаю, как мне благодарить...»

Но Дяденька Бард, только завидев эту тётю девушку Машу, уставился на неё большими глазами и тоже закричал:

— Маша?! Ах, вот, значит к кому ты ушла от меня?! Рано утром, чуть позже шести? Ах, вот, значит из-за кого я стал такой очень грустный, и вылез на крышу сочинять очень грустные песни...

И Дяденька Бард заплакал, нервно расчехляя гитару и наугад подбирая тоскливые аккорды...

— Ой, как нехорошо получилось... — расстроился Хозяин Бобика. — Ну, надо же, как некрасиво. Нет, я так не могу! Я не могу, чтобы такой прекрасный человек, воссоединивший меня с моим дорогим Бобиком, страдал по моей вине! Знаете что — забирайте себе обратно эту Машу. Мы, собачники, мы такие — мы ради своих собак ничего не пожалеем! И никого. Забирайте Машу!

— Ну, что вы! — растерялся Дяденька Бард. — Это как-то некрасиво. Как-то, я не знаю, неэтично. Я же бард, творческая личность, у меня обострённое чувство прекрасного. Как же я её заберу...

— Нет, я настаиваю! — стал настаивать Хозяин. — Берите! Ради Бобика! Мне будет больно, но я смирюсь. Я сожму зубы и поводок в руке, и...

— Но моё чувство прекрасного! — отнекивался Дяденька Бард. — Вы понимаете, не будь я творческой личностью, я бы, разумеется, и думать не стал бы, но когда нервы — будто оголённые провода, а сердце будто бы не внутри груди, а снаружи...

— За Бобика! — убеждал Хозяин.

— Чувство прекрасного... — мялся Дяденька Бард.

Так они препирались ещё какое-то время, пока тётя девушка Маша не наваляла им по мордасам, сначала одному, а потом другому, и не сбежала вниз по лестнице, оскорблённо стуча каблучками. И Дяденька Бард со своим Котиком, и Хозяин с Бобиком, замерев, слушали этот удаляющийся перестук, а потом все хором вздохнули и пошли в квартиру пить горячий сладкий чай с пельменями. И Дяденька Бард тут же сочинил под воздействием впечатлений очень грустную песню и спел её, а Котик сидел у него на плече и слушал, и слушали Хозяин с Бобиком, обнявшись и прильнув щекой к морде и мордой к щеке. А потом они все вчетвером пошли гулять в парк, и с тех пор стали гулять там вместе каждое воскресенье, и, вообще, дружить семьями! И Хозяин уже больше не спускал своего Бобика с поводка когда ни попадя, особенно в ветреную погоду. И даже за палкой не отпускал его одного, а кидал палку и бежал за ней вместе с Бобиком. А рядом бежал Дяденька Бард с гитарой сзади спины и Котиком впереди. И со стороны, может быть, было и непонятно, за каким надобом вся эта гоп-компания ломанулась за одной грязной и старой никому не нужной палкой-копалкой, но мы-то с тобой знаем, что дело тут совсем не в палке, правда?

Сказка про рыцаря

Жил-был на свете один Рыцарь, очень вежливый и благородный. Но застенчивый и одинокий. Это был Белый Рыцарь. Больше всего на свете он любил сражаться со всякими чудовищами и всех от них спасать. Бывало, как услышит, что где-то в дальних краях объявилось чудовище, дракон там, или ещё кто, наводит ужас на селенья и вообще напропалую похищает принцесс, — Рыцарь сразу вскакивал, просыпался, наспех чистил зубы и нёсся за тридевять земель с ним сражаться. Другим рыцарям, не таким расторопным, иногда даже делалось обидно — им ведь тоже хотелось побеждать чудовищ. Но, как они ни мчались во весь опор, как ни скакали горами и долами, Белый Рыцарь уже успевал раньше, и ко времени их прискока уже на выжженном поле битвы застенчиво прятался в свою плащ-палатку от благодарных спасённых принцесс. К счастью, коварных и жестоких чудовищ в те далёкие времена водилось с избытком, и принцессы похищались регулярно, поэтому на долю остальных рыцарей тоже доставались кое-какие приключения, а иначе им, бедным, и вовсе нечем было бы заняться. Но Белый Рыцарь всё равно, так уж получалось, совершал подвиги чаще всех. И всегда при этом оставался таким скромным и одиноким, быстренько побеждал очередное чудище и сразу же, отмахиваясь и крича: «Ах, не стоит благодарности!!», смущённо убегал прочь, завернувшись в плащ-палатку. Он даже свои часы, сняв их перед сражением (перед дракой всегда снимают часы), никому, никакой прекрасной даме, не оставлял на хранение, а просто совал куда-то под камушек. И так продолжалось очень долго, многие годы. Но однажды всё случилось немножко по-другому.

Т.е., началось-то всё, как обычно, прошёл слух, что за дальними далями, за высокими горами и глубокими морями чудище попятило принцессу. Белый Рыцарь сразу же отправился в путь, и вскоре уже вытаскивал, уперевшись ногами, свой меч из бока поверженного дракона. И уже, как всегда, он намылился незаметно по-английски слинять (видимо, это был древнеанглийский рыцарь), но тут спасённая Принцесса быстренько догнала его, схватила за рукав и попросила: «Ах, милый, отважный Рыцарь, не могли бы вы проводить меня домой? А то мой папа-король всегда просит, чтобы кто-нибудь обязательно провожал меня до дому, то есть до замку, а то он волнуется…» И Рыцарь, делать нечего, потащился провожать Принцессу — глубокими морями, высокими горами и дальними далями, до дому, точнее, до замку. Жила Принцесса далеко, на самой окраине Земли, и идти (и плыть, и скакать) им пришлось долго. В пути они ели драконятину, нарезаннцую с того самого убитого чудища. Рыцарь хорошо готовил, а у Принцессы был хороший аппетит, и на этой почве они сдружились. Доставив наконец Принцессу её папе-королю, Рыцарь сразу же вознамерился пуститься в обратный путь, но не пустился. Потому что папа-Король обнял его, растроганно расцеловал в обе щетинистые щёки и закричал, проливая жидкие слёзы из бледных старческих глаз:

— О, храбрый и благородный Рыцарь, как я счастлив, что ты вернул мне мою дорогую единственную доченьку! Я обещал, что тот, кто спасёт её и вернёт мне, получит Принцессу в жены и полцарства впридачу!.. Бери, дорогой, не стесняйся!!.

Белый Рыцарь тоже растрогался, расцеловал Короля в ответ и сказал с благодарностью:

— Большое вам спасибо! Огромное! Можно, я буду вас назвать на ты и папой? Спасибо тебе, папа!! Единственное, что Принцессу в жены я не хочу. Я же больше всего на свете люблю побеждать чудовищ, а женатому человеку это не сподручно. Только пройдёт слух, что где-то за тридевять земель объявилось страшное чудовище, только я соберусь с ним сражаться — а тут жена как вылезет из-под одеяла, как закричит: «Куда на ночь глядя за тридевять земель? И не стыдно тебе, женатому человеку? Соседей бы постеснялся!.. Что люди подумают!» И всё, и никаких уже чудовищ. Нет, жениться мне никак нельзя. А вот полцарства, спасибо, возьму с удовольствием. Полцарства на дороге не валяются.

Так и стали жить Белый Рыцарь с Принцессой и её папой-Королём — посреди царства, напополам, поставили забор, в одном полцарстве остались Король с Принцессой, а в другом жил Белый Рыцарь. Они очень хорошо жили, все праздники отмечали вместе. Если у Рыцаря заканчивалась соль или подсолнечное масло, ему всегда было у кого одолжиться. И Рыцарь теперь, победив очередное чудовище, из любых тридевятых земель спешно скакал домой, и там сразу же стучал в забор Королю с принцессой, и тащил им на замковую кухню добытую драконятину и они её вместе готовили! А потом долго, оба полцарства уже давно спали, долго сидели за столом у забора, смотрели на мигающие в синем бархатном небе звёзды, обгладывали драконьи кости и говорили о сражениях, о подвигах и героях былых времён! Это были хорошие вечера. И даже свои часы, отправляясь на битву с новым чудищем, Рыцарь теперь оставлял Принцессе... Но как-то раз, после возвращения Белого Рыцаря после победы над особо зловредным и усиленно огнедышащим драконом, всё вдруг получилось совсем не так.

В тот раз Белый Рыцарь сражался и был в дальних краях дольше, и устал больше, чем обычно, и сильнее спешил, и особенно хотел скорее увидеть своих родных Принцессу и престарелого Короля, и драконятина у него была с собой нынче особенно жирная и толстая! Но на его стук в калитку разделяющего полцарства забора никто не вышел! Точнее, сначала никто, а потом вышел Король, даже не вышел, а вышмыгнул, и начал, не глядя Белому Рыцарю в глаза, нести какую-то околесицу про поздний час, половину первого, потом заплакал и попробовал шуршануть обратно в калитку, но тут его решительно выдвинула плечом обратно Принцесса. Принцесса скрестила руки на груди, поджала рот куриной гузкой и сказала:

— Хоспади, два часа ночи! Постыдились бы в такое время в семейный дом!

Потом она церемонно отдала Рыцарю его часы и удалилась, крепко хлопнув калиткой. Король попробовал было что-то пропищать из-за забора, но был твёрдой рукой увлечен прочь. А бедный Белый Рыцарь, ничего не понимающий, был вынужден в одиночестве жарить драконятину на своей холостяцкой электроплитке, и в одну глотку её есть, и даже созвездий этой ночью не было видно, только сплошные раззвездия изредка вырывались из-за туч, но и те взглядывали на Рыцаря неодобрительно. Холодный ветер продувал Полцарства, и под утро холодный дождь промочил рыцарскую плащ-палатку. А утром, добрые люди рассказали, Белый Рыцарь наконец-то узнал, в чём дело.

Оказывается, пока он там, за горами, за долами, за лесами и морями, за равнинами, рощами, чащами и опушками, и прочими оврагами и теснинами, сражался с чудищами, Принцессу-то похитило другое чудище! Поскольку та эпоха, как уже говорилось, изобиловала чудищами. И рыцарями тоже. И вот один из этих рыцарей, Чёрный Рыцарь, пока наш Белый Рыцарь был далеко и не в теме, этот Чёрный Рыцарь и освободил Принцессу! Освободил, проводил до замка и передал лично в руки папе-Королю. Который, как водится, расчувствовался, всплакнул и сказал:

— Спасибо вам, молодой человек, большое королевское мерси! Я, знаете ли, пообещал — если кто спасёт мою доченьку, тому и отдам её в жены, и ещё полцарства в придачу! Так вот полцарства, в силу ряда причин, дать не могу, пардон, могу дать только четвертьцарства. И Принцессу в жены впридачу...

Чёрный Рыцарь в тот же вечер женился на Принцессе, полцарства разделили на ещё два по ноль пять, точнее, по ноль двадцать пять, короче, построили ещё один забор, в одном четвертьцарстве теперь жил Король, а в другом — Чёрный Рыцарь с Принцессой. А Чёрный-то Рыцарь, вот оно что, как только въехал в четвертьцарство со своими сундуками, сразу же принялся рассказывать Принцессе с Королём всякие гадости про Белого Рыцаря! Дело в том, что эти два рыцаря были знакомы с детства, и даже потом учились в одном классе в рыцарской школе, и все эти годы Чёрный Рыцарь втайне ужасно завидовал Белому! Потому что Чёрный Рыцарь всегда и учился, и вообще всё делал лучше всех, но Белый Рыцарь делал всё ещё лучше. И Чёрному Рыцарю это, конечно, было обломно, а обломней всего даже не это, а то, что Белый Рыцарь как будто и не задумывался, кто там кого лучше, и не придавал своим успехам значенья. И, вообще, он вечно ходил такой возвышенный, такой воспитанный и благородный, что Чёрный Рыцарь мог бы завидовать ему и в открытую, тот бы всё равно не заметил. Из-за этого Чёрный Рыцарь, конечно, и вовсе его возненавидел. Потом они выросли, и все заговорили о подвигах отважного Белого Рыцаря, который всегда первый успевал побеждать чудовищ, вечно опережая Чёрного Рыцаря всего-то на каких-нибудь несчастных пять минут! В общем, немудрено, что Чёрный Рыцарь терпеть не мог Белого. И с восторгом ухватился за возможность рассорить его с Королём и Принцессой. Ну, и дополнительный момент, Чёрного Рыцаря раздражало, что Белый с комфортом расселся один в полцарстве, а молодая семья, намекал он домочадцам, молодая семья ютится в какой-то малогабаритной четверти! Поэтому Чёрный Рыцарь последовательно и успешно воплощал план по выживанию Белого. Уже не только Принцесса, которая, как и положено хорошей жене, предпочитала думать не своей головой, но уже даже и старенький Король наполовину верил, что Белый Рыцарь на самом деле трус, враль и карьерист. А на другую половину Король хотел счастья своей дочке, и тоже не жужжал. Прямо скажем, Белому Рыцарю теперь приходилось несладко. Никто теперь не провожал его на сражения, размахивая с башни платочком, никто не радовался, не волок восхищённо на кухню свежайшую драконятину, которую он теперь ел один, быстро, наспех и часто совсем несолёную. Не у кого стало теперь одалживать соль... Белый Рыцарь стоически переносил свои обиды, ходил всё такой же прямой и благородный. Он не скандалил, не ломился с кулаками в соседский забор, требуя объяснений и сатисфакции, жил так же, как и до знакомства с Королём и Принцессой — спасал всех, не требуя благодарности. И только иногда по ночам, заглядевшись в небо из дырки в спине плащ-палатки, напоминал себе, что ведь, в сущности, ничего не изменилось — он и раньше жил в одиночестве, и ни к кому не спешил, и ни с кем не вёл задушевных бесед, и был счастлив и спокоен. Но одиночество привычное и одиночество, свалившееся внезапно, когда ты его не заказывал и ничто не предвещало — это всё-таки совсем, напрочь и абсолютно, разные вещи. С этой тоскливой мыслью Рыцарь и забывался сном, чтобы на утро опять влачить своё благородное существование. И так продолжалось довольно долго, пока однажды....

Однажды на царство напало страшное и ужасное зловредное чудовище. Напало оно грамотно — во-первых, ночью, а, во-вторых, пользуясь раздробленностью и разобщённостью. Раздробленность для царства или там государства — это вообще очень плохо. Взять хотя бы, например, Древнюю Русь... Короче, не вдаваясь в Русь, чудовище сделало так: сначала захватило четвертьцарства Короля, защитить которое было некому, поскольку Белый Рыцарь в своём полцарстве покинуто спал в игноре и изоляции, а в соседнем четвертьцарстве Чёрный Рыцарь на кухне в который раз расписывал Принцессе, как Белый Рыцарь всю жизнь переходил ему дорогу и пожинал незаконные плоды... Потом чудище, обрушив стены этой самой кухни, захватило и заболтавшихся Чёрного Рыцаря с любящей Принцессой, а уже потом, увязав его спящего в плащ-палатку, как в узелок, добавило к ним и Белого Рыцаря. И, да! Если б не раздробленность, если бы все дружили, действовали сообща, чудищу ни в жизни бы их не одолеть! А так они оказались беззащитны и бессильны, и угодили прямиком в замковое подземелье, в сырую каменную темницу под крепкий амбарный замок. И мало того! Мало того, что все они оказались в темнице, они все при этом ещё и оказались не они! Чудище, захватившее их в плен, носило титул сэра Наоборотского и промышляло тем, что умело превращать всё и всех в нечто противоположное. Таким образом, в подземелье вдруг очутились: вместо безобидного доброго Короля, каплющего прозрачными слёзками при просмотре сериалов — жестокий и коварный властитель, вместо завидущего интригана Чёрного Рыцаря — деликатный и интеллигентный человек, робко и смущённо озирающийся вокруг. Белый Рыцарь неожиданно осознал, что мир полон врагами и завистниками, и принялся, холодно прищурившись, стричь глазами по сторонам. А Принцесса, хрупкая золотоволосая Принцесса, в мгновение ока оказалась огромным неуклюжим чешуйчатым драконом! Из носа у неё шёл дым, а изо рта невкусно пахло. И ещё она не переставая плакала, проливая такие же невкусные крокодильи слезищи, над утратой своей красоты, так что все присутствующие вскоре оказались по щиколотку в неаппетитной холодной жидкости, и начали время от времени чихать и сопеть... И никто не представлял, что же теперь делать и как спастись. Так они и сидели в напряжённом и безрадостном молчании, думая каждый о своём, пока вдруг на потолке что-то не зашуршало и не обрушилось в воду, плескаясь и выгребая к лавке. Это оказалась Крыса (Дракон, т.е. бывшая Принцесса, с трубным визгом вскочил на лавку, рискуя опрокинуть остальных и в панике подхватывая хвост передними ногами). Крыса внимательно оглядела узников, презрительно отвернулась от визжащей драконо-принцессы и задумчиво произнесла:

— Теоретически, могу помочь...

И вот что им рассказала Крыса.

Чудище сэр Наоборотский всегда был наоборотским, но не всегда — чудищем, а особенно сэром. Когда-то, давным-давно, он был хорошенькой маленькой доброй феей, из знаменитого фейного семейства. Знаменитого и многодетного — этих фей там было в семье ровно тридцать пять детских душ. Воспитывала их всех бабушка (т.е. родители там были вполне себе живы-здоровы, но такие варианты, с воспитателем-бабушкой, вообще часто встречаются, и не только в среде многодетных фей). И вот тридцать четыре дочери в этой семье были феи как феи, а одна была страшно вредная! И всё вечно делала наоборот. Когда её просили умываться, она пачкалась, звали есть — плевалась, а когда её после прогулки просили снять сандалики, она вместо этого напяливала все имеющиеся в доме немытые резиновые сапоги и в таком виде гордо шлялась по комнатам! Вот такая она была противная. И вот её бабушка, суровая пожилая колдунья на пенсии, видавшая виды, однажды не выдержала после очередного кипежа на пустом месте и строго заорала на внучку, подсунув той под нос зеркало:

— Ты посмотри на себя!! Никакая ты не девочка, тем более не фея, ты на самом деле Чудище! Ты глянь на себя в зеркало!! Страшное Чудище Наоборотское!

И эта противная девочка, глянув в зеркало, действительно обнаружила там мерзкое уродливое чудище! Тут она со всей дури швырнула зеркало об пол, и зеркало рассыпалось на миллион острых стекляшек! А вместе с ним рассыпалась и сама девочка, а на её месте возникло отвратительное чудовище (вот что значит принцип «наоборот», намереваемся разбить одно — а бьём совсем, совсем другое). Однако девочка (точнее, уже далеко не девочка) быстро осознала все выгоды своего нового положения — в тогдашнем суровом мире отвратительным чудищам жилось всё-таки комфортней, чем маленьким девочкам, а, может, и не в тогдашнем тоже. Короче, девочка пошла в разнос. Всех своих сестёр и прочих домочадцев она из добрых фей мигом оборотила в злых ведьм (в конце концов, каждый руководитель имеет право подбирать коллектив под себя), а потом живенько поскакала на кривых когтистых лапах обращать розарии в заросли чертополоха и королей демократической направленности в безжалостных диктаторов. И спасения от неё (от него) не было никому. Единственное, девочка-чудище первым делом всегда уничтожала все окрестные зеркала и вообще любые отражающие поверхности. Насылала бурю на безмятежную водную гладь и заращивала пригоревшим жиром начищенную металлическую утварь...

— Ну, и? — невежливо перебил Крысу бывший добрый король, с отвращением косясь на свою бывшую прекрасную дочь, ревущую в перепончатое крыло. — Конкретнее?

— Конкретнее, — объяснила Крыса, — план такой. Нужно, чтобы Наоборотское Чудище увидело себя в зеркале, и чтобы это зеркало тут же разбилось вдребезги. Тогда оно снова станет феечкой, да и у вас всё наладится обратно.

— А бабос? — деловито поинтересовался Белый рыцарь. — Прайс на девайс? И где мы возьмём зеркало, если они все уже, первым делом, уничтожены? И зачем оно его станет разбивать, оно же не дуро?

— Плата такая, — объяснила крыса. — Когда всё станет, как обычно, делаем один наоборот — меняем всех кошек на крыс. Т.е. кошки живут здесь, в подвале, а мы, крысы — наверху. Чтоб нас причёсывали, кормили и разрешали спать в креслах.

(Тут бывшая Принцесса завыла пуще прежнего, содрогаясь всей тушей и утираясь хоботом).

Бывший Король с бывшим Белым Рыцарем обменялись понимающими тираническими взглядами, а про Чёрного Рыцаря никто не вспомнил.

— А зеркало? — застенчиво заикнулся тот.

— Муууу.... — провыла бывшая Принцесса, и выковыряла откуда-то из чешуйчатой подмышки маленькое зеркальце в хрустальной оправе.

— Когда Наоборотский заснёт, — объяснила Крыса, — я проберусь к нему в спальню с зеркалом. И суну ему его под нос хвостом. Он проснётся, увидит себя в зеркале, потом увидит хвост, испугается (никто не знает, но Наоборотский ужасно боится крыс, это у него осталось ещё с малодевочковых доброфейных времен), дёрнется, и зеркало упадёт на пол и разобьётся. У вас пол-то в спальне каменный? То-то же.

Все помолчали, переглядываясь.

— Заметано! — сказал Белый Рыцарь, пожав Крысе лапу. Но сам, на самом деле, решил никаких обещаний потом не выполнять. Спать на креслах, ещё чего не хватало! А ещё он решил как-нибудь в суматохе попытаться захапать себе целое царство — пустячок, а приятно. Король, кстати, решил всё то же самое, он вообще всё время, как начало действовать наоборотское заклятье, ломал голову: как это его угораздило так разбрасываться полцарствами? Затмение какое-то нашло, что ли... И только бывшая Принцесса с бывшим Чёрным Рыцарем не вынашивали никаких коварных планов, а тихо думали — Принцесса о своём о девичьем, а Чёрный Рыцарь о своём об общечеловеческом.

А пока они всё это обдумывали, Крыса прокралась в спальню к Наоборотскому, уселась на балдахине и сунула чудищу в физиономию зеркало. А сама застрекотала, как будильник: «Взззтррр!..» Чудище сэр Наоборотский вскинулся, вытаращил глаза на себя в зеркале, заметил рядом с зеркалом лысый крысиный хвост, в ужасе завизжал и замахал руками, и таким образом дело было сделано: зеркальце грянулось с высоты королевской пышной постели о каменный пол, и в ту же секунду все колдовства законодательно отменились. Вместо чудища по кровати скакала, визжа, противная маленькая феечка. Внизу, в темнице сырой, Принцесса восторженно разглядывала свои прекрасные руки, прекрасные ноги, и вообще всё прекрасное, до чего могла доглядеться. Старенький Король плакал от умиления, благодарности и общих возрастных изменений организма. Белый Рыцарь уже прикидывал в уме, как разнообразить рацион крыс, но при этом улучшить и быт кошек в подвале. А Чёрный Рыцарь, прочухавшись, принялся спешно соображать, как обжулить крысу, Белого Рыцаря, Короля, и ещё заодно Принцессу (и правда, чем она хуже других?).

Поэтому, когда Крыса возвратилась в подвал, Чёрный Рыцарь бочком по стеночке аккуратно попытался её обойти. Он планировал, что пока все эти обалдуи в подвале будут беседовать и куртуазно расшаркиваться, он скоренько переставит забор на несколько километров в свою пользу и развесит свои знамена во всяких труднодоступных ранее местах. Но то ли то время, которое он провёл человеком деликатным и искренним, не прошло даром, и теперь у него все задние мысли, толкаясь, таращились прямо из глаз. То ли, может, Белому Рыцарю аукнулось его недавнее прошлое подозрительного интригана. А возможно, тут сыграл роль целый комплекс факторов, потому что Белый Рыцарь вдруг перехватил Чёрного на полпути к выходу из сырой темницы.

— Так, не понял, — спросил он каким-то не своим хулиганским баритоном. — Чо, как? Крысу благодарить будем? Обещание будем выполнять, да, нет?

— В настоящее время, — завёл Чёрный Рыцарь, перебирая ногами, — принимая во внимание международную обстановку... В интересах государства... Вряд ли является целесообразным...

— Сэр, вы негодяй! — возмутился Белый Рыцарь, засучил рукава кольчуги и от души вмазал Чёрному Рыцарю прямо по его рыцарской морде. И в ту же секунду почувствовал себя необыкновенно, как никогда раньше, счастливым...

Что при этом почувствовал Чёрный Рыцарь, неизвестно (в смысле, что он почувствовал в душе), однако, за вычетом выбитых зубов, эта негаданная оплеуха явно пошла ему на пользу. Во-первых, он принёс свои извинения Крысе. Во-вторых, самолично руководил операцией по внедрению кошек на место крыс и, соответственно, наоборот. А в третьих, когда его жена Принцесса, которая не могла так быстро переориентироваться, залопотала что-то про милицию и причинение телесных повреждений, что, мол, Белый Рыцарь ещё не знает, с кем связался! — этой самой Принцессе он строго сказал: «Молчи, женщина! Дома поговорим». И после этого домашнего разговора Принцесса уже никогда больше не сказала Белому Рыцарю ни одного дурного слова...

Вообще Принцесса теперь почти со всеми стала говорить мало, и то исключительно по делу. А всё свободное время, с тех пор как во всём королевстве крысы оказались на особом кошачьем положении, проводила в подвале. В подвале теперь жили кошки, а ещё бывший сэр Наоборотский, вредная феечка. В своё фейное семейство, которое с её лёгкой руки столько лет прожило в ведьминой шкуре, её как-то не тянуло возвращаться, и замковые покои, полные жирных пушистых томно мяукающих крыс, не прельщали тоже. Поэтому феечка с Принцессой целыми днями чесали кошек за ушами, прыгали через торчащие из стен цепи для узников как через скакалочку и сплетничали. Иногда они ссорились и даже дрались, лягаясь и выдирая друг у друга златые кудри, но потом всегда мирились, куда деваться-то.

А Белый Рыцарь, Чёрный Рыцарь и Король разрушили забор и объединили своё королевство! Их очень привлекала идея непобедимости. Когда проносился слух о бесчинствах нового чудовища, Рыцари бросали монетку, кому на этот раз ехать с ним сражаться. А когда победитель возвращался, все втроём жарили на главной площади шашлыки из драконятины и засиживались допоздна, ковыряя в зубах алмазными зубочистками с инкрустацией, и вели беседы о подвигах и героях былых времен. А сверху их, дружелюбное и тёплое, как многоместная испытанная плащ-палатка, накрывало сияющее во все свои звёзды небо.

Мальчик Вуголков

Жил-был на свете один мальчик, по фамилии Вуголков. Такая фамилия у него была не просто так, а потому что он любил жить в уголках. Куда б ни пришёл, вечно в угол заберётся и живёт там довольный. Всегда у него чайник с собой был, и чашки тоже. Сидит себе в уголке и чай пьёт, с бубликами с маком. Очень ему там хорошо было. Конечно, у мальчика Вуголкова была семья — мама там, папа. Братья, сёстры. Дедушки, бабушки. Дяди, тёти. Девери, невестки, золовки и ку́мы и кумы. Но они все дружно не одобряли Вуголкова с этими его угловыми чаепитиями, и всё норовили выволочь его из угла и усадить за общий стол. Вуголков выворачивался и полз, пересекая подстолье, обратно в угол. Но их было больше, и они его ловили ногами и снова усаживали... Поэтому однажды Вуголков на них обиделся и ушёл бродить по свету, искать себе новый угол. Но углы ему попадались уже занятые, а из редких свободных его всё равно рано или поздно выволакивали и усаживали за общий стол. Тогда Вуголков решил соорудить себе угол прямо на улице, из всяких отбросов, но сразу прибежали отбросовладельцы и всё отобрали, прихватив заодно и один из вуголковских бубликов, потом Вуголкова покусала собака, а потом задавила машина. Тогда Вуголков плюнул, подхватил своё имущество в виде чайника и оставшихся бубликов и пошёл, куда глаза глядят. Шёл-шёл, и пришёл в чистое поле. «Тут меня никто не тронет, и общего стола тут тоже нет!» — обрадовался Вуголков, сплёл из травинок две стеночки, поставил их углом и уселся в тенёчке пить холодный чай с зачерствевшими бубликами.

Вуголков и стрекоза

Но тут к Вуголкову прилетела ворона.

— Мальчик, мальчик! — закричала она. — Мальчик, как твоя фамилия?

— Вуголков, — говорит Вуголков. — А что? Вы меня хотите посадить за общий стол?

— Нет, — ворона отвечает. — Я тебя хочу скорее положить на общий стол. Съесть, короче говоря.

— Не ешьте меня! — попросил Вуголков. — Лучше выпейте со мной чаю. С бубликами. С маком.

— Ладно, — говорит Ворона. — Наливай.

Выпили они чаю, ворона и говорит:

— Ты знаешь, Вуголков, я тебя есть не буду. Не могу себе этого позволить. Я грузинская ворона, а у нас в Грузии (Грузия — это есть такая страна), у нас нельзя есть тех, с кем вместе попил чаю. Спасибо, Вуголков, до свидания!

— До свидания! — отвечает Вуголков. — На здоровье!

Ворона улетела, а Вуголков стал дальше чай пить.

Тут к нему прилетела стрекоза.

— Мальчик, — говорит, — а, мальчик! Можно, я у тебя тут посижу в уголке, отдохну? А то у нас, стрекоз, такая жизнь какая-то странная, хочется иногда и передохнуть.

— Сиди, пожалуйста, — говорит Вуголков. — Очень мне всегда интересно было, какая же жизнь у стрекоз? Может, ты, пока сидишь, одолжишь мне свои глаза и крылья, и я слетаю, посмотрю?

— Бери! — говорит стрекоза. Дала Вуголкову свои глаза и крылья, и он полетел над полями-над лесами. Летит, смотрит по сторонам, — интересно! Прилетел в один сад, там большой стол стоит, на столе — самовар, а вокруг большая семья сидит. Мамы, папы, братья с сёстрами. Дяди с тетями, бабушки с дедушками, девери с невестками, золовки. Кýмы и кумы. Смотрит Вуголков, а это, оказывается, его собственная семья! Вуголков обрадовался, кричит:

— Мама, папа, и так далее! Это я к вам прилетел!

А они будто не слышат, дальше про своё разговаривают.

Вуголков подлетел ближе, сел возле бабушки на скатерть:

— Бабушка! — зовёт. — Дедушка! Вот он я, посмотрите!

А бабушка хвать салфеткой по скатерти:

— Совсем, — говорит, — озверели насекомые нынче летом. Большие и очень наглые.

— И не говори, — соглашается мама. — И ни стыда у них, ни совести, одни бациллы.

Вуголков ещё полетал вокруг с тем же успехом, да и улетел восвояси. Вернулся в своё чистое поле в свой угол, отдал стрекозе её глаза и крылья и говорит:

— Ты права, действительно, у вас, стрекоз жизнь что-то не очень. Прилетай ко мне, когда опять захочешь от неё передохнуть.

— Спасибо тебе, Вуголков! — сказала стрекоза и улетела. А Вуголков остался в уголке в чистом поле, пить чай с бубликами.

Вуголков и ведьма

Пьёт Вуголков чай, уже вечер на поле опустился, а тут ведьма мимо идёт. Но она мимо не прошла, подходит к Вуголкову и говорит:

— Мальчик, добрый вечер! Я тебя сейчас заколдую.

— Не надо, — просит Вуголков, — меня заколдовывать!

— Поздно! — ведьма отвечает. — Я, вообще-то, уже начала, просто пока незаметно. В кого тебя превратить, в букашку или муравья?

— В букашку не надо, — Вуголков говорит. — Был я стрекозой, у них жизнь как-то не особо, их даже мама родная не узнаёт.

— Ну, тогда, — говорит ведьма, — превращу тебя в лягушку.

— Не надо, — отказался Вуголков, — в лягушку тоже не хочу!

— Поздно! — объясняет ведьма. — Я, вообще-то, уже закончила. Сейчас увидишь.

И точно, смотрит Вуголков — а он уже лягушка!

— А сейчас я тебя съем! — говорит ему ведьма. — Я ем лягушек. Ими преимущественно и питаюсь, у меня бабушка из французов. Вот как всё удачно складывается.

Вуголков испугался и попрыгал от неё — шлёп-шлёп! — куда глаза глядят. Допрыгал до болота и сел там на кочку передохнуть. Устал, и ночь уже наступила. И тут — раз! — откуда-то из леса высвистывает стрела и падает прямо перед ним. И сразу ветки затрещали, и из леса выломился Иван-Царевич с луком и фонариком.

— Так, — говорит Иван-Царевич, — здрасьте, лягушка! Поднимайся, лягушка, пошли.

— Куда? — Вуголков спрашивает.

— Известно, куда! — отвечает Иван-Царевич. — Жениться на тебе буду. Куда стрела упала, там я и должен жениться. Пошли, тут рядом церковь круглосуточная.

— Да как же ты будешь на мне жениться, если я на самом деле не лягушка! Я же на самом деле заколдованный Вуголков!

— А меня не волнует! — говорит Иван-Царевич. — Мы, цари, люди подневольные. Что положено, то и делаем. Жениться по любви не может ни один, ни один король. Дворцовый этикет.

Ну, делать нечего, поженился Вуголков с Иван-Царевичем, стал жить в тереме с расписными сводами. Только плохо ему там жилось. Только он в угол запрыгнет и чаю попить соберётся, как сразу толпа слуг, фрейлин и челяди набегает, и давай его шваброй из угла выгонять!

— Дворцовый этикет! — кричат. — Не пристало вам, государыня, по углам скакать!

Выметут Вуголкова шваброй из угла и на трон сажают. Он дождется, пока все отвернутся, и прыг с трона, и опять в угол шлёпает. И тут же снова толпа набегает со шваброй, хвать его — и на трон! Плохо жилось. Стал Вуголков думать, как бы ему сбежать из дворца. Стены там высокие, каменные, и дверь на три замка заперта вечно... Но, пока Вуголков соображал, как раз очень удачно война началась. Враги на дворец напали, и выломали дверь огромным бревном. И пока там все шарахались, кто куда, кто откуда, Вуголков очень удачно и упрыгал прочь. Скачет он лесами и долами, и думает: как бы от ведьминого колдовства избавиться, снова из лягушки в мальчика Вуголкова расколдоваться? И тут ему с ветки говорит мудрая птица филин:

— Мальчик, добрый вечер! Я филин-экстрасенс, я твои мысли прочитал. Скачи-ка ты лесами и долами до остановки автобуса и езжай в Волшебный Академгородок, поступи там в услужение да читай волшебные книги! Когда все-все прочтешь, узнаешь, как тебе расколдоваться.

Поблагодарил Вуголков мудрого филина, сел в автобус и приехал в Академгородок, читать волшебные книги. День читал, и месяц, и год, и другой год, и год за годом. Наконец все-все изучил, всем колдовствам научился, всё понял про эту жизнь — снова сел в автобус и поехал в своё чисто поле, в свой уголок, к ведьме. Смотрит — ведьма там сидит, как ни в чем ни бывало, чай наливает да бублики в нём размачивает. Вуголков рассердился:

— А ну, — кричит, — ведьма, выметывайся из моего уголка! Считаю до трёх.

— Го-го-го! — засмеялась ведьма. — Тоже мне, напугал. Да я тебя сейчас, жаба, ещё хуже заколдую.

— Сама жаба! — кричит Вуголков. — Моё колдовство в тыщу раз сильнее, оно научное!

Замахал на ведьму чайником, произнес научное заклятие — и в ту же секунду расколдовался из лягушки. Только, поскольку он долгие годы потратил на изучение волшебных книг, расколдовался он уже не в мальчика, а во взрослого дядю Вуголкова, с усами и бородой. Конечно, ему обидно стало.

— Ах, вот тебе, морда! — говорит он ведьме. — Это тебе за мои бесцельно прожитые за учёбой годы!

И так заколдовал ведьму, что она каждое утро бегала ему за свежими бубликами и ещё чайник носила в ремонт, если там контакт отпаяется.

И стал дядя Вуголков дальше жить в своём уголке, правда, пристроил к нему целый огромный дом с садом и лабораторией для волшебных опытов, но чай так и пил только в углу, с бубликами с маком.

Вуголков сражается с воздушными змеями

Конечно, бородатому дяде бывшему мальчику Вуголкову хорошо жилось в его новом доме со всеми удобствами. Но всё-таки чего-то ему не хватало. А не хватало ему, как он понял, того куска жизни, где он был мальчиком. Из-за злой ведьмы, от её колдовства, Вуголков слишком мало пробыл мальчиком, и слишком быстро и стремительно сделался взрослым дядей. И теперь Вуголкову стало ужасно жаль своего непрожитого детства, и очень захотелось его вернуть! Только он не знал, как. Для начала он прочитал все свои конспекты, которые написал, пока учился в волшебном Академгородке, но там об этом не было ни слова! Тогда он опять поехал в Академгородок, в тамошнюю библиотеку, но там тоже ничего подобного не оказалось! Что же, думает Вуголков, делать? Если даже научное колдовство тут, как выяснилось, бессильно? Надо, значит, думает, искать самого-пресамого великого и всесильного мага и волшебника и идти к нему советоваться. Пошёл Вуголков, позвонил в справочное, и там ему сказали, что самый-пресамый всесильный маг и волшебник сейчас живёт на вершине самой-пресамой высокой горы. Потому что он альпинизмом увлёкся, и теперь регулярно совершает рекордные восхождения. Вуголков сказал «спасибо» справочному, купил специальные ботинки для скалолазанья, добрался до самой высокой горы и начал на неё восходить. Вуголкову, конечно, было трудно. Но надо. Понятное дело, он боялся, особенно с непривычки, шутка ли — так скоординировать руки-ноги, чтоб они не лезли, кто в лес, кто по дрова поперёд друг друга, а, напротив, организованно лезли только вверх, но потом Вуголков научился, и ему даже понравилось. И очень ему стало интересно. Вот он лезет себе, лезет, восходит себе, восходит, а природа и прочая флора и фауна вокруг постепенно меняются! Чем выше, тем больше снега лежит на скалах, потому что на высоте холоднее. Вот как, оказывается — даже и воздух другой становится! И вообще всё-всё другое. Цветы, например — не лютики, там, или ромашки какие-нибудь, а эдельвейсы. Орлы кругом летают с вот таким размахом крыльев… В общем, много дней и ночей подряд Вуголков героически с удовольствием восходил на самую высокую гору, и, наконец, взошёл! Смотрит, на вершине водружён флаг, на флаге волшебные буквы. А с другой стороны горы, пониже, стоит палатка. А рядом с палаткой — самый великий маг и волшебник в одних трусах, смеётся, зубы белые, снегом растирается и поднимает одной рукой несколько многокилогаммовых гантелей сразу.

— Привет, — кричит маг и волшебник, — бывший мальчик Вуголков! Погодка-то какая, а?! А воздух, обратите внимание!.. С чем пожаловали, Вуголков?

Рассказал Вуголков магу и волшебнику свою историю, что вот так мол, и так, не хочу быть взрослым усатым и бородатым дядей, хочу снова стать мальчиком Вуголковым…

Задумался маг и волшебник, даже гантели до земли не донёс, так и замер, держа их над своей головой.

— Ох, — говорит. — Это же метафизика! Эсхатология! Символизм и романтизм! Синдром Питера Пэна… Хочу вас предупредить, Вуголков: сражаться с возрастом — это всё равно что сражаться с ветряными мельницами. Но…

Но тут вдруг всё загрохотало, содрогнулось — и с самой вершины горы пошла лавина! Лавина — это когда в горах снега и камни, до этого лежавшие спокойно, вдруг сходят с места и начинают стремиться вниз, увлекая за собой и все остальные на своём пути снега и камни. Это стихия и природа. И вот такая лавина повлекла за собой вниз и Вуголкова, и мага и волшебника, который не успел дорассказать Вуголкову про борьбу с возрастом. И вот пока Вуголкова катило вниз в этом снежно-каменном коме, он совсем не переживал за мага и волшебника. А чего, думал Вуголков, за него переживать? Он же всесильный, и в любой момент сможет колдануть и спастись. Я лучше, думает Вуголков, за себя буду переживать… Но тут Вуголков вспомнил, что он же сам тоже немножко всесильный! Колданул и спасся, и оказался у себя дома, в углу, с чаем и бубликами. И стал вспоминать, что же ему великий маг и волшебник посоветовал на предмет расколдоваться. Но тут такое дело, пока шла лавина и Вуголкова в ней крутило, как бельё в стиральной машине, ему камнями и скалами настучало по голове, и от этого в вуголковской голове всё немножко перемешалось и сместилось. Поэтому он забыл, что великий маг и волшебник говорил ему про борьбу с ветряными мельницами, и в его ушибленной голове это почему-то превратилось в борьбу с воздушными змеями. Вуголков так понял, что маг и волшебник посоветовал ему сражаться с воздушными змеями, и тогда, мол, и с возрастом всё станет отлично. Вуголков подошёл к делу ответственно — он сначала скупил всех воздушных змеев во всех окрестных магазинах. Потом он перечитал все волшебные книги, всё, что в них было написано про воздушных змеев, и узнал, что, оказывается, волшебные свойства воздушных змеев сильно отличается в зависимости от их формы, цвета и размера. Например, большой синий треугольный воздушный змей даёт один эффект, а маленький пятнистый в виде летучей мыши — уже совсем другой… Тогда Вуголков докупил недостающих воздушных змеев, какие только существуют, и стал заниматься оружием, чтобы с ними экспериментально сражаться. Он тоже купил всё-всё оружие, которое только бывает: и пистолеты, и ружья, и мечи, и луки, и шпаги, и пулеметы, и гранатомёты, и пушки, и копья, и мортиры, и бомбы, и мины, и вообще абсолютно всё. А то, что не нашёл в магазинах, заказал по интернету. И начал экспериментировать: например, с вот таким змеем сражался этаким оружием, потом другим, потом ещё каким-нибудь третьим. Но всё это не помогало, сколько Вуголков ни сражался с воздушными змеями, он всё равно не превращался из взрослого дяди Вуголкова обратно в мальчика. Тогда он подумал, заперся в своей волшебной лаборатории, снова обложившись волшебными книгами, и сконструировал две машины: одну — запускалку для змеев, а вторую — сражалку для оружия. Теперь ему самому ничего не надо было делать, только нажимать с утра кнопочки на двух машинах, и они уж сами работали: одна запускала все-превсе варианты воздушных змеев, а вторая сражалась с ними всеми-превсеми вариантами оружия. Но однажды настал момент, когда абсолютно все возможные комбинации были опробованы, а Вуголков так и оставался дядей, и не становился снова мальчиком! Тогда Вуголков догадался, что, видимо, либо всесильный маг и волшебник ляпнул ему что-то не то, либо он сам не так понял. Вуголков достал с антресолей свои альпинистские ботинки и опять отправился восходить на самую высокую гору. Но на половине восхождения он вдруг услышал какой-то писк и шум, раздающийся из большого снежного кома, раскопал этот ком и обнаружил там всесильного мага и волшебника, голодного и в крови!

— О! — воскликнул Вуголков. — Добрый день, а я к вам!

— Доброго утречка! — ответил маг и волшебник, утирая кровь. — У вас бинтика не найдётся?

Вуголков дал волшебнику бинтик из своей аптечки, которая у него как у альпиниста всегда была с собой, а волшебник, перебинтовываясь, рассказал ему свою историю.

— Представляете, Вуголков, — рассказывал волшебник, — а я, пока шла лавина, сам себе своими же гантелями треснул по башке! Случайно. И так сильно, что аж всё забыл! Даже забыл, как колдовать. Напрочь. Называется «частичная амнезия», т.е. потеря памяти. Так и сидел тут как дурак нерасколдованный, пока вы не пришли, спасибо вам большое, представляете?

— Представляю, — отвечает Вуголков, — чего ж тут не представить? Со мной тоже случилось нечто в этом роде. Я что-то всё перезабыл, что вы там говорили про воздушных змеев, пардон?

— Я? — удивился маг и волшебник. — Про воздушных змеев? Говорил? Ниччо не помню, пардон. Но, знаете, Вуголков, вы мне можете помочь, и себе заодно.

— Как? — обрадовался Вуголков. — О, маг и волшебник, скажите же, как?!

— Я скажу, — объяснил маг и волшебник. — Хотя мне и самому боязно. Потому что это экстремально. Но я в вас верю. Короче, поскольку я потерял память от удара гантелями по голове, мне, чтобы вновь обрести память, надо опять получить по голове теми же гантелями. Я, собственно, уже пробовал. Но безрезультатно. Подозреваю, что я себя щажу. Поэтому прошу вас, Вуголков. Вот гантели. Я вам доверяю.

— Вы уверены? — переспросил Вуголков. — У меня руки-то — ох, и сильные!

— Не болтайте, Вуголков! — подтвердил маг и волшебник. — Покажите, на что вы способны!

И Вуголков показал! Так вдарил гантелями по великой голове мага и волшебника, что тот упал замертво. А когда поднялся, смотрит на него Вуголков и глазам своим не верит — это уже не маг и волшебник, а какая-то неизвестная маленькая девочка! С косичками.

— Извините, — говорит Вуголков,— ну, как вам? Помогло?

— Помаглё-помаглё! — лепечет в ответ девочка. — Ещё как помаглё!

— Но вы, — уточняет Вуголков, — но вы, я извиняюсь, всё вспомнили?

— Более чем! — отвечает девочка. — Более чем! Спасибо, Вугольков, тиво только и не вспомнил! Дазе пло свои пледыдуссие воплоссения вспомнил, кем я был в плёслей зизни! Да так оттётливо вспомнил — лезультат пелед тобой.... Вот тебе, Вугольков, волсебный самолётик. Пусти его вниз с голы, а сам за ним плыгай. Нисево не бойся — как найдес самолётик, слазу и станес снова маленьким мальсиком...

Дала девочка (бывший маг и волшебник) Вуголкову самолётик, пустил его Вуголков с горы и сам следом прыгнул. Ему, конечно, было страшно, но надо. Полетел Вуголков с горы, думал, разобьётся, но не разбился. А вместо этого прилетел на земляничную поляну. И так ему земляники захотелось! Вуголков видит — рядом волшебный самолётик приземлился, и надо его Вуголкову схватить, но у него вместо этого руки сами тянутся землянику срывать и в рот запихивать! Опять самолётик рядом — и опять вместо этого всё какая-то земляника естся, горстями! И вдруг смотрит Вуголков на свои руки — а руки-то уже не дядьи, а мальчишечьи! Подбежал Вуголков к ближайшему озеру, глядится в него — а он уже, оказывается, не взрослый бородатый дядя, а мальчик! Обрадовался Вуголков, взял волшебный самолётик и побежал скорее домой. А дома у него всё, как и было — машина-запускалка воздушных змеев запускает, а машина-сражалка всевозможным оружием с ними сражается. Только рядом почему-то милиционер стоит.

— Так! — говорит он Вуголкову. — Здрасьте, мальчик! Это чьи машины?

— Мои, — отвечает Вуголков.

— Так-так! — милиционер что-то в книжечку записал. — А дом чей?

— Чей-чей, — удивляется Вуголков, — мой, а то чей же. А чего?

— А ничего! — милиционер объясняет. — Только мальчикам дома и машины иметь не положено. Вот взрослым бородатым дядям — это я понимаю... А так дом поступает в собственность государства, а ты, мальчик, поступаешь в детскую комнату милиции, с чем тебя и поздравляю.

И хвать Вуголкова за руку! И поволок. Но Вуголкова те годы, когда он был взрослым бородатым дядей, всё-таки чему-то научили. Он поэтому ни о чем с милиционером препираться не стал, а вместо этого колданул тихонечко, так что все воздушные змеи ожили и разлетелись по свету. А всё оружие тоже улетело, в Оружейную палату в Москве, и спряталось там в запасниках до поры до времени. А сам Вуголков оказался в саду, где вся его многочисленная семья сидела за столом за самоваром и пила чай.

— Привет! — сказала семья Вуголкову. — Ну, иди скорей руки мыть и ужинать. Мы уже беспокоиться начали, что-то тебя давно не было.

И Вуголков — делать нечего! — пошёл мыть руки.

Вуголков спасает мир

Так и получилось, что Вуголков снова стал жить в своей многочисленной семье — с мамой, папой, дядями-тётями, дедушками-бабушками, братьями-сестрами, деверями-невестками, и прочими золовками и ку́мами и кумами. Снова ему хотелось пить чай с бубликами в уголке, а семья ему насильственно выдавала кофе с тортом за общим столом. Так и шла жизнь у Вуголкова без изменений. Зато у воздушных змеев, которые ожили и разлетелись по свету, изменения случились, да ещё какие! Особенно у одного из них.

Этот змей очень любил рыбу, и вот однажды он учуял крепкий такой рыбный дух и прилетел в один маленький городок на берегу большого озера. В озере водилось много-много рыбы. «Ух, как я сейчас пообедаю!» — обрадовался змей, оголодавший в полёте, но не тут-то было! Змей, пока летел к рыбному озеру, зацепился хвостом за торчащую на крыше дома антенну. Зацепился и повис, ни туда и ни сюда (у воздушных змеев ведь нет рук, и никак он сам не мог отвязаться). А в доме этом жила ведьма. Она была молодая, до тридцати, но очень болезненная и хворая. Вечно всем жаловалась, что простудилась, горло болит, заматывала шею шарфиком и объясняла, что у неё ослабленный иммунитет. А на самом деле у неё был не иммунитет, а просто периодически отваливалась голова. Приходилось поднимать голову с пола и прикручивать проволокой обратно. И это у неё, кстати, было наследственное, в том же городе на соседней улице жила мама этой молодой ведьмы, старшая ведьма, у которой вечно отваливались то руки, то ноги. Идёт, бывало, старшая ведьма куда-то, а у неё раз — и ноги отвалились! Тогда она брала ноги в руки и шла дальше. А если руки отвалились — то брала руки в ноги и тоже шла дальше. Старшая ведьма специально для этого занималась гимнастикой и разрабатывала гибкость... Из-за этой хворости ведьмы не могли толком ни колдовать, ни чего подобного. Ни захватить власть над миром. Хотя им этого очень хотелось. Так вот нелегко приходилось этим двум ведьмам, матери и дочери. А ещё им приходилось со всеми быть очень-очень вежливыми, чтоб никто не догадался, что они ведьмы. Никто и не догадывался, кроме мужа младшей ведьмы, да и тот догадывался только про старшую. Поэтому он её на всякий случай на порог не пускал. Как только видел, что она подходит к их дому, кричал своей жене, младшей ведьме:

— Чего твоя мамаша опять сюда притащилась?

— Повидаться...

— Видайтесь где-нибудь в другом месте! Я подозреваю, что твоя мама — ведьма.

На это младшей ведьме возразить было нечего. Они, правда, нашли со своей мамой выход: мама научила её положить мужа в каменную ведьминскую ступку и растереть его каменным пестиком в порошок, а порошок ссыпать в коробочку. Когда надо было (когда мужу пора было на работу, или принимать ответственные решения, или просто так) ведьма высыпала мужа из коробочки и произносила заклинание, муж сгущался обратно в человека и всё делал. А потом его можно было в любой момент снова ссыпать в коробочку. Правда, молодая ведьма не злоупотребляла этим способом, потому что очень любила и чтила своего мужа (у них в семье по женской линии вообще был культ мужчин). Поэтому старшая ведьма особенно не захаживала к младшей. Но достаточно часто, раз по миллиону с половиной на дню, хаживала туда-сюда мимо их окон (они жили на первом этаже), чтобы, если что, дать совет от чистого любящего материнского сердца. И в то утро, когда воздушный змей запутался хвостом в антенне, старшая ведьма тоже случайно проходила мимо и увидела, как её дочка лезет на крышу (дочка смотрела по телевизору свою любимую передачу «Модный приговор», а змеиный хвост нарушил трансляцию). Младшая ведьма только собралась отвязать змеиный хвост, как на крышу взгромоздилась и старшая (она, правда, громоздилась долго, то руки у неё отваливались, то ноги), и как закричит:

— Стой, дочечка! Стой, кровиночка! Послушайся любящего материнского сердца, не отвязывай змея! Мы лучше его в плен захватим и с его помощью весь мир завоюем. Принеси-ка мне, доча, ножницы.

— А как, — младшая ведьма спрашивает, — как мы весь мир завоюем?

— А очень просто! — старшая ей отвечает. — Ожившие воздушные змеи, красотулечка моя, не могут жить без хвоста. Стоит им хвост обстричь — сразу умирают. Мы ему сейчас, лапуля, ножницы к хвосту поднесём, и велим позвать со всех концов света всех остальных воздушных змеев. И пусть они нам служат. А если откажутся — то мы, ласточка моя, вот этому хвост перережем! И сразу он и помрёт. Змеи испугаются, и мы с их помощью все наши ведьминские планы осуществим!

— О! — обрадовалась младшая ведьма. — Какая ты, мамочка, умная!

— Ну, ещё бы, деточка! — говорит старшая. — Мамочка всегда поможет своей кровиночке!

Дождались они, пока муж младшей вернётся с работы, и попросили его принести на крышу утюг, да не простой, а старинный, вещь антикварную, чугунную. Такие раньше были, до того как электричество изобрели, их надо было от печки нагревать. Ужасно этот утюг был тяжёлый. Привязали они этот утюг к змеиному хвосту, чтоб змей уж точно не улетел никуда, и стали строить планы. Как они мир завоюют с помощью воздушного змеиного десанта, и что будут потом делать. Точнее, это младшая ведьма с мужем строила планы, а старшая им только советы давала, совершенно случайно проходя мимо их окон каждые три минуты. Для начала решили своих родственников, которые жили в большом городе в хорошей квартире на шестом этаже, выселить, и въехать на их место. А их заставить жить в своей квартирёнке, в этом маленьком городке. Ещё решили, что сами будут вести передачу «Модный приговор», а всех соседей из маленького городка обяжут её круглосуточно смотреть… Ну, и там всё остальное, по настроению: мужу купить дорогой костюм и галстук, и чтоб все короли и президенты всего мира и окрестного космоса к нему каждое утро прилетали в ножки кланяться. И чтоб у всего населения земли головы отваливались, а проволоки в магазинах не было! И в конфетах шоколад заменить порошком из паучьих лапок. В общем, планы у них были обширные. А бедный воздушный змей, привязанный к утюгу, слушал это, слушал, и всё никак не мог придумать, что же ему делать. Ему и умирать под ножницами, конечно, не хотелось, кому ж хочется умирать, но и допустить, чтоб все его друзья-змеи попали в рабство, он тоже не мог! Да ещё чтоб ведьмы мир захватили. Ведьмы решили, что после захода солнца пойдут на заброшенную стройку, и там змей будет звать своих друзей. Ожившие воздушные змеи переговариваются трепетаньями: змею нужно дождаться ветерка, взлететь и затрепетать на ветру, и эти воздушные колебания долетят куда угодно до остальных змеев. Разное число колебаний и означает разное, как у людей азбука Морзе. Такой у змеев алфавит. Змей решил, что он предупредит остальных змеев, расскажет, в какой переплёт он попал. И ещё попросит их полететь, позвать Вуголкова, чтоб храбрый Вуголков всех спас и победил ведьм. Змей, конечно, боялся, вдруг окажется, что ведьмы понимают воздушно-змеиный язык, и не дадут ему ничего сказать, или вообще со злости перережут ему хвост, но другого выхода не было.

И вот после захода солнца они тайком от соседей отправились на заброшенную стройку: впереди шёл ведьмин муж с воздушным змеем в кармане, а за ним старшая и младшая ведьмы несли привязанный к змеиному хвосту чугунный утюг. Дошли они, дождались ветерка, ведьмы подняли утюг (чтоб змей повыше взлетел, чтоб звуковые колебания об дома и деревья не споткнулись), и муж рядом стоит, с ножницами наперевес.

— Зови, — кричат, — змей, остальных! Желаем уже скорее сделаться всесильными.

Змей затрепетал на ветру, только успел рассказать остальным, что он в заложниках в маленьком городке по адресу: улица такая-то, дом такой-то, первый этаж, но тут у старшей ведьмы руки как отвалятся! Младшая одна тяжеленный утюг не удержала, он как свалится, и прямо мужу на ногу! Тут уже, конечно, им не до завоевания мира сделалось. Муж орёт, что это старшая ведьма во всем виновата и он всегда подозревал, у младшей от переживаний голова опять отвалилась и орёт с земли, что укатилась в яму для фундамента, старшая ведьма орёт, что темно и ей рук не найти... Змей под эту лавочку соврал, что ничего друзьям-змеям сообщить не успел. Пришлось им отложить всё на неделю, пока мужа из больницы выпишут.

А в это время воздушные змеи со всех концов света тихонечко прилетели в городок и украдкой стали смотреть, что же с их другом приключилось. Ну, и сразу обо всём догадались, как увидели утюг, ножницы и ведьм. Близко подлетать они не могли, чтоб ведьмино колдовство не подействовало, поэтому решили они лететь просить о помощи Вуголкова. Прилетают к дому Вуголкова, заглядывают в окошко: Вуголков сидит за общим столом в кругу семьи. Они ему стук-стук в окошко, мол, поговорить надо, Вуголков только выйти наладился, а его мама как посадит на место!

— Ну-ка, — говорит, — марш на место! Сидим празднуем в кругу семьи. Пока не допразднуем, никто семейный круг не покинет.

— Вот именно! — говорит папа. — В нашей семье так не принято. Хватит нам нервы трепать.

В общем, пришлось Вуголкову дождаться ночи, когда вся семья спать улеглась, и тогда уже вылезти в окошко к змеям. Рассказали ему змеи всё, стали они вместе решать, как же быть. «Надо, — говорит Вуголков, — мне, наверное, все свои волшебные конспекты перечитать. Потом колдануть, чтоб оружие из запасников Оружейной палаты в Москве тихонько выбралось и взяло курс на маленький городок, мало ли что. Ну, а главное — несите меня, змеи, к своему бедному товарищу! И поскорее, чтоб до утра обернуться, пока семейство не проснулось».

Только тут вдруг, как специально, весь ветер куда-то пропал! Даже самый малейший ветерочек. То ли ведьмы там наколдовали, то ли циклон в антициклон въехал. Короче, нету ветра, и всё. А змеи, они же, хоть и ожили, но всё равно остались воздушными, без ветра никуда лететь не могут... Уговорились они, что в следующую ночь Вуголков опять в окошко вылезет. Но и в следующую ночь ветра не было, и так неделю подряд. Вуголков уже двадцать раз волшебные конспекты перечитал, оружие уже извертелось в запасниках, ожидая приказа выступать, а ветра нет как нет! Наконец, через неделю подул ветер. А было это уже после захода солнца в тот день, когда ведьминого мужа из больницы выписали. Уже в маленьком городке снова ведьмин муж сунул в карман воздушного змея, снова старшая и младшая ведьмы подхватили утюг, и все они опять двинулись тайком от соседей на заброшенную стройку, вызывать змеиную девизию для захвата. Опять встали: ведьмы держат утюг, муж держит ножницы, змей затрепетал. И тут только остальные змеи с Вуголковым прилетели. Ведьмы с мужем их увидели, кричат:

— Ха-ха-ха!!! Наконец-то! Смотри, Вуголков, как мы сейчас мир захватим!

— Не бывать этому! — Вуголков отвечает. И колданул, чтоб оружие прилетело и ведьм победило.

Оружие и прилетело. Но победить никого не смогло, потому что зависло ровно в трёх метрах над землёй. Всё-всё зависло: и мечи, и пушки, и ружья-пистолеты, и шпаги с саблями. И бомбы, и ракеты. Дело в том, что в этом маленьком городке вечно всё не работало: то свет потухал, то электричество иссякало. То вода кончалась, то телефон ломался. Вот и вуголковское колдовство тоже сломалось на полпути, не сработало.

Стоит Вуголков, растерялся, что делать, понятия не имеет. А ведьмы ещё больше обрадовались, колданули, и у всех воздушных змеев хвосты связались между собой! Ведьмин муж их схватил за эти хвосты, как связку воздушных шариков, и держит крепко.

— Ну! — говорит. — Пробил мой час! Подайте-ка все царства к моим ногам!

И ножницами щёлк-щёлк возле хвостов! «Всё, — змеи думают, — пропали….» Но в эту секунду Вуголков придумал! «Раз большие колдовства тут не работают, — думает, — надо по-маленькому колдануть». И колданул, чтоб чугунный утюг вдруг раскалился. Ведьмы обожглись, утюг выронили, и от ожога колдовство их ослабло. У змеев хвосты распутались, они хресь ведьминого мужа хвостами по морде! А Вуголков подбежал и отвязал хвост змея от утюга. А змей к этому моменту не только истомился на привязи, но ещё и от голода сам не свой был. Ведьмы со своим мужем так за неделю ни разу не удосужились его покормить. Змей мужа ведьминого поймал, и потащил вверх.

— Будешь-будешь! — кричит. — Властелином мира. Подводного. Выбирай, в какой океан тебя закинуть, в Тихий или Атлантический?

Муж вопит, ругается.

— А будешь обзываться, — змей обещает, — закину в Северный Ледовитый!

А остальные змеи подхватили Вуголкова и понесли его домой. Вуголков беспокоился, что оружие зависло рядом с ведьмами, боялся, как бы они его не использовали для своих дел. Решил, что из своего дома у него получится оружие расколдовать. Дома, думает, и стены помогают. А особенно углы…

Но пока Вуголков летел домой, ведьмы очухались, и младшая побежала домой за стремянкой. Влезла на неё и только собралась меч схватить, как Вуголков у себя дома колданул, меч и отрубил ведьме голову! Ну, той не привыкать было без головы, она слезла аккуратненько со стремянки, подхватила голову и домой пошла, а утром мамашу послала в магазин за проволокой. Только проволоки в магазине не оказалось, и пришлось ей неделю без головы ходить, пока новую партию товара не завезли.

А оружие всё построилось и полетело, как журавлиный клин, обратно в запасники Оружейной палаты. Там нужная температура и условия хранения, ничего не заржавеет и не отсыреет.

А Вуголков еле-еле успел доколдовать, мир спасти, как его бабушка пришла будить. Пора было завтракать, у них было принято обязательно всей семьёй являться с утра за стол.

Вуголков и пряник

Родителей Вуголкова смущало, что у них вот такой неформатный мальчик. Они, конечно, любили его и таким, но другим они бы любили его с гораздо большим удовольствием. Тем более что надвигалась школа, где всё тайное стало бы явным. Все эти бублики по углам.

Поэтому родители срочно принялись приводить своего Вуголкова в чувство. Но поскольку тем же самым они безуспешно занимались все предыдущие годы, нынче они решили подключить официальную медицину. Которая не помогла. Маму с Вуголковым перешвыривали из кабинета в кабинет, от невролога к терапевту и обратно к лору, но никто так и не смог распознать, что это за такое заболевание: сидеть одному в углу и грызть чай под бублики. А тем более как это лечить. Что капать и куда мазать. Но мама, борец, не хотела сдаваться и обратилась к неофициальной медицине. Неофициальная медицина называлась «бабка» и располагалась в подвале за ширмочкой. Это была действительно бабка, пожилая и не очень красивая. «Ведьма!» — предположил наученный опытом с ведьмами Вуголков. Но поскольку опытом с мамой он был научен ещё больше, вслух ничего не сказал. А вот бабка (ведьма?) сказала. Она настучала Вуголкова по коленкам, покрутила ему перед носом какой-то арматурой, дунула, плюнула, прилепила в карточку жвачку и сказала маме:

— Аура у мальчика хромает, плюс дыра в карме. Пожелания?

— Понимаете, — нервно заговорила мама, — вот он какой-то не как положено. Вот он бублики вечно ест, вот как с этим бороться? И ещё постоянно возражает.

— Супермегасредство! — авторитетно обрадовалась бабка. — Нет аналогов в Европе и даже в Израиле. Инновационная разработка космических лабораторий! Гиперэффективный нанотехнологический пряник. Принимать до еды.

И ведьма выложила перед мамой пряник. Пряник был симпатичный, с виду похож на тульский.

— И поможет? — засомневалась мама.

— Как рукой снимет! — уверила бабка. — Вот увидите. Даже не сомневайтесь. Платите огромные деньги в кассу, и никаких бубликов в помине не будет. А тем более, возражений.

— Огромные деньги за пряник?.. — вякнула было мама, но бабка презрительно зыркнула на неё дурным глазом:

— У вас что, десять детей, мамаша? Чтобы одним так разбрасываться. Смотри-ка, сама в шубе, а на ребёнке экономит. Не хочет его лечить инновационным методом нанопряника. Есть ещё нанокнут, но он дороже.

— Ладно, давайте, — устыдилась мама в шубе. — Давайте свой нанопряник...

И вот мама с нанопряником и Вуголковым вернулись домой, и вечером Вуголков до еды принял нанопряник. Пряник оказался ничего, даже немножко вкусный. Вуголков честно откусил кусок и отложил пряник, норовя приняться за бублики. Но пряник не отложился. Он как-то так раз — и залепился Вуголкову в рот.

— Ну-ка, ешь нанотехнологический пряник! — велела мама. — Огромные деньги плочены.

— Вся семья за него беспокоится, — поддержал папа, — а он ещё выкаблучивается. Ты посмотри, такой пряник ему купили! Инновационный. Чтоб ел быстро. И не возражать.

Вуголков, точно, распахнул было рот, чтобы возразить, но в этот распахнутый рот моментально влетел пряник, подавив все возражения...

И так с тех пор и пошло-поехало. Пряник чётко и собранно реагировал на две вещи: попытки Вуголкова попить в углу чай с бубликами и попытки кому-либо возразить. И то и другое пряник пресекал на корню. Но и Вуголков, разумеется, не сдавался. Сначала он героически съел пряник до крошечки, и даже потом почистил зубы и лёг спать. Однако утром разомлевший пряник вновь обнаружился в вуголковской руке, такой же румяный и несгибаемый, как раньше (и сразу впрыгнул в вуголковские зубы на его канюченье бабушке «Не хочу вставать!...»). Короче, пряник оказался не только нанотехнологический, но и несъедаемый. А ещё он неизменно возвращался. Волшебные конспекты Вуголкова ничего на этот счет не говорили, пришлось выкручиваться самому. Вуголков резал его на части и развеивал по ветру с балкона, спускал в мусоропровод и унитаз, закапывал во дворе и даже однажды запер в бронированном сейфе знакомого дяди Васи, где дядя Вася хранил ружьё «Сайга». Пряник упорно возникал вновь. «Не хочу! — бормотал в кровати засыпающий Вуголков, подкинувший днём пряник в клетку с гималайским медведем в зоопарке, — не хочу и не буду! Бублики буду завтра в углу!..» И просыпался со слипшимися от пряника губами, сжимая его, обкусанный, в потном кулаке. Прянику ничего не делалось.

А вот у Вуголкова жизнь пошла не очень. Купят ему, например, родители новый игрушечный автомат (в награду за хорошее поведение, что сидит не по углам и ест не бублики), только Вуголков выйдет с ним во двор, к нему, конечно, сразу подходит какой-нибудь местный дворовый мальчик.

— Дай, — говорит, — поиграть!

Вуголков, конечно, даёт, он не жадный.

— А я тебе его обратно не отдам! — говорит тот мальчик, пиная Вуголкова кедом.

— Нет, отдашь! — хочет возразить Вуголков, но у него уже полный рот пряника. Пряник есть, а автомата нет.

В общем, жизнь пошла непростая. Вуголков вообще перестал ходить на детские площадки, обходил их стороной (чтоб в очередной раз не побили, спровоцированные пряником). Хорошо хоть Вуголкова вскорости вывезли на дачу, и он там болтался в одиночестве по всяким задворкам лесов и опушкам участков, как печальный демон, дух изгнанья. Но даже и там ему пару раз накостыляли по шеям. Поэтому как-то раз, услышав за спиной шаги, Вуголков благоразумно свернул в чистое поле. Но шаги свернули тоже. Тогда Вуголков свернул в тёмный лес, но и шаги пошли за ним. Тогда Вуголков обернулся и храбро спросил:

— Это кто идёт за мной? По пятам?

— Да… — ответил ему какой-то плечистый, белый и волосатый зверь.

— Что — да? — удивился Вуголков.

— Да, попятам! —согласился зверь.

— И чего? — не понял Вуголков, ожидавший подвоха.

— Ничего, — пояснил зверь, — приятно познакомиться. Меня зовут зверь Попятам, а тебя? Здрасьте.

— Здрасьте! — обрадовался Вуголков такому, кажется, мирному зверю, — а я Вуголков. А почему ты ходишь по пятам, Попятам?

— Не знаю… — пригорюнился Попятам. — Просто вот так вот как кого увижу, начинаю ходить по пятам. Ничего не могу с собой поделать. Мне у врача сказали, что я ведóмый. Меня уж и били за это… Неоднократно.

— А мне у врача дали пряник! — вспомнил Вуголков. — Меня из-за него тоже били неоднократно. А ты где живешь, зверь Попятам?

— Я живу в домике! — говорит Попятам. — А домик на участке, а участок в лесу. Я удалился от людей, на всякий случай. Я там выращиваю картошку, укроп и клубнику. У меня там, на участке, очень красивая и плодородная природа! Пойдём со мной вместе жить, Вуголков?

— Пойдём! — обрадовался Вуголков. — Я как раз тоже хочу удалиться от людей.

И так Вуголков и стал жить со зверем Попятамом в избушке в лесу. Очень им там нравилось. У Попятама на участке жили две лягушки и ящерицы, а ещё мыши и тараканы. Они с утра все просыпались, Вуголков шёл в огород, а за ним по пятам шёл Попятам. Но Вуголков любил Попятама, и ему это не мешало, даже нравилось. В огороде они работали, поливали и пропалывали грядки, а в домике по вечерам ужинали чаем и играли в слова, города и карты. А ещё они всё пытались избавиться от инновационного нанопряника. Они его и жгли, и голову ему отрубали, но он всё равно самовозрождался. Но Вуголков с Попятамом не смирялись, продолжали свои пряниковредительские эксперименты. И так с ним боролись, и сяк, ежедневно и неоднократно. Как-то раз они половину пряника раскрошили в доме, а оставшуюся половину закопали в огороде и стали смотреть, что получится. А получилось вот что.

Среди ночи Вуголков с Попятамом проснулись от какого-то незнакомого топота. За столом у двери сидели неведомые люди и увлечённо взаимодействовали ногами с полом.

— Добрый вечер! — удивились Вуголков с Попятамом. — А вы кто?

— Доброго вечера! — ответили люди. — А мы ногоеды. Мы теперь пришли к вам жить. Мы всегда приходим жить в те дома, где роняют крошки на пол. Дело в том, что мы едим с пола и ногами.

— А суп? — удивился Вуголков.

— И суп, — объяснил главный Ногоед. — Наливаем в тазик и пьём ногами. И котлеты тоже, и вообще...

— Меня зовут Вуголков, а вот это зверь Попятам.

— А меня зовут Валентин! — представился главный ногоед. — Всех ногоедов всегда зовут Валентинами, чтобы не перепутать.

— А тётенек?

— А тётенек у ногоедов нет. Ногоеды все потомственные дяденьки. И все всегда Валентины. Каждый ногоед — Валентин, но не каждый Валентин — ногоед, — пригорюнился главный ногоед и главный Валентин. — Но мы работаем над этим. А теперь мы будем песни петь!

И ногоеды Валентины хором запели ногами об пол песни. Вуголков с Попятамом еле дождались рассвета, чтобы пойти на огород. А в огороде, как выяснилось, на месте закопанного нанопряника за это время почему-то вырос шлагбаум. Смотрят Вуголков с Попятамом и глазам своим невыспавшимся не верят: по одну сторону шлагбаума маршируют мыши, по другую — лягушки с ящерицами, а на шлагбауме стоит таракан, смотрит вокруг в полевой бинокль и отдаёт приказания. И открывается теперь этот шлагбаум на вход-выход, вот те раз, только рано утром и поздно вечером, а в остальное время по какую сторону оказался, там и сиди. Проход запрещён. Так что теперь Вуголкову с Попятамом, понятное дело, стало особенно не поработать в огороде. У них даже укроп с горя пошёл в рост и перестал пахнуть. А ночами в доме ногоеды Валентины пели ногами хоровые песни...

Так что Вуголков с Попятамом покантовались-помучались, и отправились странствовать. Хотя им, конечно, до слёз было жалко пропавшего урожая, ну, да что уж теперь. Зато их постигло внезапное счастье — пряник, про который они в суматохе забыли, больше не возвращался. То ли вся его сила ушла в шлагбаум, то ли в ноги ногоедов, но он исчез, будто его и не было. Поэтому Вуголков с Попятамом воспряли, что теперь их, возможно, не сильно поколотят, тем более вдвоём, увязали пожитки в узелок и пошли.

Шли они, шли, с раннего (как открылся шлагбаум) утра до позднего вечера, а потом им идти надоело, но что поделаешь. (Не возвращаться же им было на дачу Вуголкова, где явно пахло следующим нанопряником). И они пошли дальше в темноте наощупь, Вуголков и за ним по пятам Попятам. И так дошли до деревни, где все дома были густонаселены, кроме одного. Это был заброшенный дом, с парадным крыльцом и разбитыми заколоченными окнами. И был этот дом с привидениями, но Вуголков с Попятамом этого, конечно, не знали, на нём же не написано (написано на доме было совсем другое, «Райком комсомола»). Тут Вуголков с Попятамом и решили остаться жить, ну, или, по крайней мере, переночевать с комфортом, чаем и бубликами. Влезли они в окно (сначала Вуголков, и так далее) и нашли в доме кучу интересного — посреди комнаты стол с красной скатертью, вокруг какие-то пыльные шкафы и замшелые бумаги, а посреди стола большую круглую печать. Примостились Вуголков с Попятамом в углу, разложили свои бублики и термос с чаем, и зажили счастливо и безмятежно. Часов до двенадцати ночи. Потому что в двенадцать часов вдруг раздалась барабанная дробь, подул ветер, все пожелтевшие бумаги поднялись в воздух и закружились, а из шкафа вдруг выдуло двух таких же пожелтевших полупрозрачных товарищей.

— Доброй ночи! — пожелали товарищи замогильными голосами. — Кто это пожаловал в наш дом с привиденьями?

— Это мы, — объяснил Вуголков, — Вуголков и зверь Попятам, доброй ночи. Приятно познакомиться. А где привидения?

— А привидения — это мы! — говорят товарищи. — Вот я — герцог Райком Комсомола, бывший властитель здешних земель. А это мой верный друг и оруженосец Слава Капээсэс. Он всюду носит за мной моё оружие — Круглую Печать. Когда-то мы полновластно владели этим домом и прилегающей одной шестой суши, а потом нас изгнали. Мы теперь привидения и появляемся только по ночам. Это очень неудобно.

— Как мы вас понимаем! — говорит Вуголков. — Нас с Попятамом тоже изгнали. Люди, нанопряник, а потом ногоеды и шлагбаум. Мы подумали, что наконец-то здесь обретём покой. Сами по себе, в углу с бубликами. Если вы, конечно, не против.

— Конечно, мы против! — объяснил герцог Райком Комсомола, а оруженосец Слава Капээсэс кивнул, колыхаясь в воздухе. — Ещё как против. Более того — тех, кто хочет быть сам по себе, мы привыкли съедать. Так что приятного нам аппетита.

— Ну, вот опять! — огорчился Вуголков. — Вечно меня хотят съесть. Но я не дамся, я буду бороться за свою жизнь и свободу. У меня, кстати, большой опыт. И Попятам тоже.

И Вуголков с Попятамом спешно кинулись собирать свои бублики, но тут Райком Комсомола захохотал, взмахнул руками, и все пожелтевшие бумаги начали лавиной засыпать Попятама с

Вуголковым... и раскладывать их внутри себя максимально расплющенно, как растения в гербарии. А Райком Комсомола и Слава Капэосэс радостно маршировали по воздуху вокруг, высоко вскидывая колени, и торжественно дудели в трубу (Райком) и били в барабан (Славик). А, надудевшись, достали откуда-то из глубин шкафа чучело медведя (как в Зоологическом музее), из чучела медведя достали чучело зайца, из чучела зайца — решётку для яиц, из решётки вынули одно яйцо, разбили его об угол стола и выудили оттуда иголку.

— Вот как всё хорошо складывается! — радостно захохотал герцог Райком. — Сейчас бумаги вас расплющат, и Славик вас этой иголкой подошьёт к делу! А сверху я вас припечатаю круглой печатью, и буду вас тут хранить вечно...

Тут уж Вуголков с Попятамом забеспокоились всерьёз. Как-то им не очень хотелось вечно храниться в этом жёлтом домике. Тем более что бумаги их уже практически расплющили, и Славик Капэосэс, как храбрый портняжка, уже ловко орудовал иголкой.

— Мы не хотим... — взбубнул было невнятно Вуголков полным бумаги ртом, но тут Райком, с печатью наперевес, как заорёт:

— Протест отклоняется!!

И хотел было, видно, заорать ещё что-то, но в окно вдруг влетел старый знакомый нанопряник, свежий и благоухающий, и с налёту залепился прямо Райкому в открытый рот. Слава Капэосэс вздрогнул, укололся иголкой и тут же почему-то мгновенно уснул. Райком, крепкий призрачный парень, оперативно раскусил пряник напополам и выплюнул на пол, и в ту же секунду через окно шумно ввалились ногоеды во главе с главным Валентином. Пол задрожал от их боевых песен...

А Вуголков с Попятамом, выдравшись из бумаг, уже бежали прочь. Не стали оставаться смотреть, чем закончится эта битва титанов.

Так они бежали, долго ли, коротко ли, во тьме, и уже под утро прибежали к даче Вуголкова. Там их накормили завтраком, хоть и были недовольны утратой нанопряника. И только после завтрака они собрались сходить навестить огород Попятама, как, откуда ни возьмись, у калитки образовалась нетрадиционная «бабка». И сразу начала кричать:

— Где?! — кричит. — Где пряник?! Кто?! — кричит. — Кто мне срывает чистоту эксперимента?!!!

— Какого, — спрашивает удивлённая мама. — Какого такого эксперимента?

— Такого такого эксперимента! — разоряется пуще прежнего бабка. — Научного! Весь учёный мир, затаив дыхание и склонившись над прямым эфиром, ждёт результатов испытания высокотехнологичного изобретения на лабораторном мальчике, а они взяли и посеяли! Балды.

— Каком ещё лабораторном! — мама обиделась. — Наш мальчик даже в садик не ходит, а вы говорите — лабораторный. И что ещё за испытания, за этот ваш пряник, между прочим, огромные деньги плочены! Чек сохранился. И потом, вы же, кажется, бабка, ничего не понимаю.

— Я уже сорок лет бабка! — ругается бабка. — И из них уже пятнадцать прабабка. Госфинансирование нулевое, наука выживает, как может. Приходится ходить в народ, нам, профессорам и лауреатам. Наука превыше всего.

— Как это — превыше! — мама кричит. — Да кто вам разрешил чужих несадиковских мальчиков использовать для своей поганой науки! Это безнравственно. Что за эксперименты на живых людях. Как вам его не жалко?!

— Вот интересное кино! — говорит бабка-профессор. — Вам, значит, его не жалко, экспериментировать на нём со всякими пряниками, а мне должно быть жалко!..

Мама в ответ стала ещё что-то кричать, и ещё папа с бабушкой подтянулись, но Вуголков с Попятамом уже не слышали. Они уже шли по дороге, не стали досматривать эту битву титанов. Шли на огород к Попятаму, разобрать на дрова шлагбаум и вообще проведать, как там укроп и прочие мыши и ящерицы. И попить уже наконец-то чаю с бубликами в спокойной обстановке угла.

СОДЕРЖАНИЕ

ИСТОРИИ

СКАЗКИ

www.ingramcontent.com/pod-product-compliance
Lightning Source LLC
Chambersburg PA
CBHW070639310726
48982CB00001B/342

* 9 7 8 0 9 8 3 8 7 6 2 2 9 *